Salvação Mortal

J. D. ROBB

SÉRIE MORTAL

Nudez Mortal
Glória Mortal
Eternidade Mortal
Êxtase Mortal
Cerimônia Mortal
Vingança Mortal
Natal Mortal
Conspiração Mortal
Lealdade Mortal
Testemunha Mortal
Julgamento Mortal
Traição Mortal
Sedução Mortal
Reencontro Mortal
Pureza Mortal
Retrato Mortal
Imitação Mortal
Dilema Mortal
Visão Mortal
Sobrevivência Mortal
Origem Mortal
Recordação Mortal
Nascimento Mortal
Inocência Mortal
Criação Mortal
Estranheza Mortal
Salvação Mortal

Nora Roberts
escrevendo como
J. D. ROBB

Salvação Mortal

Tradução
Renato Motta

1ª edição

BERTRAND BRASIL
Rio de Janeiro | 2017

Copyright © 2008 by Nora Roberts
Proibida a exportação para Portugal, Angola e Moçambique.

Título original: *Salvation in Death*

Capa: Leonardo Carvalho

Texto revisado segundo o novo
Acordo Ortográfico da Língua Portuguesa

2017
Impresso no Brasil
Printed in Brazil

CIP-BRASIL. CATALOGAÇÃO NA PUBLICAÇÃO
SINDICATO NACIONAL DOS EDITORES DE LIVROS, RJ

Robb, J. D., 1950-

R545s   Salvação Mortal / Nora Roberts sob o pseudônimo de J. D. Robb; tradução de Renato Motta. – 1ª ed. – Rio de Janeiro: Bertrand Brasil, 2017.
23 cm.

Tradução de: Salvation in Death
Sequência de: Criação Mortal
ISBN: 978-85-286-2216-4

1. Ficção americana. I. Motta, Renato. II. Título.

CDD: 813
CDU: 821.111(73)-3

17-41806

Todos os direitos reservados pela:
EDITORA BERTRAND BRASIL LTDA.
Rua Argentina, 171 – 2º andar – São Cristóvão
20921-380 – Rio de Janeiro – RJ
Tel.: (21) 2585-2000 – Fax: (21) 2585-2084

Não é permitida a reprodução total ou parcial desta obra, por quaisquer meios, sem a prévia autorização por escrito da Editora.

Atendimento e venda direta ao leitor:
mdireto@record.com.br ou (21) 2585-2002

Cuidado com os falsos profetas, pois eles surgem vestidos com peles de ovelhas, mas por dentro são lobos devoradores.

— *Evangelho de Mateus 7:15*

A fé que enxerga além da morte.

— *William Wordsworth*

Capítulo Um

Na missa de corpo presente, o sacerdote posicionou a hóstia de pão ázimo e o vinho tinto barato sobre a toalha de linho que cobria o altar. Tanto a pátena como o cálice eram de prata. Os acessórios tinham sido presentes do homem dentro do caixão coberto de flores que repousava na base dos dois degraus muito gastos que separavam o padre da congregação.

O morto tinha vivido 116 anos, tendo sido um católico fervoroso em cada dia desse longo tempo. Sua esposa falecera apenas dez meses antes dele e, em cada dia desses dez meses, ele exibira seu luto pela perda.

Agora seus filhos, netos, bisnetos e tataranetos lotavam os bancos da antiga igreja no Spanish Harlem. Muitos deles moravam na paróquia, e vários outros tinham voltado ao antigo bairro para chorar seu luto e apresentar seus pêsames. Os dois irmãos sobreviventes assistiam a tudo, assim como primos, sobrinhos, amigos e vizinhos; os vivos enchiam os bancos, os corredores e a entrada do templo para homenagear o falecido através do antigo ritual.

Hector Ortiz fora um bom homem e levara uma boa vida. Tinha morrido pacificamente na cama, cercado por fotos de sua família e muitas imagens de Jesus, Maria e seu santo favorito, são Lourenço. São Lourenço fora queimado vivo devido à sua fé e, por ironia, se tornara o santo padroeiro dos cozinheiros.

A falta de Hector Ortiz seria sentida; ele seria muito lembrado. Mas sua vida longa, bondosa, e sua morte tranquila conferiam um sabor de paz e aceitação àquela missa, e aqueles que choraram derramavam as lágrimas mais por si mesmos do que pelo falecido. A fé lhes assegurava, refletiu o sacerdote, que Hector Ortiz seria salvo. E, enquanto o padre realizava o ritual que lhe era tão familiar, analisava os rostos dos que lamentavam. Todos olhavam para ele com atenção, acompanhando o último tributo.

As flores, o incenso e a cera fumegante das velas se misturavam e fundiam seus cheiros no ar. Uma fragrância mística. O aroma do poder e da presença.

O padre inclinou solenemente a cabeça sobre os símbolos da carne e do sangue antes de lavar as mãos.

Ele conhecera Hector e até mesmo ouvira sua confissão — a última, por sinal — menos de uma semana antes. Portanto, pensou o padre Flores no instante em que a congregação se colocou de pé, aquela fora a última penitência que Hector recebera.

Flores falou à congregação e todos repetiram as palavras familiares da Oração Eucarística durante a Consagração.

— Santo, Santo, Santo é o Senhor, Deus do Universo.

Essas palavras e as que se seguiram foram cantadas, pois Hector adorara ouvir música na Missa. As vozes se misturaram e se ergueram, enredando-se no ar magicamente perfumado. A congregação se ajoelhou para a Consagração — ouviram-se um gemido inquieto de bebê, uma tosse seca, sussurros e mais sussurros.

O padre esperou que eles se calassem e aguardou o silêncio completo. Aguardou o momento certo.

Salvação Mortal

Flores implorou que o poder do Espírito Santo tomasse os dons do pão e do vinho e os transformasse no corpo e no sangue de Cristo. E deu continuidade ao ritual, na condição de representante do Filho de Deus.

Poder. Presença.

E, sob a visão do Cristo crucificado atrás do altar, Flores soube que tinha o poder naquele instante. E acreditou naquela presença.

— Tomai todos e comei: isto é o meu corpo que será entregue por vós — disse Flores, erguendo a hóstia.

Sinos tocaram; cabeças se inclinaram para a frente.

— Tomai todos e bebei: Este é o cálice do meu sangue — ergueu o cálice —, o sangue da nova e eterna aliança, que será derramado por vós e por todos para a remissão dos pecados. Fazei isso em memória de mim.

— Cristo morreu, Cristo ressuscitou, Cristo voltará.

Eles rezaram, e o sacerdote lhes desejou a paz. Os fiéis desejaram paz uns aos outros e então, novamente elevando as vozes, cantaram:

— *Cordeiro de Deus que tirais o pecado do mundo, tende piedade, tende piedade, tende piedade de nós.*

O sacerdote partiu a hóstia e colocou uma parte dentro do cálice. Os auxiliares avançaram e pararam junto do altar quando o sacerdote levou o cálice aos lábios.

Ele morreu assim que tomou o sangue de Cristo.

A Igreja de São Cristóvão no Spanish Harlem se espremia entre uma mercearia e uma casa de penhores, como se estivesse agachada. Possuía um pequeno campanário cinzento e fora poupada das pichações que marcavam seus dois vizinhos laterais. O interior cheirava a velas, flores e lustra-móveis, exatamente como uma casa agradável no subúrbio deveria cheirar.

Pelo menos essa foi a sensação transmitida à tenente Eve Dallas ao caminhar pelo corredor formado entre as fileiras de bancos.

Mais à frente, um homem de camisa preta, calça preta e colarinho branco estava sentado com a cabeça inclinada para a frente e as mãos cruzadas.

Ela não sabia ao certo se o homem estava rezando ou simplesmente esperando por algo, mas ele não era a prioridade. Eve contornou o caixão lustroso e quase soterrado por cravos vermelhos e brancos. O falecido também não era a prioridade.

Ela prendeu a filmadora na lapela, mas, no momento em que começou a subir os dois pequenos degraus até a plataforma que era a base do altar — esse, sim, a prioridade —, sua parceira a agarrou pelo braço.

— É, bem... Acho que nós deveríamos... Fazer uma genuflexão.

— Eu nunca faço genuflexões em público.

— Não, é sério. — Os olhos escuros de Peabody examinaram o altar e as imagens. — Aquilo ali é solo sagrado ou algo assim.

— Engraçado... Para mim, parece que está mais para um cara morto.

Eve subiu os degraus. Atrás dela, Peabody rapidamente flexionou um joelho antes de seguir a tenente.

— A vítima foi identificada como Miguel Flores, 35 anos, padre católico — começou Eve. — O corpo foi movido do lugar. — Ela lançou um olhar para um dos guardas que protegiam o local.

— Isso mesmo, senhora. A vítima desmoronou durante a missa e houve uma tentativa de reanimá-la enquanto a ambulância era chamada. Dois policiais estavam no local, assistindo ao funeral... ao funeral do cadáver ali — acrescentou, apontando com o queixo para o caixão. — Eles afastaram as pessoas e resguardaram a cena. Estão esperando para conversar com a senhora.

Já tendo selado as mãos e os pés antes de entrar na igreja, Eve se agachou.

— Consiga as impressões digitais dele, o momento exato da morte e assim por diante, a fim de registrarmos, Peabody. E, para que fique igualmente registrado, as bochechas da vítima têm um

Salvação Mortal

tom rosado e brilhante. Vejo lesões no rosto, na têmpora esquerda e na maçã do rosto; provavelmente ocorreram quando ele caiu.

Ela olhou para cima e notou o cálice de prata sobre o linho branco manchado. Levantou-se, caminhou até o altar e cheirou o cálice.

— Ele bebeu isso aqui? O que ele estava fazendo exatamente no instante em que desabou?

— Recebendo a Comunhão — disse o homem da primeira fileira, antes que o guarda pudesse responder.

Eve foi até o outro lado do altar.

— Você trabalha aqui?

— Sim. Esta é a minha igreja.

— Sua?

— Eu sou o pároco. — Ele se levantou; era um homem compacto e musculoso com olhos tristes e escuros. — Padre López. Miguel estava oficiando a missa de corpo presente e tinha acabado de receber a Comunhão. Ele tomou do vinho; quase imediatamente pareceu entrar em convulsão e ofegou com força, tentando respirar. E então desmoronou. — López falava com um sotaque sutil, como um brilho exótico sobre madeira áspera. — Médicos e paramédicos que estavam assistindo à cerimônia tentaram reanimá-lo, mas já era tarde demais. Um deles comentou que achava que o motivo da morte tinha sido veneno, mas eu não acredito que isso possa ser verdade.

— Por quê?

López levantou as mãos.

— Quem envenenaria um padre dessa maneira e num momento como esse?

— De onde veio o vinho? Esse que estava no cálice.

— Nós mantemos o vinho da Comunhão trancado no tabernáculo, que fica na antecâmara.

— Quem tem acesso a esse local?

— Eu tenho. Miguel e Martin, ou seja, o padre Freeman, e também os ministros eucarísticos que ajudam na missa.

Muitas mãos, pensou Eve. Colocar um cadeado, nem pensar.

— Onde eles estão?

— Padre Freeman está visitando a família em Chicago e planeja voltar amanhã. Temos... Tivemos três ministros hoje devido à grande participação na Missa de Réquiem.

— Vou precisar dos nomes deles.

— A senhora certamente não desconfia...

— E quanto a isto?

Ele empalideceu na mesma hora em que Eve levantou a bandeja prateada onde estava parte da hóstia.

— Por favor, por favor. Está consagrado!

— Desculpe, agora isso é uma prova. Só que falta o outro pedaço. Ele comeu?

— Um pequeno pedaço é partido e colocado no vinho para o rito de fragmentação e da transubstanciação. Ele o consumiu junto com o vinho.

— Quem colocou o vinho no copo e o... — Ela tentou lembrar como era o nome daquilo. Pão? Biscoito?

— A hóstia — completou López. — Foi ele mesmo. Mas eu derramei o vinho no receptáculo e entreguei a hóstia para Miguel antes da Consagração. Fiz isso pessoalmente como um sinal de respeito ao sr. Ortiz. Miguel oficiou a cerimônia a pedido da família.

Eve inclinou a cabeça.

— Eles não quiseram o chefe? O senhor não disse que era o pároco, o padre principal?

— Sou o pároco, sim. Mas sou novo aqui. Só estou nesta paróquia há oito meses, desde que monsenhor Cruz se aposentou. Miguel estava aqui havia mais de cinco anos; casou dois dos bisnetos do sr. Ortiz e celebrou a Missa de Réquiem para a sra. Ortiz há cerca de um ano. Também batizou...

— Só um minuto, por favor.

Eve se voltou para Peabody.

Salvação Mortal   **13**

— Desculpe interromper, padre. A identidade foi confirmada — informou ela a Eve. — O momento da morte também confere. Ele bebeu, teve uma convulsão, caiu, morreu e ficou com as bochechas vermelhas. Cianeto, talvez?

— Uma suposição lógica. Vamos esperar pela confirmação de Morris. Embale o cálice e o biscoitinho. Fale com um dos policiais que testemunharam tudo e grave uma declaração dele. Vou falar com o outro depois que López me mostrar a fonte do vinho e da outra coisa.

— Devemos liberar o outro morto?

Eve franziu a testa ao olhar para o caixão.

— Ele já esperou tanto tempo, pode esperar um pouco mais. — Virou-se para López. — Preciso ver o lugar onde o senhor guarda o... — *Lanchinho?* — ... o vinho e as hóstias.

López assentiu e fez um gesto com a mão. Subiu os degraus e se afastou do altar, conduzindo Eve por uma entrada. Lá dentro, armários estavam alinhados ao longo de uma parede; sobre uma mesa, uma caixa alta, cuidadosamente esculpida com uma cruz. López pegou as chaves do bolso da calça e destrancou a portinha da caixa.

— Este é o tabernáculo — explicou. — Contém as hóstias e o vinho não consagrados. Nós mantemos um suprimento maior no primeiro armário ali na parede, que também está trancado.

A madeira brilhava de tão polida, observou Eve, e certamente continha impressões digitais. A tranca era uma chave comum que entrava em uma fechadura simples.

— Esta garrafa aqui foi de onde o senhor derramou o vinho no cálice?

— Isso mesmo. Eu o derramei e peguei as hóstias. Entreguei tudo a Miguel bem no início da Liturgia Eucarística.

O líquido purpúreo enchia a garrafa transparente até aproximadamente a metade.

— Essas substâncias deixaram as suas mãos em algum momento antes disso ou ficaram sozinhas neste aposento, sem ninguém por perto?

— Não. Eu as preparei e as mantive comigo o tempo todo. Agir de outro modo seria desrespeitoso.

— Preciso recolher tudo isso como evidência.

— Compreendo. Mas o tabernáculo não pode deixar a igreja. Por favor, se a senhora precisar examiná-lo, isso poderia ser feito aqui, senhora... Desculpe — acrescentou —, eu não perguntei o seu nome.

— Tenente Dallas.

— A senhora não é católica.

— Como foi que o senhor descobriu?

Ele sorriu de leve, mas a tristeza não abandonou seus olhos.

— Percebi que a senhora não está familiarizada com as tradições e os ritos da igreja, e algumas coisas podem lhe parecer estranhas. A senhora acha que alguém pode ter adulterado o vinho ou a hóstia?

Eve manteve o rosto e a voz neutros.

— Até agora eu não acho nada.

— Se isso aconteceu, alguém usou o sangue e o corpo de Cristo para matar. E fui eu quem os entregou a Miguel. Eu os coloquei em suas mãos. — Por baixo da tristeza nos olhos dele, Eve reconheceu brasas de fúria. — Deus os julgará, tenente. Mas eu acredito nas leis terrenas, assim como nas leis de Deus. Farei tudo que puder para ajudá-la em seu trabalho.

— Que tipo de padre era Flores?

— Um bom sacerdote. Misericordioso, dedicado, ahn... enérgico também, eu diria. Ele gostava muito de trabalhar com jovens e era particularmente bom nisso.

— Houve algum problema com ele recentemente? Depressão, estresse?

— Não... Não. Eu teria sabido, pelo menos percebido. Moramos juntos, nós três, na casa paroquial atrás da igreja. — Ele gesticulou vagamente no ar, como se sua mente estivesse ocupada com dezenas de outros pensamentos. — Comemos juntos quase diariamente; conversamos, discutimos, rezamos. Eu teria percebido se algo o

Salvação Mortal 15

estivesse perturbando. Se a senhora acha que ele poderia ter tirado a própria vida, eu digo que o padre Flores não faria isso. E certamente jamais dessa maneira.

— Havia problemas entre ele e alguma pessoa? Alguém que guardasse mágoa ou rancores ou que pudesse ter alguma questão não resolvida com ele, de natureza profissional ou de algum outro tipo?

— Não que ele tenha mencionado algo assim, e, como eu disse, conversávamos diariamente.

— Quem sabia que era ele quem iria rezar a missa fúnebre de hoje?

— Todo mundo. Hector Ortiz era uma figura importante na paróquia. Um homem amado e respeitado. Todos sabiam da missa fúnebre e também que Miguel seria o celebrante.

Enquanto falava, Eve cruzou a sala até a porta e a abriu. A luz do sol de maio irradiou pela entrada. A porta também tinha uma fechadura, notou, quase tão simples quanto a da caixa de madeira.

Fácil de entrar, fácil de sair.

— Houve alguma outra missa hoje mais cedo? — perguntou a López.

— Sim, a missa diária das seis da manhã. Fui eu que a celebrei.

— O vinho e as hóstias vieram do mesmo receptáculo que serviu à missa fúnebre?

— Sim, vieram.

— Quem os trouxe para o senhor celebrar a cerimônia?

— Miguel. É uma missa pequena, geralmente frequentada por menos de uma dezena de pessoas, talvez um pouco mais. Hoje nós já esperávamos menos gente, pois a Missa de Réquiem teria grande afluência de fiéis.

Bastava entrar, refletiu Eve, e assistir à missa da manhã. Depois voltar, envenenar o vinho e ir embora.

— Quantas pessoas assistiram à missa?

— A da manhã? Ah!... Oito ou nove. — Ele parou por um momento, e Eve o imaginou repassando as imagens e contando as cabeças. — Isso mesmo, nove pessoas.

— Vou precisar de uma lista com os nomes delas também. Algum rosto estranho entre eles?

— Não. Eu conhecia todos os que participaram da missa matinal. É um grupo pequeno, como eu disse.

— Só o senhor e Flores. Ninguém mais para ajudar?

— Não para a missa das seis horas. Normalmente não usamos um ministro auxiliar para o serviço matutino nos dias de semana, exceto durante a Quaresma.

— Certo. Eu gostaria que o senhor me desse por escrito, tanto quanto conseguir lembrar, todos os movimentos e as atividades recentes da vítima. O que Flores fez entre a manhã e o momento em que tudo ocorreu.

— Farei isso imediatamente.

— Vou precisar isolar este espaço como parte da cena do crime.

— Ah. — Um ar de angústia cobriu o rosto dele. — A senhora saberia informar durante quanto tempo?

— Não. — Eve sabia que estava sendo severa, mas alguma coisa sobre toda aquela... santidade a deixava nervosa. — Se o senhor me desse suas chaves, ficaria tudo mais simples. Quantos conjuntos existem?

— Temos estas e mais um molho que fica na casa paroquial. Vou precisar da minha chave para entrar lá.

Ele tirou uma única chave da corrente e entregou o restante do molho a Eve.

— Obrigada. Quem era Ortiz e como ele morreu?

— O sr. Ortiz? — Um sorriso um pouco mais comovido lhe surgiu no rosto e nos olhos. — Uma figura marcante da comunidade e desta paróquia, como eu já disse. Ele era dono de um restaurante familiar que fica a poucos quarteirões daqui. Chama-se Abuelo's. Ele administrou o negócio junto com a esposa, segundo me contaram, até cerca de dez anos atrás, quando um dos filhos e a neta assumiram o estabelecimento. Ele tinha 116 anos e morreu de forma tranquila e indolor, espero, durante o sono. Era um homem bom e muito amado. Acredito que já esteja nos braços de Deus.

Ele tocou a cruz que usava, um leve roçar de dedos.

— Sua família está compreensivelmente angustiada pelo que aconteceu esta manhã. Se eu pudesse entrar em contato com eles, nós poderíamos dar continuidade à Missa de Réquiem, para manter o Compromisso da Igreja. Não aqui — apressou-se López, antes que Eve pudesse retrucar. — Posso organizar tudo, mas eles precisam enterrar o pai, o avô, o amigo. É necessário que completem o ritual. O sr. Ortiz deve ser respeitado.

Eve compreendia o dever para com os mortos.

— Preciso falar com outra pessoa, antes. Vou tentar fazer as coisas andarem, mas é necessário que o senhor me aguarde na residência paroquial.

— Eu sou um suspeito. — Essa ideia não pareceu abalá-lo nem surpreendê-lo. — Eu forneci a Miguel a arma que o matou.

— Isso mesmo. Nesse momento, praticamente qualquer pessoa que tenha entrado na igreja e obtido acesso a este aposento é suspeita. Hector Ortiz poderá ser liberado, mas é só isso por enquanto.

Ele sorriu novamente, um sorriso tênue.

— A senhora provavelmente poderá eliminar os bebês e as crianças pequenas da sua lista.

— Não sei não... Crianças podem ser figuras muito suspeitas. Precisamos dar uma olhada no quarto de Flores, na casa paroquial. Assim que puder, vou mandar retirar o corpo do sr. Ortiz da cena do crime.

— Obrigado. Vou esperar na minha casa.

Eve o acompanhou até o lado de fora, trancou a porta e mandou que o guarda mais próximo trouxesse o segundo policial que servira de testemunha.

Enquanto esperava, voltou a dar uma volta em Flores. Um homem bonito, pensou. Aproximadamente um metro e oitenta, embora fosse difícil avaliar seu biótipo debaixo daquela túnica engraçada, mas ela havia analisado a foto da identidade. Calculara seu peso em setenta e poucos quilos.

Tinha traços simétricos, muito cabelo escuro com alguns reflexos prateados. Mais suave que López, analisou. Mais magro, mais jovem.

Refletiu que os padres existiam de todos os tipos e tamanhos, como as pessoas comuns.

Só que padres não deveriam ter relações sexuais. Ela precisaria perguntar a alguém o motivo dessa regra, caso considerasse a resposta importante para o caso. Alguns padres a ignoravam e se divertiam por aí, como as pessoas comuns. Talvez Flores não desse muita importância ao celibato.

Quem daria?

Talvez tivesse se envolvido com a pessoa errada. Uma amante revoltada ou o marido ainda mais revoltado dela. Ele trabalhava particularmente bem com os jovens, pensou. Talvez gostasse de molhar o biscoito no café de jovens menores de idade. Um pai vingativo, talvez?...

Ou...

— Tenente Dallas?

Eve se virou para ver uma mulher atraente vestindo um pretinho básico. Estrutura "mignon", essa seria a palavra, avaliou Eve, calculando a altura dela em 1,65 metro, incluindo os sapatos pretos de salto muito alto. Seu cabelo também era preto brilhante, presos fortemente em um coque atrás da cabeça. Tinha imensos olhos amendoados num tom forte de verde.

— Sou Graciela Ortiz. Policial Ortiz — acrescentou, quase como um adendo.

— Policial. — Eve desceu do altar. — Você é parenta do sr. Ortiz?

— Poppy era como eu o chamava. Era meu bisavô.

— Sinto muito pela sua perda.

— Obrigada. Ele viveu muito bem e por um longo tempo. Agora está na companhia dos anjos. Mas o padre Flores...

Salvação Mortal 19

— Você acha que ele não está com os anjos?

— Espero que esteja. Mas não viveu por um longo tempo nem morreu pacificamente em sua cama. Eu nunca vi uma morte como esta. — Ela respirou fundo e estremeceu de leve. — Eu deveria ter agido mais rapidamente para preservar a cena. Meu primo e eu... Matthew trabalha na Divisão de Drogas... deveríamos ter agido com mais rapidez. Mas eu estava mais perto do altar, e Matt estava no fundo da igreja. Eu achei... todos nós achamos... que o padre Flores tinha sofrido algo como um infarto. O dr. Pasquale e meu tio, que também é médico, tentaram ajudá-lo. Tudo aconteceu muito depressa. Foi questão de minutos. Três ou quatro, não mais. Foi por isso que o corpo foi movimentado, e a cena, comprometida. Sinto muito.

— Conte-me o que houve.

Graciela relatou os acontecimentos, reproduzindo a sequência dos fatos exatamente como López fizera.

— Você conhecia o padre Flores?

— Sim, um pouco. Ele casou meu irmão. Quero dizer que foi ele quem celebrou a cerimônia. Padre Flores também dedicava parte do tempo ao centro de jovens que é ligado à paróquia. Eu também faço isso sempre que posso, então eu já o conhecia de lá também.

— Quais são as suas impressões a respeito dele?

— Era sociável, expansivo, interessado. Parecia se relacionar bem com as crianças de rua. Sempre achei que talvez ele tivesse passado por isso na infância.

— Ele demonstrava interesse especial por alguma criança específica?

— Não que eu tenha reparado. Mas eu não me encontrava com ele muitas vezes.

— Ele alguma vez tentou dar em cima de você?

— Dar em cima... Não! — Graciela pareceu chocada, depois pensativa. — Não, nunca houve insinuações, nunca senti algo desse tipo. E nunca ouvi ninguém comentar que ele tivesse quebrado esse voto.

— Você teria ouvido?

— Eu, diretamente, não creio, mas a minha família... e eles são em grande número... todos muito envolvidos com a igreja; esta é a nossa paróquia. Se ele estivesse dando em cima de alguém, havia a possibilidade de que esse alguém tivesse parentesco ou laços de amizade com a família Ortiz. As fofocas na família correm muito depressa e são abrangentes. Minha tia Rosa é empregada da casa paroquial e não há nada que escape ao olho dela.

— Rosa Ortiz?

— Rosa O'Donnell. — Graciela sorriu. — Existem outros sobrenomes de família. Foi homicídio, tenente?

— No momento, trata-se de morte suspeita. Você poderia conversar com os membros da família para obter suas impressões?

— Ninguém vai falar de outro assunto durante vários dias — comentou Graciela. — Vou ver o que consigo descobrir com aqueles que o conheceram melhor que eu.

— Ok. Vou liberar o corpo do seu bisavô para ser removido da cena policial. Você e seu primo podem cuidar dos detalhes assim que acabarmos aqui.

— Agradecemos muito.

— Em que delegacia você trabalha?

— Na 223ª DP, aqui no East Harlem.

— Há quanto tempo está na polícia?

— Quase dois anos. Pensei em ser advogada, mas mudei de ideia.

Provavelmente mudará de novo, refletiu Eve. Ela simplesmente não via a dureza de uma policial naqueles olhos verdes.

— Vou chamar minha parceira e vamos liberar o caixão. Se você se lembrar de mais alguma coisa a respeito de Flores, por favor me procure na...

— Central de Polícia — terminou Graciela. — Eu sei.

Depois que Graciela se afastou com seus saltos altos estalando, Eve examinou mais uma vez a cena do crime. Havia muita morte ali para uma igreja tão pequena, pensou. Um morto no caixão,

Salvação Mortal 21

outro no altar e um terceiro olhando para baixo do alto de uma cruz muito grande.

Um morreu dormindo depois de uma vida longa; outro morreu depressa, em poucos minutos; o terceiro recebeu cravos e marteladas nas mãos e nos pés, para poder ser erguido, preso a uma cruz de madeira.

Deus, um padre e um fiel, pensou. Em sua avaliação, Deus tinha sofrido a pior morte dos três.

— Eu não consigo decidir — comentou Peabody, enquanto elas caminhavam rumo à casa paroquial — se as estátuas, as velas e os vitrais coloridos são muito bonitos ou muito assustadores.

— Estátuas são parecidas com bonecos, e bonecos são assustadores. A gente fica esperando o tempo todo que eles pisquem a qualquer momento. Os piores são os que ficam sorrindo assim... — Eve manteve os lábios bem apertados enquanto os curvava. — Você sabe que eles têm dentes ali atrás. Dentes grandes, afiados e brilhantes.

— Nunca pensei assim. Mas agora vou ficar com isso na cabeça.

O prédio pequeno e discreto que abrigava a casa paroquial exibia flores em vasos colocados junto às janelas. Ostentava uma segurança mínima, pelo que Eve observou. Uma fechadura padrão na porta; janelas com flores que provavelmente ficavam abertas para o ar da primavera; nenhuma placa de reconhecimento palmar nem câmeras de segurança.

Ela bateu à porta e esperou com suas longas pernas cobertas por calças simples e os pés firmemente plantados em botas muito gastas. O blazer cinza pálido que ela vestira às pressas naquela manhã encobria o coldre com a arma. A brisa alegre de maio fez balançar de leve seu curto cabelo castanho. Como as pernas, seus olhos eram elegantes, num tom de uísque e mel. Não cintilavam de vida como os de Graciela. Eram duros como de uma policial de verdade.

A mulher que atendeu à porta exibia uma explosão de cachos escuros com pontas douradas em torno de um rosto bonito. Seus olhos vermelhos de tanto chorar examinaram Eve e depois Peabody.

— Desculpem, o padre López não poderá receber visitas hoje.

— Sou a tenente Dallas, do Departamento de Polícia de Nova York. — Eve tirou o distintivo. — Esta é a detetive Peabody.

— Sim, claro. Por favor, me desculpem. O padre me avisou que as senhoras viriam. Por favor, entrem.

Ela deu um passo para trás. Usava um cravo vermelho na lapela de seu traje de luto preto, que cobria um corpo lindamente cheio de curvas.

— Este é um dia terrível para a paróquia e para a minha família. Sou Rosa O'Donnell. Meu avô... A missa de corpo presente era para ele, entendem? O padre está no escritório. Ele me pediu para lhe entregar isto, tenente. — Ela lhe ofereceu um envelope. — A senhora solicitou que ele escrevesse tudo que o padre Flores fez hoje.

— Isso mesmo, obrigada.

— Vou avisar que a senhora chegou para vê-lo.

— Não há necessidade, por enquanto. Pode dizer a ele que já liberamos o corpo do sr. Ortiz. Minha parceira e eu precisamos ver os aposentos do padre Flores.

— Vou acompanhá-las até o andar de cima.

— Você cozinha para a casa paroquial — começou Eve, enquanto seguiam do saguão minúsculo para a escada.

— Sim, e também faço faxina. Um pouco disso, um pouco daquilo. Três homens, mesmo sendo sacerdotes, precisam de alguém que recolha suas coisas.

A escada dava num corredor estreito. As paredes eram brancas e adornadas aqui e ali com crucifixos ou imagens de pessoas com vestes que pareciam benignas ou — aos olhos de Eve — tristes. Algumas pareciam irritadas.

— Você conheceu o padre Flores — disse Eve, em tom de incentivo.

Salvação Mortal

— Muito bem, eu acho. Quando uma mulher cozinha e faz limpeza para um homem, acaba descobrindo quem ele é.

— E quem ele era?

Rosa parou diante de uma porta e suspirou.

— Um homem de fé e bom humor. Ele gostava de esportes, de assistir e de jogar. Tinha muita... energia — decidiu. — E dedicava boa parte dessa energia ao centro de jovens.

— Como ele se relacionava com os colegas? Os outros sacerdotes — especificou Eve, quando Rosa pareceu não entender.

— Muito bem. Havia respeito entre ele e o padre López, e eu diria que pareciam ser amigos. Eram tranquilos um com o outro, se a senhora me entende.

— Entendo.

— Ele era mais próximo, bem, um pouco mais chegado do padre Freeman. Tinham mais em comum fora da igreja, imagino. Esportes. Ele e o padre Freeman conversavam muito sobre esportes, como os homens costumam fazer. Iam aos jogos juntos. Também corriam quase todas as manhãs e muitas vezes jogavam bola no centro.

Rosa suspirou novamente.

— O padre López está entrando em contato com o padre Freeman agora, para dar a notícia. Isso é muito difícil.

— E a família de Flores?

— Ele não tinha. Costumava dizer que a igreja era a família dele. Acho que seus pais morreram quando era criança. — Ela abriu a porta. — Ele nunca recebeu ligações nem cartas de familiares, como acontece frequentemente com o padre López e com o padre Freeman.

— E quanto a outras ligações ou outras cartas?

— Como assim?

— Com quem ele tinha contato? Amigos, professores, antigos colegas de escola?

— Eu... Eu não sei. — Suas sobrancelhas se juntaram. — Ele tinha muitos amigos na paróquia, é claro, mas se a senhora se refere a pessoas de fora ou do passado eu não saberia dizer.

— Você notou alguma coisa diferente no humor ou na rotina dele recentemente?

— Não, nada. — Rosa balançou a cabeça. — Entrei aqui para preparar o café da manhã para ele e para o padre López esta manhã, antes do funeral. Ele foi muito gentil.

— A que horas você chegou aqui?

— Ahn... cerca de seis e meia, talvez alguns minutos depois.

— Havia mais alguém?

— Não. Eu entrei, pois tenho a chave. Como de costume, o padre López tinha se esquecido de trancar a porta. Os padres voltaram da missa logo depois, e eu servi o café da manhã. Nós todos conversamos sobre o culto, e então o padre Flores entrou no escritório para trabalhar em sua homilia.

Ela pressionou a ponta dos dedos contra os lábios e murmurou:

— Como isso pode ter acontecido?

— Vamos descobrir. Obrigada — agradeceu Eve, com um gesto de dispensa, e entrou no quarto.

Havia uma cama estreita, uma cômoda pequena com espelho, uma mesinha de cabeceira e uma escrivaninha. Nenhum *tele-link*, observou Eve, nem computador. A cama parecia bem-feita, e sobre a cabeceira do móvel via-se uma imagem de Cristo na cruz presa ao lado de um crucifixo. Tudo aquilo pareceu um exagero para Eve.

Não havia fotografias pessoais à vista, nem fichas de crédito espalhadas sobre a cômoda. Ela viu uma Bíblia, um rosário preto e prateado, uma luminária de cabeceira, um pente e um *tele-link* de bolso sobre a cômoda.

— Isso explica por que ele não trazia um *tele-link* no bolso — comentou Peabody. — Acho que eles não levam eletrônicos quando vão rezar uma missa. — Quando ela virou a cabeça, as pontas soltas de seu cabelo escuro dançaram. — Bem, acho que nossa busca não vai demorar, considerando que ele não tinha muitas coisas.

— Dê uma olhada nos outros quartos. Só uma olhadinha básica, da porta mesmo. Descubra se todos são iguais a este.

Salvação Mortal 25

Quando Peabody saiu, Eve abriu uma gaveta da cômoda com a mão selada. Cuecas brancas, camisetas estilo regata também brancas, meias brancas, meias pretas. Ela percorreu tudo com os olhos, mas não encontrou mais nada. Em outra gaveta havia camisetas. Brancas, pretas, cinza, algumas com emblemas de equipes esportivas na frente.

— Os outros têm mais coisas parecidas — anunciou Peabody ao voltar. — Coisas de homem.

— Defina "coisas de homem" — pediu Eve, enquanto removia a gaveta de baixo da cômoda.

— Uma bola de golfe exposta numa caixa de vidro, pilhas de discos, um par de luvas de boxe, esse tipo de coisa.

— Verifique aquele guarda-roupa ali. — Eve tirou a gaveta por completo e verificou tudo, inclusive o fundo e a parte de trás.

— Ternos de padre, dois conjuntos de calças e uma daquelas túnicas. Um par de sapatos pretos que parecem muito usados e mais dois pares de botas de cano alto; um está detonado. Na prateleira interna... — Peabody fez uma pausa enquanto revirava as coisas. — Roupas de frio. Dois suéteres, dois moletons e uma jaqueta com capuz. Dos Knicks.

Depois de verificar todas as gavetas, as costas, os fundos e as laterais, Eve arrastou a cômoda para longe da parede e examinou a parte de trás do espelho.

Com Peabody, ela foi para junto da mesa. Havia uma agenda ali, alguns cubos de lembretes autoadesivos, uma pequena pilha de livros do centro de jovens, a programação dos jogos dos Yankees para a temporada e outra dos Knicks.

Eve verificou as últimas anotações na agenda.

— Vigília para Ortiz na capela funerária ontem à noite. Um jogo dos Yankees na última quarta-feira. Vamos ver se alguém daqui foi com ele. Aqui também está marcado PC para domingo que vem, sem ser esse o outro, às duas da tarde. Preciso descobrir o que é isso. Temos alguns jogos e sessões no centro de jovens agendados aqui. E há uma Preparação Pré-C. Também vou precisar que alguém me diga o que é isso. Duas dessas sessões aconteceram na segunda e na terça-feira passadas. Preciso saber os nomes de quem veio fazer essa tal preparação aqui. Vamos investigá-los. A missa fúnebre também está marcada na agenda. Uma aula na Igreja de São Cristóvão e um batizado marcado para o sábado que vem. Tudo isso são coisas de padre, à exceção do jogo dos Yankees.

Ela ensacou a agenda como evidência.

— Dê uma olhada no *tele-link* — ordenou a Peabody, indo examinar a mesinha de cabeceira.

Folheou a Bíblia e encontrou alguns santinhos. Em Hebreus, reparou um versículo sublinhado: *E foi assim que, depois de esperar pacientemente, alcançou a promessa.* Outro versículo fora sublinhado em Provérbios: *Comigo estão riquezas e honra, prosperidade e justiça duradouras.*

Interessante. Ela guardou a Bíblia no saco plástico para evidências. Dentro da gaveta da cabeceira havia mais alguns panfletos comunitários, além de um pequeno videogame. Eve também encontrou uma medalha de prata gravada presa atrás da gaveta.

— Ora, ora... Por que um padre prenderia uma medalha religiosa com fita adesiva atrás de uma gaveta?

Peabody interrompeu a busca.

— Que tipo de medalha?

— É uma mulher que usa um manto comprido e tem as mãos cruzadas; parece que está de pé em cima de um travesseiro ou algo assim e tem uma criança no colo.

— Provavelmente é a Virgem Maria e o Menino Jesus. E, sim, é um lugar estranho para esconder uma medalha.

Cuidadosamente, Eve descolou a fita adesiva da medalha e a virou.

— *Lino, que La Virgen de Guadalupe cuide de você... Mama.* Está com a data de 12 de maio de 2031.

— Rosa disse que achava que os pais dele tinham morrido quando ele era menino; ele teria uns 6 anos nesta data — calculou Peabody.

— Talvez Lino seja um apelido, um termo carinhoso em espanhol?

Salvação Mortal

— Sim, pode ser. Mas por que razão prender a medalha com fita na parte de trás de uma gaveta em vez de usá-la ou mantê-la *dentro* da gaveta? Sacerdotes podem usar joias? — perguntou Eve a si mesma, em voz alta.

— Provavelmente não usam grandes anéis ou correntes de ouro, mas eu já os vi com crucifixos pendurados, medalhas e outras coisas.

— Para ver mais de perto, Peabody se inclinou. — Como essa.

— Sim. Sim. Então por que isso estava escondido? Você esconde um objeto para que ninguém o veja, mas o coloca perto de você quando quer olhar para ele de vez em quando. Isso era importante para ele, não importa se era dele, de um amigo, de um parente ou se ele o conseguiu numa loja de objetos usados. A verdade é que era importante. Parece prata — murmurou —, mas não está manchada. Você precisa ficar sempre polindo a prata para mantê-la brilhante.

Depois de mais uma longa análise, ela ensacou a medalha.

— Talvez possamos rastrear a origem dela. E quanto ao *tele-link*?

— Há registro de ligações dele para Roberto Ortiz, o filho mais velho ainda vivo do sr. Ortiz. Também tem algumas ligações dele para o centro de jovens e uma mais antiga, feita na semana passada, para o padre Freeman.

— Certo, vamos dar uma olhada e ouvir tudo. E vamos chamar os peritos para examinar este local. Depois, quero que este quarto seja lacrado.

Ela pensou nos dois versículos sublinhados e se perguntou quais riquezas e honras Flores esperava.

Capítulo Dois

Foi um longo caminho do Spanish Harlem até o Lower West Side e a Central de Polícia. Tempo suficiente para Peabody fazer uma pesquisa inicial no nome de Miguel Flores e recitar os fatos mais importantes enquanto Eve costurava no tráfego por grande parte da extensão de Manhattan.

— Miguel Ernesto Flores — leu Peabody no tablet. — Nascido em 6 de fevereiro de 2025, na cidade de Taos, Novo México. Os pais, Anna Flores Santiago e Constantine Flores, foram mortos num assalto à mercearia deles, no verão de 2027. A mãe estava grávida de sete meses.

— Os ladrões foram pegos?

— Foram, sim. Dois rapazes que tinham acabado de completar 18 anos. Ambos estão cumprindo sentenças de prisão perpétua, sem possibilidade de liberdade condicional. Flores foi para um orfanato estadual.

— A inscrição tem a data de 2031, quando sua mãe já estava morta havia quatro anos. Então, quem é "mamãe"?

— Talvez a mãe adotiva?

Salvação Mortal 29

— Pode ser.

— Ele cursou o ensino fundamental em uma instituição pública, mas cursou o ensino médio e a faculdade em estabelecimento de ensino católicos e particulares.

— Particulares? — interrompeu Eve, rosnando em seguida quando um táxi da Cooperativa Rapid Cab a cortou. — Isso custa muita grana.

— Custa mesmo. Talvez tenha conseguido bolsa de estudos, vou pesquisar. Entrou para o seminário assim que terminou a faculdade; passou vários anos trabalhando e morando no México. Conseguiu dupla cidadania. Foi transferido para a Igreja de São Cristóvão em novembro de 2054. Hummm, há um buraco nessa cronologia. Sua última posição tinha sido em uma missão de Jarez, até junho de 2053.

— Então, onde foi que Flores esteve por mais de um ano e o que andou fazendo? Ele devia ter um chefe, como López. Um pároco ou sei lá como se chama. Vamos descobrir. Algum registro criminal de contravenções ou mau comportamento típicos da adolescência?

— Não, e também nada que informe algum registro confidencial.

— Educação católica de boa qualidade é muito cara. A menos que ele tenha conseguido alguma bolsa de estudos que cobrisse praticamente tudo, como conseguiu pagar? De onde veio o dinheiro? Vamos precisar descascar algumas camadas para chegar lá.

Eve franziu a testa quando ultrapassou um maxiônibus.

— A vítima usava um relógio barato e tinha menos de quarenta dólares na carteira. Quem paga salário para esses caras? Será que eles recebem para trabalhar? Há uma carteira de identidade normal, mas ele não tinha cartões de débito ou de crédito. Nem carteira de motorista. Só uma cruz de prata.

— Talvez o papa pague salários para eles. — O rosto quadrado de Peabody ficou pensativo. — Não diretamente, mas o papa é o chefe da Igreja, então talvez o dinheiro venha dele. Afinal, padres precisam viver... compram comida, roupas e têm despesas com transportes.

— Menos de quarenta paus na carteira e sem dinheiro no quarto. Vamos ver se existem contas bancárias em seu nome. — Eve batucou com os dedos no volante. — Precisamos ir ao necrotério para ver se Morris conseguiu determinar a *causa mortis*.

— Se foi veneno, não me parece suicídio. Além do mais — Peabody acrescentou —, eu sei que os católicos são totalmente contrários a isso e não estou convencida de que um padre possa ter tirado a própria vida.

— Seria muito cruel fazer isso no altar de uma igreja cheia, diante da congregação e durante uma cerimônia fúnebre — comentou Eve. — Ou... irônico. Mas não, também não me convence. As declarações das testemunhas confirmam que ele seguiu o ritual padronizado da cerimônia com naturalidade. Quando alguém pretende ingerir vinho misturado com veneno... mesmo que a pessoa esteja morrendo... hahaha... de vontade de se matar, demonstraria algum nervoso ou hesitação na hora H. Um momento do tipo "*Ok, é agora que eu mergulho no vazio*". Ou algo assim.

— Talvez ele não fosse um alvo específico. Pode ser que quem tenha preparado o vinho quisesse apenas matar um padre. Tipo uma vingança religiosa genérica.

— O veneno não foi colocado para o culto da manhã, mas estava lá... se é que foi veneno... na bebida da cerimônia fúnebre. Talvez alguém tenha entrado sem ser visto, arrombou a caixinha e colocou a substância no vinho sem saber quem seria o primeiro a beber dele. Mesmo assim, eu acredito que o padre Flores tenha sido o alvo pretendido.

Mas resolveu manter seu relatório em suspenso até conversar com Morris.

No ar gélido e artificial, a morte entrava e saía sorrateiramente, como a deusa de todos os ladrões. Não havia quantidade de filtragem, vedação ou limpeza que conseguisse remover por completo o cheio doce e insidioso da carne humana. Já acostumada com isso, Eve atravessou os brancos e duramente iluminados corredores do necrotério, pensou por fugazes instantes em pegar uma lata de Pepsi em uma das máquinas automáticas, nem que fosse para aumentar o nível de cafeína no sangue, mas desistiu e abriu uma das portas de uma sala de necropsia.

Surpreendeu-se ao ser tomada pelo romântico perfume de rosas. Ali estavam elas, vermelhas como sangue fresco, em uma das mesas giratórias usadas para guardar as ferramentas desagradáveis do ofício realizado ali. Eve estudou a imensa quantidade delas e se perguntou se o cadáver nu atrás deles apreciaria sua elegância.

Também era elegante o homem que cantarolava junto com o coral de belas vozes fluindo daquele ar perfumado pelas rosas. Morris, o chefe dos legistas, vestia preto naquele dia, mas não havia nada de mórbido ou funéreo no seu terno com corte elegante. A camiseta azul-néon, provavelmente de seda, servia para deixar um pouco mais sofisticado o estilo da roupa, supôs Eve. Ele tinha espetado um dos botões de rosa vermelha na lapela e trançara cordões vermelhos e azuis ao longo de seu comprido rabo de cavalo negro.

A capa protetora transparente que vestia sobre a roupa não diminuía em nada a sua sofisticação e, quando ele virou seus olhos exóticos para Eve e sorriu, a tenente teve de admitir para si mesma que o belo rosto dele elevava ainda mais o seu estilo.

— Belas flores — elogiou ela.

— São mesmo, não é? Foram enviadas por uma amiga. Decidi trazê-las para cá. Elas dão um pouco mais de classe a este lugar, não acham?

— São magníficas! — empolgou-se Peabody, aproximando-se e aspirando o ar. — Puxa, há mais de duas dúzias aí. Um tremendo tributo!

Esse era um estratagema óbvio para arrancar mais informações sobre a remetente das flores, mas Morris simplesmente continuou a sorrir.

— Sim, ela é uma boa amiga. De repente, me ocorreu que eu já deveria ter enfeitado este lugar com flores antes. Afinal de contas, é tradicional trazê-las para os mortos.

— Por que será? — perguntou-se Eve em voz alta.

— Acredito que elas sejam símbolos de uma ressurreição, uma espécie de renascimento. Algo que — continuou Morris — seu atual cliente certamente iria apreciar. Junto com... espero... a música. Este é o *Réquiem*, de Mozart.

— Certo... — Eve olhou para Flores e duvidou que ele apreciasse muito qualquer coisa naquele momento, já que estava morto sobre uma placa de pedra e com o peito aberto por um dos cortes delicados e eficazes em forma de Y que Morris sabia fazer tão bem. — Como ele chegou aqui?

— A estrada da vida é longa e sinuosa. Mas a dele acabou com uma dose de veneno misturada ao seu pão e vinho.

— Cianeto.

Morris inclinou a cabeça em sinal de concordância.

— Cianeto de potássio, para ser preciso. Dissolve-se facilmente em líquido, e a dose foi letal. Tão elevada, na verdade, que conseguiria derrubar um rinoceronte. Ainda não terminei aqui, mas, apesar de estar morto, ele me parece um cadáver muito saudável. Muito bem-disposto, embora não esteja pronto para o amor.

— Como assim?

— Uma brincadeira com a letra de uma antiga canção. As lesões foram resultantes da queda. Ele ingeriu cereal de trigo, bananas reidratadas, iogurte e café de soja aproximadamente três horas antes da morte. Em algum momento do passado, quando ainda estava na puberdade, sofreu uma fratura no rádio do braço esquerdo, que se curou muito bem, por sinal. Suponho que ele se exercitava regularmente... podemos dizer *religiosamente*, pois é adequado aqui... e também praticava esportes.

— Sim, isso combina com a história dele.

— E pode explicar um pouco do desgaste nas articulações, mas não me satisfaz em relação às cicatrizes.

— Que cicatrizes?

Morris chamou Eve mais para perto com o indicador em gancho e lhe ofereceu um par de micro-óculos.

Salvação Mortal 33

— Vamos começar aqui. — Ele ajustou o foco para que Peabody pudesse acompanhar tudo pela tela do monitor e, em seguida, se debruçou junto com Eve sobre o corpo de Flores. — Bem aqui, entre a quarta e a quinta costelas. Uma marca fraca, acredito que alguém tenha feito uma tentativa de restaurar a pele com Nu Skin ou algo semelhante para tentar reduzir a marca da cicatriz. Só que o Nu Skin não ajudou na costela propriamente dita, que ainda carrega sua própria cicatriz. Veja só...

Peabody emitiu um som gutural, atrás deles, quando Morris expôs a caixa torácica.

Eve estudou a costela através dos micro-óculos.

— Um ferimento de faca.

— Sim, exatamente. E houve um segundo aqui. — Ele indicou a cicatriz mais fraca no peitoral superior direito. — Vou fazer os testes, mas a minha experiência de especialista coloca a primeira ferida com não menos de cinco e não mais de dez anos de idade; a segunda tem entre dez e quinze. E tem mais esta aqui, no antebraço esquerdo. Como eu disse, mal conseguiriam ser percebidas a olho nu. Fizeram um bom trabalho.

— Isso não é uma cicatriz de ferimento — murmurou Eve, enquanto analisava o padrão mais claro da pele. — Foi remoção de tatuagem.

— Isso mesmo, minha premiada aluna! — Morris lhe deu um rápido tapinha de aprovação nas costas. — Vou enviar uma cópia ampliada dessa imagem para o laboratório. Eles deverão ser capazes de recriar a imagem que o seu padre mandou tatuar no braço. Agora, vamos para algo realmente interessante. Ele se submeteu a um trabalho de cirurgia plástica no rosto.

A cabeça de Eve se ergueu subitamente e seus olhos arregalados se encontraram com os de Morris.

— Que tipo de trabalho?

— Serviço completo, me parece. Só que eu ainda não terminei os exames. Posso, porém, lhe assegurar que foi um trabalho de primeira classe, e esse tipo de intervenção sofisticada é caríssimo. Poderíamos dizer que está muito além da carteira de um servo de Deus.

— Sim, poderíamos dizer. — Lentamente, ela tirou os micro--óculos. — Há quanto tempo ele fez esse trabalho?

— Vou precisar trabalhar na minha magia para refinar essa informação, mas acredito que tenha sido mais ou menos na mesma época em que removeu a tatuagem.

— Um padre com tatuagem que participa de lutas de faca. — Eve colocou os óculos debaixo da abundância de rosas vermelhas.

— Que apareceu por aqui há seis anos com um novo rosto. Sim, isso é muito interessante.

— Quem tem trabalhos tão divertidos quanto o nosso, Dallas? — Morris sorriu para ela. — Não somos uns sortudos?

— Bem, com certeza temos mais sorte que esse padre morto.

— Fico me perguntando quem terá feito isso — começou Peabody, no instante em que elas começaram a caminhar pelo corredor branco.

— Claro que eu também me pergunto quem foi. Sou paga para me perguntar quem foi.

— Não é isso... quer dizer, também é. Mas estou falando das rosas. Quem teria mandado todas aquelas rosas para Morris e por quê?

— Por Deus, Peabody, o porquê é óbvio. Não acredito que transformei você numa detetive. O porquê é: "Obrigada por me comer e me levar a um plano elevado da existência."

— Não deve ter sido isso — retrucou Peabody, levemente ofendida. — Pode ter sido um agradecimento por ele tê-la ajudado com a mudança para um novo apartamento.

— Quando alguém recebe um agradecimento por carregar móveis, o presente é uma caixa com seis latas de cerveja. Uma tonelada de rosas vermelhas é para sexo. De boa qualidade e em grande quantidade.

Salvação Mortal 35

— Eu ofereço a McNab sexo de muito boa qualidade e nunca recebi toneladas de rosas vermelhas.

— Vocês moram juntos, o sexo faz parte das atividades de rotina.

— Aposto que Roarke compra flores para você — murmurou Peabody.

Ele comprava?, perguntou-se Eve. Sempre havia flores em toda a casa. Eram para ela? Será que deveria reparar nelas? Retribuir? Meu Deus, por que ela estava pensando nisso?

— O "quem foi" também é fácil de adivinhar. Provavelmente a policial que é uma beldade sulista com comissão de frente avantajada que Morris anda comendo nos últimos tempos. Agora, já que esse mistério está resolvido, talvez possamos passar alguns minutos tentando contemplar a história do cara morto que acabamos de deixar em cima da mesa de autópsia.

— A detetive Coltraine? Ela não vem a Nova York há mais de um ano. Como é que pode estar pegando Morris?

— Peabody!

— Estou só comentando... Acho que, se uma mulher merece pegar Morris, ela deveria ser uma de nós. Não no sentido uma de nós duas, porque estamos *comprometidas* — os olhos castanhos de Peabody cintilaram de insulto —, mas pelo menos uma policial que estivesse aqui pela área há, pelo menos, mais de cinco minutos.

— Se você não pode pegar Morris, por que se importa com quem pega? — Você também se importa — murmurou Peabody ao se sentar no banco do carona. — Você sabe que sim.

Talvez um pouco, mas Eve não precisava admitir.

— Será que eu conseguiria fazer você se interessar pela história de um padre morto?

— Ok, tá legal. — Peabody soltou um suspiro longo e triste.

— Ok, o lance da tatuagem não é necessariamente importante. As pessoas fazem *tattoos* e depois mudam de ideia, isso acontece o tempo todo. É por isso que as temporárias são uma solução mais inteligente. Ele poderia ter feito essa tatuagem quando era mais jovem e depois decidiu que isso não era, sei lá, digno o suficiente para o seu trabalho.

— E os ferimentos de faca?

— Às vezes sacerdotes e outros religiosos circulam por áreas arriscadas e enfrentam situações complicadas. Ele pode ter sido esfaqueado tentando ajudar alguém. E a cicatriz mais antiga pode ter acontecido quando ele era adolescente, antes da santidade.

— Tudo bem, aceito as duas hipóteses — afirmou Eve enquanto dirigia para a Central. — E a plástica?

— Isso é mais difícil. Talvez ele tenha se ferido. Pode ter sofrido um acidente de carro, digamos, e seu rosto virou um patê. Talvez a igreja ou um membro da congregação tenha pagado pela reconstrução.

— Vamos verificar os registros médicos e investigar.

— Mas você não acredita nessa hipótese.

— De jeito nenhum.

Em sua sala na Central de Polícia, Eve redigiu seu relatório inicial e abriu um novo arquivo para o assassinato. Montou um quadro, colocou uma cópia da foto da identidade de Flores bem no centro e passou os minutos seguintes unicamente olhando para ele.

Nenhum parente. Nenhum registro criminal. Nenhuma posse terrena.

Um envenenamento público, refletiu, poderia ser visto como uma espécie de execução. O simbolismo religioso não pode ser esquecido. Seria algo óbvio e deliberado. Uma execução religiosa?

Ela tornou a se sentar e começou a montar uma cronologia a partir das declarações das testemunhas e do escrito de López.

05:00 — ele se levanta da cama. Oração da manhã e meditação (no próprio quarto).

05:15 — ele toma uma ducha e se veste.

05:40 (aproximadamente) — ele sai da casa paroquial com López rumo à igreja.

Salvação Mortal

06:00 até 06:35 — auxilia López no serviço litúrgico matinal. Consome o vinho da comunhão e os biscoitinhos... ou seja... as hóstias.

06:30 (aproximadamente) — Rosa O'Donnell chega à casa paroquial, que encontra destrancada.

06:45 (aproximadamente) — Flores sai da igreja e volta para a casa paroquial com López.

07:00 até 08:00 — toma café da manhã com López, preparado por Rosa O'Donnell.

08:00 até 08:30 — ele se retira para o escritório comunal e vai revisar as leituras que serão usadas na missa de corpo presente.

08:30 — Roberto e Madda Ortiz chegam à igreja com os agentes funerários e o corpo de Ortiz.

08:40 — Flores retorna à igreja com López para saudar a família e ajudar na colocação das flores para a cerimônia.

09:00 — vai para a antecâmara (onde o tabernáculo é mantido) a fim de se vestir para a missa.

09:30 — inicia a missa.

10:15 — bebe o vinho envenenado.

Isso deu ao assassino o intervalo entre as 5h40 e as 6h30 para entrar na casa paroquial e pegar as chaves da caixa; depois, ele teve o intervalo entre sete e nove da manhã para colocar o veneno no vinho. E teve todo o tempo entre sete e dez da manhã para voltar à casa paroquial e devolver as chaves.

As janelas de tempo eram muito grandes, refletiu Eve, especialmente se o assassino era um membro da congregação e todos estavam acostumados a vê-lo entrando e saindo dali.

Mesmo sem as chaves, abrir a fechadura daquela caixa teria sido ridiculamente simples, bastando o assassino ter habilidades mínimas. O acesso às chaves também seria ridiculamente simples, em especial se o assassino conhecia sua localização e as rotinas básicas da igreja e da casa paroquial.

O "como" não era o mais importante naquele momento, embora ele certamente pudesse ajudar a prender o assassino. O "porquê" era o ponto principal. E esse "porquê" estava totalmente relacionado com Miguel Flores.

Ela pegou as fotos da medalha, imagens da frente e do verso.

Aquilo fora algo importante para ele. Importante o suficiente para ser escondido, mas para ele manter sempre perto a fim de poder tirá-lo, tocá-lo, olhar para ele. Era uma fita adesiva nova, reparou Eve, mas havia vestígios de uma mais antiga na parte de trás da gaveta. Ele a tinha guardado ali havia algum tempo, mas a tirara do lugar recentemente.

Ela tornou a ler a inscrição.

Quem era Lino?

Um nome espanhol, descobriu, depois de uma pesquisa rápida. A palavra também significava linho ou linheiro, mas ela duvidava que isso se aplicasse ao caso.

De acordo com seu histórico, a mãe de Flores tinha morrido em 2027. Portanto, a *mama* da medalha não poderia ser Anna Flores. Havia um nome e uma frase em espanhol na imagem, mas o resto estava em inglês. Isso, para Eve, mostrava uma cultura mista. Raízes latinas e solo americano? Isso serviria para Flores também.

Seria Lino um amigo, outro padre, um amante? Flores tinha 6 anos quando a inscrição foi feita. Um órfão largado dentro do sistema.

Eve sabia tudo a esse respeito.

Talvez ela não tivesse conseguido criar vínculos próximos e duradouros nesse sistema, mas outros o fizeram. Flores poderia ter conseguido, e talvez tivesse mantido a medalha como uma conexão com esse amigo.

Mas então... Por que escondê-la?

Ele nunca fora adotado, mas recebera uma boa educação por meio da igreja. Lino teria sido o único a se interessar por ele, o único que o ajudara em sua educação?

Salvação Mortal   39

Ela se virou para o computador e começou a cavar mais fundo através das várias camadas de Miguel Flores.

Peabody entrou e abriu a boca para falar.

— Um bom momento para você chegar — disse Eve, sem erguer a cabeça. — Vejo que minha xícara de café está vazia.

Rolando os olhos, Peabody lhe serviu uma xícara e foi até o AutoChef para programar outra.

— É um desafio obter dados médicos no México. Não há registro de tratamento para um ferimento a faca, nem qualquer procedimento cosmético feito aqui. Depois de muita persistência heroica... e por isso eu também me dei de presente este café... consegui acesso aos dados médicos dos anos que ele passou no México. Lá também não encontrei registro de tratamento algum.

Eve se inclinou para trás e tomou o café.

— O que *foi* registrado no México, afinal?

— Informações padronizadas. Exames físicos periódicos, exames de vista, revisão dentária semestral, tratamento para um vírus estomacal e um corte na mão. Nada importante.

— Há-há... E durante os cinco anos em Nova York?

— Nada muito diferente. Exames anuais, blá-blá-blá, dois tratamentos para torções musculares, um para o dedo indicador deslocado e outro para um joelho ferido.

— Lesões provavelmente relacionadas a esportes. — Tamborilando na mesa com os dedos, Eve refletiu. — Engraçado... Ele não teve lesão esportiva de nenhum tipo nem tratamentos dessa espécie enquanto morou no México. Consiga os registros dentários dele durante a temporada no México.

— Caramba! Você imagina quanta burocracia eu vou ter que enfrentar para descolar isso? Além do mais, ele se mudou várias vezes, o que significa mais de um dentista, e é coisa ligada à Igreja *Católica*, então eles demoram a liberar as informações, posso lhe garantir. Por que você está querendo...

Levou algum tempo, observou Eve, mas Peabody acabou percebendo.

— Você acha que o morto não é Miguel Flores?

— Acho que o nome do morto era Lino.

— Mas... Isso significa que talvez ele não fosse padre; mesmo assim, estava no altar rezando missas, casando e enterrando pessoas.

— Talvez Deus o tenha matado por isso. Caso encerrado. Vamos prender Deus antes do fim do expediente. Quero esses registros dentários mexicanos e os de Nova York também.

— Tenho certeza de que esse papo de prender Deus é blasfêmia. — Pensativa, Peabody tomou outro gole de café. — Por que alguém fingiria ser padre? A pessoa não pode ter *nada* nem fazer sexo. Precisa conhecer todas as regras... e eu acho que existe um monte delas.

— Talvez ele tenha feito um estudo rápido ou aprendido depressa. Pode ser que achasse valer a pena. E talvez *seja* Miguel Flores. Vamos ver a arcada dentária para descobrir.

Quando Peabody se afastou, Eve se virou para estudar a foto no quadro e sussurrou:

— Mas você não é ele. Estou certa, Lino?

Ela ativou o *tele-link* e fez suas próprias ligações para o México.

Levou vinte minutos e sentiu o início de uma dor de cabeça irritante, mas finalmente chegou a alguém que não só falava um inglês excelente, como também conhecia Miguel Flores pessoalmente.

O homem era velho, muito velho. Tinha dois caminhos finos de cabelo branco que lhe desciam pelos lados de sua cabeça calva e sardenta de tanto pegar sol. Seus olhos em tom de castanho turvo a observavam atentamente. Seu colarinho branco pendia frouxamente sobre o pescoço fino e sulcado.

— Padre Rodriguez? — começou Eve.

— O quê? O quê?

— Padre Rodriguez — repetiu ela, aumentando o volume do *tele-link*.

— Isso mesmo, estou ouvindo você, não há necessidade de gritar!

Salvação Mortal　　　**41**

— Desculpe. Sou a tenente Dallas, do Departamento de Segurança e oficial de polícia da cidade de Nova York.

— Em que posso ajudá-la, tenente Ballast?

— Dallas. — Ela pronunciou as duas sílabas de forma lenta e clara. — O senhor conheceu um padre chamado Miguel Flores?

— Quem? Fale mais alto!

Meu Deus do céu.

— Miguel Flores? O senhor o conheceu?

— Sim, conheço Miguel. Serviu aqui na missão de são Sebastião quando eu era pároco. Antes de me aposentarem. Deixe-me perguntar uma coisa, irmã Ballast... Como é que um padre pode se aposentar? Somos chamados para servir a Deus. Será que não sou mais capaz de servir a Deus?

Eve sentiu um músculo se contorcer sob seus olhos.

— É tenente. Sou uma policial de Nova York. O senhor pode me dizer quando viu Miguel Flores pela última vez?

— Quando ele enfiou na cabeça que precisava de um ano ou pouco mais para viajar, explorar sua fé e determinar se a vocação era verdadeira. Tolice! — Rodriguez deu um tapa com a mão ossuda contra o braço do que parecia uma cadeira de rodas. — Aquele menino já nasceu sacerdote. Mas o bispo concedeu essa licença, e ele a aproveitou.

— Isso teria sido há cerca de sete anos?

Rodriguez olhou para longe.

— Não sei... Os anos vem e vão.

Estou desperdiçando meu tempo, pensou Eve, mas insistiu.

— Vou lhe enviar uma foto.

— Para que eu vou querer uma foto sua?

— Não, não é a *minha* foto. — Ela se perguntou se havia um santo em particular a quem pudesse apelar para obter paciência suficiente e terminar a conversa sem gritar de desespero. — Vou transmitir uma imagem. Vai aparecer na sua tela. O senhor pode me dizer se é Miguel Flores?

Ela fez a transmissão e viu Rodriguez apertar os olhos em fendas minúsculas enquanto se inclinava para a frente até quase ficar com o nariz tocando a tela.

— Pode ser. Não é uma imagem clara.

É tão clara quanto cristal, pensou Eve.

— Há mais alguém disponível que tenha conhecido Flores?

— Eu. Já não lhe disse que eu o conheço?

— Sim, disse. — Eve tirou a foto da tela e respirou fundo. — O senhor teve notícias dele, de Flores, desde que ele partiu em suas viagens?

— Foi um ano sabático. — Rodriguez fungou ao pronunciar a palavra. — Mandaram o padre Albano para substituí-lo. Ele está sempre atrasado. Pontualidade é um sinal de respeito, não é verdade?

— E Flores? O senhor teve notícias de Miguel Flores desde que ele partiu?

— Isso mesmo, partiu e não voltou mais, não é? — reagiu Rodriguez, com considerável amargura. — Ele me escreveu uma ou duas vezes. Talvez mais. Do Novo México, o lugar de onde veio. E também do Texas... ou Nevada, eu acho. E algum outro lugar. Então chegou uma carta do bispo. Miguel pediu e foi transferido para uma paróquia em Nova York.

— O senhor poderia me informar o nome do bispo que concedeu a transferência?

— Quem o quê?

Eve repetiu, aumentando mais uma vez o volume.

— Bispo Sanchez. Ou talvez tenha sido o bispo Valdez.

— O senhor ainda tem as cartas? As cartas que Flores escreveu?

— Não. — Rodriguez franziu a testa, ou Eve achou que o fez. Era difícil dizer. — Mas eu recebi um cartão-postal. Será que guardei o cartão-postal? Veio do Álamo. Ou... Pode ter vindo do padre Silvia.

Um dia, lembrou-se Eve, ela seria tão velha e irritante quanto Rodriguez. Então ela iria colocar a própria arma na boca e acabar com esse problema.

Salvação Mortal

— Se o senhor encontrar o cartão-postal e ele for de Flores, agradeceria muito se o enviasse para mim. Vou tornar a procurá-lo para lhe mandar meus dados para contato.

— Por que eu mandaria um cartão-postal para você?

— Estou investigando a morte de um padre que foi identificado como Miguel Flores.

Alguns dos borrões desapareceram dos olhos negros.

— Miguel? Miguel está morto?

— Um homem identificado como Miguel Flores morreu esta manhã.

O velho inclinou a cabeça e murmurou em espanhol o que Eve imaginou ser uma oração.

— Sinto muito pela sua perda.

— Ele era jovem, ávido. Um homem inteligente que se questionava muitas vezes. Talvez com demasiada frequência. Como ele morreu?

— Foi assassinado.

Rodriguez se benzeu três vezes e depois fechou a mão sobre o crucifixo que trazia em volta do pescoço.

— Então ele está com Deus agora.

— Padre Rodriguez, Flores tinha uma medalha de prata com a imagem da Virgem de Guadalupe?

— Não me lembro. Mas sei que ele carregava sempre um medalhão de santa Ana para honrar sua mãe, que morreu quando era menino.

— Flores conhecia, tinha negócios ou amizade com alguém chamado Lino?

— Lino? Não é um nome incomum aqui. Pode ser que sim.

— Obrigado, padre. — Você está perseguindo a própria cauda a partir de agora, avisou Eve a si mesma. — Agradeço muito pelo seu tempo.

— O jovem Miguel foi para Deus — murmurou ele. — Preciso escrever para o monsenhor Quilby.

— Quem é esse monsenhor?

— O patrono de Miguel. Seu mentor, pode-se dizer. Ele certamente precisa ser avisado... Ah, mas ele também está morto. Sim, morreu há muito tempo. Então não sobrou mais ninguém para eu contar.

— Onde Miguel conheceu o monsenhor Quilby?

— No Novo México, quando era menino. O monsenhor cuidou para que Miguel tivesse uma boa educação e o orientou para o sacerdócio. Ele era o pai espiritual de Miguel. Miguel falava dele muitas vezes e planejava visitá-lo durante suas viagens.

— Ele ainda estava vivo quando Flores tirou o ano sabático?

— Sim, mas já estava morrendo. Isso foi parte do motivo de Miguel querer sair um pouco e também parte de sua crise de fé. Agora eu preciso sair e orar pelas almas deles.

Rodriguez encerrou a ligação de forma tão abrupta que Eve piscou de surpresa.

Uma carta vinda do Novo México, um pai espiritual que estava morrendo no Novo México. Era uma aposta segura afirmar que Flores tinha feito uma visita a Quilby durante o ano sabático.

E então?, perguntou-se ela. *Para onde os sacerdotes vão para encontrar a morte?*

Capítulo Três

Eve teve uma conversa bem mais objetiva com a irmã Patricia, médica assistente de Alexander Quilby durante os seus últimos dias no Lar de Aposentadoria do Bom Pastor.

Enquanto ela refletia sobre as informações e as acrescentava às notas, Peabody entrou cambaleando e ergueu as mãos.

— Fui esquartejada pela burocracia. A perda de sangue está me deixando fraca.

— Anime-se, detetive. Onde estão os registros dentários?

— Presos na malha da burocracia. Achei o dentista, só que ele também é um diácono e um debiloide, para piorar. Conseguiu alcançar os três Ds. Não vai liberar os registros, a menos que o seu bispo aprove.

— Consiga uma ordem judicial.

— Estou trabalhando nisso. — Ela ergueu as duas mãos. — Você não consegue ver minhas cicatrizes? A clínica dentária é ligada à Igreja; os juízes e os auxiliares ficam loucos quando religião entra em cena. Nossa vítima está morta e já foi oficialmente identificada, só que ninguém quer liberar os registros da sua arcada dentária até que esse tal bispo dê sua bênção ou algo assim. Está acontecendo praticamente a mesma coisa com todos os registros de Nova York.

— Pois então fale com o bispo e peça que ele assine a liberação.

— Você vê o sangue se empoçando ao redor dos meus pés? — insistiu Peabody, apontando para seus tênis vermelhos com amortecimento. — Cheguei até o assistente do bispo, o que já foi uma batalha cruel com muitas baixas. O resultado é que eu tive que redigir um pedido por escrito para três destinatários e enviá-lo para a sede episcopal. O bispo vai analisar o pedido e nos informará sobre a decisão dentro de dez dias.

— Isso é conversa-fiada.

— Preciso de uma bebida alcoólica e de um cochilo.

— Coloque o assistente no *tele-link*. A partir daqui mesmo.

— Só se eu puder ficar para assistir.

Peabody fez a ligação e se jogou na única cadeira para visitas, que já estava meio desconjuntada e ficava em frente à mesa de Eve.

O assistente, padre Stiles, apareceu na tela. Eve decidiu que ele parecia piedoso e bajulador ao mesmo tempo.

— Aqui fala a tenente Dallas, da Polícia de Nova York.

— Sim, tenente, acabei de falar com a sua assistente.

— Ela é minha parceira — retrucou Eve, e reparou no gesto cansado de Peabody, que ergueu os dois polegares.

— Parceira então, me desculpe. Expliquei o protocolo a seguir para a requisição.

— E agora vou explicar algo para você. Há um morto no necrotério que pode ou não ser Miguel Flores. Quanto mais tempo você me enrolar, mais tempo ele vai continuar deitado naquela gaveta fria. E, quanto mais tempo ele continuar lá deitado, mais facilmente pode vazar a informação de que um sujeito de chapéu pontudo no Novo México está obstruindo uma investigação de assassinato.

Um ar de puro choque, que parecia sincero, fez com que os olhos de Stiles se arregalassem.

— Minha jovem, sua falta de respeito não vai levar...

Salvação Mortal

— Tenente. Tenente Eve Dallas, Divisão de Homicídios da Polícia de Nova York. Eu não lhe devo respeito. Não o conheço. Também não conheço o bispo, então, bem, nada de respeito aí também. Estou cagando e andando se vocês me respeitam ou não, mas vão respeitar a lei.

Ela deu a ele meio segundo para falar, antes de prosseguir com o ataque.

— Se você for inteligente, vai respeitar o poder da mídia, meu chapa, a menos que queira isso espalhado por todos os noticiários. E se você me sacanear, pode ter certeza de que eu também vou sacanear você. Portanto, é melhor que o bispo de Nova York converse com o bispo do México e diga aos dois dentistas para mandarem os registros que eu preciso para a minha mesa amanhã ao meio-dia, hora de Nova York do contrário, vocês vão conhecer um inferno instantâneo. Sacou?

— Essas ameaças não vão conseguir...

— Você entendeu errado. Não existem ameaças. Existem fatos. Existe o inferno. Instantâneo.

— Há canais para serem percorridos dentro da hierarquia da Igreja, e este é um pedido duplo e internacional. Tais assuntos levam...

— *Sacerdote envenenado com vinho sacramental durante uma missa de corpo presente. A hierarquia católica bloqueou a investigação policial.* Esta é uma bela manchete. Surgirão outras. Hum... que tal esta: — continuou, agora em um tom mais alegre — *Corpo de sacerdote apodrece no necrotério enquanto os bispos bloqueiam a identificação oficial do morto.* São só registros de uma arcada dentária. São apenas dentes! Quero tudo aqui ao meio-dia, ou vou visitar você pessoalmente com um mandado de prisão por obstrução da justiça, e seu nome estará nele.

— Prometo, é claro, conversar com o bispo.

— Boa. Faça isso agora.

Ela cortou a ligação e se recostou na cadeira.

— Sou sua escrava — afirmou Peabody. — Enxugo lágrimas de reverência que escorreram pelas minhas bochechas.

— Tá, reconheço que isso foi divertido. Acabei de ter uma conversa mais tranquila, embora muito menos divertida, com uma que também é médica... uma freira-médica — supôs Eve — que trabalha em uma casa de repouso para padres aposentados em...

— Eles têm isso? Casas de repouso para padres aposentados?

— Pelo visto, sim. O padre que patrocinou e orientou Flores, cuidou da educação dele, assim por diante, foi paciente dessa freira. Flores se afastou do trabalho e gozou de um período sabático faz uns sete anos, no México. Suponho que o período foi de um ano, mais ou menos. Esse velho padre, Quilby, estava doente na época. Quase morrendo. Flores o visitou. A irmã médica se lembra dele, pois Quilby tinha mencionado o pupilo muitas vezes, e os dois trocavam correspondência.

— Ela conseguiu identificá-lo pela foto?

— Não teve certeza. Já faz sete anos desde essa visita. Ela diz que a foto se parece com ele, mas também tem a impressão... ou acha que lembra... de que ele tinha o rosto mais cheio, redondo, e menos cabelo. Essas características podem mudar com o tempo, de modo que não existe certeza de um jeito nem de outro. Flores deixou o número do *tele-link*, informações de contato eletrônico, e pediu à irmã que ela entrasse em contato com ele caso Quilby falecesse. Ela realmente entrou em contato com o padre mais ou menos cinco meses depois, após a morte de Quilby. Só que ele não respondeu nem participou do funeral. Era desejo de Quilby, com o qual Flores concordou, que Flores celebrasse a missa fúnebre dele. O problema é que Flores não entrou mais em contato com a antiga casa desde que se despediu de Quilby, em julho de 2053.

— O cara que educou você, o cara que você fez questão de visitar logo depois de deixar o seu trabalho, morre, e você não vai homenageá-lo? Não é uma atitude muito sacerdotal. Nem

Salvação Mortal 49

muito humana. — Peabody estudou a foto no quadro de Eve. — Precisamos encontrar mais pessoas que conheceram Flores antes de ele vir para Nova York.

— Estou correndo atrás disso. Tenho mais dois ângulos para abordar. O DNA de Flores não está no arquivo, mas pedi para Morris enviar uma amostra do DNA da vítima para o laboratório. Quem sabe damos sorte? Enquanto isso, não importa se o cara era Miguel Flores ou o Zé Bundão, ele continua morto. Vamos falar com Roberto Ortiz.

Eve imaginou que o funeral e as cerimônias de despedida já teriam terminado. Descobriu que isso não havia acontecido quando localizou Roberto Ortiz e mais de duzentos amigos e familiares no restaurante Abuelo's, pertencente à família.

Roberto era um homem alto e marcante que carregava os seus mais de 80 anos em uma estrutura robusta. Quando Eve lhe pediu para conversar com ele e com a esposa, ele as conduziu até o terceiro andar, onde o nível de ruído era significativamente menor, e entrou em um salão decorado com sofás coloridos e cartazes artísticos e ousados.

Um desses cartazes exibia a amiga mais antiga de Eve, a atual rainha do pop, com suas músicas e vídeos. Na foto, Mavis Freestone vestia unicamente um arco-íris de extensões capilares artisticamente retorcidas que lhe cobriam os mamilos e desciam até o espaço entre as pernas, além de um imenso sorriso.

Em contraste nítido com a foto, alguém colocara no telão de relaxamento imagens de um prado plácido sob um doce céu azul.

— Nós mantemos este apartamento para uso da família. A neta do meu primo mora aqui, no momento. Ela está na faculdade e ajuda no restaurante. Por favor, sentem-se. — Quando Eve e Peabody o fizeram, ele se largou sobre uma cadeira com um suspiro demorado e suave.

— Foi um dia longo para o senhor — comentou Eve.

— Meu pai teve uma bela vida. Aproveitou cada momento de cada dia de sua existência. Teve uma vida plena. Abriu este restaurante quando tinha 25 anos e o batizou em homenagem ao seu avô. Depois ele próprio se tornou pai, e seus filhos tiveram filhos, que também se multiplicaram. Família, comunidade, igreja. Estes eram os seus amores e crenças mais fortes. A ordem variava — assinalou Roberto com um sorriso. — Cada momento de cada dia pelo resto da minha vida, vou sentir falta dele.

Ele suspirou de novo e completou:

— Mas não é sobre o meu pai que a senhora veio conversar. É sobre o padre Flores. Que Deus o tenha!

— O senhor o conheceu pessoalmente?

— Ah, claro. Ele era muito ativo na paróquia e na comunidade. Ofereceu muito tempo e energia ao centro de jovens. Minha família toda é ativa lá. Alguns contribuem financeiramente; aqueles que podem doam um pouco de tempo e energia. Pensar que algo assim aconteceu, ainda mais dentro da igreja... é inimaginável.

— O senhor e a sua esposa foram os primeiros a chegar, com a equipe da funerária.

— Exato. — Ele olhou para cima quando duas mulheres e um jovem apareceram com bandejas que traziam comida e bebida. — Vocês vão comer — decretou Roberto quando os pratos, os copos e a comida foram servidos.

— Eu trouxe chá gelado. — A mulher mais velha, uma loira de meia-idade com olhos cor de avelã, serviu dois copos. — Sou Madda Ortiz. Desculpem interromper. — Ela acenou para os outros dois com um sorriso ausente e, em seguida, se sentou no braço da poltrona do marido. — Por favor, continuem.

— Antes eu preciso apenas dizer uma coisa... — anunciou Peabody. — Isso está com uma cara ótima.

Madda sorriu para Peabody.

— Aproveitem tudo.

Salvação Mortal 51

— Lamentamos interromper sua reunião, sra. Ortiz. A senhora e seu marido foram os primeiros a chegar à igreja esta manhã, certo?

— Fomos para a funerária e depois para a igreja com Hector. O padre Flores... — Ela fez o sinal da cruz — ... e também o padre López nos receberam.

— Por volta de 8h40 da manhã?

— Mais ou menos — concordou Roberto. — Assim que chegamos, começamos a transferir as flores para dentro da igreja.

— Vocês viram alguém nesse momento?

— Algumas pessoas começaram a chegar logo depois, para ajudar. Meus tios e meus primos também apareceram para nos auxiliar.

— Vocês repararam se alguém entrou na antecâmara?

— O padre Flores e o padre López, é claro. Foram colocar suas vestimentas para a cerimônia. Ahn... a minha neta, o meu sobrinho e o primo de Madda também. Eles estavam servindo como ministros eucarísticos.

— Acho que Vonnie voltou logo depois — completou Madda. — Foi só falar com o padre Flores a respeito da leitura que ela iria fazer.

— Alguém antes dos sacerdotes entrou lá?

— Não que eu tenha reparado — garantiu Roberto. — Estivemos no vestíbulo por algum tempo, e muitos de nós permanecemos dentro da igreja. Ouvimos dizer que a senhora acredita que o padre Flores tenha sido envenenado. Está perguntando isso para saber se vimos alguém que possa ter feito isso. Não vimos ninguém. — Roberto abriu as mãos. — Sinto muito.

— Foi uma cerimônia grande. Não é possível que vocês conhecessem todas as pessoas que participaram da homenagem.

— Não. — Roberto franziu a testa por um momento. — Acho que Madda e eu conhecíamos a maioria. Todos os familiares, certamente. Outras pessoas, conhecíamos bem, pelo menos de nome ou de rosto. Mas a senhora tem razão: nós não sabíamos quem eram todas as pessoas que compareceram.

— Não pode ter sido alguém da família — insistiu Madda. — Mesmo que alguém fosse capaz de cometer um ato tão terrível, nossa família nunca teria desrespeitado Hector dessa maneira.

Independentemente disso, Eve conversou com os três que haviam participado da missa. Não descobriu nada de novo, mas Peabody se encheu de comida mexicana e ainda carregou uma enorme porção para viagem.

— Meu Deus, essa foi a melhor *enchilada* que eu já comi em toda a minha *vida*. E os *chilies rellenos*? — Ela lançou os olhos para cima, como se desse graças aos céus. — Por que será que este lugar está localizado do outro lado do mundo, tão longe do meu apartamento? Se bem que eu acabaria ganhando uns três quilos só de cheirar o ar lá dentro.

— Agora você pode ir embora caminhando, para queimar as calorias. Pegue o metrô e vá para casa. Vou investigar esses outros ângulos e não pretendo dirigir de volta até o outro lado do mundo. Vou trabalhar de casa.

— Beleza. Eu provavelmente consigo chegar em casa daqui, se sair agora, mais ou menos uma hora depois do fim do meu turno. Talvez chegue até mais cedo. Dallas, você realmente vai deixar vazar esse material, caso não consigamos os registros dentários até o meio-dia?

— Nunca faça ameaças a menos que você pretenda cumpri-las. Comece a fazer uma varredura no nome das pessoas que compareceram à cerimônia de hoje. Pegue os primeiros 25. Isso deverá mantê-la ocupada durante a viagem de volta.

Em vez de ir para casa, Eve voltou para a igreja. As pessoas entravam e saíam da mercearia ao lado — e também pareciam entrar e sair da casa de penhores. Vários jovens mal-encarados estavam encostados nos portais ou circulando pela calçada.

Ela caminhou até a porta da igreja, rompeu o lacre da polícia e usou sua chave-mestra.

Caminhou pelo corredor central e teve de admitir que era ligeiramente estranho ouvir os próprios passos ecoando enquanto

Salvação Mortal

seguia até o altar, acima do qual Jesus ainda sofria. Na porta da antecâmara, ela rompeu o segundo lacre e a destrancou.

O assassino chegou assim, imaginou. Talvez tenha vindo pelos fundos ou pelas portas laterais, mas entrou com a mesma facilidade. Com um frasco de cianeto no bolso ou na bolsa.

Tinha as chaves, isso é o que eu acho. Tinha as chaves da caixa. Só precisou esgueirar-se pela casa paroquial, pegá-las, sair de lá e entrar ali. Depois, abriu a caixa e pegou a pequena garrafa. Com as mãos seladas ou enluvadas. Despejou o cianeto, recolocou a garrafa no lugar, tornou a trancar a caixa, saiu. E devolveu as chaves para a casa paroquial.

Cinco minutos, no máximo. Dez, talvez, se ele quisesse se gabar.

Você assistiu à missa da manhã? Talvez, talvez, mas por que se colocar em destaque ali? Por que se destacar em um grupo tão pequeno quando mais tarde você seria engolfado por uma multidão?

Você sabe a que horas a missa começa todos os dias, a que horas geralmente termina. Basta esperar que os sacerdotes saiam da casa paroquial para entrar e pegar as chaves. Você poderia entrar no saguão e escutar fora da porta, se quisesse. Esperou até eles saírem, fez o trabalho e tornou a esperar um pouco, mas se manteve ali por perto. Os sacerdotes retornaram e Rosa apareceu para ajudar a família. As chaves voltaram para a casa paroquial, você circulou um pouco por ali e se juntou aos enlutados.

Você precisava ver tudo acontecer. Precisava assistir à morte.

Porque é uma vingança. Um envenenamento público. Uma execução. Isso é vingança. Isso é castigo.

Pelo quê?

Ela voltou por onde entrara, recolocou o lacre e trancou a porta. Só então olhou para a cruz.

— Ele não se preocupou com o seu testemunho ou não se importou com isso. Merda, talvez tenha imaginado que vocês estavam lutando do mesmo lado. Olho por olho? Esse não é um dos seus ditados?

— Esse versículo é do Antigo Testamento. — López estava parado junto às portas da frente. — Cristo pregava perdão e amor.

Eve deu mais uma olhada na cruz e respondeu:

— Parece que alguém não deu ouvidos.

— Este era o Seu propósito. Ele veio à Terra para morrer por nós.

— Nós todos viemos à Terra para morrer. — Ela afastou essa imagem com um movimento da mão. — O senhor tranca a casa paroquial quando vem rezar a missa?

— Sim... Não. — López sacudiu a cabeça. — Raramente.

— Trancou esta manhã?

— Não. Não, acho que não. — Ele fechou os olhos e esfregou a ponta do nariz. — Eu entendo, tenente, compreendo muito bem que a fé nos nossos próximos pode ter ajudado a trazer a morte de Miguel. A igreja nunca fica trancada. A antecâmara sim, por causa do tabernáculo, mas a igreja está sempre aberta para qualquer um que dela necessite. Sei que alguém usou essa confiança para assassinar meu irmão.

— O senhor vai passar a trancá-la a partir de agora?

— Não. Esta é a casa de Deus e não será fechada para Seus filhos. Pelo menos a partir do momento em que a senhora permitir a reabertura.

— A cena do crime será liberada até amanhã. Até depois de amanhã, no máximo.

— E Miguel? Quando poderemos velá-lo e enterrá-lo?

— Isso talvez leve mais tempo.

Ela gesticulou para que López caminhasse na frente dela, tornou a fechar a porta e trancou a sala. Acima deles, um dirigível aéreo de propaganda espalhava, com estardalhaço, frases rápidas faladas em espanhol; tudo parecia concentrar-se em torno das palavras *Sky Mall!*

Um shopping. Uma liquidação, supôs Eve, soava como liquidação em qualquer idioma.

— Alguém realmente *ouve* essas mensagens? — perguntou-se ela.

Salvação Mortal 55

— Que mensagens?

— Exatamente. — Ela se virou, olhou para aqueles olhos profundos e tristes. — Deixe que eu lhe pergunte uma coisa, para ser direta. Matar é permitido por sua religião em alguma circunstância?

— Na guerra... Em legítima defesa... ou para defender a vida de outro. A senhora já matou.

— Sim, já.

— Mas não em seu próprio benefício.

Ela se lembrou de suas mãos manchadas de sangue depois de ter enfiado uma pequena faca em seu pai. Várias vezes, sem parar.

— Isso depende do ponto de vista.

— Vocês protegem e levam à justiça aqueles que atacam os outros. Deus conhece seus filhos, tenente, e também conhece o que há em seus corações e em suas mentes.

Ela guardou a chave-mestra novamente no bolso, mas deixou a mão lá dentro.

— Provavelmente ele não gosta do que vê dentro de mim na maior parte do tempo.

Na calçada, muita gente passava por eles apressada. Na rua, o tráfego fazia cada vez mais ruído. O ar vibrava com o som dos passos, dos negócios, das pessoas ocupadas, da vida, enquanto López continuava estudando o rosto de Eve com discrição.

— Por que a senhora faz o que faz? Todos os dias? Seu trabalho certamente a carrega para lugares que a maioria das pessoas não conseguiria enfrentar. Por que a senhora faz isso? Por que motivo é uma policial?

— É o que eu sou. — Estranho, percebeu ela, que pudesse ficar ao lado de uma pessoa que mal conhecia, um homem que ainda não poderia eliminar como um suspeito e falar assim com ele. — Não se trata de que alguém precisa fazer esse trabalho, embora, no fundo, seja exatamente isso. Eu simplesmente preciso fazer.

— Uma vocação. — López sorriu. — Não muito diferente da minha.

Ela soltou uma risada curta.

— Pois é.

— Nós dois servimos, tenente. E, para servir, cada um de nós precisa acreditar no que alguns chamariam de "abstrato". A senhora acredita na justiça e na ordem. Na lei. Eu acredito em um poder superior e nas leis da igreja.

— O senhor provavelmente não precisa chutar tantos traseiros em sua linha de atuação.

Dessa vez foi ele quem riu, um som fácil e atraente.

— Já chutei alguns.

— O senhor pratica boxe?

— Como foi que... Ah, a senhora viu as minhas luvas.

Com isso, a tristeza em seus olhos desapareceu. Eve enxergou através do padre e chegou ao homem. Ali estava apenas um homem conversando em pé, na calçada, numa noite de primavera.

— Meu pai me ensinou a lutar. Essa é uma forma de canalizar a agressão da juventude e de evitar que o seu próprio traseiro seja chutado.

— O senhor é bom nisso?

— Para falar a verdade, temos um ringue no centro de jovens. Eu trabalho com algumas crianças. — Um ar bem-humorado dançou em seu rosto. — Quando eu consigo arrastar um dos adultos para essa atividade, venço alguns rounds.

— Flores costumava lutar?

— Raramente. Ele sempre deixava a esquerda baixa. *Sempre.* Tinha um estilo indisciplinado de boxear, mais um estilo de luta de rua, eu diria. Em compensação, na quadra de basquete ele era um gênio. Suave, rápido, ahn... *elástico.* Ele treinava tanto os nossos jovens como os idosos. Todos vão sentir falta dele.

— Eu ia passar pelo centro de jovens antes de ir para casa.

— O local está fechado esta noite, em sinal de respeito. Acabei de vir de lá, consolei várias crianças. A morte de Miguel foi um baque para a comunidade, e o fato de ter sido um assassinato

Salvação Mortal 57

machuca com mais força ainda. — Ele suspirou. — Queríamos que as crianças ficassem em sua casa ou uns com os outros hoje à noite, talvez com a família. Vou celebrar uma cerimônia lá amanhã de manhã e continuar fazendo aconselhamento onde for necessário.

— Eu apareço amanhã, então. Antes de eu ir embora, o senhor poderia me informar o que a sigla PC significa? Flores tinha marcado isso em sua agenda.

— Primeira Comunhão. Vamos realizar a Primeira Comunhão para as nossas crianças de 7 anos daqui a algumas semanas; esta é a ocasião em que elas receberão a Sagrada Eucaristia pela primeira vez. É um evento muito importante.

— Certo. E o que é Preparação Pré-C?

— Pré-Canaã. Aconselhamento para casais que já estão noivos; deve ser feito antes de eles receberem o sacramento do matrimônio. O casamento em Canaã foi o primeiro milagre de Cristo. Ele transformou a água em vinho.

Eve quase disse "Foi um bom truque", mas conseguiu se segurar.

— Ok, obrigada. Ah, o senhor precisa de uma carona para algum lugar?

— Não, mas eu lhe agradeço mesmo assim. — Ele se inclinou para examinar a rua, a calçada e o povo. — Não consigo me convencer a voltar para casa, mesmo tendo trabalho pela frente. Está muito vazio lá. Martin... O padre Freeman... vai chegar mais tarde, ainda hoje. Ele antecipou seu voo de volta depois que eu entrei em contato com ele e lhe contei sobre Miguel.

— Ouvi dizer que eles eram muito próximos.

— Sim, bons amigos. Gostavam muito um do outro, e isso é difícil, muito duro para Martin. Vamos conversar depois que ele chegar, o que talvez ajude a nós dois. Até lá... Acho que vou caminhar um pouco. A noite está bonita. Até amanhã, tenente.

— Boa noite.

Ela o observou se afastar e o viu parar para falar com os sujeitos mal-encarados nas portas e nos grupinhos. Depois foi em frente, sua figura estranhamente digna e muito solitária.

Não era como vir do outro lado do mundo, como Peabody tinha dito, voltar do Spanish Harlem para casa. Mas certamente era entrar em outro mundo. O mundo de Roarke, com seus graciosos portões de ferro, seus gramados verdes, suas árvores sombreadas e sua enorme casa de pedra, tão distante das mercearias e dos vendedores ambulantes quanto um castelo.

Tudo o que ficava atrás daquelas portas de ferro era outro mundo em relação a tudo que ela vira na vida até conhecer Roarke. Até ele mudar tanta coisa e ela aceitar o resto.

Deixou o carro na frente da entrada, caminhou até a porta e entrou no espaço que já se tornara seu.

Esperava que Summerset — o homem de Roarke para todos os assuntos e o tormento constante de Eve — estivesse parado de pé como a Peste Negra no amplo e impressionante saguão. Esperava que Galahad, o gato gordo, aparecesse ali, pronto para cumprimentá-la. Mas não esperava que Roarke estivesse junto deles com seu terno cinza perfeitamente cortado sobre o corpo alto, esguio e musculoso, o rosto milagrosamente belo relaxado e a pasta de trabalho ainda na mão.

— Ora, olá, tenente. — Aqueles olhos brilhantes e muito azuis se aqueceram subitamente numa expressão de boas-vindas. — Não somos um casal pontual?

Ele andou na direção dela e *bam!*, aconteceu. Eve sempre sentia aquele impulso imediato e cambaleante no coração. Ele segurou seu queixo, deslizou seu polegar pela covinha do queixo dela e roçou aquela boca linda sobre a dela.

Algo tão simples, tão tipicamente *conjugal*. Tão milagroso.

Salvação Mortal

— Oi. Que tal dar um passeio? — Sem tirar os olhos do rosto dele, Eve tomou a pasta da mão de Roarke e a entregou a Summerset.

— Está gostoso lá fora.

— Tudo bem. — Ele pegou a mão dela.

Quando chegou à porta, Eve olhou para baixo e viu o gato que a seguira e continuava a se esfregar entre as suas pernas.

— Você quer ir também? — perguntou ela, abrindo a porta. Ele correu para Summerset, como se ela tivesse lhe sugerido saltar de um penhasco dentro de um vulcão infernal.

— Sair de casa significa a possibilidade de uma visita ao veterinário — explicou Roarke naquela voz que insinuava o ar de névoa, colinas e campos verdes da Irlanda. — Uma visita ao veterinário significa a possibilidade de uma seringa de pressão.

Quando saíram de casa, ela escolheu um caminho e vagou sem rumo.

— Pensei que você estivesse em outro lugar hoje. Mongólia.

— Minnesota.

— Qual a diferença?

— Um continente, mais ou menos. — Seu polegar esfregou, distraído, a aliança de casamento dela. — Eu estava lá, mas consegui terminar mais cedo que o previsto. E agora posso dar um passeio com minha esposa em uma noite bonita em pleno mês de maio.

Ela inclinou a cabeça para observá-lo enquanto caminhavam.

— Você comprou a Mongólia?

— Minnesota.

— Dá no mesmo.

— Não. Você queria que eu comprasse?

Ela riu.

— Não consigo imaginar por que eu iria querer isso. — Contente, ela recostou a cabeça no ombro de Roarke por um instante e inspirou o cheiro dele enquanto serpenteavam por um pequeno bosque só de árvores. — Eu peguei um novo caso hoje. A vítima estava celebrando uma missa de corpo presente e bateu as botas ao tomar um vinho de Comunhão envenenado.

— Esse caso ficou com você?

Ela observou a brisa da noite dançar através da seda preta do cabelo dele.

— Você já sabia sobre o caso?

— Eu presto atenção aos crimes de Nova York, mesmo quando estou nas florestas da Mongólia.

— Minnesota.

— Ah, você estava prestando atenção, afinal. Foi no East Harlem... ou Spanish Harlem. Pensei que eles fossem designar um detetive de assassinatos daquele bairro, um que talvez tivesse alguns laços com a paróquia.

— Provavelmente não fizeram isso para assegurar mais objetividade. De um modo ou de outro, o caso é meu. — Eles saíram das árvores e passearam por uma longa extensão de verde. — Está tudo um caos. E a história também é uma isca excepcional para a mídia... ou será, se eu estiver certa.

Roarke arqueou uma sobrancelha.

— Você já sabe quem o matou?

— Não. Mas tenho certeza de que o cara morto que está deitado na casa de Morris não é um padre. Não é Miguel Flores. Um monte de gente vai ficar muito chateada com isso.

— Sua vítima estava se passando por padre? Por quê?

— Não sei. Por enquanto.

Roarke parou e se virou para encará-la.

— Se você não sabe a razão, como é que sabe que o padre era um farsante?

— Ele tinha uma tatuagem que foi removida e também dois antigos ferimentos a faca.

Ele lhe lançou um olhar que ficava entre a diversão e a descrença.

Salvação Mortal

— Escute, Eve... Alguns dos sacerdotes que eu conheci ao longo dos anos conseguiriam consumir mais bebidas alcoólicas do que nós dois juntos e, ao mesmo tempo, enfrentar um monte de valentões de bar.

— Há mais coisas nessa história — continuou ela, começando a caminhar novamente enquanto contava a ele o acontecido.

Quando chegou ao embate com o assistente do bispo, Roarke parou de repente.

— Você disse desaforos a um padre?

— Acho que sim. É difícil ficar puta e fazer ameaças sem um ou outro desaforo. Além do mais, ele estava se comportando como um babaca.

— Você enfrentou a Santa Madre Igreja?

Eve estreitou os olhos.

— Por que "madre"? — Quando ele virou a cabeça meio de lado e sorriu, ela zombou. — Sei que não é esse tipo de madre. Mas, se a igreja é feminina, por que todos os sacerdotes são homens?

— Excelente pergunta. — Ele deu uma cotovelada nela de brincadeira. — Não pergunte para mim.

— Você não é católico?

Um leve indício de desconforto surgiu nos olhos dele.

— Eu não sei o que eu sou.

— Mas sua família é católica. Sua mãe era. Ela provavelmente fez aquela coisa de espargir água... Batizado!

— Não sei nada disso. — Essa ideia pareceu atingi-lo em cheio e não de um jeito bom. Ele passou uma das mãos pelo cabelo escuro. — Meu Deus, isso é algo com que eu vou ter que me preocupar, a essa altura do campeonato? De qualquer forma, depois de hoje, se você chegar ao inferno antes de mim, não se esqueça de guardar o meu lugar.

— Combinado. De qualquer forma, se eu o intimidar para conseguir os registros, vou saber com certeza se estou lidando com Flores ou com um impostor. E se for um impostor...

— Há chances de que Flores esteja morto faz cerca de seis anos. — Roarke deslizou um dos dedos pela bochecha de Eve. — E isso o transformará numa vítima sua, por via indireta.

— Ele estaria conectado ao crime, portanto... Sim — admitiu Eve —, ele seria minha vítima também. A identificação de Flores parece sólida. Então, deixe-me perguntar uma coisa: se você quisesse se esconder e talvez esconder algo mais, por que como não um padre?

— Haveria aquele problema de eu ir para o inferno, sem falar nos deveres e obrigações, caso eu quisesse solidificar o disfarce. Também conhecer os ritos, as regras e... Bem, Deus sabe e vê tudo.

— Sim, mas as vantagens são muito boas. Estamos falando de um padre sem família cuja família espiritual, digamos, estava morta ou morrendo. Um padre que tinha um ano ou mais longe do trabalho, com liberdade para circular por aí e sem conexões sólidas. O impostor pode tê-lo matado... ou ele morreu de um jeito muito conveniente. Então, o impostor assumiu sua identidade e todas as suas posses. Fez um belo trabalho de cirurgia reparadora no rosto para ficar parecido com ele, pelo menos o bastante para conseguir se passar pelo outro. Não é muito difícil conseguir uma nova foto para a carteira de identidade.

— Você já procurou as fotos antigas?

— Sim. É o cara morto, pelo menos dez anos atrás. Então, talvez. — Ela olhou para Roarke com ar pensativo. — Você precisaria de algumas habilidades específicas ou de muita grana para contratar alguém com essas habilidades e que conseguisse entrar no sistema e adulterar uma identidade antiga para ela passar por todos os scanners.

— Precisaria, sim, isso mesmo.

— E também seria preciso contar com alguém com grandes habilidades para conseguir entrar e ver se a pessoa que adulterou essas identidades deixou algum vestígio da troca.

Salvação Mortal 63

— Exato. — Ele bateu no queixo dela com o dedo. — E você não tem muita sorte de conhecer tão bem alguém que tem exatamente essas habilidades?

Ela se inclinou e o beijou.

— Vou programar o jantar primeiro. Que tal comida mexicana?

— *Olé* — disse ele.

Eles comeram no terraço. Degustaram *mole pablano* com cerveja mexicana bem gelada. Aquilo era de certa forma indulgente, refletiu Eve. A refeição tranquila, o ar da noite, o cintilar das velas sobre a mesa. E, mais uma vez, algo tipicamente *conjugal*.

Agradável.

— Não visitamos a nossa casa no México já faz um tempo — comentou Roarke. — Deveríamos separar um tempinho para isso.

Eve inclinou a cabeça.

— Nós já estivemos em todos os lugares onde você tem casa?

Obviamente se divertindo, ele tomou o resto da cerveja de uma vez só.

— Ainda não.

Eve já tinha imaginado.

— Talvez devêssemos fazer o circuito completo antes de repetir demais algum lugar. — Ela atacou os *nachos* novamente, empilhando salsa tão apimentada que parecia a mordida de um Dobermann furioso. — Por que você não tem uma casa na Irlanda?

— Tenho alguns imóveis lá.

A salsa transformou a boca de Eve em zona de guerra, mas ela pegou mais um pouco.

— Hotéis, empresas, escritórios. Não uma casa — completou Roarke.

Ele ponderou a questão por um instante e se viu levemente surpreso com a própria resposta.

— Quando saí de lá, prometi a mim mesmo que só voltaria quando tivesse tudo. Poder, dinheiro e, embora eu provavelmente não o admitisse nem para mim mesmo, um pouco de respeitabilidade.

— Você alcançou tudo isso.

— E voltei... e volto. Mas uma casa? Bem, isso seria uma declaração, não é? Um compromisso. Mesmo que você tenha um lugar para ficar em outro país, ter uma casa cria uma ligação sólida e tangível. Não estou preparado para isso.

Ela assentiu em compreensão.

— Você quer uma casa lá? — perguntou Roarke.

Ela não precisou pensar muito e não se surpreendeu com a própria resposta. Ainda mais depois de olhar para ele.

— Já tenho o que quero.

Capítulo Quatro

Após a refeição, Eve despejou os dados de Miguel Flores em Roarke para que eles pudessem trabalhar separados em seus dois escritórios ligados por uma porta. Na pequena cozinha, ela programou café e o levou para a mesa. Tirou a jaqueta e arregaçou as mangas.

Enrolado na poltrona reclinável de Eve, Galahad a fitou com seus olhos irritados e bicolores.

— Não é culpa minha que você fique assustado demais para passear lá fora.

Ela bebeu um gole de café e o encarou. O tempo passou em silêncio. Então ela ergueu um dedo de vitória no ar quando o gato piscou.

— Rá! Eu ganhei.

Galahad simplesmente deu uma volta com seu corpo rechonchudo, levantou uma das patas e começou a se limpar com a língua.

— Tá, chega de momentos aconchegantes em casa por hoje. Computador! — chamou, ordenando que a máquina abrisse o arquivo de Flores e, em seguida, fizesse um segundo nível de buscas na lista de pessoas com acesso confirmado ao tabernáculo.

Chale López, o padre boxeador, nascera em Rio Poco, no México; isso lhe interessou. Ela não percebera vibrações suspeitas de nenhum tipo nele, mas algo sobre a história de vida do sujeito lhe provocou um discreto alerta. Ele tinha acesso mais fácil ao vinho e, na condição de sacerdote, não seria mais provável que reconhecesse um padre falso do que... como era o nome?... um fiel leigo?

Mas, fora isso, não conseguiu mais alertas.

Nem conjecturar um motivo plausível.

Algo de cunho sexual? Três caras compartilhando a mesma casa, o mesmo trabalho, refeições e períodos de lazer. A coisa poderia ficar íntima e aconchegante, e isso não poderia ser descartado.

Padres não deveriam ficar íntimos e aconchegados — nem uns com os outros, nem com qualquer pessoa —, mas o faziam mesmo assim; sempre fizeram ao longo dos séculos.

Flores não era um sacerdote de verdade. Poderia ter aguentado cinco, quase seis anos de voto de castidade? Será que ele, um homem bonito e saudável, não teria interesse em satisfação sexual? Teria se arrumado sozinho durante todo esse tempo para manter o disfarce?

Improvável.

Portanto... López podia tê-lo flagrado fazendo investidas em uma paroquiana, contratando uma acompanhante ou algo assim. Raiva e senso de justiça se instalariam nele.

Mas aquele enredo não funcionava para ela.

López fizera 48 anos; tinha entrado para o seminário aos 30. Isso não era muito tarde para um padre?

Flores — onde quer que estivesse — tinha ido para o seminário aos 22 anos; o terceiro padre, Freeman, aos 24.

Mas López — o homem triste de olhos sinceros que se chamava Chale López — tinha lutado boxe profissionalmente por um tempo. Categoria peso meio-médio ligeiro, observou Eve, com um belo resultado de 22 vitórias, seis delas por nocaute. Não

Salvação Mortal

fora casado (era permitido aos padres se casarem antes do lance da batina?). Também não encontrou registro de coabitações com ninguém.

Mas havia uma pequena lacuna em seus registros de emprego. Um espaço de três anos entre o afastamento das lutas de boxe e a entrada no seminário. Algo que precisava ser preenchido.

Em seguida, ela começou a analisar Rosa O'Donnell e prosseguiu com a pesquisa em relação a cada membro da família Ortiz que tinha participado do funeral. Algumas contravenções surgiram, mas nada de inesperado. Especialmente no caso de famílias muito numerosas.

O que as pessoas faziam com famílias tão enormes? Todos aqueles primos, tias, tios, sobrinhas, sobrinhos. Como era possível manter todos na linha?

Como eles conseguiam respirar um pouco de ar puro em qualquer tipo de evento familiar?

Havia registros de algumas agressões na família Ortiz, percebeu Eve, mas nenhuma que tivesse resultado em cumprimento de pena. Um roubo de carro, resultando em pouco tempo de prisão. Algumas ocorrências de posse de drogas ilegais e outros problemas menores. Alguns registros juvenis que haviam sido lacrados. Ela os abriria *se* e *quando* fosse necessário.

Alguns haviam sido vítimas ao longo do caminho. Vítimas de roubo, assalto a mão armada, dois estupros e uma infinidade de distúrbios domésticos. Alguns divórcios, uma ou outra morte, inúmeros nascimentos.

Ela se recostou na cadeira por um instante e apoiou os pés na mesa.

Nenhuma ligação deles com Flores, a não ser na função de padre. Porém, refletiu, Flores não era a ligação principal. *Lino* é que era, ou seja lá quem assumira a identidade de Flores.

Seria melhor esperar que os registros das arcadas dentárias confirmassem tudo, pensou, mas ela não tinha dúvida. Segundo os registros, Flores havia solicitado transferência para aquela paróquia específica em novembro de 2053.

Você estava voltando para casa, Lino, ou fugindo? Aquela era uma pergunta que precisava de resposta. Alguém o reconheceu? Alguém que morava ali ou passara de visita? Alguém que se sentira forte o suficiente ou passional o bastante para executá-lo dentro da igreja?

O que você fez? Quem você deixou revoltado, traiu ou magoou?

E foi assim que, depois de esperar pacientemente, alcançou a promessa.

O que você estava esperando? Qual a promessa que o aguardava no fim do caminho?

— É falsa — anunciou Roarke, parado na porta que ligava os escritórios.

— Há?

— A identidade é falsa. Algo, aliás, que você já sabia. Não sei por que me fez perder tanto tempo com isso.

— Confirmar é sempre bom.

Ele lhe lançou um olhar frio e veio se sentar em um canto da mesa.

— Então você já tem essa confirmação. Foi um bom trabalho, muito caro. Não o melhor, nem de longe, mas também não foi uma lambança qualquer. Aconteceu pouco mais de seis anos atrás. Flores informou que perdeu a identidade e requisitou uma nova.

— Quando, exatamente?

— Outubro de 2053.

— Um mês antes de ele pedir transferência para a Igreja de São Cristóvão. — Ela bateu com o punho na coxa de Roarke. — Eu *sabia*!

— Foi como eu disse. Uma nova foto foi trazida pelo requisitante, junto com cópias de todos os dados necessários. É uma forma comum e eficaz de fazer a troca.

— E quanto às impressões digitais?

Salvação Mortal

— Bem, é aí que a coisa começa a ficar mais cara. Você precisará molhar as mãos das pessoas certas ou ter muita habilidade como hacker, além de usar um equipamento não registrado. Se quiser agir da forma certa, deverá mudar as impressões digitais por todo o caminho de volta, substituindo-as pelas suas. Isso significa trocar todas as impressões desde a infância, caso você queira ser bem abrangente, e foi o que ele fez. É nessa primeira mudança que os obstáculos são maiores. Depois disso, o velho dono passa a ser você, não é? Em sua nova pele.

Ela fez uma careta para ele.

— Quantas identidades forjadas você forneceu ou usou ao longo de sua carreira escusa?

Ele sorriu.

— É um bom jeito de ganhar a vida para um jovem que tem certas habilidades e discrição considerável, mas esse certamente não foi o trabalho mais importante da minha vida.

— Humm. Muito bem, eu comparei as impressões. Elas são as mesmas desde o tempo de Flores, então ele foi mais fundo e hackeou ou pagou alguém para hackear tudo e alterá-las no banco de dados. O resto é o de sempre: roubo padronizado de identidade.

— Fazer diferente só para poupar alguns centavos seria tolice.

— Mas fazer uma reparação completa no rosto exige grana, tempo, e pode resultar em problemas. É, plano de longo prazo. — Ela se afastou da mesa para pensar um pouco de pé e vasculhar as possibilidades. — E representa um grande compromisso, o maior deles.

— Ir tão longe e por todo esse tempo significa que você estará desistindo de si mesmo, não é? Desistindo do seu nome, do seu rosto, das suas ligações. Você teria que arrancar a própria pele para vestir a de outra pessoa. Um compromisso, certamente. Talvez essa sua vítima quisesse um novo começo. Uma nova vida.

— Ele queria mais. Acho que ele voltou para cá, Nova York, e para aquele bairro *especificamente*. Ele escolheu esse lugar, então o conhecia bem. Estava se escondendo, precisava mudar de rosto e era paciente. — Pensando no versículo que lera, murmurou: — E foi assim que, depois de esperar pacientemente, alcançou a promessa.

— O que foi que você disse?

— Acho que as pessoas pacientes são atropeladas pela realidade na Terra das Promessas, pelo menos na maior parte das vezes. A Bíblia, no entanto, garante que não. Ele tinha essa passagem sublinhada em sua Bíblia. E também sublinhou outra... — Ela precisou caminhar de volta até a sua mesa e conferir o que anotara: — "Comigo estão riquezas e honra, prosperidade e justiça duradouras".

— Uma promessa de dinheiro, respeito, importância social — especulou Roarke. — Sim, tudo se encaixa; para alguns, vale a pena matar e esperar por tudo isso. E é bom desfrutar de um ambiente familiar enquanto você espera, talvez até seja um pouco estimulante ver pessoas que você conhece e saber que elas não o reconhecem.

Ela estreitou os olhos.

— As pessoas confessam coisas para os padres, não é? Coisas íntimas, detalhes pessoais. Isso também seria estimulante, não é?

— Certa vez, eu conheci um sujeito que se fazia passar por padre, de vez em quando.

— Para quê?

— Aplicar golpes. Como você lembrou, as pessoas confessam os seus pecados, o que é útil para a chantagem... e as sacolinhas de coleta são passadas regularmente. Mas eu não apreciava essa artimanha.

— Por quê?

— Ora, é muito baixo, não é?

Ela simplesmente meneou a cabeça. Conhecia as coisas que Roarke fizera no passado e sabia que ele era o tipo de homem que iria considerar perverso e baixo enganar os pecadores.

— Talvez isso seja parte do esquema. Talvez ele tenha chantageado um desses pecadores, e ele ou ela o enviou para o inferno.

Salvação Mortal

Esse enredo tem um ritmo agradável. Falso padre usa a batina para enganar um otário... e esse otário usa o ritual sacerdotal para eliminar o falso padre.

Ela se afastou da mesa e perambulou pela sala.

— Mas eu não vou entender tudo nem pegar o *ritmo* das coisas até captar o que ele era. Quem ele era? Preciso da tatuagem. Preciso que o laboratório me consiga a reconstituição dela. Isso vai ajudar. Saber que ele a removeu e fez uma plástica há seis anos e depois descobrir até quando e onde o Flores verdadeiro estava vivo e bem vai me proporcionar uma área na qual focar.

Ela olhou de volta para Roarke, que simplesmente permaneceu sentado, observando-a.

— Sempre existem ecos, certo? Sempre existem sombras... É isso que vocês, nerds da eletrônica, costumam dizer sobre o trabalho dos hackers; há vestígios das camadas adulteradas e da limpeza de dados. E sempre existe um jeito de chegar a esses vestígios.

— Quase sempre — afirmou Roarke.

Eles não encontrariam os seus, refletiu Eve. Mas quantos hackers tinham os recursos ou a habilidade de Roarke?

— Se ele fosse tão bom quanto você ou pudesse pagar alguém tão bom quanto você, certamente não estaria bancando o padre em pleno Spanish Harlem. Provavelmente iria preferir se esconder e esperar o que quer que fosse em alguma bela praia.

— Não tenho como refutar essa lógica.

— É tudo especulação. Tudo projeção. Não gosto de trabalhar dessa maneira. Vou ligar para Feeney e pedir para a DDE cavar isso tudo mais a fundo amanhã.

— E você? O que fará amanhã?

— Vou voltar à igreja.

Ele se levantou e foi até ela.

— Bem, então é melhor pecarmos antes.

— *Até eu* sei que isso não é pecado se a pessoa é casada.

Ele se inclinou de leve e beliscou seu lábio inferior com o dente.

— O que eu tenho em mente pode ser pecado, sim.

— Ainda estou trabalhando.

Ele abriu o botão superior da blusa dela enquanto a empurrava de costas na direção do elevador.

— Eu também. — Deu mais um empurrão de leve até ela entrar na cabine. — Eu adoro o meu trabalho — disse ele, baixando a boca até encontrar a dela.

E ele era bom nisso, pensou Eve, enquanto as mãos dele se mantinham ocupadas nela e sua pulsação começava a disparar. Ela deixou que o beijo a subjugasse e já estava submersa nele quando as portas do elevador tornaram a se abrir e a sua blusa caiu no chão.

O ar frio varreu sua pele nua; seus olhos piscaram e se arregalaram.

Ele a levou de costas em direção ao terraço, onde a abóbada de vidro aberta deixava entrar o ar da noite.

— O quê... — A boca dele foi de encontro à dela mais uma vez, e ela quase sentiu o cérebro se dissolver.

— Caminhamos fora de casa, jantamos ao ar livre. — Ele apertou suas costas contra a pequena parede de pedra. — Vamos considerar isso uma espécie de melhor de três.

Ela deslizou suas próprias mãos para baixo e encontrou seu membro duro.

— Ora, vejo que você trouxe seu taco de hóquei.

Com uma risada, Roarke abriu seu sutiã — a peça simples e branca de algodão que ela preferia e que nunca deixava de seduzi--lo — e brincou com o diamante imenso que ela usava, preso a uma corrente.

— Agora eu sinto que deveria ter algo inteligente a dizer sobre seu disco de hóquei, mas tudo o que me ocorre soa grosseiro.

Ele passou as mãos pelos seios dela. Pequenos e firmes, com o diamante que ele lhe dera reluzindo entre eles. Sentiu o acelerar do seu coração sob a pele lisa, e o calor dela se espalhou debaixo de suas mãos. Por mais claros que fossem os seus olhos

Salvação Mortal

e por mais humor que reconhecesse neles, sabia que já estava tão excitada quanto ele.

Roarke a virou e a apoiou na beirada de uma ampla e acolhedora espreguiçadeira.

— Botas — anunciou ele, levantando um dos pés de Eve. Ela se apoiou nos cotovelos e o observou descalçar uma de suas botas e depois a outra.

Nua até a cintura, sua pele brilhou um pouco sob a luz pálida da lua urbana, e o sorriso fraco em seu rosto foi irresistível. Ele se sentou ao lado dela para tirar os próprios sapatos, virando-se por alguns instantes apenas para encontrar sua boca novamente, quando ela começou a trabalhar nos botões da camisa. Eve se inclinou, sentou-se sobre ele com uma perna para cada lado e pressionou o próprio corpo contra o dele.

Sentiu-se mergulhar na sensação, em vez de afundar. Naquele calor, naquela necessidade, na maravilha que eles traziam um ao outro. Agora, como sempre, aquilo tudo era um choque para o seu sistema; algo *correto*, poderoso e de tirar o fôlego que ela nunca esperara conhecer na vida. Ali. Ele. Ela. Aquela boca linda que seduzia e exigia ao mesmo tempo; aquelas mãos tão habilidosas que possuíam. A pura sensação dele contra ela — pele com pele —, agora tão familiar, ainda conseguia deslumbrar os seus sentidos.

Ele a amava, a queria, precisava dela e, de um jeito tão impossível quanto, ela o amava, o desejava e precisava dele. Era algo milagroso.

Ele sussurrou para ela, primeiro o seu nome. Apenas Eve. Somente Eve. Em seguida, continuou em irlandês. *A grha.* Meu amor. Seu amor. E o resto da frase se perdeu quando suas mãos a guiaram, como em uma dança, e ela arqueou as costas para ele.

Aqueles lábios deslizaram acima de seu torso, formando uma trilha morna, delicada, e então sua boca tomou o seu peito com uma fome rápida e arrebatadora. Seu suspiro se transformou numa exclamação de surpresa, que então se transformou num gemido.

Tudo e todas as coisas. Assim era Eve para ele. Nada do que ele tivesse sonhado, mesmo em segredo, nas ruas imundas de Dublin, se aproximava da realidade dela. Nada que tinha na vida poderia ser tão precioso. O gosto dela na noite fria, à luz pálida, agitou um desejo que ele compreendeu que jamais seria saciado por completo.

Roarke se levantou, erguendo-a consigo, sentindo um delicioso sufocar de lágrimas e desejos quando sua boca se tornou selvagem contra a dele. Mais uma vez ele a pressionou de volta contra a pedra, agora forçando-a a permanecer em pé enquanto arriava a sua calça. E ela arriava a dele.

— Minha — exclamou ele, apertando-a com força pelos quadris e se lançando dentro dela.

Sim, Deus, sim. O primeiro orgasmo irrompeu através dela, num golpe que a deixou tonta, bêbada e depois desesperada por mais. Eve enganchou uma perna em volta de Roarke, abrindo-se mais para que ele a preenchesse por completo, e seus quadris se lançaram com força contra os dele, respondendo a cada uma das suas frenéticas estocadas.

A pedra fria em suas costas, o calor dele contra ela e dentro dela tornaram a dominá-la quando ele tomou e pegou tudo o que quis.

Quando a necessidade se agigantou novamente, quando ela se sentiu prestes a desabar dentro daqueles selvagens olhos azuis, apertou-se em torno dele.

— Goze comigo... goze comigo... goze comigo.

O prazer cintilou e brilhou tanto quanto o diamante que pareceu ferver, e eles se lançaram no vazio do orgasmo ao mesmo tempo.

Ela não sabia se havia pecado, mas acordou na manhã seguinte muito relaxada.

Pode ter sido a sua mente calma e organizada que criou um pensamento novo, que lhe surgiu como um estouro de champanhe em meio à ducha matinal. Ela ruminou a ideia quando entrou no

Salvação Mortal 75

tubo de secagem e girou nua, livre e solta, enquanto o ar quente soprava ao seu redor. Distraída, esqueceu o robe atrás da porta e voltou para o quarto ainda nua.

— Querida! — Roarke sorriu para ela enquanto tomava café sentado à mesa, com o gato esparramado ao seu lado. — Você está vestindo minha roupa favorita.

— Haha! Uma pergunta... — Ela foi até a cômoda a fim de caçar roupas íntimas. Sua mão parou de repente e ela ergueu um sutiã vermelho com taças cintilante e curtas. — De onde veio isso?

— Humm. Será que foi presente da deusa da lingerie? — sugeriu ele.

— Eu não posso usar um sutiã tão provocante para trabalhar. Caramba, e se eu tiver que trocar de roupa no vestiário, durante o turno?

— Você tem razão. Esse sutiã faz a mulher parecer indigna quando está de pé, seminua, durante o horário de trabalho.

— Exatamente. — Como Eve não usava sutiã na metade dos dias, vestiu uma das suas camisetas estilo regata com reforço e suporte sobre os seios.

Roarke a observou escolher a peça branca, simples, prática e sem adornos.

— Tenho uma pergunta — anunciou ela.

— O quê? Ah, sim. Uma pergunta.

Ela vestiu calcinhas brancas igualmente sem adornos e igualmente práticas.

E ele se perguntou por que vê-la vestir peças simples e básicas agitava tanto a sua libido quanto se fossem peças de renda vermelha ou seda preta.

— Se você tivesse que ficar fora durante algum tempo, potencialmente vários anos, contaria tudo a um amigo de confiança?

— Até que ponto eu confio neste amigo?

— Um fator importante, esse. Mas vamos dizer que confia o suficiente.

— Para mim, tudo dependeria dos riscos e das consequências, caso alguém me expusesse antes de eu estar pronto para isso.

Ela refletiu sobre a resposta enquanto caminhava para o closet.

— Cinco anos é um longo tempo... um tempo absurdamente longo para uma pessoa viver como alguém que ela não é; as frases destacadas na Bíblia me fazem pensar que tudo isso era algo que ele pretendia revelar quando chegasse o momento certo. Ao longo desses cinco anos seria preciso ter muita força de vontade para não entrar em contato com um amigo, um parente, ter alguém com quem desabafar ou compartilhar o esquema. Se Nova York era a casa original do falso padre Flores, há grande probabilidade de ele ter um amigo ou parente nas proximidades, bem à mão.

Com ar distraído, Roarke acariciou Galahad entre as orelhas e fez com que o gato começasse a ronronar como um motor a jato.

— Por outro lado — argumentou —, ele pode ter escolhido Nova York porque estava a uma longa distância de quem o conhecia e mais perto de seja lá o que estivesse esperando.

— Sim, sim. — Ela franziu a testa, pensativa, enquanto vestia a calça. — Pode ser. — Mas logo negou com a cabeça. — Não. Ele poderia ter pedido uma transferência para um lugar mais a leste da cidade, aqui mesmo em Nova York ou, digamos, em Nova Jersey. Mas ele especificou *aquela* igreja. Se tudo que você quer fazer é manter distância, não restringiria as próprias opções. Por outro lado, esse poderia ser um lugar ligado especificamente ao que ele estava esperando.

Ela pensou no centro de jovens.

— Talvez, talvez. Vou verificar.

Enquanto ela acabava de se vestir, Roarke caminhou até o AutoChef. Galahad se desenroscou e assumiu a esperançosa expectativa de degustar outra refeição. Eve afivelou o coldre da arma e olhou os pratos que Roarke trouxera para a saleta de estar.

— Panquecas?

— Quero tomar o café da manhã com minha esposa, e panquecas são uma fraqueza específica dela. — Roarke colocou os

Salvação Mortal

pratos sobre a mesinha e apontou um dedo para Galahad quando ele se preparou para saltar. O gato desistiu do plano, largou-se novamente onde estava, ignorou Roarke e se virou para o outro lado.

— Acho que ele acabou de xingar você — comentou Eve.

— Pode ser que sim, mas ele *não vai* roubar minhas panquecas.

Para poupar tempo, Eve ordenou a Peabody que a encontrasse direto no centro de jovens. O edifício de concreto com cinco andares ostentava um playground cercado e asfaltado à frente; o extremo mais distante tinha no piso as marcações de um campo de basquete. Vários jovens aproveitavam o momento para um joguinho típico, com direito a rock barulhento, palavrões e zoações diversas. Quando Eve atravessou o asfalto, vários olhos se voltaram em sua direção, e Eve percebeu alguns sinais de nervosismo em meio às zombarias. Uma reação típica de jovens ao se verem perto de uma policial.

Ela se dirigiu ao mais alto do bando, um garoto magro e mestiço com cerca de 13 anos que vestia calça larga preta, tênis de cano alto muito gastos e um boné vermelho.

— Feriado escolar?

Ele pegou a bola e bateu com ela no chão várias vezes.

— Tenho vinte minutos antes do sinal de entrada. Qual é? Você é uma inspetora de aula?

— Eu pareço uma?

— Não. — Ele se virou e executou um belo arremesso em gancho que beijou a borda do aro. — Parece uma policial. Uma policial fodona. — Essa frase quase cantarolada lhe garantiu assobios e gargalhadas dos colegas.

— Acertou. Você conheceu o padre Flores?

— Todo mundo conhece o padre Miguel. Ele é um cara legal. Quer dizer, era...

— Foi ele quem ensinou esse arremesso em gancho?

— Ele me ensinou alguns lances, sim. E eu ensinei alguns para ele. E daí?

— Você tem nome?

— Todo mundo tem — Ele a dispensou, pegando a bola e contornando-a. Eve girou o corpo e interceptou a passagem. Depois de bater com a bola na quadra duas vezes, ela tornou a girar, e seu arremesso de gancho resultou numa cesta belíssima que nem ao menos tocou o aro.

As sobrancelhas do rapaz se ergueram debaixo do boné e ele lançou um olhar frio de inveja.

— Meu nome é Kiz.

— Certo, Kiz. Alguém por aqui tinha algum problema com Flores?

Kiz encolheu os ombros.

— Devia ter, já que ele está morto.

— Nessa, você me pegou. Você conhece alguém que tinha algum problema com ele?

Um dos outros passou a bola para Kiz. Ele recuou alguns metros, bateu com a bola três vezes e conseguiu uma bela cesta de três pontos. Curvou o dedo pedindo a bola de volta e, quando a recebeu, passou-a para Eve.

— Você consegue?

Por que não? Ela calculou a distância e arremessou. Marcou mais três pontos. Kiz assentiu em sinal de aprovação e a avaliou dos pés à cabeça.

— Tem mais jogadas, Policial Fodona?

Ela sorriu com frieza.

— Você tem alguma resposta para a minha pergunta?

— As pessoas gostavam do padre Miguel. Como eu disse, ele era um cara legal. Não vinha com sermão a cada cinco minutos, entende? Sacava muito bem como o mundo funciona.

— E como o mundo funciona?

Kiz recuperou a bola novamente e a girou com elegância no topo do dedo indicador.

Salvação Mortal 79

— Tem muita merda.

— Sim, muita merda. Com quem ele andava?

— Consegue pegar essa? — perguntou Kiz, atirando a bola para ela num arremesso rápido.

— Consigo, mas não com essas botas. Essas são as botas que eu uso quando caço assassinos. — Mesmo assim, ela recebeu a bola e tornou a arremessar na direção dele. — Com quem ele andava?

— Outros padres, eu acho. Com a galera aqui do pedaço, Marc e Magda. — Ele virou a cabeça em direção ao prédio. — Eles gerenciam o lugar. E espantam os caras mais velhos que circulam por aqui tentando usar a nossa quadra.

— O padre Flores discutiu com alguém recentemente?

— Não sei de nada, não vi nada. O sinal já vai tocar.

— Tudo bem.

Kiz atirou a bola para Eve uma última vez.

— Traga tênis de basquete e eu ensino alguns lances para você, Policial Fodona.

— Qualquer dia, pode ser...

Quando Eve se afastou com a bola aninhada na curva do cotovelo, Peabody sacudiu a cabeça.

— Eu não imaginei que você soubesse fazer isso. Jogar basquete, fazer cestas, essas coisas.

— Tenho uma vasta gama de habilidades secretas, detetive. Vamos procurar Marc e Magda.

O lugar cheirava a escola, ou a qualquer outro lugar em que crianças se reúnem regularmente. Suor jovem misturado com doces e um cheiro de floresta úmida para o olfato de Eve, que ela só podia definir como odor de "crianças" — e isso era um pouco assustador.

Muitos bebês e crianças pequenas estavam sendo transportados e entregues por homens e mulheres que pareciam assustados, aliviados ou infelizes. Desenhos criados por pessoas com diferentes graus de habilidade, junto com dezenas de folhetos e cartazes, cobriam as paredes em tom de bege seco, como se fosse uma colagem louca. No meio dessa colagem, uma loura bonita estava atrás de um balcão de recepção, saudando as crianças e o que Eve supunha serem seus pais quando as entregas eram feitas.

O som de berros, gritos, choro, vozes altas e ecos agudos cortava o ar como disparos de armas a laser.

A loura tinha olhos castanhos expressivos e um sorriso que parecia sincero e divertido, apesar do caos que a rodeava. Seus olhos eram límpidos, e sua voz soava alegre. Mas Eve não descartaria o uso de auxiliares químicos para ajudá-la a enfrentar tudo aquilo.

A loura falou em espanhol para alguns, em inglês para outros, e depois concentrou toda a sua recepção calorosa em Eve e Peabody.

— Bom dia! Em que posso ajudá-las?

— Sou a tenente Dallas, esta é a detetive Peabody. — Eve exibiu o distintivo. — Estamos procurando Marc e Magda.

O calor se transformou instantaneamente em tristeza.

— Trata-se do padre Miguel, não é? Eu sou Magda. Vocês poderiam me dar só alguns minutos? Administramos uma creche e uma pré-escola aqui. Vocês chegaram numa hora de muito movimento. Podem esperar no escritório, se desejarem. Fica naquele corredor, primeira porta à esquerda. Vou arranjar alguém para me cobrir assim que puder.

Eve preferiu evitar que a onda seguinte de bebês e crianças pequenas a levasse, arrastasse, perseguisse e conduzisse; resolveu refugiar-se num escritório com duas mesas unidas pelas costas, de modo que seus ocupantes ficassem de frente um para o outro. Observou quadros de avisos em que havia mais panfletos, avisos e memorandos. Um mini-AutoChef e uma pequena unidade de refrigeração ocupavam uma prateleira, enquanto muitos equipamentos atléticos, pilhas de discos, livros físicos e materiais de escrita enchiam as outras.

Salvação Mortal 81

Eve cruzou a sala e foi até a janela, que oferecia vista do playground, onde agora algumas das crianças estavam sendo liberadas para correr e gritar como hienas.

— Por que eles fazem todo esse barulho? — perguntou-se em voz alta. — Esse som de perfurar os tímpanos?

— É uma liberação de energia, eu acho. — Já que os papéis estavam ali e elas também, Peabody folheou alguns dos trabalhos sobre as mesas. — É esse mesmo motivo que leva a maioria das crianças a correr em vez de caminhar, a escalar em vez de se sentar. Está tudo comprimido dentro delas, e essa energia tem que sair de algum jeito.

Eve se virou e apontou o dedo para Peabody.

— Entendi. Eu realmente consigo entender esse processo. Elas não podem fazer sexo nem consumir álcool; então gritam, correm e socam uns aos outros como uma espécie de tranquilizante... Um substituto para o orgasmo.

— Humm... — Isso foi tudo em que Peabody conseguiu pensar, olhando para a porta com alívio ao ver Magda entrar, apressada.

— Por favor, desculpem fazê-las esperar. Muitos pais chegam aqui no último minuto e o caos se instala. Sentem-se, por favor. Ahn, posso lhes oferecer café, chá, algo gelado?

— Só o seu nome completo, obrigada.

— Ah, claro. Magda Laws. Sou codiretora do centro. — Ela apalpou uma pequena cruz de prata pendurada junto à garganta. — É sobre o padre Miguel?

— Isso mesmo. Há quanto tempo você o conhecia?

— Desde que ele veio para a paróquia. Uns cinco anos? Talvez um pouco mais.

— E o seu relacionamento com ele?

— Éramos amigos. Isto é... tínhamos um relacionamento amigável. Ele estava sempre muito envolvido com o centro e era muito enérgico quanto à sua participação em tudo. Sinceramente, não sei o que faremos sem ele. Isso soa um tanto egoísta. — Ela tirou uma cadeira de trás de uma das mesas e a rolou até junto das cadeiras dos visitantes. — Eu não consigo entender. Acho que continuo esperando que ele coloque sua cabeça na fresta da porta e diga olá.

— Há quanto tempo você trabalha aqui?

— Quase oito anos. Marc... Desculpem, ele não virá aqui agora de manhã. Está fazendo um curso, especialização em psicologia, e só chega no turno da tarde. Pelo menos durante mais algumas semanas. O nome completo é Marc Tuluz.

— Ele e Flores também tinham uma relação amigável?

— Sim, muito. Nos últimos anos, eu diria que nós três nos considerávamos uma equipe. Temos muitas pessoas boas aqui... conselheiros, instrutores, cuidadores. Mas nós três... bem, não sei descrever. — Ela ergueu as mãos como se não soubesse o que fazer com elas. — Éramos o núcleo de tudo. Miguel era muito proativo. Não só com as crianças, mas também arrecadando fundos, sensibilizando a comunidade, atraindo patrocinadores e instrutores de fora.

Seus olhos ficaram marejados enquanto falava, a voz se tornando mais intensa.

— É difícil. Muito difícil. Fizemos uma breve homenagem esta manhã em sua memória com as crianças em idade escolar e teremos outra no fim do dia. Isso ajuda, eu acho, mas... Vamos sentir muito a falta dele, de mil maneiras. Marc e eu, na noite passada, estivemos conversando sobre rebatizar o ginásio de esportes em homenagem a ele.

— Noite passada?

— Marc e eu moramos juntos. Vamos nos casar em setembro. Miguel ia celebrar a cerimônia. — Ela olhou para longe, lutando contra as lágrimas. — Posso perguntar uma coisa? Vocês já fazem alguma ideia do que aconteceu, ou como, ou por quê?

— Estamos seguindo algumas pistas. Já que você era amiga e trabalhava perto dele, Flores nunca falou sobre o que fazia antes de vir para cá?

— Antes de vir...? — Ela prendeu o cabelo claro atrás da orelha, como se tentasse organizar os pensamentos. — Ahn, ele trabalhou

Salvação Mortal

no México e no oeste dos Estados Unidos. Ele nasceu lá no oeste. Era isso que a senhora queria saber?

— Ele falou sobre o seu trabalho lá no oeste, especificamente?

— Ah, Deus... Deve ter comentado sobre uma ou outra coisa, de vez em quando, mas estávamos sempre muito envolvidos com o agora e o amanhã. Mas eu sei que ele trabalhava com crianças lá, também. Com esportes, integrando as crianças em grupos, formando equipes. Ele gostava de ensinar aos jovens o valor de fazer parte de uma equipe. Ele... ahn... ficou órfão quando era muito pequeno e não gostava de falar a respeito. Mas dizia que suas experiências pessoais haviam sido algumas das principais razões pelas quais quis dedicar tanto tempo às crianças. Ele era ótimo com elas.

— Alguma criança ou grupo em particular? — quis saber Peabody.

— Ah, vários grupos, ao longo dos anos. Depende de quanto uma criança precisava de nós... precisava dele, entende?

— Você é desta região? — Eve perguntou.

— Vim cursar a faculdade aqui e acabei ficando. Sabia que era exatamente onde eu queria estar.

— E quanto a Marc?

— Ele se mudou para cá com a família quando era adolescente. Na verdade, a irmã dele é casada com um dos primos Ortiz. Ela estava no funeral ontem quando... Foi quem veio nos contar da tragédia.

— Conhece alguém que teve problemas com Flores? Alguém que não gostava dele? Ou que tenha discutido com ele?

— Há muitas variáveis em relação a isso. Certamente houve momentos em que Miguel teve que se sentar com uma criança e repreendê-la. Ou precisou fazer isso com um pai ou uma mãe, por extensão. Brigas sempre rolam em disputas esportivas. Mas, se a senhora está falando de algo grave, uma coisa que poderia ter levado a isso, garanto que não. A não ser...

— A não ser...

— Tem o caso de Barbara Solas, que tem 15 anos. Ela nos procurou um dia, há alguns meses, com o rosto machucado. Para encurtar a história, o pai dela espancava a mãe com frequência e, segundo soubemos em seguida, tinha abusado sexualmente de Barbara.

Em seu colo, as mãos de Magda se tornaram punhos.

— Ela resistiu e ele a espancou. Ela havia reagido no dia em que veio nos contar. Perdeu a cabeça e reagiu com violência. Ele a espancou e expulsou de casa, e Barbara veio enfim nos pedir ajuda. Decidiu vir até nós e nos contou sobre o que andava acontecendo em casa. Nós a ajudamos. Nós denunciamos o pai às autoridades, à polícia, ao serviço social.

— E esse Solas culpou Flores por isso?

— Tenho certeza que sim, culpou todos nós. Barbara nos contou, e foi confirmado, mais tarde, que o pai dela tinha começado a abusar da irmã mais nova, de 12 anos. Foi isso que fez com que Barbara se rebelasse. Convenci a mãe a ir para um abrigo, levando Barbara e as outras filhas. Mas antes de ir vê-la, e antes que a polícia chegasse e prendesse Solas, Marc e Miguel foram se encontrar com ele sozinhos.

— E brigaram?

— Sim. Não é a nossa política agir desse modo, não é a maneira como devemos lidar com algo assim, mas Miguel... Nós não conseguimos detê-lo, então Marc foi até lá com ele. Eu sei que as coisas esquentaram muito por lá, mas Marc e Miguel não me deram detalhes. Só sei que a visita resultou em briga porque os nós dos dedos de Miguel estavam muito arranhados e ensanguentados.

— Isso aconteceu há quanto tempo?

— Em fevereiro.

— Eles frequentavam a igreja?

— Só a sra. Solas e alguns dos filhos. Não ele, não o sr. Solas.

— E agora? Eles continuam por aqui, nesta região?

Salvação Mortal 85

— Continuam, sim. Ficaram no abrigo durante um mês, mais ou menos, e então nós, Marc, Miguel e eu, conseguimos ajudá-los a se instalarem em outro lugar e em outro emprego. Tenente, ela não teria atacado Miguel. Ficou muito grata a ele.

— Mesmo assim, eu preciso do endereço.

Enquanto Peabody anotava, Eve tentou outra abordagem.

— Você disse que sabia que era onde queria estar. Você diria que Flores parecia se sentir assim em casa aqui em Nova York, com a mesma rapidez de adaptação?

— Devo dizer que sim. É claro que eu não o conhecia antes, mas ele me pareceu ter encontrado o próprio lugar. — Ela sorriu, obviamente confortada pela ideia. — Sim, era muito pleno aqui. Amava o bairro. Caminhava com frequência pela vizinhança e gostava de correr. Ele e o padre Martin, o padre Freeman, corriam quase todas as manhãs. Miguel costumava parar em lojas e restaurantes só para jogar conversa fora.

— Ele tentou passar uma cantada em você alguma vez?

— O quê?

Mais uma vez, Magda apertou sua cruz contra o peito.

— Você é uma mulher muito atraente e vocês trabalhavam juntos, muito próximos.

— Ele era padre.

— Era um homem, antes de qualquer coisa.

— Não, ele nunca tentou me cantar.

Eve inclinou a cabeça.

— Só que?...

— Eu não disse "só que".

— Mas pensou. Magda, ele está morto. Qualquer coisa que você me diga poderá nos ajudar a encontrar quem fez isso e por quê. Não estou perguntando só para fazer fofoca.

Magda soltou um suspiro.

— Talvez eu já tenha sentido que havia alguma coisa no ar... Que ele poderia já ter pensado na possibilidade ou se questionado a esse respeito. Parece errado dizer isso.

— Você sentiu uma espécie de clima — incentivou Eve.

— Sim, isso mesmo, senti um possível clima. Ele pode ter olhado para mim vez por outra mais como um homem faria, um homem mais interessado do que um sacerdote deveria estar. Mas não passou disso. Ele nunca sugeriu coisa alguma nem me tocou de forma inadequada. Jamais.

— Poderia haver outra pessoa?

— Eu nunca tive essa impressão.

— Certo. Tirando você e Marc, com quem mais ele passava parte do tempo?

— Com os padres López e Freeman, é claro. Com o padre Freeman em especial. Os dois curtiam esportes, tanto para jogar como para assistir, e o padre Freeman muitas vezes também nos ajuda aqui no centro de jovens. E ele, Miguel, sempre reservava tempo extra para as crianças, para os paroquianos e até mesmo para as pessoas do bairro. Ele era muito expansivo e sociável.

Capítulo Cinco

Eve e Peabody voltaram para a igreja.

— Você acha que a mulher de Solas pode ter mudado de ideia quanto à gratidão que sentia? — quis saber Peabody.

— Não seria a primeira vez. Usar veneno é atraente para as mulheres. Ela frequentava a igreja; certamente conhecia as instalações e rotinas ou poderia ter descoberto. Não estava na lista das pessoas que compareceram à missa de corpo presente, mas não teria sido difícil entrar e sair do local. Essa não é a minha hipótese favorita, mas vamos investigá-la.

— O próprio Solas poderia ter arquitetado tudo. Talvez devêssemos verificar as ligações que ele fez para fora da prisão.

— Vamos fazer isso.

— Mas você também não gosta dessa hipótese.

— Não está no topo da minha parada de sucessos. Quando um sujeito é denunciado e acaba na cadeia, ele quer vingança física e violenta. Um pagamento em grande estilo.

Eve cruzou o vestíbulo e entrou na igreja. Observou um homem alto de pele escura que se ajoelhou na nave central e depois se virou.

— Bom dia — cumprimentou ele com uma voz forte e rica de barítono que ecoou de forma teatral dentro do templo.

Vestia um suéter preto sobre uma camiseta de manga curta. Eve perguntou a si mesma se teria percebido de cara que ele era padre, se já não tivesse visto sua foto na carteira de identidade. Da mesma forma que as crianças que jogavam basquete tinham descoberto de imediato que ela era uma policial.

Não teve certeza da resposta.

— Padre Freeman, sou a tenente Dallas. Esta é a minha parceira, a detetive Peabody.

Ele era atraente na foto e ainda mais pessoalmente. Alto, musculoso, com um tipo de beleza impressionante, grandes olhos castanhos muito brilhantes e um jeito atlético de se movimentar. Ele as encontrou no centro do corredor e estendeu uma grande mão.

— É uma péssima maneira de conhecer alguém, tenente... detetive. Chale, isto é, o padre López, avisou que vocês provavelmente viriam falar comigo. Gostariam de ir à casa paroquial?

— Aqui mesmo está ótimo, a menos que o senhor precise resolver algum assunto lá.

Ele sorriu, e sua expressão mudou de bonita para atraente.

— As coisas por aqui geralmente são tranquilas a esta hora da manhã. Pensei em fazer uma pequena corrida depois da missa matinal, mas... não me senti disposto a enfrentar isso. Acabei vindo para cá. Quis algum tempo sozinho para pensar em Miguel e fazer algumas orações.

— O senhor costumava correr com ele todas as manhãs.

— Costumava, sim. Na maioria das vezes, corríamos juntos pelo bairro. Acho que foi por isso que eu vim para cá, em vez de fazer nosso circuito habitual. O fato é que...

— Eu sei. Vocês eram muito próximos.

— Éramos, sim. Nos dávamos bem, adorávamos nos lançar em longas discussões a respeito de tudo que existe. As leis da Igreja, a política, por que razão os Yankees venderam Alf Nader.

Salvação Mortal   89

— Boa pergunta — concordou Eve, apontando o dedo para Freeman. — O que será que eles andaram fumando?

— Uma erva do mal, se quer a minha opinião. Mas Miguel achava que tinha sido uma jogada inteligente. Discutimos sobre isso por várias horas na véspera da minha viagem para Chicago.

De repente um ar de surpresa invadiu seu rosto, mostrando que só naquele momento ele percebia que essa fora a última vez em que ele vira ou conversara com Flores.

— Nós assistimos ao jogo dos Yankees no telão da sala de estar, nós três. Chale subiu depois da sétima entrada. Mas Miguel e eu continuamos ali sentados e assistimos até o fim, discutimos sobre a venda do atleta, as substituições e tudo o mais. Matamos seis cervejas.

— Vocês podem fazer isso? Beber cerveja?

Um leve sorriso iluminou a boca de Freeman.

— Podemos, sim. Essa é uma boa lembrança. Um bom momento para ficar na recordação. A forma como assistimos ao jogo e depois trocamos ideias sobre a venda de Alf Nader.

Freeman se virou e olhou para o altar.

— Isso é melhor do que tentar imaginar como foi ou como deve ter sido quando ele morreu ali em cima. O mundo está cheio de coisas terríveis, mas isso foi demais. Matar um homem, usando a fé e a vocação dele como arma do crime. — Freeman balançou a cabeça para os lados.

— É difícil perder um amigo — consolou Eve, depois de um momento.

— Sim. É muito difícil também não questionar a vontade de Deus.

Eve pensou que Deus sempre levava boa parte da culpa quando, em sua opinião, as coisas se resumiam a um ser humano que escolhia destruir o outro.

— Você disse "circuito". Normalmente havia uma rota para a corrida?

— Para as matinais, sim. Por quê?

— Nunca se sabe. Por onde vocês geralmente corriam?

— Seguíamos na direção leste até a Primeira Avenida; em seguida, pegávamos a direção norte até a rua 122 Leste. A partir daí voltávamos para oeste até a Terceira Avenida e seguíamos de volta para o sul até completar o circuito. Muitas vezes ele, ou às vezes nós dois, dava uma passada no centro de jovens antes de voltar para casa. Disputávamos algumas cestas com as crianças.

— Quando foi a última vez que vocês correram juntos?

— Há uma semana. Um dia antes de eu partir para Chicago. Eu tinha que pegar o ônibus muito cedo e não corri na manhã da viagem.

— Ele encontrou alguém ao longo do caminho, trocou palavras com alguma pessoa ou mencionou alguém com quem tivesse problemas?

— Nada desse tipo. Bem, é claro que podemos ter visto pessoas que conhecemos saindo para o trabalho ou voltando para casa depois do turno da noite. Alguém pode ter nos dado um "olá" ou feito algum comentário. Pessoas que moram ou trabalham ao longo do nosso circuito. O sr. Ortiz, por exemplo. Passávamos em frente à casa dele todos os dias e, quando o tempo estava bom, o sr. Ortiz caminhava pela manhã; pode ser que ele tenha estado na rua nesse dia.

— Sr. Ortiz. Aquele que morreu?

— Sim. Sua falta será muito sentida. Vou sentir saudade de vê-lo em minha corrida matinal, do mesmo modo que sentirei falta de Miguel correndo comigo.

— Flores falou com o senhor sobre alguém ou alguma coisa que o estivesse incomodando?

— Todos nós lutamos com a fé das pessoas e o nosso propósito de vida. Vez ou outra, quando sentíamos necessidade, discutíamos em termos gerais os problemas das pessoas que os procuravam. Para tentar descobrir como poderíamos ajudar melhor.

Salvação Mortal

Quando o *tele-link* de Eve tocou, ela acenou com a cabeça para que Peabody assumisse a conversa e se afastou um pouco.

— Padre... e quanto ao sr. Solas? Soubemos que houve uma discussão entre ele e o padre Flores.

Freeman soltou um suspiro.

— Houve, sim. Miguel ficou irritado, furiosíssimo, quando soubemos que Barbara tinha sofrido abuso sexual. Foi-nos ensinado que devemos odiar o pecado, não o pecador, mas há momentos em que isso é muito difícil. Ele teve uma briga com o sr. Solas e eles chegaram às vias de fato. A verdade é que Miguel nocauteou Solas e poderia ter feito mais, caso Marc Tuluz não o tivesse impedido. Mas Solas está na prisão, agora.

— E a sra. Solas?

— Faz sessões de terapia e aconselhamento, assim como as filhas. Ela está fazendo progresso.

Eve voltou.

— Talvez seja melhor continuar essa conversa na casa paroquial, afinal de contas. O padre López está lá?

Obviamente intrigado, Freeman verificou que horas eram em seu relógio de pulso.

— Sim, deve estar. Ele tem que atender alguns chamados na vizinhança daqui a pouco.

— Então vamos encontrar vocês dois lá.

Peabody esperou até terem saído da igreja antes de perguntar.

— E aí, alguma novidade?

— Os registros das arcadas dentárias acabaram de chegar. Já podemos parar de andar como se pisássemos em ovos.

Rosa as acompanhou até o escritório de López, onde ele estava sentado à sua mesa de trabalho; Freeman se colocara de pé junto à pequena janela.

— A senhora descobriu alguma coisa — afirmou López de imediato.

— Confirmei uma suspeita. O homem que morreu ontem não foi o padre Miguel Flores.

— Não entendo o que a senhora quer dizer. — Colocando as mãos sobre a mesa, López se levantou da cadeira. — Eu estava lá. Eu o vi!

— O homem que o senhor conhecia como Miguel Flores assumiu essa identidade de forma falsa. Acreditamos que ele adotou o novo nome em algum momento entre junho e outubro de 2053 e se submeteu a algumas cirurgias faciais para adequar a aparência ao antigo dono do nome. Como o verdadeiro Miguel Flores nunca mais foi visto ou encontrado desde essa época, especulamos que esteja morto.

— Mas... Ele foi enviado para cá.

— A pedido próprio, com o uso dessa falsa identificação.

— Mas, tenente... Ele celebrou missas, ministrou sacramentos. Deve haver algum engano.

— A senhora disse que confirmou essas informações — interrompeu Freeman. — Como?

— Registros da arcada dentária. O corpo que está conosco no necrotério passou por cirurgias faciais. Cirurgias estéticas. Houve uma remoção de tatuagem. E também encontramos ferimentos de faca.

— Eu vi — confirmou Freeman. — Esses ferimentos. Ele me explicou como tinham acontecido. Ele mentiu. — Nesse momento, Freeman se sentou. — Ele mentiu para mim. Por quê?

— Boa pergunta. Ele se esforçou muito e transpôs vários obstáculos até ser designado para esta paróquia, especificamente. Esse é outro "porquê". Ele alguma vez conversou com o senhor sobre alguém chamado Lino?

— Não... Sim... Espere. — Freeman massageou as têmporas, e seus dedos tremeram. — Estávamos discutindo sobre absolvição, reparação, penitência, perdão. Sobre como os pecados podem ser compensados por meio de boas ações. Nós tínhamos filosofias

Salvação Mortal

diferentes sobre isso. Ele usava Lino como uma espécie de exemplo. Costumava dizer: "Vamos imaginar um homem qualquer... Vamos chamá-lo de Lino".

— Muito bem. E então...?

Freeman se levantou, e seus olhos escuros pousaram nos de seu companheiro sacerdote.

— Isso é como outra morte. Pior, eu acho. Éramos irmãos aqui... e servos, pastores. Mas ele não era nada disso. Morreu em pecado. O homem pelo qual eu rezei morreu em pecado, celebrando um sacramento que não tinha o direito de celebrar. Eu me confessei a ele... e ele se confessou a mim.

— Ele vai responder a Deus agora por tudo isso, Martin — disse López. — Será que não houve algum engano, tenente?

— Não, não há engano. O que ele disse sobre Lino?

— Foi um exemplo, como expliquei. — Freeman voltou a se sentar, como se suas pernas estivessem cansadas. — Ele dizia que, se este jovem, este Lino, tivesse cometido pecados, mesmo pecados graves, mas dedicasse uma parte da sua vida a boas obras, para ajudar os outros, aconselhá-los e afastá-los do pecado, conseguiria obter compensação e poderia continuar em frente com a própria vida. Como se a sua ficha suja tivesse sido limpa.

— O senhor discordava disso, padre?

— Há mais que boas ações em jogo, aqui. Trata-se de intenção. As boas obras foram executadas para equilibrar a balança ou pelo seu próprio mérito? Esse homem realmente se arrependeu? Miguel argumentava que os atos em si eram suficientes para uma absolvição.

— A senhora acha que ele era esse tal Lino? — quis saber López.

— Que esse debate era sobre ele mesmo... sobre ele usar o tempo aqui para... compensar algo de mau que fez no passado?

— É uma teoria. Como ele lidava com a sua opinião sobre essa discussão? — perguntou Eve, voltando a Freeman.

— Ficava frustrado. Muitas vezes frustrávamos um ao outro, e essa era apenas uma das razões pelas quais gostávamos de debater.

Todas as pessoas que ele enganou! Realizou casamentos, encomendou almas dos moribundos, batizou pessoas, ouviu confissões. O que devemos fazer?

— Vou entrar em contato com o arcebispo. Vamos proteger o rebanho, Martin. Foi Miguel... Foi esse homem que agiu de má-fé, não aqueles a quem ele serviu.

— Batizados — murmurou Eve, considerando a ideia. — Isso é para bebês, certo?

— Normalmente sim, mas...

— Vamos ficar com os bebês, por enquanto. Preciso de todos os registros dos batizados feitos aqui nesta igreja, digamos... entre 2020 e 2030.

López olhou para as mãos dobradas e assentiu.

— Vou solicitar.

Peabody ficou sentada no carro com ar pensativo quando elas saíram da casa paroquial.

— Isso deve ser muito difícil para eles. Para os padres.

— Ser ludibriado é sempre uma bosta.

— Não se trata apenas disso. Estou falando de amizade e fraternidade; de você descobrir que tudo era falso. É como se, por exemplo, você morresse no cumprimento da lei.

— Não pode ser *você* a morrer?

— Não, este é o *meu* cenário. Você perde a vida... heroicamente...

— Ah, isso sim, com certeza.

— Eu fico devastada pela perda. Começo a bater no peito, desesperada de tristeza.

Eve olhou deliberadamente para os seios fartos de Peabody.

— Cobrir toda essa área vai levar algum tempo.

— Eu nem sequer penso... "Puxa, depois de passar algum tempo eu vou poder dar em cima de Roarke", para você ver quanto eu estou arrasada.

Salvação Mortal 95

— Melhor continuar arrasada, *amiga*, ou eu vou voltar de onde quer que esteja para dar uns bons chutes no seu traseiro.

— Ah, disso eu tenho certeza. Enfim, de qualquer modo, descobrimos em seguida que você não era a verdadeira Eve Dallas. Você matou Eve Dallas alguns anos antes, desmembrou-a e colocou os membros dela em um reciclador de carne e outros resíduos.

— Volte à parte em que você estava batendo nos peitões.

— São *seios*, use a palavra certa! De qualquer modo, agora eu estou ainda *mais arrasada* porque a pessoa que imaginei que fosse minha amiga, minha parceira e blá-blá-blá, na realidade não passava de uma vaca mentirosa.

Peabody se virou para fitar, estreitando os olhos, o perfil de Eve.

— Continue se referindo a mim desse jeito e é *você* quem vai acabar desmembrada e jogada em um reciclador de carne e outros resíduos.

— Estou só especulando. De qualquer forma, de volta a Flores... que agora vamos chamar de Lino.

— Vamos vasculhar os registros, verificar todos os Linos e reduzir nossa lista de suspeitos.

— A menos que ele não tenha sido batizado nessa igreja porque sua família se mudou para este bairro quando ele tinha, digamos, 10 anos. Ou pode ser que nunca tenha sido batizado, simplesmente espetou um alfinete num mapa e escolheu esta paróquia para funcionar como seu buraco, seu esconderijo.

— É por isso que a DDE está trabalhando na identidade falsa, e vamos passar as impressões digitais e o DNA dele pelo banco de dados do Centro de Pesquisa Internacional de Atividades Criminais e também pela Polícia Global e assim por diante. Algo vai resultar dessa busca.

— Eu acho que é muita baixaria — acrescentou Peabody —, fraudar esse lance do sacerdócio. Se ele queria se fazer passar por alguém diferente, poderia ter escolhido outra coisa. Como algo que já fez antes ou foi no passado. Ei! Ei! Talvez ele *fosse* um padre de verdade. Quer dizer, não Miguel Flores, mas outro padre. Ou então ele tentou ser padre e foi reprovado.

— Essa ideia até que não é ruim. A reprovação. Vamos conseguir esses registros e você monta uma referência cruzada com os dados de caras que foram reprovados no seminário. Em seguida, faz outra busca no seminário em que Flores estudou. Talvez a vítima o tenha conhecido ou feito essa preparação junto com ele.

— Entendido. Vou investigar um pouco mais atrás e fazer uma busca pelos homens da mesma faixa etária de Flores que poderiam ter estudado em escolas particulares junto com ele ou talvez tê-lo conhecido lá.

Era uma possibilidade, pensou Eve, e elas iriam trabalhar com isso.

— O cara certamente imaginou que tinha descoberto o disfarce perfeito. Ninguém iria investigar um padre, muito menos na profundidade em que vamos mergulhar; ainda mais se ele se mantiver longe de problemas. E a única vez que nós sabemos que ele chegou perto de ultrapassar a linha foi com esse tal de Solas. E vamos verificar isso também.

Enquanto ela falava, Eve parou junto do meio-fio em frente ao Trinidad, um pequeno hotel de negócios na rua 98 Leste. Então, ligou o seu sinal de "viatura em serviço".

Não deu de cara com um porteiro. Isso foi uma pena, porque ela gostava muito de bater de frente com funcionários que reclamavam do carro mal-estacionado. Mas o saguão era luminoso e limpo. Uma morena provocante cuidava do balcão de check-in. Eve se dirigiu ao sujeito de ar distinto e cabelos prateados que trabalhava como *concierge*.

— Precisamos de alguns momentos com Elena Solas.

— Entendo. — Ele analisou os distintivos. — Algum problema?

— Não, desde que tenhamos alguns momentos com Elena Solas.

— Naturalmente. Com licença. — Ele foi até o canto da sua estação de trabalho e falou com alguém pelo *headset*. Quando voltou, manteve o sorriso neutro e impecável. — Temos uma sala

Salvação Mortal 97

de convívio para empregados, que fica no quinto andar. Poderei acompanhá-las, caso esse local para o encontro as satisfaça.

— Está bem.

Ele foi com elas até um elevador para funcionários.

— A sra. Solas trabalha conosco há pouquíssimo tempo, mas já provou ser uma excelente profissional.

— Isso é bom.

Eve não disse mais nada, simplesmente o seguiu quando ele saiu do elevador, caminhou até o fim de um corredor e usou um cartão especial para abrir uma porta dupla.

Aquilo mais parecia um vestiário que uma sala de convívio, mas o lugar era tão limpo e claro quanto o saguão. A mulher que estava sentada em um dos bancos acolchoados tinha as mãos apertadas e retorcidas no colo, os dedos cruzados como em posição de oração. Usava um vestido cinza debaixo de um avental simples, branco, e sapatos brancos de sola grossa. Seu cabelo escuro e lustroso se enrolava em um belo coque na nuca. Quando ela ergueu a cabeça, seus olhos estavam tomados de terror.

— Ele saiu da cadeia, saiu... Saiu de lá!

Antes mesmo que Eve pudesse se mover, Peabody se apressou.

— Não, sra. Solas. Ele continua na prisão. — Ela se sentou e colocou as mãos sobre o nó que os dedos de Elena tinham formado. — Ele não poderá machucá-la, nem às suas crianças.

— Graças a Deus! — Uma lágrima deslizou pelo seu rosto quando ela se benzeu e balançou o corpo para frente e para trás. — Ah, graças a Deus! Eu pensei que... Meus bebês! — Ela se levantou do banco. — Aconteceu alguma coisa com uma das minhas crianças?

— Não. — Dessa vez foi Eve quem falou, com determinação, para dissolver aquela crescente histeria. — Viemos para falar sobre o homem que você conhecia como padre Flores.

— Padre... — Seu corpo tremia visivelmente quando ela se acalmou. — Padre Flores. Que Deus me perdoe! Eu sou muito egoísta, muito burra, muito...

— Pare! — Eve ergueu a voz e um tom forte de vermelho inundou o rosto de Elena. — Estamos investigando um homicídio, temos algumas perguntas e você precisa se recompor. — Ela se virou para o *concierge* e disse: — Você já pode ir.

— A sra. Solas está obviamente abalada. Não vejo por que...

— Ela vai ficar muito mais abalada se eu tiver que levá-la para a Central de Polícia só porque você não saiu da sala. Se não é advogado dela nem seu representante legal, vá embora e não bata a porta ao sair.

— Está tudo bem, sr. Alonzo — confirmou Elena. — Obrigada, eu estou bem.

— Basta me ligar, se não estiver. — Ele lançou um olhar gélido para Eve antes de se virar para sair.

— Nem pensei no que aconteceu ao padre Flores — murmurou Elena. — Quando eles disseram que a polícia estava aqui, pensei logo em Tito, no que ele disse que faria comigo e com nossas três meninas. Tenho três filhas.

— E ele sempre agrediu a senhora.

— Sim. Ele costumava me bater. Saía para beber e me batia, ou não saía para beber e também me batia.

— E ele molestou sua filha.

Seu rosto se apertou, num lampejo de dor.

— Sim. Isso mesmo, a minha Barbara. Eu não sabia. Como é que pude não saber? Ela nunca me contou até... Ela nunca me disse coisa alguma porque eu não fazia nada quando ele me espancava. Como eu poderia protegê-la quando não conseguia proteger nem a mim mesma?

— Boa pergunta. — Eve se policiou para não continuar e ordenou a si mesma para manter o foco. — Mas não foi para perguntar isso que viemos aqui. A senhora tem conhecimento de que Miguel Flores enfrentou seu marido por causa de Barbara, certo?

— Sim. Ele, Marc e Magda ligaram para a polícia. Mas o padre Flores e Marc chegaram primeiro. Foi assim que eu descobri o que ele tinha feito com minha bebê. E já tinha começado a fazer com minha pequena Donita.

Salvação Mortal 99

— Como se sentiu a respeito disso?

— Sobre o que Tito tinha feito?

— Não, sobre a atitude de Flores ao descobrir o abuso?

Elena endireitou os ombros.

— Agradeço a Deus por ele todos os dias da minha nova vida. Rezo um terço pela alma dele todas as noites. Ele nos salvou. Justamente quando eu estava muito assustada e fui tão burra que não nos salvei, o padre o fez. Sei que ele está em companhia de Deus agora; vou continuar agradecendo a Deus por tê-lo em minha vida e vou continuar a rezar um terço por ele todas as noites.

— Seu marido contatou você a partir da prisão?

— Ele não sabe onde estamos. Magda nos levou para um abrigo, um centro perto daqui. O Dochas.

Eve disparou para Peabody um olhar de advertência quando sua parceira começou a falar.

— Nós ficamos lá durante três semanas. Tito entrou com recurso, mas foi condenado. Dez anos. Não é o suficiente, mas serão dez anos de paz. Nós nos mudamos e eu consegui um novo emprego. Quando tiver juntado dinheiro suficiente, vamos nos mudar de novo. Para fora da cidade. Bem distante daqui. Ele nunca nos encontrará. O padre Flores prometeu isso.

— Ele prometeu? Explicou como poderia ter tanta certeza?

Ela suspirou.

— Disse que havia maneiras de conseguir isso, se fosse necessário; que havia pessoas que poderiam ajudar se tivéssemos que nos esconder. Mas que eu não deveria me preocupar com isso. Ele acreditava, com muita fé, que Tito nunca mais iria nos perturbar. Eu não tenho uma fé assim tão forte.

Quando elas estavam voltando na viatura, a caminho do centro da cidade, Peabody pigarreou.

— Eu não ia mencionar a sua conexão com o Dochas, naquela hora.

— O abrigo não tem nada a ver comigo. Aquilo é do Roarke.

Daí a conexão, pensou Peabody.

— Bem, é um lugar muito bom. Ajuda *de verdade* mulheres e crianças em apuros. Você foi um pouco dura com ela. Com Elena Solas.

— Você acha?

A frieza da reação congelou o ar e fez com que Peabody pegasse o tablet.

— De qualquer modo, vou verificar com a prisão de Rikers e ver se Solas entrou em contato com alguém especial nos últimos dois meses.

— Faça isso.

O silêncio perdurou como uma cortina gelada ao longo de dez quarteirões.

— Ela mereceu — explodiu Eve. — Isso e muito mais, por deixar nas costas da filha a responsabilidade de salvá-las. Por levar bofetadas, socos e ir fungar no cantinho enquanto sua filha estava sendo estuprada. Ela mereceu tudo isso por não fazer nada.

— Talvez tivesse feito. — Aquele era um terreno perigoso, pensou Peabody. — Mas ela não sabia de nada... — Ela parou, fulminada por um simples olhar feroz da parceira. — Tudo bem, deveria ter sabido. Acho que é com esse peso que ela terá de viver agora.

— A garota passou pelo pior. — E isso foi tudo. — Não acredito que esse saco de pancadas tenha a ver com o envenenamento de Lino. Isso é um beco sem saída. Entre em contato com Marc Tuluz e veja se podemos fazer com que ele venha até nós.

Eve precisava voltar para sua sala. Precisava de cinco minutos sozinha para se livrar dessa raiva ardente que lhe corroía o estômago, algo que ela não tinha necessidade de sentir. Precisava de um café decente antes de poder clarear as ideias e dar mais uma olhada nos fatos. Reorganizá-los.

Precisava checar os progressos da DDE, talvez marcar uma consulta com Mira. Não, decidiu na mesma hora. A psiquiatra que

Salvação Mortal

montava perfis para a polícia via coisas demais e percebia tudo de imediato. Até que aquela raiva fosse banida, ela se manteria afastada de Mira. Não precisava de alguém de fora para acusá-la de estar projetando a si mesma em uma menina que ainda nem chegara a conhecer. Já sabia disso por conta própria.

O que ela precisava era de seu arquivo sobre o assassinato, de seu quadro de suspeitos. Precisava dos relatórios do laboratório e da DDE. O que ela precisava era de trabalho.

Estavam a uns dez metros da sala de ocorrências da Divisão de Homicídios quando o nariz de Peabody apontou para cima como um cão de caça que farejava algo no ar.

— Sinto cheiro de donuts. — Quando Peabody acelerou o passo, Eve revirou os olhos com impaciência, mas a verdade é que também sentira.

Isso significava que seus homens deveriam estar energizados e com elevados níveis de açúcar no sangue. E ela não estava.

Eve avistou Baxter antes dos outros, alto e esbelto, vestindo um dos seus ternos elegantes. E a boca cheia de chocolate e recheio de creme. Foi nesse momento que Jenkinson se afastou da cadeira e coçou a barriga enquanto atacava mais uma rosquinha açucarada. Carnegie parecia muito ocupada trabalhando em seu *tele-link*, enquanto quebrava as pequenas pontas de um doce caramelado e polvilhado por arco-íris de açúcar.

Peabody voou sobre a caixa branca e brilhante da confeitaria. E seu rosto, quando ela tornou a erguer a cabeça, era um esboço de tristeza e indignação.

— Já era! Cada migalha! Seus abutres!

— Donuts do cacete, deliciosos. — Baxter sorriu ao colocar na boca o último pedaço. — É uma pena que vocês tenham perdido.

Eve lhe lançou um olhar amargo.

— Isso está me parecendo suborno de Nadine.

— Ela está na sua sala.

— Ela tem mais donuts? — Peabody se virou, já se preparando para correr, mas parou na mesma hora quando Eve bateu em seu ombro com uma das mãos.

— Escrivaninha. Trabalho. Aqui.

— Ahhh... Mas... Donuts.

— Ahhh... Mas... Assassinato. — Com isso, Eve se virou e seguiu na direção da sala para ver o que sua amiga Nadine Furst, famosa repórter televisiva e personalidade da mídia, achava que merecia um suborno.

Nadine Furst, com seu cabelo elegante, ousado, com pontas luminosas como o sol e impecavelmente penteados, estava sentada na única e instável cadeira para visitantes da pequena e antiquada sala de Eve. Suas lindas pernas estavam cruzadas, e a saia do terninho cor de gelo ártico as exibia com generosidade. Seus olhos astutos como os de um felino sorriram casualmente para Eve enquanto ela continuava a conversar com muita empolgação em seu *minilink*. Ela apontou para a mesa de Eve e para a segunda caixa de confeitaria.

Então, Eve passou a admirar os sapatos da repórter, no mesmo vermelho sexy de matar que também aparecia na ponta rendada que ornava a borda do seu decote.

— Sim, eu estarei lá. Prometo. Não se preocupe. Apenas me garanta que essa pesquisa estará sobre a minha mesa até as duas da tarde. Agora eu preciso desligar, meu próximo compromisso acaba de chegar.

Ela desligou e guardou o *minilink* em um dos bolsos de fora de uma bolsa tão grande que parecia ser capaz de conter toda a cidade de Cleveland.

— Nós tínhamos um compromisso?

— Não, mas temos donuts — respondeu Nadine, apontando para o quadro do assassinato. — Está rolando muito *buzz* por causa disso. Um sacerdote envenenado com vinho sacramental? Essa é uma notícia empolgante. Há alguma novidade que você queira compartilhar?

Salvação Mortal 103

— Talvez. — Eve abriu a caixa da confeitaria e imediatamente foi assaltada pelo cheiro de gordura frita e açúcar. — Talvez.

Eve foi direto até o AutoChef e programou café. Depois de uma breve hesitação, programou uma segunda caneca para Nadine.

— Obrigada — agradeceu a repórter. — Só um minuto para negócios pessoais antes de voltarmos aos nossos assuntos normais. Charles e Louise. Casamento.

— Ah, droga!

— Ah, pode parar! — Com uma risada, Nadine levantou o café e bebeu um gole. — A médica e o acompanhante licenciado que se aposentou vão se casar. Essa história é adorável do começo ao fim, desesperadamente romântica e você sabe bem disso.

Eve simplesmente franziu o cenho.

— Odeio coisas adoráveis e românticas.

— Mentira! Você é casada com Roarke. Em todo caso, acho maravilhoso que vocês tenham oferecido a recepção do casamento e sejam padrinhos. Só queria lhe dizer que ficaria muito feliz em ajudar Louise a preparar o chá.

— Louise consegue preparar o próprio chá. Já é uma menina grandinha.

— Chá... de... panela.

— Ai, droga!

Nadine agitou os cílios.

— Você é sentimental demais para o seu próprio bem. Então, vamos lá... Está pensando em preparar uma festa imensa e só para garotas em sua casa também? Se preferir, você poderia alugar um salão de baile... ou quem sabe um planeta... mas Peabody e eu pensamos em algo mais divertido e informal em sua casa mesmo.

— Peabody — Eve pronunciou o nome da parceira como se ela fosse uma traidora.

— Nós conversamos sobre isso algumas vezes.

— Por que vocês não conversam muito mais sobre esse assunto? Depois eu apareço, basta me avisar quando e onde.

Nadine sorriu e lançou uma mão no ar, como se agitasse uma varinha mágica.

— Abracadabra e tudo perfeito. Exatamente o que esperávamos de você. Agora, o assunto seguinte. — Nadine vasculhou sua bolsa engolidora de cidades e pegou um disco lá dentro. — Isso aqui. O livro.

— Aham...

— Este é o meu livro, Dallas. *Perfeição Mortal: O Caso Icove.* Quer dizer... ainda vai ser um livro, quando eu o entregar para a editora. Mas quero que você o leia antes.

— Por quê? Eu estava lá, já sei como a história termina. — Exatamente por isso. Você estava lá e impediu o esquema criminoso de continuar. Arriscou sua vida para fazer seu trabalho. Quero que me diga se eu *exagerei* em alguma coisa e onde. Sua opinião é importante, Dallas, não apenas para mim. Além do mais... puxa vida, o que você acha importa muito. E o livro trata de assuntos ainda mais relevantes, contém informações fundamentais. É uma história importante, mas não seria uma história, não seria a *minha* história, sem você.

— Sim, eu sei, mas...

— Por favor, leia. Por favor.

Eve não conseguiu sequer fazer uma careta.

— Ai, cacete!

— E seja honesta, seja brutalmente direta. Sou uma menina crescidinha também e quero que esteja tudo correto. Quero que isso faça diferença.

— Ok, ok. — Eve pegou o disco e o colocou sobre a mesa. Para compensar, pegou um donut. — Tenho trabalho, Nadine. Até logo.

— Você disse "talvez" — insistiu Nadine, apontando para o quadro do assassinato.

Eve realmente dissera "talvez", e não apenas por causa dos donuts. Nadine poderia cravar seus dentes em uma história como um cão terrier, mas nunca esquecia que havia pessoas por trás dos fatos. E sempre mantinha sua palavra.

Salvação Mortal

— O Departamento de Polícia confirmou, por meio de registros dentários, que o homem envenenado na Igreja de São Cristóvão não era Miguel Flores, mas um indivíduo ainda não identificado que se fazia passar por ele.

— Puta merda!

— Sim, isso resume tudo.

— Onde está Miguel Flores? Que registros dentários são esses? — Nadine pegou o gravador na bolsa. — Você tem pista da identidade real da vítima? Sabe qual foi o motivo do crime?

— Baixe a bola, garota. A polícia está investigando todas as pistas.

— Não me venha com frases oficiais de assessoria de imprensa, Dallas.

— Essas "frases oficiais" funcionam. Realmente estamos investigando todas as pistas, Nadine. Não conhecemos o paradeiro do verdadeiro Miguel Flores até agora, mas estamos buscando isso com determinação. No momento, também seguimos a teoria de que a identidade real da vítima pode ter a ver com o motivo do crime.

— Alguém o reconheceu.

— É uma teoria, não um fato provado. A vítima submeteu-se a uma plástica de rosto, o que nos leva a acreditar que fez isso para se parecer ainda mais com Flores.

— Ele trabalhou como sacerdote durante cinco anos... quase seis, certo?

— Talvez mais. Ainda precisamos confirmar vários detalhes.

— E ninguém suspeitou? Os outros sacerdotes com quem trabalhou, as pessoas que frequentavam a igreja?

— Aparentemente, ele era bom no que fazia.

— Por que você está achando...

— Não vou lhe contar o que penso, nem o que estou achando. Você já tem o que eu posso lhe dar, e com algumas horas de dianteira sobre todo o resto da mídia.

— Então é melhor eu entrar logo no ar. — Nadine se levantou. — Obrigada. — Ela parou na porta enquanto Eve lambia o açúcar de seu polegar. — Agora sem gravador ligado, só entre nós duas... Por que você acha que ele fingiu ser um padre durante todo esse tempo?

— Só entre nós... Ele precisava de um disfarce, e Flores foi útil. Ele estava à espera de alguma coisa ou alguém e queria esperar perto de casa.

— Perto de casa?

— Cá entre nós... isso mesmo. Acho que ele voltou para casa.

— Se você confirmar isso e eu puder divulgar, prometo mais donuts.

Eve teve que rir.

— Cai fora, Nadine.

Quando Nadine obedeceu, estalando seus saltos vermelhos altíssimos pelo corredor, Eve se voltou para o quadro do assassinato.

— Algo ou alguém — murmurou — deve ter sido muito importante para você, Lino.

Capítulo Seis

Eve ligou para Feeney, que atendeu de sua mesa. Seu ex-parceiro, agora capitão da Divisão de Detecção Eletrônica, mastigava amêndoas cobertas de açúcar, e seu rosto parecia, como sempre, confortavelmente enrugado.

— Algum progresso com a identidade que eu pedi?

— Coloquei dois dos meus melhores garotos na pesquisa: McNab e Callendar.

O fato de Callendar ter seios e nenhum cromossomo Y não a fazia deixar de ser um dos "garotos" de Feeney.

— E então?

— Eles estão trabalhando. Eu dei uma olhada rápida. Trabalho muito bom, feito com cuidado. Não dá para vasculhar tudo em cinco minutos. — Seus olhos caídos se estreitaram em seu rosto de cão basset. — O que é isso na sua mesa? O que você tem aí?

— O quê? Onde?

— São donuts?

— Que papo é esse? — reclamou Eve. — Algum brinquedinho novo da DDE? *Cheira-link*?

— Dá para ver o cantinho da caixa. Reconheço de longe uma caixa de confeitaria quando vejo uma. — Feeney se movimentou da direita para a esquerda, como se tentasse obter um ângulo melhor. — Biscoitos? Daqueles dinamarqueses?

— Você tinha acertado no primeiro chute.

— E você me liga pelo *tele-link* em vez de vir até aqui para compartilhar o presente?

— Estou atolada de trabalho, à espera do laboratório que ficou de reconstruir a tatuagem da vítima, e também tenho que levantar registros de batismo, analisar impressões digitais, DNA da vítima, e... Não sou obrigada a dividir meus donuts. São o *meu* suborno.

— Então não deveria esfregá-los na minha cara.

— Eu... — Droga, pensou ela, empurrando a caixa para bem longe a fim de tirá-la do campo de visão do *tele-link*. — Escute, Feeney... Você não é católico ou algo assim?

— Na maioria das vezes.

— Tá, é católico, então me diga: é um pecado maior matar um padre em vez de um cara normal?

— Por Deus, acho que não. Bem, talvez. Espere... — Feeney deixou de falar e coçou a cabeça por entre o cabelo eriçado cor de gengibre e prata. — Não — decidiu. — Além do mais, ele não era um padre de verdade, certo?

— Certo. Só estou tentando atar umas pontas soltas aqui. A coisa só pode ser uma de duas possibilidades: ou eles mataram o padre ou mataram o cara que não era padre. Pode haver uma terceira: eles mataram o cara que, por acaso, era um padre. Acho que é a segunda opção.

— Já esqueci qual foi.

— O cara. Acho que eles conheciam o cara, mas, já que ele estava lá havia vários anos, por que esperar tanto tempo?

Feeney exalou com força pelo nariz e jogou mais amêndoas na boca.

— Talvez quem o matou não estivesse por perto até recentemente.

Salvação Mortal

— Talvez. Talvez. Ou a vítima deu mole. Depois de cinco anos, pode ter ficado descuidado, dito alguma coisa, feito alguma coisa. Merda, sei lá! Tenho que pensar. Por favor, me avise quando tiver alguma coisa.

— Algum desses donuts tem recheio de geleia?

— Provavelmente. — Ela sorriu e desligou na cara dele.

Eve organizou suas anotações e acrescentou as fotos da família Solas ao quadro, embora as considerasse periféricas. Estava matutando sobre se deveria ligar para o laboratório, a fim de cobrar o resultado da tatuagem, quando Peabody enfiou a cabeça na fresta da porta.

— Nós temos... Ei, donuts!

— Guardei um para você. O que temos?

— Marc Tuluz. Quer vê-lo aqui ou na sala de ocorrências?

— Aqui vai uma charada para você — começou Eve. — Se estivermos na sala de ocorrências interrogando-o, quantos donuts estarão nesta caixa quando voltarmos?

— Certo, vou trazê-lo para cá.

O homem tinha uma compleição longilínea e quase aerodinâmica, que Eve associava a corredores de longa distância; sua pele era cor de café com uma dose generosa de creme. Seus olhos, de um azul nebuloso, pareciam cansados, mas encontraram os dela com firmeza.

— Olá, tenente Dallas.

— Sr. Tuluz, obrigado por ter vindo. Sente-se.

— Magda me contou que a senhora esteve lá. Ainda não estamos trabalhando em nosso ritmo pleno. Miguel... Bem, acho que Magda já descreveu quanto nos considerávamos uma equipe. E amigos.

— Às vezes, os amigos do mesmo sexo se abrem mais uns com os outros que com amigos do sexo oposto.

— Sim, acho que sim.

— Então, fale-me sobre seu amigo e companheiro de equipe.

— Certo. — Marc respirou fundo duas vezes — É difícil pensar e falar dele com verbos no passado. Miguel era inteligente e interessante. Competitivo. Jogava para ganhar. Colocou muito de si mesmo no centro, tentava incentivar as crianças, deixá-las animadas com a possibilidade de serem parte de algo, de uma equipe, e contribuírem para essa equipe. Ele não passava sermões neles, então... bem, os garotos o ouviam com atenção em vez de ignorar metade do que ele falava. Todos se relacionavam bem com Miguel, e vice-versa. Droga, a verdade é que metade do tempo eles não pensavam nele como um padre. Era só mais um de nós.

— Isso é interessante — afirmou Eve, e seus olhos afiados se fixaram no rosto de Marc —, porque ele realmente não era. Isto é... Ele não era um padre. Não era Miguel Flores.

O rosto que Eve estudava com atenção ficou completamente pálido e sem expressão.

— Desculpe. O que foi que a senhora disse?

Eve olhou para Peabody e fez um gesto para que sua parceira assumisse o controle.

— Confirmamos através de registros dentários que o homem que você conhecia como Miguel Flores assumiu essa identidade há aproximadamente seis anos. Ainda não identificamos o homem que se apossou desse nome. — Peabody parou e observou Marc, que tentava absorver todas as informações. — Neste momento, estamos tentando identificá-lo para tentar descobrir o motivo de ele ter assumido outra identidade. Quando conseguirmos, poderemos chegar mais perto de saber quem o matou. Independentemente de quem ele fosse, sr. Tuluz, vocês foram amigos durante vários anos. Bons amigos. Qualquer coisa que você puder nos dizer poderá ser de grande ajuda e nos levar ao assassino dele.

— Por favor, me deem um minuto, ok? Isso é como... É algo completamente sem sentido. Vocês acabaram de me dizer que Miguel não era padre?

— Não só ele era não era padre — completou Eve —, como também não era Miguel Flores.

— Então quem... Vocês acabam de me contar que não sabiam quem ele era. — Ele olhou para Peabody e pressionou as têmporas. — Eu não

Salvação Mortal

consigo entender. Simplesmente não consigo. Ele não era padre? Não era Miguel? Não era... Vocês têm certeza absoluta disso? Claro que essa é uma pergunta idiota, pois por que me diriam se não fosse verdade? E durante todo esse tempo... Isso é algo surreal, é... Obrigado — disse ele quando Peabody lhe ofereceu uma garrafa de água.

Bebeu três goles longos e lentos.

— Minha cabeça deu um branco. Foi embora para outro lugar. Não me lembro do seu nome.

— Tenente Dallas.

— Certo. Certo. Tenente Dallas, ele aconselhou todas aquelas crianças na condição de padre, ouviu confissões. Ministrou a alguns deles a Primeira Comunhão. Eles o escutavam com muita atenção, acreditavam nele. Isso é uma terrível traição. E, ao mesmo tempo que digo isso, estou mais chateado que tudo por descobrir que ele mentia para mim *todos os dias*... Eu o amava — continuou Marc, com uma espécie de dor tranquila. — Como se ama um irmão. Acho que... se ele estivesse em apuros, escondido de alguma coisa ou de alguém, poderia ter-me contado. Eu teria honrado a sua confiança. E teria encontrado uma maneira de ajudá-lo.

Eve se recostou, digerindo o que ele dissera.

— O que aconteceu no dia em que vocês entraram em confronto com Solas?

— Um inferno. — Marc soltou um suspiro. — Não deveríamos ter ido. Estávamos tremendamente revoltados. Miguel... Não sei de que outro nome devo chamá-lo... era muito explosivo. Mantinha a raiva sob controle, trabalhava o tempo todo nisso, mas, de vez em quando, dava para perceber o brilho do seu ódio. E ele brilhou muito no caso de Solas. Barbara estava desesperada quando veio nos procurar. Tinha ficado com o rosto muito ferido e mal conseguia falar sem chorar. E não só por ela. Isso foi o pior, eu acho. Soubemos que o canalha abusava dela há anos. Ela aguentava tudo, pois tinha medo de tomar uma atitude. Mas, quando ele atacou a irmã mais nova, ela não aceitou mais. Miguel manteve a calma enquanto estava com Barbara. Foi muito bom ao lidar com o problema, muito calmo, gentil. Pediu a Magda que a levasse até a clínica e ligasse para a polícia. Assim que elas saíram, ele anunciou que iríamos fazer uma visitinha a Solas.

Marc esfregou a nuca.

— Eu não discuti. Não o teria impedido e, francamente, não queria fazer isso. Assim que chegamos lá, Miguel partiu para cima dele com vontade.

— Ele atacou Solas? — perguntou Eve quando Marc ficou em silêncio.

— Ele pulou e bateu nele. Não como se estivesse lutando boxe num ringue, algo que já tínhamos feito. Usou golpes de luta de rua. Fez Solas cair de joelhos e vomitar em menos de dez segundos. Eles se xingaram em espanhol. Eu sou bem fluente, tanto no espanhol formal como no coloquial, mas não consegui acompanhar a enxurrada de insultos.

Marc bebeu mais água e sacudiu a cabeça.

— Só sei dizer que Miguel não estava preocupado em usar o santo nome do Senhor em vão. A sra. Solas estava com as outras duas meninas encolhidas em um canto, chorando muito. Miguel chutou Solas no rosto e o nocauteou, mas não parou de bater... não parou. Eu tive que arrancá-lo de cima do sujeito já desmaiado. Por um instante eu me perguntei se conseguiria segurá-lo... se não tivesse conseguido, acho que ele teria matado Solas. Estava transtornado além dos limites.

"Eu nunca o tinha visto assim, antes ou depois desse dia. Quando se cuida de um lugar como o nosso centro, é comum ver algumas coisas ruins e muito pesadas. Jovens grávidas ou em seu terceiro aborto. Namorados que as espancam, pais viciados. Drogas ilegais, brigas de gangues, negligência dos pais. A senhora sabe como é.

— Sim, eu sei.

— Ele lidava com tudo isso. Podia ficar chateado ou impaciente em alguns momentos, mas nunca perdeu a cabeça. Até Solas. "Mesmo

Salvação Mortal **113**

assim, depois que conseguiu controlar a própria fúria, tratou com muito carinho a mulher e as crianças. Mostrou-se suave, gentil. Foi quase como se... Como se outra pessoa tivesse acabado com Solas.

— Talvez tenha sido — disse Eve. — Ele alguma vez conversou com você sobre velhos amigos ou velhos inimigos?

— Ele comentou que foi um pouco rebelde quando era mais novo, aquela típica fase que a maioria de nós enfrenta e supera. Nunca mencionou nome algum, nem algum fato que tenha chamado minha atenção.

— Além de você, de Magda e dos padres, com quem ele passava o tempo livre? Saía com alguém?

— Bem, devo dizer que ele era um tipo de homem sociável e extrovertido. Conhecia as crianças e também a maioria de seus pais, irmãos mais velhos, primos, todos os parentes. Quando eles estavam por perto, Miguel sempre passava algum tempo na companhia deles ou participava de algum jogo de quadra ou pelada.

— Vamos tentar outra coisa. Você alguma vez notou que ele evitava alguém?

— Não — respondeu Marc, lentamente. — Não posso dizer que tenha notado. Desculpe.

— Agradecemos a você pelo seu tempo. Se conseguir se lembrar de algo especial, entre em contato comigo.

— Pode deixar. — Ele se levantou para sair. — Eu me sinto... Como no tempo em que eu ainda estava na faculdade e abusava do zoner. Confuso e meio enjoado.

Depois que Peabody saiu para acompanhá-lo até a saída, Eve se sentou na cadeira e girou para os dois lados. Quando Peabody voltou, olhou esperançosa para a caixa da confeitaria e Eve acenou com a mão em direção aos donuts. Peabody pulou.

— Hummm, recheio de creme. Cuidado que aqui vai a minha boca!

— Lino devia ter uma irmã, uma amiga próxima ou outra parente, que sofreu abusos sexuais quando criança.

— Mmmff? — foi o que Peabody conseguiu perguntar.

— Ele sabe de todas as merdas que os outros fazem, ouve-as em confissão, mas a única vez em que podemos confirmar que ele saiu da batina... a única vez que pode ter demonstrado a sua verdadeira face... foi quando se viu diante de uma criança que sofreu abuso sexual.

Peabody engoliu heroicamente e comentou:

— Abusadores de menores são carne valiosa na prisão. Até os assassinos frios querem agarrá-los e os perseguem.

— Ele mantinha muito bem o controle sobre esse lado violento. Cinco anos? Ele mantinha o controle ou tinha alguma válvula de escape que ninguém conhecia. Mas perdeu a cabeça por causa de Barbara Solas. Isso só pode significar algo de mais pessoal, mais íntimo.

— Já vi que vamos vasculhar os arquivos de abuso sexual sofrido por menores nesse bairro durante algumas décadas, não vamos?

— Sim, vamos. Não há garantia de que o abuso tenha sido denunciado, mas é isso que vamos fazer. Pesquise tudo e copie o que achar.

Eve girou de novo na cadeira. Precisaria consultar Mira, concluiu, mas isso poderia esperar um dia; ela iria esperar até conseguir mais dados. Por ora, decidiu simplesmente enviar para Mira os arquivos, os dados, e pedir um perfil ou uma consulta. Depois de fazer isso, pensou em entrar em contato com o laboratório e procurar alguém que pudesse ameaçar verbalmente.

Nesse momento, o computador avisou que havia uma mensagem deles.

— Já não era sem tempo — murmurou, observando quem era o remetente. Leu o texto com interesse e depois estudou a reconstrução do trabalho.

A tatuagem era uma cruz maciça, com um coração no ponto central. Do coração, pingavam três gotas de sangue, provocadas pela ponta da faca que o atravessara.

— Não, não creio que essa seja uma decoração corporal adequada a um padre. Computador, procure o significado da imagem em nossos arquivos. Seu uso, significado, associação. Existe um

Salvação Mortal

simbolismo regional ou cultural nela? É uma imagem relacionada a gangues, um símbolo religioso, ou antirreligioso? Tarefa secundária: procurar e exibir os nomes e os endereços de todos os salões de tatuagem e artistas dessa área que tenham trabalhado no Spanish Harlem entre 2020 e 2052.

Entendido. Processando...

Enquanto as buscas progrediam, Eve se levantou para estimular seu organismo com mais café.

Então, o nosso rapaz perdeu o controle por causa da violação de uma criança. Será que ela não teria feito o mesmo? Não havia sido um pouco dura demais com Elena Solas? E ela não achava, mesmo agora, mais calma, que aquela mulher tinha merecido sua dor e até mais?

Ele havia espancado Tito Solas, xingando-o com espanhol de rua. E continuara a bater nele mesmo quando o sujeito estava derrubado e apagado. Aquilo tinha sido pessoal, cacete! Uma reação acionada por um gatilho.

Ela sabia tudo sobre essas coisas. Tinha seu próprio passado.

Mas ele era gentil com as mulheres, lembrou-se. Generoso, compassivo, protetor. Não foi culpa delas, aquele era o ponto-chave. Mãe, uma irmã, uma jovem amante. Eve seria capaz de apostar o resto dos donuts da caixa como, no fim, encontraria uma dessas ligações.

Uma conexão, refletiu, que levaria à seguinte. E tudo isso a levaria até um nome.

Tarefa inicial concluída. Dados exibidos na tela. Dando prosseguimento à tarefa secundária.

— Vá em frente. — Eve caminhou até a mesa, se sentou, começou a rolar o arquivo e ler.

Satisfeita, copiou todos os dados e os colocou em anexo ao que fora enviado para Mira. Em seguida, adicionou-os ao seu relatório e imprimiu a imagem e seu uso ao lado. Tirou uma cópia e a levou até a mesa de Peabody.

— Uma tatuagem de gangue.

— Os Soldados.

— Soldados. Uma gangue de *bad boys* que foi formada pouco antes das Guerras Urbanas e se mantiveram ativos até cerca de doze anos atrás... apesar de terem perdido muito da sua força. Essa era a sua tatuagem de grupo, a mesma que Lino removeu antes de voltar para cá. Havia algumas ramificações do grupo Soldados em Nova Jersey e em Boston; basicamente, porém, essa era uma gangue de Nova York, e seu território era o Spanish Harlem. Seus maiores rivais, internamente, eram os Lobos. Apesar disso, eles e os Lobos estabeleceram uma trégua durante as Guerras Urbanas, e acabaram absorvendo os Lobos depois disso. Externamente, entravam em guerras regulares com os Skulls por disputas de território, produtos e brigas diversas. Se você tivesse essa tatuagem e não fosse um membro da gangue, seria arrastado até ficar diante do conselho, apanharia até desmaiar e teria a tatuagem removida à força. Com ácido.

— Ai, doeu só de imaginar. Provavelmente nossa vítima foi um dos Soldados, então.

— Pode apostar. E ele morreu em sua terra natal. A iniciação nessas gangues costumava começar cedo, às vezes aos 8 anos.

— Oito? — Peabody soprou as bochechas. — Meu Jesus!

— Para a adesão plena, que incluía a aplicação da tatuagem, 10 anos era a idade mínima. E essa adesão plena exigia combate. Para que as três gotas de sangue e a faca estivessem na tatuagem, sangue teria que ser derramado nesse combate. Vê esse X preto na base da cruz?

— Sim.

Salvação Mortal

— Simboliza uma matança. Somente os membros com o X poderiam servir no conselho. Nosso rapaz não era apenas um membro qualquer, mas alguém graduado. Um assassino.

— Mas então... Por que ele não está fichado nos nossos arquivos?

— Essa é uma boa pergunta. Precisamos descobrir.

E ve foi até o gabinete do comandante. Whitney presidia a sua mesa como se fosse um general. Com poder, prestígio e experiência de combate. Conhecia bem as ruas porque trabalhara nelas durante muito tempo. Conhecia a política porque isso era necessário, para o bem e para o mal. Tinha um rosto escuro, largo e resistente, encimado por um chumaço curto de cabelo cortado rente e salpicado de fios cinza.

Ele não fez um gesto convidando Eve para sentar. Sabia que ela preferia fazer seus relatórios orais de pé.

— Olá, tenente.

— É sobre o caso da Igreja de São Cristóvão, senhor.

— Foi o que eu supus. Conversei com o arcebispo. A Igreja não está satisfeita com a publicidade dada ao caso, além de contrariada pela maneira desrespeitosa que a investigadora principal do caso usou para obter informações.

— Um homem se apresenta como um sacerdote por vários anos e é morto durante a celebração de uma missa. Isso é algo que sempre vai alertar e atrair a mídia, senhor. Quanto à maneira desrespeitosa, devo dizer que simplesmente solicitei registros dentários. Quando a burocracia começou a enrolar o caso, eu a cortei pela raiz. Os registros solicitados confirmaram que o homem que está no necrotério não é Miguel Flores.

— Foi o que eu soube. A Igreja Católica é uma força poderosa, tenente. Um pouco de tato pode e, na verdade, consegue ajeitar as coisas de forma satisfatória, e é quase tão bom quanto ameaças.

— Pode ser, comandante, mas o tato não teria me conseguido os registros dentários assim tão rápido. O arcebispo pode estar furioso pela circunstância de que um impostor tenha passado por padre debaixo do seu nariz. Expor essa farsa certamente não vai aumentar seu nível de constrangimento.

Whitney se recostou.

— Isso, é claro, depende do ponto de vista.

Eve sentiu suas costas se retesarem, mas manteve a pose.

— Se o senhor acha que as minhas ações e métodos foram inadequados...

— Eu disse isso? Desça desse salto alto, Dallas, e apresente o seu relatório.

— A vítima não identificada foi, como relatado anteriormente, assassinada por cianeto de potássio, substância adicionada ao vinho usado durante a missa de corpo presente de Hector Ortiz. Esse vinho ficava guardado em uma caixa fechada, mas havia facilidade para acessá-la. Um bom número de pessoas pode ter feito isso. Para diminuir a lista de suspeitos, devemos descobrir a identidade real do morto, essa é a chave. Para esse fim, minha parceira e eu estamos entrevistando os amigos íntimos e as pessoas ligadas à vítima.

"Durante a autópsia, Morris detectou sinais de uma tatuagem removida profissionalmente e ferimentos de combate antigos e cirurgia facial reconstrutiva. O laboratório acaba de reconstruir a tatuagem."

Ela colocou uma cópia na mesa de Whitney.

— É a tatuagem de uma gangue — começou.

— Os Soldados. Eu me lembro disso e me lembro deles. Encontrei alguns membros que restaram dela, na minha época de policial, e prendi outros. Os Soldados já não existem há dez anos, mais que isso, até. Tudo aconteceu antes do seu tempo aqui, tenente.

— Então o senhor sabe o que essa tatuagem simboliza.

— Um membro em plena função, com pelo menos uma morte no histórico. A vítima certamente se sentia muito à vontade no Spanish Harlem.

Salvação Mortal

— Sim, senhor. Encontrei uma medalha com uma inscrição dedicada a um tal de Lino. Estamos trabalhando na obtenção de registros de batizados feitos naquela igreja. Também acredito que ele pode ter tido uma amiga ou familiar que tenha sofrido abuso sexual quando criança.

— Por que diz isso?

Ela contou tudo a ele, de forma rápida e concisa.

— Todos esses fatores indicam que esse indivíduo deve ter sido fichado pelo sistema em algum momento — declarou a tenente.

— Na condição de membro de uma gangue, é difícil acreditar que ele não tenha sido preso em algum momento e que suas impressões digitais ou DNA não estejam registrados. O problema é que analisamos as impressões e o DNA do corpo encontrado, e esses dados não bateram com nada do que tínhamos em registro.

Whitney soprou com força.

— Todos os menores que eram membros dessa gangue e não foram fichados por qualquer crime que tenha resultado em condenação tiveram seus registros expurgados. Lei da Clemência de 2045. Uma lei derrubada no ano seguinte.

— Mesmo assim, senhor, os nossos registros deveriam mostrar as impressões e o DNA, mesmo que os registros dos menores fichados tenham sido cancelados.

— Não foram simplesmente cancelados, tenente. Foram removidos por completo. Não existe registro algum para menores que não cumpriram tempo de cadeia. Quanto aos que cumpriram, esses registros foram lacrados e estariam indisponíveis no sistema. Eu diria que a sua vítima foi um menor de idade que se beneficiou da Lei de Clemência. Mesmo que ele tenha se esquivado do nosso sistema depois disso, você não vai encontrar suas impressões nem o seu DNA por meio dos nossos registros nem dos arquivos do CPIAC.

Bem, isso era um balde de água fria, pensou Eve enquanto voltava à Divisão de Homicídios. Alguns bons corações se preocuparam com os ratos pelas ruas da cidade, e a solução encontrada foi passar a mão na cabeça de todos os assassinos, imigrantes ilegais e gangsters agressores e estupradores dizendo simplesmente: "Vai-te e não peques mais"?

Agora era preciso vasculhar através de pilhas de dados *possivelmente* relevantes para encontrar a informação que deveria estar ao alcance de um clique.

Lino tinha um nome, e Eve tinha certeza de que seu assassino sabia qual era. Até que ela o encontrasse, ele seria apenas um cadáver anônimo no necrotério.

E havia a questão do verdadeiro Miguel Flores. Ela teria de identificar a vítima para ter alguma esperança de encontrar Flores, vivo ou morto. Ele estava morto, é claro, seu instinto garantia. Mas isso não queria dizer que ele não importava.

Quanto mais ela descobria a respeito da vítima, mais Miguel Flores importava.

No corredor, parou diante de uma máquina automática e fez uma careta ao murmurar para a máquina:

— Apronte uma sacanagem comigo, desafio você a fazer isso! — Digitou sua senha na máquina. — Quero uma lata de Pepsi e dispenso as informações sobre o seu conteúdo e valores nutricionais.

A máquina liberou a lata com um tilintar musical. Eve se afastou quando começou a ouvir o jingle da Pepsi.

— Essa musiquinha já é o bastante para o cliente ficar com mais sede — resmungou e, virando o corpo de repente, quase atropelou o padre López. — Desculpe.

— Não, a culpa foi minha. Eu não tinha certeza para onde estava indo, por isso não prestei atenção. Nunca estive aqui antes. É um lugar... grande.

— Barulhento também, e cheio de gente muito ruim. O que posso fazer para ajudá-lo, padre?

— Trouxe os registros que a senhora me pediu.

— Ah, obrigada. Eu poderia ter passado por lá para pegá-los. — Ou o senhor poderia tê-los mandado online, pensou.

Salvação Mortal

— É que... Na verdade, eu queria sair um pouco. A senhora dispõe de alguns momentos?

— Claro. Minha sala fica bem aqui, virando o corredor. Ah... o senhor deseja tomar alguma coisa?

Ela levantou a lata e quase rezou para que ele recusasse. Ela não queria se arriscar a enfrentar a máquina novamente.

— Aceitaria um pouco de café. Eu só...

— Tenho café na minha sala — replicou ela, quando ele se encaminhou na direção de uma máquina de expresso.

Ela o conduziu pelo corredor até a sala de ocorrências, onde Jenkinson rosnava em um *tele-link*.

— Olha aqui, seu dedo-duro de merda, só pago o resto quando você me repassar a informação. Acha que eu passo o dia todo aqui fazendo porra nenhuma, por acaso? É melhor você não me obrigar a ir até aí, seu merda!

— Ahn — disse Eve — Minha sala é aqui. Desculpe.

O rosto de López permaneceu sereno.

— Você se esqueceu de acrescentar "linguagem expressiva" ao "ambiente de trabalho barulhento e cheio de gente ruim".

— Acho que sim. Como o senhor gosta do café?

— Puro está ótimo. Tenente... Eu lhe trouxe os registros dos batizados.

— Sim, o senhor já disse.

— Pretendo entregá-los à senhora antes de ir embora.

Eve assentiu.

— Isso faria sentido.

— Só que estou fazendo isso sem autorização. Meus superiores —, continuou, quando ela se virou com o café —, embora queiram cooperar com a investigação, receiam muito as... reações adversas. E a publicidade. Eles me informaram que iriam aceitar e colocar a sua requisição na lista das recomendações. Geralmente isso significa que seriam entregues...

— No dia de são Nunca?

— Por aí. Eu mesmo acessei os registros.

Ela lhe entregou a caneca.

— Isso faz do senhor um informante. Pagamento em café é o suficiente?

Ele deu uma risada leve.

— É, sim, obrigado. Eu gostava de... Lino. Gostava muito. Respeitava o seu trabalho, a sua energia. Ele trabalhava sob a minha responsabilidade. Creio que não conseguirei entender tudo, ou saber o que devo fazer, até descobrir quem ele era e por que fez o que fez. E preciso cuidar do meu rebanho na paróquia. Preciso ter respostas para quando eles me procuram, muito preocupados. "Estamos casados de verdade? Meu bebê foi batizado? Meus pecados foram perdoados?" Tudo porque esse homem fingia ser padre.

Ele se sentou e bebeu um gole do café. Quando baixou a caneca, olhou fixamente para um ponto vago no espaço. E tomou mais um gole, lentamente. Um rubor súbito lhe invadiu a face.

— Eu nunca provei um café tão bom.

— Provavelmente porque nunca experimentou café de verdade. Esse não é de soja, vegano, nem foi criado pelo homem. É café de verdade. Tenho um fornecedor especial.

— Que Deus a abençoe! — brincou ele, tomando mais um gole.

— O senhor já viu esta imagem? — Ela pegou a tatuagem impressa e a mostrou.

— Ah, claro. É uma tatuagem de gangue; uma gangue que há muito tempo se dispersou. Conheço paroquianos nossos que eram membros desse grupo e ainda mantêm a tatuagem. Alguns a usam com orgulho; outros, com vergonha.

— Lino tinha uma tatuagem dessas. Ele a tirou antes de vir para cá.

As implicações do que Eve dissera fizeram escurecer os olhos de López.

— Entendo. Então, aqui era o lugar dele. A sua casa.

Salvação Mortal   123

— Seria muito útil para o meu trabalho saber os nomes das pessoas que o senhor conhece e que têm esta tatuagem. — Quando ele fechou os olhos, Eve completou, baixinho: — Eu posso lhe fornecer mais café.

— Não, mas obrigado mesmo assim. Tenente, os que viveram naquela época e não estão na prisão são agora pessoas mais velhas, têm trabalho, famílias... reconstruíram suas vidas.

— Eu não pretendo mudar isso. A menos que um deles tenha matado Lino.

— Eu vou lhe dar os nomes das pessoas de quem me lembro e das que eu puder descobrir. Posso trazer a lista amanhã. É difícil ir contra uma autoridade na qual acredito.

— Amanhã está ótimo.

— A senhora acha que ele era um homem mau... Lino? Acredita que ele pode ter matado Flores para assumir a sua batina, o seu nome e a sua vida? E, ainda assim, trabalha para encontrar aquele que tirou a vida de Lino. Eu entendo tudo e acredito nisso. Vou fazer o que puder.

Quando ele fez menção de se levantar, Eve perguntou:

— O que o senhor fazia antes de se tornar padre?

— Trabalhava na cantina de meu pai e lutava boxe. Lutei por algum tempo profissionalmente.

— Sim, eu pesquisei sua história. O senhor venceu muitas lutas.

— Eu amava o esporte, o treinamento, a disciplina. Gostava da sensação que me possuía sempre que pisava no ringue. Sonhei em conhecer cidades famosas, ganhar fama e fortuna.

— O que o fez mudar de ideia?

— Havia uma mulher. Uma jovem. Eu a amava e ela me amava. Era linda, intocada pela maldade do mundo. Planejávamos nos casar. Eu estava economizando dinheiro, juntava cada centavo que ganhava nas lutas que vencia. Assim, nós poderíamos nos casar e ter um lugar só nosso. Um dia, quando eu estava treinando, ela saiu da casa dos seus pais e foi para a cidade, para me ver treinar e me levar o almoço. Alguns homens... três homens... a viram e a levaram. Procuramos por dois dias antes de encontrá-la. Eles a deixaram junto do rio. Foi estrangulada. Antes disso, eles a estupraram, a espancaram e a largaram nua, junto do rio.

— Eu sinto muito.

— Eu nunca tinha conhecido ódio como o que senti naquele dia. Era muito maior do que a dor eram a ira dilacerante e a sede de vingá-la. Aquilo talvez fosse maior do que eu mesmo, como podemos ter certeza? Vivi embebido por aquele ódio durante dois anos. Vivi em meio à bebida, às drogas e a qualquer coisa que diminuísse a dor da perda e mantivesse o meu ódio maduro e forte.

"Eu me perdi nele. Foi então que a polícia os encontrou, depois de terem feito a mesma coisa com outra jovem. Planejei matá-los. Eu planejei, fiz todo um esquema e sonhei com esse momento. Tinha uma faca. Embora duvidasse da possibilidade de eu conseguir chegar perto deles o suficiente para usá-la, acreditei que poderia fazê-lo. Eu estava prestes a fazê-lo. Foi então que ela veio até mim. Minha Annamaria. A senhora acredita nessas coisas, tenente? Acredita em visitas desse tipo, acredita nos milagres, na fé?

— Não sei. Mas acredito no poder da crença em tudo isso.

— Ela me disse que eu precisava deixá-la ir, que era um pecado eu me perder pelo que já tinha ido embora. Pediu que eu fosse, sozinho, numa peregrinação ao santuário de Nossa Senhora de San Juan de los Lagos. E para desenhar, eu tinha algum talento para isso, uma imagem da Mãe Santíssima como oferenda. E me disse que lá eu encontraria o restante da minha vida.

— O senhor fez isso?

— Fiz. Eu a amava e fiz o que ela pediu. Foi uma longa caminhada, que durou muitos meses. Parava ao longo do caminho para procurar trabalho, para comer, para dormir... Acho que também para me curar e reencontrar a fé. Desenhei o retrato, que saiu com o rosto de Annamaria. E percebi, ao me ajoelhar no santuário e chorar muito, que minha vida agora seria dedicada a Deus. Voltei

Salvação Mortal

para casa e se passaram muitos meses. Trabalhei para economizar dinheiro e conseguir entrar no seminário. Encontrei minha nova vida. Ainda há noites em que sonho que ela está ao meu lado, e que nossos filhos estão dormindo seguros em suas camas. Muitas vezes me pergunto se isso foi uma bênção de Deus para eu aceitar a Sua vontade ou uma penitência para testá-la.

— O que aconteceu com os assassinos?

— Eles foram julgados, condenados e executados. Ainda havia execuções no México, naquela época. Mas suas mortes não me trouxeram Annamaria de volta, nem a outra jovem... nem a que tinha sido encontrada antes da minha Annamaria.

— Não. Mas não houve mais jovens estupradas, aterrorizadas, espancadas e estranguladas por aquelas mãos. Talvez essa também seja a vontade de Deus.

— Eu não saberia dizer, mas sei que as mortes não me trouxeram prazer. — Ele se levantou, colocou a caneca vazia com todo o cuidado ao lado de seu AutoChef. — A senhora já matou?

— Já.

— Mas isso não lhe trouxe prazer.

— Não.

Ele assentiu.

— Vou pegar os nomes. Talvez juntos possamos encontrar a justiça e a vontade de Deus seguindo o mesmo caminho.

Talvez, refletiu Eve, depois que ficou sozinha. Mas, enquanto ela usasse um distintivo, a justiça teria de ter prioridade.

Capítulo Sete

Eve se sentia irritada. Não conseguia entender o motivo, mas a irritação permaneceu a todo vapor em sua volta para casa. Mesmo as hordas de turistas que circulavam agitados pela primavera de Nova York e pareciam um bando de galinhas antes de trocar as penas não conseguiram melhorar seu humor e alçá-lo ao nível de levemente incomodada ou cinicamente divertida. Tampouco melhorou seu astral a visão dos cartazes animados que anunciavam tudo para a moda de verão, dos calçados da estação, que aparentemente haviam sido desenhados para exibir unhas bem-cuidadas por pedicures, aos recheios diversos para ampliar traseiros. Ela tentou imaginar a cidade cheia de sapatos invisíveis com dedos dos pés muito pintados e uma profusão de bundas acolchoadas, mas isso não a animou.

Os dirigíveis publicitários que circulavam acima dela e engarrafavam o tráfego aéreo não conseguiram dissolver a nuvem de irritação que a envolvia, apesar de explodirem sua ladainha de vendas alardeando *"Sale! Sale! Sale!"* (dessa vez em inglês) em torno do Sky Mall.

Salvação Mortal

Ela não conseguiu apreciar o caos, a cacofonia e a loucura inata da cidade que amava e, quando finalmente passou por entre os portões de ferro do lugar onde morava, não conseguiu encontrar prazer em se ver longe de tudo aquilo, em se ver em casa.

Que merda estava fazendo ali? Deveria ter ficado no trabalho, onde poderia transformar seu humor azedo em vantagem. Devia ter trancado a porta do escritório, programado uma caneca de café bem preto e cavado fundo entre as evidências, em busca de fatos *tangíveis*.

Por que tinha perguntado a López o que ele fizera na vida antes de vestir a batina?

Isso não era relevante. Não importava. Que diferença fazia, para o caso, se alguns canalhas tinham espancado, estuprado e estrangulado o amor da sua vida? O fato não tinha ligação com o seu trabalho.

A identificação da vítima, isso sim, tinha ligação. Encontrar o assassino importava. O trabalho não incluía imaginar uma jovem no México abandonada nua às margens de um rio. Ela já tinha bastante sangue e morte entulhando o cérebro e não precisava de mais material — especialmente material que não se aplicava a ela ou ao trabalho atual.

Saiu da viatura batendo a porta com força e entrou na casa. E, com aquela irritação entremeada com certo estado depressivo que ela não tinha reconhecido, mal rosnou ao se ver diante de Summerset.

— Observe atentamente minha bunda sem enchimento — ordenou ela, antes de o mordomo ter a chance de cumprimentá-la, e continuou andando. — Na primeira oportunidade eu plantarei na sua o meu pé com os dedos todos cobertos. — Entrou como um furacão no elevador, que se abriu e solicitou o andar da academia doméstica. O que precisava, pensou, era de uma boa e suada rodada de exercícios.

No saguão, Summerset simplesmente ergueu uma sobrancelha para o aparentemente pensativo Galahad e logo pegou o *tele-link* interno para se comunicar com Roarke, que estava em seu escritório.

— Algo está perturbando a tenente... mais que o normal — anunciou ele. — Ela foi para a academia.

— Cuidarei disso. Obrigado.

Ele deu a ela uma hora de paz, embora por uma ou duas vezes tenha ido verificar como sua mulher estava se saindo pelo circuito interno da casa. Eve tinha escolhido logo de cara a corrida virtual; era sugestivo, observou Roarke, que tivesse escolhido como cenário as ruas de Nova York, em vez do telão interativo habitual, de praia. Em seguida, ela foi para os pesos e conseguiu suar muito. Roarke se viu levemente decepcionado ao notar que ela não havia ativado o boxeador androide, que costumava surrar até incapacitá-la.

Quando ela foi para a área da piscina e mergulhou, ele deu seu trabalho por encerrado. Quando chegou lá, ela já saíra da água e estava se secando. Isso não era um bom sinal, decidiu. A natação geralmente a relaxava, e ela costumava se estender nas voltas pela piscina.

Mesmo assim, ele sorriu.

— Como você está?

— Na boa. Não sabia que você estava em casa. — Ela pegou um roupão. — Quis fazer um bom treino antes de ir lá para cima.

— Então está na hora de subir. — Ele pegou sua mão e roçou os lábios com os dela. O barômetro de Summerset fora muito preciso, como de hábito, pensou Roarke. Algo realmente perturbava a tenente.

— Ainda preciso trabalhar por mais umas duas horas, pelo menos — anunciou Eve.

Ele concordou com a cabeça e a conduziu pelo caminho até o elevador.

— O caso está complicado — explicou ela.

Salvação Mortal   **129**

— Raramente esses casos são simples. — Ele a observou enquanto eles seguiam lado a lado até o quarto.

— Eu ainda nem sei quem foi a vítima — explicou ela.

— Não é o seu primeiro joão-ninguém.

— Não. Não é minha primeira vez em nada.

Ele permaneceu calado; simplesmente foi até o painel da parede para abri-lo e escolheu um vinho, enquanto ela pegava uma calça e uma blusa na gaveta.

— Vou ficar só no café — avisou ela.

Roarke serviu um cálice para si mesmo e tomou um gole.

— E só vou comer um sanduíche ou algo rápido — insistiu Eve. — Preciso fazer uma pesquisa nos registros que acabei de receber e depois ordenar algumas buscas por referências cruzadas.

— Isso é ótimo. Você poderá tomar o seu café, comer seu sanduíche e pesquisar seus registros. Assim que me contar o que há de errado.

— Eu já disse... é só que o caso está complicado.

— Você já enfrentou casos piores. Muito piores, por sinal. Acha que eu não consigo enxergar que alguma coisa diferente se instalou dentro de você? O que aconteceu hoje?

— Nada. Nada. — Ela passou os dedos pela massa desordenada dos fios de cabelo que não se preocupara em secar. — Nós confirmamos que a vítima não é Flores, seguimos uma pista que não deu em nada, mas temos algumas outras possibilidades promissoras. — Ela pegou o vinho que tinha dispensado e tomou um gole enquanto caminhava de um lado para outro do quarto. — Passei muito tempo conversando com pessoas que trabalhavam com o homem que morreu ou que o conheciam, e assisti a vários níveis de decepção e colapso quando lhes informei que ele não era Miguel Flores, nem padre.

— Não foi isso. O que mais a incomodou?

— Não existe nada *mais*.

— Existe, sim. — Com um jeito casual, ele se recostou na cômoda e tomou outro gole de vinho. — Mas eu tenho todo o tempo do mundo para esperar você deixar de bancar a mártir e colocar tudo para fora.

— Será que pelo menos dessa vez você não consegue se meter apenas com os seus negócios? Tem sempre que enfiar os dedos nos meus?

Deixá-la revoltada era, conforme ele sabia muito bem, um atalho para chegar ao cerne da questão. Seus lábios se curvaram com muita calma e deliberação.

— Minha esposa faz parte dos meus negócios.

Se os olhos dela fossem armas, ele estaria morto.

— Pode enfiar esse papo de "minha esposa" você já sabe onde. Sou uma policial; tenho um caso. Um caso com o qual, pelo menos para variar, você não tem conexão alguma. Portanto, caia fora.

— Que papo é esse? Não!

Ela bebeu o resto do vinho de um gole só e se preparou para sair porta afora com estardalhaço. Quando ele simplesmente se colocou em seu caminho, os punhos dela se fecharam com força.

— Vá em frente — convidou ele, como se estivesse se divertindo. — Tente me dar um soco.

— Eu devia mesmo. Você está obstruindo a justiça, cara.

Em desafio, ele se inclinou um pouco mais.

— Então me prenda.

— Isso não tem nada a ver *com* você, droga. Vá embora e me deixe simplesmente trabalhar em paz.

— Mais uma vez, não. — Ele pegou no queixo dela e a beijou com paixão. Logo em seguida recuou um pouco. — Eu amo você.

Ela se desvencilhou, mas não antes que ele percebesse tanto a fúria como a frustração em seu rosto.

— Isso é golpe baixo. Um tremendo golpe baixo.

— Sim, sim, pode me xingar, eu sou um canalha.

Salvação Mortal

Ela esfregou as mãos no rosto, passou-as mais uma vez pelo cabelo ainda úmido e chutou a cômoda. Estava colocando tudo para fora, pensou Roarke. Ele pegou o vinho e foi entregá-lo novamente a ela.

— Isso não tem nada a ver com o caso, ok? Estou só chateada por algo que está me pressionando e incomodando.

— Então tire essa pressão. Do contrário, será você quem vai obstruir a justiça.

Ela tomou um gole lento e o observou por sobre a borda do cálice.

— Você pode ser um canalha, mas também sabe ser astuto. Ok, ok... Recebemos algumas informações — começou ela, então contou tudo sobre Solas. — Acho que esse Lino, quem quer que ele seja, pode ter matado Flores. Deve tê-lo assassinado a sangue-frio, pelo que imagino. Ele era um assassino.

— Você já confirmou isso?

— Ele pertencia a uma gangue... Soldados. Marginais em *El Barrio*. Ele usava a tatuagem que o identificava como membro do grupo, a que foi removida antes de ele trocar de identidade. Eles formavam uma gangue de Nova York naquela época, e a tatuagem que mandara fazer no braço indicava que ele pertencia à elite da cadeia de comando. Tinha na tatuagem a marca dos membros que já haviam matado alguém, a marca dos componentes que haviam tirado pelo menos uma vida.

— A situação fica mais difícil quando a sua vítima também era um assassino, certo?

— Talvez. Pode ser. Mas pelo menos ele fez alguma coisa sobre o que aconteceu àquela menina. Tirou o couro de Solas e protegeu a garota, já que mais ninguém tinha feito isso. Ele a livrou do pesadelo e a tirou do inferno.

Ninguém livrou você, pensou Roarke. *Ninguém a tirou do seu inferno. Até que você mesma acabou tomando a iniciativa.*

— Fomos ver a mãe para analisar se ela ou o molestador poderiam ter matado Lino. — Eve enfiou as mãos nos bolsos enquanto vagava pelo quarto. — Nenhuma chance de ter sido ela, nem em sonho. Percebi isso assim que a vi começar a tremer, apavorada, só de pensar que o marido pudesse ter saído da prisão. Tive vontade de dar uns bons tabefes nela. — Eve parou e fechou os olhos. — Um tapa é mais humilhante que um soco. Eu queria dar um tapa nela... e acho que fiz isso verbalmente.

Ele continuou calado e esperou que ela terminasse de colocar tudo para fora.

— Ela *estava lá*, dentro da casa, cacete! — Sua voz ficou mais aguda por causa da raiva, da dor e da amargura. — Ela estava bem ali enquanto aquele filho da puta estuprava a garota, sem parar. A mãe também se permitia ser surrada... tudo bem, isso é problema dela, mas não fez *nada* para ajudar a própria filha? Nem a porra de um protesto! *Eu não sabia do que acontecia, não vi nada, ah, meu pobre bebê.* Eu não *entendo* isso. Como é que uma pessoa pode *não ver*? Como é que pode *não saber*?

— Não faço ideia. Talvez alguns não vejam ou se recusem a reconhecer o que não podem suportar.

— Não é desculpa.

— Não é, não.

— E eu sei que não foi como no meu caso, não é a mesma coisa — afirmou Eve. — Minha mãe me odiava, odiava o simples fato de eu existir. Isso é algo de que eu me lembro, uma das poucas coisas que lembro dela. Se minha mãe tivesse estado lá quando meu pai me estuprou, eu não acho que ela teria se importado. A situação não é igual, mas...

Ela parou e apertou os olhos com os dedos.

— Isso explodiu na sua cara — concluiu Roarke. — Fez com que tudo se tornasse presente, em vez de passado.

— Acho que sim.

— E foi até pior, não é isso que você acha? Foi pior para essa garota porque havia alguém lá que deveria ter visto, percebido e impedido?

Salvação Mortal **133**

— Isso mesmo. — Ela deixou cair as mãos. — E eu me vi detestando essa mulher patética, triste e aterrorizada, que elogiou e festejou a atitude de um homem morto, do qual eu suspeito fortemente, merda, que *eu sei* que foi um assassino.

— Os elogios que ela fez por ele ter tomado a atitude certa para proteger uma criança não quer dizer que o resto esteja desculpado, Eve.

Mais calma, ela pegou o vinho de novo.

— Isso me incomodou — repetiu ela. — Mais tarde, o padre voltou para me ver. O padre de verdade. Chale López. Há algo diferente nele.

— Suspeito?

— Não, não. É uma coisa interessante. Eu diria que... atraente. Ele... — Algo lhe veio à mente subitamente; algo que a afetou como um golpe na cabeça e com a força de um vislumbre. — Ele me faz lembrar você.

Se ela tivesse feito um arremesso e a bola lhe tivesse atingido no rosto, Roarke ficaria muito menos chocado.

— *A mim?*

— Ele sabe exatamente quem e o que é e aceita isso. É um cara durão e tem uma percepção exata das pessoas logo de cara. Lino passou pelo crivo dele, e é isso que o incomoda mais que qualquer coisa. Ele assume a responsabilidade pelos seus atos e é um homem capaz de ultrapassar limites para fazer o que julga correto.

— Tudo isso? — perguntou Roarke.

— Sim. Ele me trouxe informações de que eu precisava, apesar de seus superiores desejarem discutir o caso por mais tempo e atrasar o processo. Ele passou por cima deles e seguiu seu próprio código de conduta. Depois disso, eu perguntei a ele uma coisa que não se aplica ao caso, que nem sei o motivo de ter perguntado: o que ele fazia antes de se tornar padre.

Ela se sentou, precisou se sentar e se recostar para contar a Roarke a história de López e Annamaria.

— Você pensou em si mesma de novo, se viu mais uma vez aprisionada e indefesa durante todos aqueles anos em que seu pai a espancava e estuprava. Mais que isso... você pensou em Marlena — acrescentou Roarke, referindo-se à filha de Summerset.

— Por Deus! — Seus olhos se encheram d'água com as lembranças, os pesadelos. — Enquanto ele me contava o que acontecera, tudo me veio mais uma vez à cabeça. Eu consegui me enxergar naquela última vez; a sala em que meu pai quebrou meu braço e começou a me estuprar; o instante em que enlouqueci e o matei. E consegui ver Marlena e como deve ter sido quando aqueles homens a levaram para atingir você... quando a torturaram, a estupraram e mataram.

Ela limpou as lágrimas, mas não conseguiu detê-las.

— Ele começou a me contar sobre visitas incorpóreas e milagres, e tudo em que eu conseguia pensar era: *Mas e quanto ao que aconteceu antes?* E o terror, a dor e o desamparo horrível? Como fica isso? Porque eu não estou morta e continuo a sentir tudo. Será que é preciso a pessoa estar morta para deixar de sentir essa dor?

A voz dela falhou. Roarke sentiu que seu próprio coração se despedaçava.

— Ele me perguntou se eu já matei alguém; ele sabia que a resposta era sim, porque já tinha me perguntado antes. Só que dessa vez ele me perguntou se eu senti *prazer* ao matar. Eu disse que não, foi automático. Eu nunca tirei uma vida na linha de fogo, nunca usei minha arma de policial por puro prazer. Mas me perguntei naquele instante... tive que me perguntar... se eu tinha sentido prazer naquela noite. Será que naquela noite, quando eu tinha 8 anos, enfiei a faca no meu pai e continuei esfaqueando-o sem parar, senti prazer com aquilo?

— Não. — Ele correu para se sentar ao lado dela e lhe tomou o rosto entre as mãos. — Você sabe que não. Você matou para sobreviver. Nada mais, nada menos que isso. — Ele tocou a testa de Eve com os lábios. — Você sabe que não. O que você deve estar

Salvação Mortal

perguntando a si mesma, agora... o que está querendo saber de verdade, é se eu senti algum prazer em matar cada um dos homens que assassinaram Marlena.

— Não teria havido justiça para ela. Eles a mataram. Eles a violaram e mataram unicamente para atingir você, diretamente. Eram homens poderosos em uma época de muita corrupção. Não houve mais ninguém para defendê-la. Ninguém além de você.

— Essa não é a questão.

Ela colocou as mãos sobre as dele e as juntou.

— A policial em mim não pode tolerar a justiça feita com as próprias mãos; não pode aceitar que alguém saia dos trilhos da lei para caçar e executar assassinos. Mas a vítima dentro desta policial, o ser humano que está dentro da policial, entende... mais que isso... *acredita* que essa era a única justiça que uma menina inocente jamais poderia conseguir.

— E mesmo assim você não vai me perguntar o que precisa saber? Tem medo de não ser capaz de suportar a resposta e prefere não ver? Prefere não descobrir?

A respiração de Eve estremeceu.

— Nada que você possa me dizer mudará o que eu sinto por você. Nada! Mas tudo bem... Certo, eu estou perguntando agora: você sentiu algum prazer em matá-los?

Os olhos dele se mantiveram no mesmo nível dos dela... Tão claros, tão desesperadamente azuis.

— Eu queria sentir prazer; mais que tudo, eu queria me deleitar; queria festejar as mortes, a dor, o fim deles. Por cada segundo de dor e medo que aquela menina tinha enfrentado. Por cada segundo de vida que eles tinham arrancado dela, eu queria, sim, sentir prazer. Mas não senti. Fazer aquilo foi apenas um dever, no fim das contas. Não foi vingança, mas dever, se é que você consegue me entender.

— Acho que consigo.

— Senti todo o ódio, a raiva, e talvez no fim de tudo isso a coisa tenha melhorado um pouco. Eu consigo matar sentindo menos dor do que você... porque sei que você sente tristeza, mesmo pelo pior dos assassinos. Nós não estamos no mesmo nível em termos morais, afinal de contas. E justamente por acreditar que devemos ser o que somos um para o outro, eu não mentiria para poupar seus sentimentos. Pode acreditar, se eu tivesse sentido algum prazer naquilo, eu assumiria, mas não senti. O que eu também não senti, nem sinto agora, foi uma única gota de arrependimento.

Ela fechou os olhos, descansando a testa na dele enquanto mais uma lágrima deslizava pelo seu rosto.

— Certo. Está tudo certo.

Ele acariciou seu cabelo enquanto eles continuaram sentados ali; ela foi se acalmando e voltando ao normal.

— Eu não sei por que me permiti distorcer as coisas e me deixei envolver dessa forma.

— É exatamente isso que faz de você quem você é. Uma boa policial, uma mulher complicada e um verdadeiro pé no saco.

Ela conseguiu rir.

— Acho que nisso você tem razão. Ah, e a respeito do que você me disse agora há pouco... Eu também te amo.

— Então você vai tomar um analgésico forte para essa dor de cabeça e também vai se alimentar com uma refeição decente.

— E que tal se eu fizer uma refeição decente antes de qualquer coisa, para ver se isso cura minha dor de cabeça, que, aliás, não é das piores?

— Sim, me parece justo.

Eles comeram no mesmo lugar em que haviam partilhado o café da manhã: a saleta de estar do quarto. Como tinha desabafado tudo com Roarke, Eve achou justo atualizá-lo sobre o caso. Apesar de ser um civil, ele tinha um significativo interesse e uma percepção precisa do trabalho policial.

Salvação Mortal 137

Além disso, sabia que ele programara *cheeseburgers* no AutoChef pelo mesmo motivo de algumas pessoas oferecerem um cookie a uma criança triste: confortá-la.

— As gangues irlandesas não usam tatuagens? — quis saber Eve.

— Usam, sim. Pelo menos usavam na época em que eu circulava por aquelas ruas.

Ela inclinou a cabeça.

— Eu conheço sua pele nos mais íntimos detalhes. Não há tatuagens em você.

— Não, realmente não há. A verdade é que eu não considerava "gangue" os meus sócios e velhos companheiros de rua. Existem muitas regras e normas dentro de gangues para o meu gosto, sem falar na ladainha constante para defender o próprio território como se fosse um terreno sagrado. Por mim, eles poderiam invadir o quarteirão de Dublin em que eu trabalhava naquela época e tacado fogo em tudo, eu pouco iria me importar. Além do mais, as tatuagens... como você acaba de provar... são uma marca de identificação, mesmo quando removidas. E a última coisa que um empresário jovem, empreendedor e com muita inteligência deve desejar para si é um rótulo identificador.

— Você tem razão; foi por isso que Lino removeu a tatuagem. As marcas que permaneceram são tão fracas que praticamente não aparecem a olho nu, e ninguém que olhasse casualmente iria reparar no braço. Mesmo que alguém notasse, a marca poderia ser explicada... e foi... como uma loucura dos tempos de juventude.

— Mas isso lhe ofereceu outro ponto de referência para a identidade dele. — Roarke deu uma mordida em seu hambúrguer, com ar pensativo. — Que tipo de idiota extremo se marca com um X para anunciar que já matou alguém? E que tipo de assassino valoriza o ego acima da própria liberdade?

Ela gesticulou com uma batata frita.

— Isso é mentalidade de gangue. Mesmo assim, eu não posso levar um X como prova em um tribunal. O que eu preciso saber é por que ele deixou o seu amado território, por quanto tempo e por que precisou assumir outra identidade para poder voltar. Deve ter aprontado alguma coisa... e algo importante... depois que a Lei da Clemência foi revogada. Ou então depois de ter atingido a maioridade.

— Você acha que ele matou Flores, certo?

— Sim, mas tem de ser algo que aconteceu antes disso. Até onde conseguimos rastrear, Flores estava longe, no oeste do país. Por que Lino também estava lá? E como não acredito que Lino tenha decidido passar o resto da vida fingindo ser padre, sei que existe um motivo pelo qual ele voltou sob esse disfarce; há uma meta específica. Um jogo de paciência... — refletiu Eve.

— Eu diria que havia um objetivo em vista.

Ela assentiu.

— Dinheiro, joias, drogas. Isso nos traz de volta à questão do dinheiro. Uma quantia atraente o bastante para que esse membro de uma velha gangue do Spanish Harlem corresse atrás de recursos para obter plásticas caras no rosto e falsificação de identidade feita por alguém de alto nível. Algo que o tenha obrigado a se manter escondido por um bom tempo, ou porque a situação estava muito quente ou porque era preciso algum tempo para conseguir o pacote completo. — Ela estreitou os olhos. — Preciso fazer uma busca por grandes assaltos, roubos, arrombamentos ou acordos ilegais ocorridos entre seis e oito anos atrás. Talvez entre seis e nove, mas esse é o período básico. E analisar os registros dos batizados. Depois, preciso encontrar um policial que tenha trabalhado nessa região na época em que Lino era membro ativo dos Soldados. Alguém que possa se lembrar dele e consiga me dar uma descrição.

— Por que eu não faço a primeira pesquisa? — propôs Roarke. — Gosto muito de assaltos, roubos e arrombamentos. Além do mais, eu preparei o jantar e mereço uma recompensa.

Salvação Mortal

— Eu acho que sim, você merece. — Ela se recostou na cadeira.

— Fui muito babaca quando cheguei em casa hoje?

— Ah, querida, você já foi pior.

Ela riu e estendeu a mão.

— Obrigada.

Nos bastidores do recém-reaberto Madison Square Garden, Jimmy Jay Jenkins, fundador da Igreja da Luz Eterna, se aprontava para pregar diante do rebanho. Tomou uma dose de vodca e chupou duas pastilhas para perfumar o hálito, enquanto as Cantoras da Luz Eterna derramavam fé e harmonia a quatro vozes pelo alto-falante de seu camarim.

Ele era um homem grande que gostava de boa comida. Sem falar nos ternos brancos; tinha 26 deles, que usava com várias gravatas-borboletas coloridas e suspensórios da mesma cor das gravatas, devidamente ajustados para sua cintura considerável. Sua esposa amorosa, Jolene, já estava casada com ele havia 38 anos. Tinham três filhos e cinco netos. Ele adorava aquelas doses furtivas de vodca e também gostava muito de Ulla, sua atual amante. Além de tudo isso, adorava pregar a santa palavra de Deus.

Não necessariamente nessa ordem.

Ele havia fundado aquela igreja cerca de 35 anos antes, tijolo por tijolo construídos com suor, carisma, um talento para o espetáculo e a fé absoluta e inabalável de que ele estava certo. A partir das pregações em barracas e campos agrícolas do início de carreira, ele tinha erguido um negócio que arrecadava vários bilhões de dólares por ano.

Vivia como um rei e pregava como se fosse a flamejante língua de Deus. Ao ouvir a batida à porta, Jimmy Jay ajustou a gravata no espelho, deu uma ajeitada básica na volumosa juba de fios brancos — motivo de uma vaidade nada secreta — e gritou com seu alegre timbre grave de *basso*:

— Pode entrar!

— Faltam cinco minutos, Jimmy Jay.

Jimmy Jay exibiu um sorriso largo, muito largo.

— Estou só conferindo o visual. Qual é a bilheteria, Billy?

Seu agente, um homem magro com cabelo tão negro quanto o de Jimmy Jay era branco, entrou no camarim.

— Lotação esgotada. Vamos sair daqui com mais de cinco milhões, sem contar as contribuições extras e as doações online.

— Isso é uma quantia divina. — Sorrindo, Jimmy Jay disparou um dedo na direção do agente. — Vamos fazer tudo isso valer a pena, Billy. Vamos lá para fora salvar algumas almas.

Dizia essas palavras de coração. Acreditava que podia fazer isso e já salvara multidões de almas desde que havia tomado a estrada pela primeira vez em Little Yazoo, Mississippi, como pregador. Também acreditava que seu estilo de vida, bem como os vários anéis de diamante em cada mão, eram a recompensa por suas boas obras.

Reconhecia que era um pecador — afinal, havia a vodca e seus pecadinhos sexuais —, mas também acreditava que só Deus poderia reivindicar perfeição.

Ele sorriu quando as Cantoras da Luz Eterna terminaram de receber os aplausos e piscou para sua esposa, que esperava nos bastidores do lado esquerdo do palco. Ela entraria junto com ele e ambos se encontrariam no centro do espaço imenso, quando então a cortina se ergueria lentamente e o gigantesco telão iria cintilar com muitas imagens que alcançariam até as fileiras traseiras dos balcões superiores.

Sua Jolene iria aproveitar um pouco desses holofotes e se manteria simplesmente ali, linda e brilhante como um anjo. Depois que eles cumprimentassem a multidão, ela iria apresentar sua canção mais conhecida, *Caminhando sob a Sua luz*. Jimmy Jay beijaria a mão dela — a multidão adorava isso —, e Jolene voltaria para os bastidores, enquanto ele se poria a trabalhar para salvar todas aquelas almas.

Esse seria o momento de chegar aos assuntos sérios do Senhor.

Sua Jolene entrou e olhou para os olhos amorosos de Jimmy Jay. Quando ambos deram início à coreografia que já executavam havia várias décadas, seu vestido cor-de-rosa brilhou sob as luzes

Salvação Mortal

do palco e seus olhos cintilaram ao olhar para os dele. Seu cabelo era uma montanha de ouro, tão brilhante e ofuscante quanto o trio de colares que usava. Quando ela deu início à canção, ele achou a voz dela tão rica e pura quanto a floresta de pedras preciosas que usava, circundadas por ouro.

Como sempre, a canção levou os dois às lágrimas e a casa quase veio abaixo de tantos aplausos. Seu perfume o encharcou e saturou seus sentidos quando ele lhe beijou a mão com grande ternura e a observou quase flutuar para fora do palco através de uma névoa suave. Então ele se virou, esperando até o último aplauso morrer entre sussurros e cochichos.

Atrás dele, a tela explodiu com muita luz... Aquela era a lança de Deus através das nuvens douradas. Como se fosse uma pessoa só, a multidão ofegou de emoção.

— Somos todos pecadores!

Ele começou suavemente, uma voz calma em uma catedral silenciosa. Uma oração. Em seguida, construiu o clima em volume, em tom, em energia, parando com a percepção de tempo — típica dos homens de palco — para aguardar os aplausos, os gritos, os "aleluia" e "amém".

Agitou-se tanto que o suor brilhou em seu rosto e umedeceu seu colarinho. Enxugou tudo com o lenço, que combinava com a gravata. E, quando tirou o paletó branco, arregaçou as mangas da camisa e ajeitou os suspensórios, a multidão rugiu de empolgação.

Almas, pensou ele. Dava para sentir a luz delas. Almas em ascensão, espalhando-se e brilhando. Enquanto o ar trovejava com elas, ele pegou a terceira das sete garrafas de água que iria consumir durante a noite (cada uma delas batizada com um pouco de vodca).

Ainda enxugando o suor, bebeu com entusiasmo, engolindo quase metade da garrafa de uma só vez.

— "Na hora da colheita", diz o Livro Santo, "Vocês vão colher o que semearem!". Contem-me agora... Digam a Deus Todo-Poderoso: vocês vão semear o pecado ou vão semear...

Ele tossiu e ergueu uma das mãos enquanto puxava a gravata. Engasgou e aspirou o ar enquanto seu grande corpo se convulsionava e caía com um baque. Com um guincho ensurdecedor, Jolene correu pelo palco sobre suas sandálias altas cor-de-rosa, muito brilhantes, e gritou:

— Jimmy Jay! Oh, Jimmy Jay!

Enquanto isso, os rugidos da multidão se tornavam um muro de choro, gritos e lamentos.

Ao ver os olhos fixos e vidrados do marido, ela desmaiou. Quando caiu sobre o marido morto, seus corpos formaram uma cruz branca e cor-de-rosa no chão do palco.

Em sua mesa de trabalho, Eve conseguira reduzir sua lista para doze bebês do sexo masculino que haviam sido batizados na Igreja de São Cristóvão nos anos que coincidiam com a faixa etária de sua vítima e tinham "Lino" como primeiro nome ou nome do meio. Manteve em reserva outros cinco que extrapolavam um pouco os limites daqueles anos.

— Computador, fazer uma busca padrão nos nomes da lista exibida. Procurar e... espere um segundo — interrompeu a ordem e resmungou um xingamento quando o *tele-link* tocou.

— Dallas falando.

Emergência para a tenente Eve Dallas. Apresente-se no Madison Square Garden, Teatro Clinton. Suspeita de homicídio por envenenamento.

— Mensagem recebida. A vítima já foi identificada?

Afirmativo. A vítima foi identificada como James Jay Jenkins. Apresente-se no local imediatamente como investigadora principal. A detetive Delia Peabody também será notificada.

— Já estou a caminho. Será que eu conheço esse nome?

— Líder da Igreja da Luz Perpétua. Ou não... Luz Eterna. É isso! — informou Roarke, já na porta.

Salvação Mortal

Os olhos de Eve cintilaram e logo se estreitaram.

— Outro padre.

— Bem, não precisamente, mas atua na mesma área.

— Merda. Merda! — Ela olhou para seu trabalho, para suas listas, para seus arquivos. Será que estava longe do alvo e tomara um rumo totalmente errado? — Tenho que ir para lá.

— Que tal eu ir com você?

Ela pensou em negar, pedir-lhe que ficasse e continuasse a pesquisa. Mas de que valia tudo aquilo, refletiu, se ela estivesse atrás de um simples assassino de "homens de Deus"?

— Tudo bem, por que não? Computador, dar prosseguimento às tarefas designadas e armazenar todos os dados levantados.

Entendido. Processando...

Ela ouviu o anúncio da máquina enquanto se dirigia para a porta.

— Você está pensando em padre morto, pregador morto, e acha que tomou a linha errada de investigação?

— Estou pensando que, se esse cara tomou cianeto de potássio, não é coincidência. Só que não faz sentido, não faz o mínimo sentido.

Mas ela balançou a cabeça e tirou todas as ideias anteriores da mente. Precisava abordar a cena de forma objetiva. Fez um desvio para o quarto, vestiu roupas de sair e prendeu o coldre com a arma.

— O tempo deve ter esfriado lá fora — avisou Roarke, entregando-lhe uma jaqueta de couro. — Saiba que até agora eu não encontrei nenhum assalto ou arrombamento importante, nada que se encaixe na sua teoria. Pelo menos não vi roubo de nenhuma quantia considerável em que os ladrões não tenham sido apanhados. Também não há — acrescentou — nenhum grande golpe dessa época do qual eu não conheça os detalhes pessoalmente.

Eve simplesmente olhou para ele.

— Bem... — continuou Roarke. — Você me pediu para recuar vários anos na pesquisa. Alguns anos atrás, eu poderia ter participado de alguns golpes interessantes, por assim dizer. — Ele sorriu.

— Não vamos falar sobre esses golpes em especial — decidiu ela. — Droga, droga! Faça-me um favor e dirija a viatura, pode ser? Quero levantar algumas informações sobre a vítima antes de chegarmos lá.

Enquanto saíam da casa, Eve pegou o tablet e começou uma busca completa sobre o recentemente falecido Jimmy Jay.

Capítulo Oito

Um pelotão de guardas mantinha um monte de curiosos atrás dos cavaletes e barricadas da polícia diante do Madison Square Garden. No inverno de dois anos antes, o grupo terrorista Cassandra fizera um belo estrago no prédio. Um estrago de sangue, devastação e caos.

Pelo visto, a morte de um pastor provocava quase tanta histeria e caos.

Eve ergueu seu distintivo bem alto enquanto se movimentava.

— Ele está comigo — avisou a uma das policiais, abrindo caminho para Roarke.

— Permita-me levá-la até lá, tenente.

Eve assentiu para a policial, que parecia estar em boa forma e prendera seu cabelo cacheado num coque sob o quepe.

— O que você já sabe? — quis saber Eve.

— Não fui a primeira a chegar à cena do crime, mas ouvi dizer que a vítima pregava com a força de um furacão para uma casa lotada. Tomou alguns goles de uma garrafa de água que estava no palco com ele e caiu morto em segundos.

A policial cortou caminho pelo saguão e apontou com a cabeça na direção de um dos cartazes em que se via um homem corpulento com cabelo abundante e tão branco quanto o seu terno.

— Jimmy Jay, um famoso pastor evangélico. A cena do crime ficou bem protegida, tenente. Um dos guarda-costas da vítima já trabalhou na polícia. Reparei que ele procedeu de forma muito acertada diante do acontecido. O corpo está no palco principal — acrescentou, levando Eve e mais dois guardas que flanqueavam as portas. — Voltarei ao meu posto por ora, se a senhora não precisar de nada.

— Estou bem.

As luzes da casa de espetáculos estavam todas acesas, e os fortes refletores do palco pareciam esquentar o ambiente. Só que, na verdade, a temperatura era como uma explosão de gelo ártico, e Eve se sentiu grata pela jaqueta que vestira.

— Por que está tão frio aqui?

O guarda deu de ombros.

— Casa cheia. Acho que eles colocaram a temperatura no frio máximo, para compensar. Quer que eu mande aumentar um pouco?

— Quero, sim.

Dava para sentir que a casa estivera lotada pelo aroma dos vestígios deixados para trás — suor e perfume, bebidas e guloseimas adoçadas que haviam sido derramadas e espalhadas pelas cadeiras. Mais dois guardas e a primeira leva de peritos circulavam pelas fileiras, pelo palco e pelos corredores.

Mas o corpo estava no centro do palco, com uma enorme tela atrás dele, onde a imagem de uma tempestade diabólica e da ira de Deus parecia ter sido congelada em meio a um ataque de raios.

Eve prendeu o distintivo na cintura e pegou o kit de serviço que Roarke trouxera.

— Casa cheia. Como no funeral de Ortiz. Lá foi em escala menor, mas a ideia é a mesma. Um sacerdote e um pregador mortos.

— O mesmo assassino ou um imitador?

Salvação Mortal

Ela assentiu enquanto examinava.

— Essa é uma boa pergunta. Mas não vou questionar isso até determinarmos a *causa mortis*. Talvez ele tenha sofrido um acidente vascular cerebral ou um infarto. Estava acima do peso — continuou, enquanto caminhavam para o palco. — Provavelmente animado e estimulado em demasia, apresentando-se para uma multidão dessa dimensão. Afinal, as pessoas ainda morrem de causas naturais.

Mas não Jimmy Jay Jenkins, refletiu Eve enquanto se aproximava do corpo depois de subir no palco.

— Quem foi o primeiro policial a chegar à cena?

— Nós, senhora. — Duas policiais deram um passo à frente.

Ela ergueu um dedo e examinou o homem grisalho de terno escuro que ficara ao lado. Uma vez policial, sempre policial, pensou.

— Você é o guarda-costas da vítima?

— Isso mesmo. Clyde Attkins.

— Você já trabalhou na polícia.

— Trinta anos, em Atlanta.

— Qual a sua patente?

— Eu era sargento quando dei entrada nos papéis para a reforma.

Ele certamente tinha um bom olho para detalhes.

— Poderia me fazer um resumo do que aconteceu?

— Claro, tenente. Jimmy Jay estava no palco, prestes a chegar ao intervalo.

— Intervalo?

— Bem, isso mudava às vezes, mas geralmente Jimmy Jay pregava durante uma hora, depois das músicas do coral; mais tarde os cantores voltavam ao palco e Jimmy Jay saía para trocar de camisa, que a essa altura já estava encharcada de suor. Depois dessa pausa, ele voltava e começava a pregar novamente. Faltavam dez minutos para o intervalo oficial quando ele desabou no chão.

A mandíbula de Attkins ficou visivelmente tensa.

— Ele bebeu um pouco de água e caiu duro.

— Bebeu de uma dessas garrafas sobre a mesa?

— Sim, a que ainda está aberta. Ele bebeu, pousou a garrafa e disse mais algumas palavras. Tossiu com força, sufocou, agarrou o colarinho, a gravata, e despencou no chão em segundos. Sua esposa, Jolene, saiu correndo dos bastidores antes mesmo que eu pudesse impedi-la de se aproximar; quando o viu morto, ela desmaiou. Eu mantive a cena totalmente intacta da melhor forma que consegui, mas houve um pandemônio por alguns minutos.

Ele olhou de volta para o corpo e depois para a plateia.

— Algumas pessoas tentaram subir no palco, e nós tivemos muito trabalho para impedi-las. Outros saíram correndo desesperadas para as saídas, e uma ou outra chegaram a desmaiar.

— Um pandemônio — repetiu Eve.

— Com certeza. O fato é que ninguém sabia realmente o que tinha acontecido. As filhas dele, filhas de Jimmy Jay e de Jolene, vieram correndo e agarraram a mãe e o pai. O corpo foi um pouco mexido e uma das filhas, Josie, tentou reanimá-lo fazendo respiração boca a boca antes de eu conseguir impedi-la.

— Ok. Essas garrafas de água foram tocadas ou movidas?

— Não, senhora, tenho certeza disso. Os seguranças passaram maus bocados por causa da multidão e da equipe da igreja, mas eu protegi a cena onde tudo aconteceu e ninguém se aproximou.

— Agradeço muito, Attkins. Você poderia ficar por aqui?

— Claro, tenente. — Ele olhou para o corpo mais uma vez. — Esta é uma noite terrível. Posso aguentar o tempo que precisar.

Pegando a lata de spray selante, Eve cobriu as mãos e as botas. Foi até a mesa branca brilhante e pegou a garrafa de água que estava aberta. Cheirou com cuidado.

Franziu a testa e tornou a cheirar.

— Há mais do que água aqui dentro. Não sei dizer o que é, mas certamente há algo estranho aqui.

— Você me permite? — Roarke se aproximou. Com um encolher de ombros, Eve estendeu a garrafa e se inclinou para ver. — Acho que é vodca.

Salvação Mortal **149**

— Vodca? — Eve olhou para Clyde e viu pela expressão dele que Roarke estava certo. — Pode confirmar isso?

— Sim, senhora, eu confirmo. Jimmy Jay gostava de algumas gotas de vodca em suas garrafas de água. Dizia que isso o mantinha leve ao longo dos sermões que pregava. Era um bom homem, tenente, um verdadeiro homem de Deus. Eu iria ficar muito triste se isso fosse divulgado de um jeito que pudesse manchar o nome dele.

— Se não for relevante, não será divulgado. Quem batiza essas garrafas?

— Geralmente é uma de suas meninas... Suas filhas. Às vezes eu mesmo faço isso, quando as coisas ficam tumultuadas. Ou Billy, o agente.

— É por isso que todas essas garrafas estão com a tampa sem lacre. Onde está a garrafa de vodca?

— No camarim dele. Um dos seus homens trancou o aposento.

Ela voltou para o corpo e se agachou. As bochechas tinham assumido um tom escuro de cor-de-rosa, e os olhos estavam vermelhos. Havia sulcos de sangue seco na garganta, nos pontos onde ele tinha arranhado a pele com as unhas em busca de ar. Eve conseguiu sentir o cheiro da vodca com mais força quando se inclinou sobre o rosto dele e reparou no suor. E sim... também no cheiro leve e quase imperceptível de amêndoas.

Quando abriu o kit de serviço, virou-se para ver Peabody e o namorado magro e louro correndo em direção ao palco.

— Eu não mandei chamar a DDE.

— Tínhamos saído com Callendar e seu atual acompanhante — explicou Peabody. — Esse é o *famoso* Jimmy Jay, certo?

— Aparentemente, sim. Tire as digitais dele para confirmar e calcule com o medidor o momento exato da sua morte, para registro. — Eve olhou para McNab e para as explosões em tons de vermelho e laranja em sua camiseta roxa. Ele calçava sofisticados tênis verdes com amortecedores a ar que combinavam com o cinto

sofisticado no mesmo tom de verde e que impedia sua calça laranja-
-fluorescente de cair dos quadris ossudos.

Apesar da ousadia fashion da meia dúzia de argolas coloridas que
pendiam do seu lóbulo esquerdo, McNab era um excelente policial.
Já que ele estava ali, Eve poderia muito bem colocá-lo para trabalhar.

— Tem um gravador de boa qualidade, detetive?

— Não saio de casa sem ele.

— Sr. Attkins, gostaria que você se sentasse ali embaixo... — Eve
gesticulou vagamente para a plateia. — Por favor, apresente as suas
declarações oficiais para o detetive McNab. Obrigada pela ajuda.

Ela se virou para o primeiro policial a chegar à cena.

— Policial, onde está a mulher da vítima?

— No camarim, senhora. Vou escoltá-la até lá.

— Um minuto. Peabody, quando você acabar de fazer as medi-
ções, mande ensacar e despachar o corpo para Morris. Peça urgência.
Quero confirmar a *causa mortis* o mais cedo possível. Guarde aquela
garrafa num saco de provas separado do resto. Vai tudo para o laboratório com prioridade máxima. A vítima tinha três filhas, e todas
estão aqui. Converse com elas. Vou procurar a esposa e o agente.
McNab vai pegar as declarações do guarda-costas.

— Positivo!

Eve se virou para Roarke.

— Quer ir para casa?

— Para quê?

— Se quer ficar, então encontre um lugar quieto e confortável.
Procure desencavar informações sobre a vítima. — Ela ofereceu seu
tablet. — Já comecei a fazer as pesquisas iniciais por aqui.

— Vou usar o meu aparelho.

— Eu já comecei no meu tablet.

Ele suspirou, pegou o aparelho dela e teclou dois ou três comandos.

— Agora está tudo no meu tablet também. Há algo em particular
que você quer que eu pesquise?

— Seria muito interessante se você descobrisse se Jimmy Jay
Jenkins tinha laços com um cara chamado Lino, do Spanish

Salvação Mortal 151

Harlem. Ou então... — Ela olhou ao redor do palco. — Deus é sempre um grande negócio, certo?

— De proporções bíblicas.

— Haha... Descubra quanto havia nos bolsos de Jimmy Jay e quem vai herdar o quê. Obrigada. Policial, vamos?

Eles saíram do palco e seguiram para as coxias.

— Onde fica o camarim da vítima? — perguntou Eve.

— Do outro lado — disse o policial, apontando com o polegar.

— Sério?

Ele deu de ombros.

— A sra. Viúva do Pastor ficou histérica. Tive que carregá-la para longe dali e chamar os paramédicos para atendê-la. Temos uma policial com ela, agora. O paramédico aplicou um calmante suave, mas... — Ele parou de falar quando os lamentos e os soluços ecoaram pelas paredes do corredor. — Não funcionou muito bem.

— Maravilha!

Eve caminhou até porta onde os gritos e soluços faziam as portas de metal estremecerem. Ela flexionou os ombros e abriu a porta.

Quase cambaleou de espanto, não pelos sons exacerbados, mas pela quantidade de *cor-de-rosa* que a atacou. Parecia que um caminhão cheio de algodão-doce tinha explodido ali, e a imagem lhe provocou na mesma hora uma a sensação de dor de dente.

A própria mulher usava um vestido cor-de-rosa com uma saia enormé que parecia se inflar e se esparramar sobre uma espreguiçadeira, como uma montanha de marshmallows rosados. Seu cabelo brilhante e deslumbrante de puro ouro caía em desordem em torno de um rosto onde vários quilos de cremes, pastas e intensificadores haviam derretido e formado sulcos pretos, vermelhos, rosa e azuis.

Por um momento, Eve pensou que Jolene tinha arrancado alguns tufos de cabelo em seu sofrimento desesperado, mas logo percebeu que os fios e tufos capilares espalhados pelo chão e pela espreguiçadeira eram apenas extensões capilares e apliques.

A policial junto da porta lançou para Eve um olhar que conseguiu transmitir cansaço, cinismo, alívio e diversão, tudo ao mesmo tempo.

— Olá, tenente. Sou a policial McKlinton. Estive acompanhando a sra. Jenkins.

Por favor, foi a mensagem subliminar. *Por favor, me liberte.*

— Faça uma pausa, policial. Vou conversar com a sra. Jenkins agora.

— Sim, senhora. — McKlinton se moveu para sair e murmurou "Boa sorte" em voz baixa.

— Sra. Jenkins — começou Eve.

Em resposta, Jolene gritou alto e jogou o braço sobre os olhos. Não era a primeira vez que fazia aquilo, percebeu Eve, pois seu braço já estava todo coberto de manchas provocadas pelas pastas e intensificadores de cor facial, que pareciam formar estranhas feridas.

— Sou a tenente Dallas — apresentou-se Eve, tentando falar mais alto que os gritos e soluços. — Sei que este é um momento difícil e sinto muito por sua perda, mas...

— Onde está meu Jimmy Jay? Onde está o meu *marido*? Onde estão meus bebês? Onde estão nossas meninas?

— Preciso que a senhora pare um pouco. — Eve caminhou, inclinou-se para baixo e segurou Jolene pelos ombros com força, mas ela continuou tremendo. — Preciso que a senhora *pare* com isso, ou eu vou embora daqui. Se a senhora quer que eu a ajude e ajude sua família, terá de parar de se debater. Agora!

— Como você poderá me ajudar? Meu marido está *morto*. Só Deus poderá me ajudar agora. — Sua voz, espessa de lágrimas, carregada com um forte sotaque do sul e estridente devido à histeria, parecia uma serra elétrica no cérebro de Eve. — Por que, por que Deus o tirou de mim? Eu não tenho fé suficiente para compreender isso. Não tenho forças para continuar!

— Tudo bem. Fique sentada aí, então, e se desfaça em lágrimas.

Ela se virou e caminhou para a porta, mas Jolene gritou:

Salvação Mortal **153**

— Espere! Espere! Não me deixe sozinha. Meu marido, meu parceiro na vida e na luz eterna, foi arrancado de mim. Tenha um pouco de piedade.

— Eu tenho muita piedade, mas também tenho um trabalho a fazer. A senhora quer ou não quer que eu descubra como, por que e quem o tirou da sua companhia?

Jolene cobriu o rosto com as mãos e espalhou mais manchas, como uma criança que faz pintura com os dedos.

— Quero que você desfaça o que aconteceu.

— Isso eu não posso fazer. A senhora quer me ajudar a descobrir quem fez isso?

— Somente Deus pode tirar a vida de alguém... ou dá-la.

— Diga isso a todas as pessoas, só nesta cidade, que são assassinadas por outro ser humano a cada semana. A senhora pode acreditar no que quiser, sra. Jenkins, mas não foi Deus quem colocou veneno naquela garrafa de água.

— Veneno. Veneno?! — Jolene bateu com uma das mãos no coração e ergueu a outra.

— Precisamos que o legista confirme, mas sim, acredito que seu marido tenha sido envenenado. A senhora quer que eu descubra quem fez isso ou vai simplesmente orar por ele?

— Não desonre o poder de Deus, ainda mais em um momento como esse. — Tremendo, tremendo muito, Jolene fechou os olhos. — Quero que você descubra quem fez isso. Se alguém feriu meu Jimmy, eu quero saber. Você é cristã, senhorita?

— Tenente. Sou uma policial, isso é o que importa aqui. Agora me diga o que aconteceu e o que a senhora viu.

Entre soluços e lamentos trêmulos, Jolene repetiu, em essência, a mesma sequência de eventos de Attkins.

— Eu corri para o palco. E pensei: "Ah, meu doce Jesus, ajude meu Jimmy". Então eu vi... quando olhei para baixo, eu vi... Seus olhos... eles não me viam; estavam me olhando, mas não me viam, e havia riscos de sangue em sua garganta. Eles disseram que eu desmaiei, mas não me lembro disso. Lembro-me apenas de me sentir enjoada ou tonta e de alguém que tentou me levantar; acho que fiquei um pouco enlouquecida. Eles... alguém da polícia e Billy, eu acho, me trouxeram para cá. Depois, veio outra pessoa e deu algo para eu me acalmar. Mas isso não ajudou. O que poderia ajudar?

— Seu marido tinha algum inimigo?

— Qualquer homem poderoso tem inimigos. E um homem como Jimmy Jay, alguém que espalha a palavra de Deus... nem todo mundo quer ouvi-la. Ele tem um guarda-costas; ele tem Clyde.

— Algum inimigo em particular?

— Eu não sei. Não sei.

— Um homem na posição dele acumula uma riqueza considerável.

— Ele construiu a igreja e formou ministros para ela. Devolve a todos mais, muito mais do que recebeu algum dia para si mesmo. É verdade — confirmou ela, agora com o corpo rígido —, nós levamos uma vida confortável.

— O que acontecerá com a igreja e todos os seus bens, agora?

— Eu... Eu... — Ela levou a mão aos lábios. — Ele tomou providências para se certificar de que a igreja iria continuar, mesmo depois de sua morte. Garantiu que, se ele fosse se encontrar com Deus antes de mim, eu seria muito bem-cuidada, bem como nossas filhas e nossos netos. Não conheço todos os detalhes. Tento não pensar nisso.

— Quem preparou a água para ele esta noite?

— Uma das meninas, imagino. — Seus olhos devastados se fecharam de leve. Eve calculou que o tranquilizante finalmente cortara um pouco da histeria. — Ou Billy. Talvez Clyde.

— A senhora sabia que o seu marido normalmente pedia para colocarem um pouco de vodca na água que bebia?

Seus olhos devastados se arregalaram. Então, ela bufou com força um suspiro de indignação e sacudiu a cabeça com força para os lados.

— Ah, Jimmy Jay! Ele sabia que eu desaprovava. Um copo de vinho uma vez ou outra, tudo bem. Mas nosso Senhor e Salvador

Salvação Mortal

tomou vodca na Última Ceia, por acaso? Ele transformou a água em vodca em Caná?

— Acho que não.

Jolene sorriu suavemente.

— Ele tinha uma quedinha pela vodca, o meu Jimmy. Mas nunca exagerava. Eu não teria aceitado isso. Mas não sabia que ele continuava pedindo às meninas para colocar algumas gotas da bebida na água do palco. É uma pequena indulgência, entende? Algo sem importância. — Novas lágrimas lhe escorreram pelo rosto quando ela puxou para cima algumas das camadas volumosas da sua saia. — Gostaria tanto de não tê-lo censurado por isso no passado.

— Ele tinha outras indulgências?

— Suas filhas e seus netinhos. Ele os mimava sem medidas. E eu. — Ela suspirou, a voz começando a se arrastar pelo efeito da droga. — Ele também me mimava muito, e eu deixava. Crianças em geral. Ele tinha um fraco pelas criancinhas. Foi por isso que construiu a escola na cidade em que nasceu. Ele acreditava nisso: alimentar a mente, o corpo, a alma e a imaginação de uma criança. Desculpe, policial... Eu me esqueci do seu nome.

— Tenente Dallas.

— Desculpe, tenente Dallas. Meu marido era um homem bom. Não era perfeito, mas era um homem bom. Talvez até ótimo. Era bom marido, pai amoroso e um pastor dedicado ao rebanho. Serviu ao Senhor em todos os dias da sua vida. Por favor, quero ver minhas filhas agora. Quero-as comigo. Eu não posso ficar com as minhas filhas?

— Vou providenciar isso.

Como as declarações da filha mais velha já tinham sido gravadas, Eve permitiu que as duas ficassem juntas. E foi procurar o agente.

Billy Crocker estava sentado em um camarim menor, no que Eve imaginou que fosse o lado do palco usado por Jimmy Jay. Seus olhos pareciam arrasados, muito cansados e vermelhos; seu rosto estava sombrio.

— Ele está morto de verdade?

— Sim, está. — Eve preferiu começar por uma pergunta diferente. — Quando foi a última vez que você falou com o sr. Jenkins?

— Alguns minutos antes de ele entrar em cena. Eu lhe dei o último aviso de entrada. Fui ao seu camarim para avisá-lo do sinal de cinco minutos.

— Sobre o que mais vocês conversaram?

— Informei a ele o número do portão pelo qual deveria entrar no palco e comentei que a lotação estava esgotada. Ele ficou satisfeito ao ouvir isso. Pareceu empolgado ao saber que havia tantas almas lá fora, todas prontas para ser salvas. Foi isso o que ele disse.

— Ele estava sozinho?

— Estava. Sempre tirava os últimos trinta minutos para si mesmo... Vinte, quando estávamos em cima da hora. Ficava sozinho.

— Há quanto tempo você trabalha para ele?

Billy respirou fundo.

— Vinte e três anos.

— Como era o relacionamento entre vocês?

— Eu sou o agente... *Era* o agente dele, mas também amigo. Ele era meu conselheiro espiritual. Formávamos uma família. — Com os lábios trêmulos, Billy enxugou os olhos. — Jimmy Jay fazia com que todos se sentissem como parte da família.

— Por que a esposa dele ficava do outro lado do palco?

— Apenas por praticidade. Eles entram por lados opostos e se encontram no centro. É uma tradição. Jolene, ó, meu bom Jesus, pobre Jolene.

— Como era o relacionamento deles?

— Devotado. Devoção absoluta um ao outro. Eles se adoram.

— Nunca houve puladas de cerca? De nenhum dos dois?

Ele olhou para as mãos.

— Isso é uma coisa cruel de se dizer, tenente.

— Será que, se eu investigar a fundo, Billy, vou descobrir que você e Jolene andaram quebrando algum mandamento?

Salvação Mortal

Ele levantou a cabeça com rapidez.

— Não, claro que não. Jolene nunca trairia Jimmy Jay dessa maneira. Nem de qualquer outra, na verdade. Ela é uma mulher de alta moral e uma boa esposa cristã.

— Quem batizou a água do palco de Jenkins com vodca?

Billy suspirou.

— Foi Josie quem cuidou disso hoje. Não há necessidade de divulgar esse detalhe para o público e envergonhar Jolene. Era algo insignificante.

— A igreja é um grande negócio. Muito dinheiro. Quem recebe o que com a morte dele?

— Isso é muito complicado, tenente.

— Simplifique para mim.

— O patrimônio da igreja permanece com a igreja. Alguns desses ativos são utilizados pela família Jenkins. O avião usado para o transporte em ações da igreja, por exemplo. E as casas das filhas deles, que também são usadas para ações religiosas. Temos ainda vários veículos e outros recursos. Jimmy Jay e Jolene, durante mais de 35 anos de tempo e de trabalho, acumularam uma riqueza considerável por mérito próprio. Eu sei dos detalhes, pois fui consultado a respeito do assunto. Jimmy Jay se certificou de que, caso ele fosse se encontrar com o Senhor, Jolene e sua família ficariam bem protegidas. A própria igreja pode ir em frente e certamente o fará. É a obra da vida dele.

— Ele deixou alguma coisa para você, Billy?

— Sim. Vou herdar alguns de seus objetos pessoais e mais um milhão de dólares. Além da responsabilidade de administrar a igreja da maneira como ele desejava.

— Com quem ele poderia ter traído Jolene?

— Não vou dignificar esse insulto com uma resposta.

Alguma coisa havia ali, decidiu Eve.

— Se você está tomando essa posição com o intuito de protegê-lo, também pode estar protegendo o assassino.

— Jimmy Jay está além da minha proteção. Ele está nas mãos de Deus, agora.

— Mas no fim de tudo o assassino dele estará nas minhas. — Ela se levantou. — Onde você está hospedado, aqui em Nova York?

— No Hotel Mark. O resto da família está hospedado na residência de uma das ovelhas do nosso rebanho, em uma casa confortável na Park Avenue. O restante da equipe está no Mark.

— Você está liberado para voltar para lá, mas não saia da cidade.

— Nenhum de nós irá embora até conseguirmos levar os restos mortais de Jimmy Jay para sua terra natal.

Eve procurou por Peabody e a levou para outro camarim.

— Este lugar é um maldito labirinto. Status?

— Já terminei de falar com as duas filhas mais velhas e estou indo para a terceira. Minha opinião é que elas estão em estado de choque e querem ver a mãe; as duas com quem conversei já foram para lá. Estão todos preocupados com seus filhos, que ficaram em companhia da babá que viaja com eles. A filha mais nova continua ali dentro e está grávida de cinco meses.

— Droga!

— Ela está se aguentando... mais ou menos.

— Qual delas é Josie?

— É a terceira, a que está aqui. Jackie, Jaime e Josie são os nomes delas. — O rosto de Peabody se enrugou quando ela franziu a testa. — Que mania é essa de todos os nomes com J?

— Quem sabe? Preciso fazer algumas perguntas para esta J aqui.

— Certo. Escute, eu disse a McNab para conversar com os maridos, já que liberou o guarda-costas.

— Ótimo. Talvez consigamos sair daqui antes do amanhecer — afirmou Eve, entrando pela porta.

A mulher dentro da sala vestia branco. Seu cabelo tinha um tom de louro mais suave que o de Jolene e lhe descia solto até o ombro. Se ela usava produtos de beleza tão pesados quanto os da mãe, já os tinha limpado. Seu rosto estava pálido e sem um pingo de

Salvação Mortal 159

maquiagem. Seus olhos vermelhos estavam marejados de lágrimas que envolviam o azul natural.

Depois do rosa açucarado do camarim de Jolene, os tom em vermelho e ouro daquele ambiente foram um alívio para Eve. Sob um espelho iluminado, ficava um punhado de frascos de maquiagem de palco, produtos de beleza e fotos emolduradas.

Em uma das fotos, o recém-falecido segurava no colo um bebê gorducho.

— Josie?

— Sim.

— Sou a tenente Dallas. Meus pêsames pela perda do seu pai.

— Estou tentando dizer a mim mesma que ele está com Deus. Mas eu queria que estivesse comigo. — Enquanto falava, ela acariciou a barriga volumosa. — Eu estava pensando em quanto nós todos estávamos ocupados hoje, preparando-nos para a grande noite, e no pouco tempo que eu tive para ficar com ele. Enquanto fazia uma coisa e outra a tarde toda, pensei: "Puxa, preciso falar com papai para contar a ele que Jilly, minha filhinha mais nova, escreveu o próprio nome certinho hoje, sem errar nenhuma letra." Mas não tive a chance de contar. E agora não terei mais.

— Josie, foi você quem colocou as garrafas de água no palco?

— Sim. Sete garrafas. Três para cada metade da pregação e uma extra. Ele geralmente só usava seis, mas sempre colocávamos uma a mais, para garantir. Em cima da mesa, atrás da cortina.

— Mesa?

— As cantoras abrem o evento na parte de trás do palco; quando mamãe e papai entram, os ajudantes erguem a cortina. A mesa fica ali, bem atrás dela.

— Quando você colocou as garrafas ali?

— Ah... Cerca de quinze minutos antes de ele entrar, eu acho. Não muito antes, com certeza.

— E quando foi que completou com a vodca?

Ela corou, e seu rosto ficou rosado como o vestido da mãe.

— Talvez uma hora antes, ou pouco mais. Por favor, não conte isso à minha mãe.

— Ela já sabe. E compreende.

— A senhora encontrou a garrafa no camarim dele?

— Isso mesmo.

Ela enxugou lágrimas recentes com os dedos.

— Ele não estava lá hoje; às vezes estava no camarim e conversávamos um pouco enquanto eu arrumava as garrafas. Quando era a minha vez de fazer isso. E contávamos piadas um para o outro. Ele gostava de uma boa piada. Depois eu as levava para o meu camarim. Minhas irmãs e eu também cantamos. Geralmente nos apresentamos na segunda parte do evento, junto com mamãe. E também no final, com as Cantoras da Luz Eterna, mamãe, papai, todos cantando juntos.

— Você viu alguém no camarim do seu pai?

— Hum, não sei. Há tantos de nós aqui na equipe... Vi alguns auxiliares indo para cá e para lá, e também vi parte da equipe aqui e ali, e a responsável pelo guarda-roupa, Kammi. Ela entrou com o terno do papai quando eu estava saindo, e havia pessoas da equipe de tecnologia em toda parte. Para ser franca, eu não estava prestando atenção, srta. Dallas. Só pensava em como seria bom voltar para o camarim com minhas irmãs e esticar as pernas por alguns minutos. — Suas mãos se moveram sobre a barriga novamente. — Fico cansada com muita facilidade, ultimamente.

— Muito bem, vamos tentar de outra forma. Você viu algo fora do comum, ou alguém estranho?

— Não. Sinto muito.

Eve se levantou.

— A detetive Peabody vai terminar a conversa e depois vai levá-la até a sua mãe. — Eve se encaminhou para a porta, mas parou e se virou. — Você disse que todos estavam muito ocupados hoje. Seu pai passou o dia todo aqui, ensaiando?

— Ah, não. Todos nós tomamos café da manhã juntos hoje de manhã, na casa em que estamos hospedados. Fizemos a oração

Salvação Mortal **161**

matinal. Depois as crianças foram estudar. Minha irmã Jackie e Merna, a jovem que nos ajuda com as crianças, foram as professoras delas hoje. Mamãe desceu na frente para se encontrar com Kammi e com Foster, que cuida do nosso cabelo. Mamãe participa muito das escolhas de guarda-roupa, cabelo e maquiagem. Papai saiu para dar sua caminhada e meditar um pouco.

— Quando?

— Ah... Por volta do meio-dia, acho. Não, ele saiu um pouco antes, logo depois das onze.

— Com o guarda-costas?

Josie mordeu o lábio.

— Me esqueci de comentar. Isso é uma das nossas coisas secretas, como a vodca. Papai às vezes dá a Clyde uma hora ou duas de folga, e ele meio que deixa Clyde imaginar que ficará em casa trabalhando. Mas é que ele simplesmente gosta de caminhar um pouco e pensar, sozinho.

— Então seu pai ficou na rua sozinho, andando e pensando, das onze horas até...

— Não tenho certeza, porque a maioria saiu de casa antes de uma hora para ensaiar, rever as opções do guarda-roupa com mamãe e assim por diante.

— Todo mundo estava aqui à uma da tarde?

— Bem, eu não sei. Todos do lado das meninas do palco certamente já estavam na rua à uma e meia, com certeza. Sei que parece bobagem, mas, como as cantoras são mulheres e ficamos todas do lado esquerdo do palco, nós nos referimos a ele como o "lado das meninas".

— Alguma delas faltou ou chegou atrasada?

— Não sei. Minhas irmãs e eu fomos direto ensaiar, e eu não consigo me lembrar de ninguém estar faltando na hora em que saímos para que as Cantoras da Luz Eterna pudessem ensaiar.

— E o seu pai?

— Eu o ouvi testando o sistema de som. Ele tinha uma voz potente. Em seguida, todos nós ensaiamos a canção final e o bis. Fui passar algum tempo com Walt e Jilly, meu marido e minha filha.

— Certo. Qual o endereço da casa onde vocês estão hospedados?

Eve anotou e assentiu.

— Obrigada, Josie.

— Sei que Deus tem um plano. Sei que a pessoa que matou meu pai responderá a Ele. Mas espero que a senhora cuide para que quem fez isso responda aqui na Terra antes.

— Bem, é o que eu pretendo.

Eve voltou para a plateia e foi na direção de Roarke, que se sentara na primeira fila e brincava, feliz, com o tablet.

— Status? — quis saber ela.

— Deus é um negócio imenso e muito lucrativo. Quer um relatório?

— Ainda não. Você deveria ir para casa.

— Por que você sempre estraga minha diversão?

Ela se inclinou até ficarem com os olhos próximos.

— A esposa dele o amava. Isso não é papo-furado. Eu amo você.

— Isso não é papo-furado.

— Se eu descobrisse que você estava me chifrando, sabe que eu poderia acabar com a sua raça?

Ele inclinou a cabeça.

— Acredito que já fui informado de que você estaria dançando rumba, depois de aprender essa dança, sobre o meu corpo frio e morto.

— Sim. Exatamente! — Isso a animou. — Só não tenho certeza se Jolene Cor-de-Rosa teria peito para isso.

— Jimmy Jay andava violando o... Qual é mesmo o mandamento que trata do adultério?

— Sei lá, como é que eu vou saber? Ainda mais eu, que não iria esperar você enfrentar o castigo eterno, caso tivesse violado esse mandamento; antes disso, eu iria dançar rumba como se não houvesse amanhã.

Salvação Mortal

— Esse é o amor verdadeiro.

— Pode apostar essa sua bunda linda que é. Tenho uma intuição de que ele poderia estar pulando a cerca, mas talvez seja porque eu não passo de uma cínica, cética, incrédula etc.

Achando a reação divertida, Roarke bateu com o dedo na covinha do rosto de Eve.

— Pode ser, mas você é a *minha* cínica, cética, incrédula etc.

— Que amor! Mas dinheiro é um bom motivo também. Quanto vale esse negócio, arredondando?

— Se computarmos o patrimônio da igreja, os bens pessoais, os recursos cuidadosamente alocados nos nomes das filhas e dos netos, mais os bens da sua esposa, mais de seis bilhões.

— Isso é bem redondo, além de gordo. Daqui a pouco, eu volto para falar com você.

Ela procurou Clyde e o encontrou em uma pequena cantina nos bastidores, curvado sobre o que parecia uma caneca horrível de café. Ele sorriu sem muita vontade.

— O café daqui é tão ruim quanto era na polícia.

— Acredito em você. — Ela se sentou e o olhou fixamente. — Jimmy Jay tinha uma amante?

Ele inflou as bochechas.

— Eu nunca vi, nem uma única vez, ao longo dos oito anos em que estive aqui, ele se comportar de forma imprópria com outra mulher.

— Isso não é uma resposta, Clyde.

Ele se remexeu na cadeira, e Eve sentiu que sua intuição tinha algum fundo de verdade.

— Eu me divorciei duas vezes. Bebia muito, via muitas coisas terríveis, levava tudo para casa e perdi duas esposas por causa do trabalho na polícia. Também perdi a fé e perdi a mim mesmo. Encontrei tudo novamente quando ouvi Jimmy Jay pregar. Fui procurá-lo, e ele me ofereceu emprego. Jimmy me deu uma segunda chance de ser um homem digno.

— Isso continua não sendo uma resposta. Ele está morto. Alguém colocou algo além da vodca na água dele. Então eu vou perguntar mais uma vez, sargento: ele tinha uma amante?

— Acho que é provável. Nunca vi nada, como falei. Mas eu mesmo já tive uma amante, muito tempo atrás, e conheço os sinais.

— A esposa dele sabia?

— Se você me pedisse para jurar, talvez eu hesitasse, mas tenho quase certeza de que não.

— Por quê?

— Eu teria percebido ou sentido alguma coisa. O mais provável é que eu tivesse *ouvido* alguma coisa. Acho que ela teria ficado com ele mesmo se descobrisse tudo, mas também acho... droga, *eu sei*!... que teria colocado um basta nisso. Ela é uma mulher de coração mole, tenente, e o amava profundamente. Mas também tem muita fibra. Não aceitaria um caso. E a verdade é que ele a amava da mesma maneira.

— Eu sei que sempre dizemos que amamos nossa esposa quando a estamos traindo — continuou, quando Eve o encarou com descrença. — Mas ele realmente a amava. Era louco por Jolene. Ele simplesmente resplandecia quando ela estava por perto. Se ela quisesse colocar um basta no caso... Se ele tivesse percebido quanto isso poderia magoá-la, ele teria parado.

— Ele não parou com a vodca.

Clyde inflou as bochechas outra vez.

— Não. Não, acho que não.

Capítulo Nove

Eve reservou algum tempo para analisar mais uma vez a gravação do evento. Assistiu aos últimos minutos da vida de Jimmy Jay Jenkins e estudou com atenção a sua morte. Os relatos das testemunhas eram razoavelmente precisos. Só que agora Eve estava mais interessada nas reações do que na ação.

Jolene correndo para o marido caído. Choque, horror, desmaio. Se aquilo não fosse genuíno, Eve a indicaria pessoalmente para o equivalente evangélico de um Oscar.

Clyde surgiu em seguida, chegando em disparada do lado oposto do palco enquanto gritava ordens para a equipe de segurança manter as pessoas afastadas do palco. As filhas, os genros e a equipe corriam de um lado para outro, esbarrando uns nos outros, caindo, empurrando e gritando.

Pandemônio.

Clyde os mantinha afastados do corpo caído com um jeito autoritário — o jeito de um policial. E... Hum, pensou ela, ali estava um grupo de mulheres com vestidos azuis brilhantes, vaporosos e etéreos. Todas louras, agarradas umas às outras como se fossem uma só entidade.

As Cantoras da Luz Eterna, supôs. Uma delas deu um passo à frente e balbuciou o nome da vítima. Dava para ver seus lábios rosados formarem as palavras, antes de ela cair de joelhos e chorar com as mãos no rosto.

Interessante. Eve interrompeu a gravação e se virou para sair dali. McNab cruzou com a tenente enquanto ela serpenteava pelos corredores em busca de um caminho que a levasse aos camarins.

— Já conversei com os genros e a equipe de segurança. Peabody já terminou com as filhas e com o restante da equipe, só que temos um problema: um dos genros é advogado.

— Merda.

— É sempre assim, né? — McNab pegou uma tira de chiclete em um dos bolsos da calça fluorescente e ofereceu a Eve. Como ela negou com um gesto de cabeça, ele dobrou a tira e colocou o chiclete na boca. — Um problemão. Ele está fazendo as reclamações usuais de um advogado: já passa de duas da manhã, as pessoas não podem ser mantidas aqui por mais de quatro horas, blá-blá-blá.

— Você conseguiu novidades em alguma das entrevistas?

— Nada que tenha me chamado a atenção. O advogado continua reclamando, mas parece que tudo que ele quer é tirar a família daqui.

Eve considerou as opções por um momento. Podia liberar a família da vítima por enquanto, ou...

— Vamos deixá-los ir embora. Ninguém vai fugir correndo, a essa altura. Podemos oferecer ao assassino algumas horas para ele ou ela imaginar que escapou com facilidade. Enquanto isso, alguns dos outros podem refletir com calma e se lembrar de mais detalhes para o segundo interrogatório. De qualquer modo, eu ainda preciso verificar um palpite.

— Vou abrir os portões, então.

— Quero seu relatório completo e também o de Peabody antes das oito da manhã. E quero Peabody no meu escritório de casa exatamente a essa hora.

— Ai.

Salvação Mortal

Ele fez uma careta ao ouvir a exigência, mas deu de ombros com bom humor.

Eve voltou até onde Roarke estava.

— Resolvi deixá-los ir para casa. Os poucos que sobraram, interrogamos amanhã.

— Isso é anormalmente simpático da sua parte. — Um dos genros da vítima é advogado.

— Sempre há um por perto.

— Pois é. Não vale a pena ficar mexendo com advogado, e isso também pode funcionar a meu favor. Os peritos ainda vão demorar um pouco — acrescentou, olhando mais uma vez para o palco.

— E eu quero confirmar um palpite antes de voltarmos para casa.

— Tudo bem. — Ele guardou o tablet no bolso e se levantou.

— Alguma coisa nas pesquisas sobre as finanças da igreja que lhe pareceu suspeito?

Ele riu da pergunta.

— Quase todas as transações financeiras, quando são bem planejadas, têm algo suspeito. Mas não, não vi nada ilegal. Há coisas beirando a ilegalidade em várias áreas. Sua vítima tinha consultores inteligentes e criativos que certamente lhe davam conselhos muito lucrativos. Ele era generoso com as obras de caridade, mas a minha parte cética diz que era vantagem, para ele, ser bondoso. Essas ações beneficentes geravam lucro em termos tributários e de propaganda. E ele não era nem um pouco tímido na hora de pôr a boca no trombone e espalhar para todo mundo quanto era caridoso.

— Quem tem um trombone só pode tocar se colocar a boca, não é? Nunca entendi essa expressão.

— Seu trombone ajudava a trazer mais doações, que se traduziam num estilo de vida muito, muito agradável para Jenkins e sua família. Muitos imóveis — continuou —, além de veículos de luxo, bens pessoais em quantidade considerável, obras de arte, joias. Além disso, eles todos estão, inclusive as crianças, na folha de pagamento da igreja. Isso é perfeitamente legal, já que eles executam ou desempenham funções específicas devidamente descritas e declaradas. E a igreja paga muito bem.

— Pelo que vejo, não houve quedas na arrecadação, ultimamente.

— Não, muito pelo contrário. Esta turnê teve lotação esgotada em todos os locais e gerou aumento substancial de doações.

— Dinheiro não foi o motivo, então. Não teria como ser. É claro que eles vão ter aumento de interesse e muita publicidade em torno da morte e da natureza dela. O fato de, meu doce e saltitante Cristo, a morte ter sido transmitida ao vivo para zilhões de telas dentro e fora do planeta. Mas *ele* era a imagem da organização. — Eve apontou para o outdoor gigantesco enquanto caminhavam para o carro. — Ele era o líder. Era *o cara*. Por que matar o sujeito que está lhe oferecendo um estilo de vida tão agradável? Pode ter sido sexo, algo profissional ou algum ciúme pessoal. Pode ser também que estejamos lidando com um assassino que tem bronca de religião e quer matar pregadores.

— Eu gosto do sexo — anunciou Roarke, com a voz suave. — Por muitas razões.

— Aposto que Jimmy Jay compartilhava do seu gosto pelo rala e rola. — Ela informou a Roarke o endereço da casa onde a família Jenkins estava hospedada. — Dirija até lá, sim? Depois vá para o Mark.

— O local onde você suspeita que estava rolando todo esse sexo?

— Se um cara quer afogar o ganso com o menor risco possível, contrata uma acompanhante licenciada. Mas se esse mesmo cara prega contra a prostituição legalizada, não vai querer se arriscar a ser flagrado pagando por um boquete ou por uma trepada. Portanto, para esses servicinhos extras, ele iria buscar alguém em quem pudesse confiar e manter por perto. Alguém que ninguém iria estranhar ao ver ao lado dele.

— Ainda assim, é arriscado. Mas o risco pode ter sido parte da atração.

Eve fez que não com a cabeça.

Salvação Mortal 169

— Ele não me parece um desses tipos que gostam de correr riscos. Mais que isso... acho que ele se considerava blindado. Como no caso das finanças. Ele dava um passo de cada vez e se precavia. Sua filha era quem batizava sua água de palco com vodca. Ele mantinha tudo perto da família... ou, no máximo, junto do seu agente de muitas décadas ou do seu guarda-costas de confiança. Essa era a sua fraqueza, a vodca, mas sua esposa não sabia disso oficialmente. Ela não fingiu não saber, realmente não fingiu. E, se ele se safava disso com tanta facilidade, por que não tentar ir mais longe para conseguir um pouco de magia?

— Tenho certeza de que Mira acharia termos mais profissionais para isso — disse Roarke, depois de um momento. — Mas a patologia que você delineou é suficientemente clara e lógica. Pronto, aqui está... chegamos ao endereço que você me deu.

Ela estudou a casa em plena Park Avenue.

— Agradável. Espaçosa. Luxuosa. Muito espaço privativo para a família e para os chefões da equipe de segurança. Ele fez uma caminhada hoje de manhã. Algo habitual, segundo a filha mais nova. Dispensou o guarda-costas e saiu para dar um passeio. Para meditar, se energizar. Aposto que ele caminhou até a esquina e pegou um táxi.

— Pagou uma corrida curta até o Mark. — Roarke fez a volta para levá-los de volta à Madison Avenue. — Não há muito tráfego por aqui a esta hora da noite. Certamente haveria mais durante o dia.

— Talvez ele tenha levado o dobro do tempo que vamos levar agora. Ele poderia ir andando, chegar lá praticamente no mesmo espaço de tempo e ainda escapar do tráfego. São quantos, seis ou sete quarteirões? Só que seria muita exposição. As pessoas poderiam reconhecê-lo. Os nova-iorquinos estão habituados a ver celebridades, e seria mais provável que a maioria deles comesse cocô de gato do que reagir à aparição delas. Mas veja só... Estamos passando por muitas lojas agora, vários restaurantes...

— Lugares muito frequentados por turistas.

— Sim, e turistas geralmente não são tão *blasé*. Então é melhor pegar um táxi e chegar lá em... — Eve olhou para o relógio de pulso quando Roarke deslizou suavemente e parou junto ao meio-fio da calçada do Hotel Mark. — Vamos dobrar o tempo e contar dez minutos. Provavelmente menos, talvez oito. — Ela exibiu seu distintivo ao porteiro, que já vinha em direção ao carro. — Eu preciso deixar o veículo aqui.

— Bem, pelo menos vocês poderiam puxar o veículo um pouco mais para a frente, por favor? — disse o porteiro, entre dentes. — Vamos ter muita gente chegando e saindo por mais umas duas horas.

— Certo. — Quando Roarke avançou alguns metros, Eve saltou e parou na calçada para avaliar o hotel enquanto esperava por ele. Quando ele chegou, perguntou: — Por acaso você não é dono disso aqui, é?

— Não, não sou, mas posso comprá-lo se isso a deixar feliz. Ou se ajudar em alguma coisa.

— Acho que posso me virar sem isso. Por que você não é dono dele?

— Apesar de você constantemente afirmar o contrário, eu na verdade não sou dono de tudo que existe no mundo. Quanto a este prédio...

Ele enfiou as mãos nos bolsos e analisou o edifício com a mesma atenção que ela.

— A localização é boa, mas a arquitetura não me atrai. Esse estilo pós-Guerras Urbanas transmite um ar de dignidade que chega a ser entediante. Além do mais, a construção não é tão antiga que justifique o tipo de restauração completa que eu gostaria de fazer. E há o espaço interior, que eu precisaria reformar e reconfigurar para se adequar à minha própria visão de negócios. Esse hotel funciona com cinquenta por cento da capacidade. É muito caro para a atmosfera banal e os serviços simples que oferece, e falta um restaurante digno de nota.

Ela se balançou nos calcanhares.

Salvação Mortal 171

— E eu aqui achando que o prédio era simplesmente feio.

— Bem, essa é a resposta curta.

— Você já pensou em comprá-lo.

— Não. Analisei as possibilidades, apenas. Eu analiso as coisas atentamente, querida; essa é uma das muitas coisas que temos em comum. Suponho que você não esteja aqui só para olhar, e não viemos para ficar parados na calçada às duas e meia da manhã só para pesquisar a atmosfera do lugar e avaliar sua arquitetura pouco atraente.

— Eles vão chegar aqui a qualquer momento. Certamente virão direto depois da noite que tiveram e vão subir para os seus quartos. Ou para os quartos uns dos outros em busca de conforto e repouso. Mas ela não... Ela vai preferir ficar sozinha.

— A amante.

— Exato. Aposto minhas fichas na cantora loura.

— Elas são todas louras.

— Sim, são. Estou falando na cantora loura com peitos avantajados.

— Como nem todos os homens preferem seios imensos, como é o meu caso, suponho que você baseou sua avaliação na gravação que assistiu e na loura de seios generosos que caiu de joelhos chorando.

Ela cutucou o ombro dele com o dedo.

— Você também assistiu à gravação.

— Gosto de analisar as coisas.

— E a sua opinião?

Ele levou a mão aos próprios lábios, com ar pensativo.

— Eu não apostaria contra você.

Eve se virou quando uma limusine deslizou e parou junto ao meio-fio, logo atrás da sua viatura. Viu muitas pessoas saírem lá de dentro: um homem, uma mulher, outro casal, outro homem e depois o quarteto de cantoras. Elas se aglomeraram, formando um único borrão azul que pareceu rolar para dentro do hotel.

— Vamos oferecer alguns minutos, para dar tempo de todos chegarem aos seus quartos. Eu poderia esperar para fazer isso amanhã de manhã — disse ela, quase que para si mesma —, mas talvez possa ser mais fácil ela desmontar agora mesmo, no próprio quarto, longe do seu ambiente conhecido e de todos os outros integrantes da equipe.

— E, se ela admitir que era amante dele, o que isso lhe dirá?

— Não sei. Vai depender. Um ângulo leva a outro. Isso poderia ser o motivo do crime. Ela queria mais, ele não estava disposto a dar. Talvez haja um namorado ciumento ou um ex-amante. Ou... Tenho algumas outras possibilidades no forno. Ok. Antes disso, vamos intimidar o funcionário da noite. Nada de subornos — avisou —, porque isso estraga toda a diversão.

Ela entrou e atravessou o saguão com um piso cinza sem graça, em meio a móveis medonhos com estofamento floral. Caminhava com arrogância, observou Roarke. Isso nunca deixava de diverti-lo.

Ela bateu o distintivo no balcão com um estalo diante do androide de terno preto e ar severo que cuidava da recepção.

— Boa noite — cumprimentou ele, e Roarke se perguntou de quem teria sido a ideia de programar o androide com um sotaque britânico. — Sejam bem-vindos ao Mark.

— Ulla Pintz. Preciso do número do quarto dela.

— Sinto muito. Não tenho autorização para divulgar o número dos quartos dos nossos hóspedes. Normalmente eu ficaria feliz em ligar para o quarto do hóspede em questão para a senhora e obter permissão direta dele, mas a srta. Pintz acabou de entrar e pediu para não ser perturbada. Houve uma terrível tragédia.

— Sim. Um cara morreu. Sou uma policial. — Ela ergueu o distintivo e o balançou na frente do rosto dele. — Adivinhe por que estou aqui.

Ele simplesmente olhou para ela sem expressão; Eve admitiu para si mesma que esse era o grande problema dos androides de serviço: eles não costumavam entender sarcasmos e sutilezas.

— Vamos colocar isso em frases curtas — decidiu Eve. — A srta. Pintz foi testemunha da terrível tragédia que você citou. Sou a investigadora principal do caso. Quero que me informe o número do

Salvação Mortal

quarto dela, senão vou arrastar todos os seus circuitos até a Central de Polícia, onde obteremos um mandado para desligar você para sempre por obstrução de justiça.

— Aqui no Mark, os desejos dos nossos hóspedes são sagrados.

— Vamos tentar diferente: como é que você vai atender aos desejos dos seus hóspedes quando estiver na Central de Polícia e os rapazes brincalhões da DDE estiverem desmontando você?

Ele pareceu considerar o caso, dentro das restrições que os androides tinham para avaliar qualquer coisa por conta própria.

— Preciso confirmar sua identificação.

— Vá em frente.

Um raio vermelho fino disparou de seus olhos e escaneou o crachá sobre o balcão.

— Tudo parece estar em ordem, tenente Dallas. O número do quarto da srta. Pintz é 1.203.

— Ela tem uma companheira de quarto?

— Não. As outras cantoras do grupo da Luz Eterna compartilham uma suíte, mas a srta. Pintz prefere ter seus próprios aposentos.

— Aposto que sim.

Satisfeita, ela caminhou com Roarke até o elevador.

— Não é tão divertido intimidar androides.

— Precisamos suportar essas pequenas decepções. Pense em como você vai gostar de interrogar Ulla.

— Vou mesmo. — Ela entrou no elevador. — Talvez isso sirva de compensação. Mas pode ser que eu esteja como um cão perseguindo a própria cauda ao investigar algo essencialmente sem ligação com o meu primeiro assassinato, em vez de seguir uma pista mais clara e óbvia.

— Você está confiando nos seus instintos, e não nos fatos simplesmente.

— Se eu rodasse um programa de probabilidades agora, tenho certeza de que eu conseguiria mais de oitenta por cento de termos o mesmo assassino em ambos os casos.

174 ❧ J. D. ROBB ❧

— E você não acha que tenha sido o mesmo.

— Não, não acho. Desconfio que já sei quem matou Jenkins. Só não tenho certeza do motivo, por enquanto.

Eve saiu do elevador e caminhou até o 1.203. A luz do sinal "Favor não Incomodar" brilhava na porta. Ela a ignorou e bateu.

— Ulla Pintz, aqui é a polícia. Abra a porta.

Depois de muitos segundos de silêncio, Eve bateu de novo e repetiu a ordem.

— Oi! — Uma voz aguda e trêmula saiu do alto-falante. — Eu estou, ahn, indisposta. Eles me disseram que eu não teria que falar com mais ninguém até amanhã.

— Eles a enganaram. Você precisa abrir a porta, Ulla, ou eu vou usar uma autorização especial para entrar com minha chave-mestra.

— Eu não entendo. — Fungadas fortes acompanhavam as palavras agora, enquanto as fechaduras estalavam. — Samuel disse que poderíamos voltar para o hotel sem precisar conversar com mais ninguém. — A porta se abriu. — Ele é advogado e tudo o mais.

— Eu sou uma policial e tudo o mais. Tenente Dallas — acrescentou Eve, deliberadamente sem apresentar Roarke quando eles entraram. — Foi uma noite difícil, certo, Ulla?

— Tudo é tão terrível! — A jovem limpou os olhos. Já tinha tirado o vestido vaporoso e usava o robe branco do hotel. Aparentemente, tinha tido tempo suficiente para remover quase todas as várias camadas de maquiagem de palco, e seu rosto parecia limpo, pálido, com poucas manchas. E muito jovem. — Ele *morreu*. Bem na frente de todos nós. Eu não sei como!

Reconhecendo alguém que não fingia ser uma donzela, Roarke a pegou pelo braço com suavidade.

— Por que não se senta? — sugeriu.

O quarto era pequeno, mas havia uma saleta de estar apertada além da cama. Roarke a acompanhou até uma poltrona.

— Obrigada. Estamos todos muito chateados. Jimmy Jay era tão forte e saudável, tinha uma energia maior que a vida, resplandecia

Salvação Mortal

com a energia pura do Senhor. — Ela fez o que Eve só poderia descrever como um som de choro borbulhante e enterrou o rosto em um lenço. — Eu não sei como é possível que ele tenha nos *deixado*!

— Estou trabalhando para descobrir isso. Por que você não me fala sobre o seu relacionamento com Jimmy Jay?

Quando ergueu a cabeça novamente, os olhos de Ulla se abriram e pareceram tremer de medo.

— Por que a senhora diz isso? Eu canto. Nós cantamos. Eu, Patsy, Carmella e Wanda... Nós somos as Cantoras da Luz Eterna. Fazemos um trabalho abençoado.

Já era tarde da noite, pensou Eve, e não havia motivo algum para ela ficar enrolando. Sentando-se no pé da cama de um jeito que manteve os olhos nivelados com os de Ulla, anunciou:

— Nós sabemos, Ulla.

Ela ergueu os olhos subitamente, mas logo desviou o olhar. Como uma criança que nega estar pegando biscoitos, apesar de estar com a mão presa na lata.

— Não sei o que a senhora está insinuando.

— Ulla.

Foi Roarke quem disse isso, antes que Eve conseguisse impedi--lo, e ela olhou para ele com a cara feia. Só que ele focara toda a atenção em Ulla.

— Jimmy Jay gostaria que você nos dissesse a verdade. Ele precisa da sua ajuda. Alguém o matou.

— Ó, meu Deus. Ai, Deus...

— Ele precisa que você nos conte a verdade para podermos descobrir quem fez isso; para podermos encontrar respostas para as pessoas que o amavam, que o seguiam. E acreditavam nele.

Ulla juntou as mãos e as apertou contra o profundo vale que se formara entre seus seios abundantes.

— Todos nós acreditávamos nele. Acho que estaremos perdidos sem ele, acho isso *de verdade*. Não sei como encontraremos novamente o caminho da iluminação.

— A verdade é o primeiro passo nessa caminhada.

Ela piscou, e seus olhos castanhos e molhados se fixaram nos de Roarke.

— Sério?

— Você está carregando um fardo imenso... o fardo de um segredo. Onde ele estiver, quer que você se desfaça desse peso e dê o primeiro passo no caminho da iluminação. Tenho certeza disso.

— Oh. — Seus olhos se mantiveram colados em Roarke. — Se ao menos eu pudesse! Mas não quero dizer nada que possa fazer mal a ele, magoar Jolene ou as meninas. Eu nunca me perdoaria.

— Contar tudo a nós vai ajudá-las, e não prejudicá-las. Se elas não precisarem saber da sua resposta, ela nunca sairá deste quarto.

Ela fechou os olhos por um momento enquanto seus lábios balbuciavam uma oração silenciosa.

— Estou tão confusa! Meu coração está despedaçado. Eu quero ajudar. Quero me manter no caminho da luz — garantiu Ulla, olhando apenas para Roarke. Eve percebeu que era como se ela tivesse simplesmente desaparecido no ar como fumaça. — Acho que podemos dizer que Jimmy Jay e eu tínhamos um vínculo especial. Um relacionamento que transcendia as barreiras terrenas.

— Vocês se amavam — incentivou Roarke.

— Sim. Nos amávamos! — Um tom de gratidão transpareceu através de sua voz ao ver que Roarke a compreendia. — Mas nos amávamos de um jeito diferente da maneira como ele amava Jolene, as meninas, e como eu amo Earl, o meu quase noivo que mora em Tupelo.

Ulla olhou para a foto ao lado da cama, na qual se via um homem magro com um sorriso tão amplo que dava para ver até as gengivas.

— Nós criávamos luz quando estávamos juntos. Eu o ajudava, com o meu corpo, a ganhar força e energia para pregar a Palavra de Deus. Não era apenas físico, entende? Não era como se fosse sexo.

Eve resistiu bravamente à vontade de indagar como "não era como se fosse sexo".

Salvação Mortal 177

— É claro que proporcionávamos prazer um ao outro, não nego. — Com os olhos transbordando de lágrimas e implorando por compreensão, Ulla mordeu o lábio inferior com força. — Mas através do prazer nós adquiríamos uma percepção mais profunda da eternidade. Nem todo mundo entenderia essa percepção, então precisávamos mantê-la apenas entre nós dois.

— Posso perguntar por quanto tempo vocês compartilharam esse vínculo especial? — interrompeu Eve.

— Quatro meses, duas semanas e cinco dias. — Ulla sorriu docemente. — Nós dois orávamos por esse dom antes, pedíamos esse poder... um poder espiritual tão forte que nos garantia que tudo aquilo era certo e justo.

— E com que frequência vocês... Costumavam criar luz um com o outro?

— Ah, duas ou três vezes por semana.

— Incluindo hoje.

— Isso mesmo. A noite de hoje era um momento grande e importante para todos nós. Era fundamental que Jimmy Jay conseguisse toda a luz e energia que conseguíssemos criar.

Ela pegou outro lenço de papel e assoou o nariz delicadamente.

— Ele veio aqui hoje à tarde — continuou. — Eu fiquei aqui quando as garotas saíram para turistar um pouco por Nova York, antes do ensaio. Ficamos quase uma hora aqui no quarto. Seria uma noite especial, muito especial, então nós tínhamos que criar muita luz.

— Ele alguma vez lhe deu alguma coisa? — quis saber Eve. — Dinheiro, presentes?

— Ah, não, puxa, claro que não. Isso seria errado.

— Aham... Você já saíram juntos? Viajaram só os dois, curtiram um feriado ou saíram para jantar?

— Não, não. Só nos encontrávamos no meu quarto, onde quer que estivéssemos. Tudo pela luz. Uma vez ou outra nos encontrávamos nos bastidores, em algum lugar secreto, caso ele precisasse de um pouco de energia extra para pregar.

178 **J. D. ROBB**

— E vocês não se preocupavam com a possibilidade de serem flagrados por alguém que não compreendesse essa busca por iluminação?

— Bem, eu me preocupava um pouco. Mas Jimmy Jay sentia que estávamos protegidos, graças ao nosso propósito mais elevado e às nossas intenções puras.

— Ninguém nunca confrontou você a respeito desse relacionamento?

Seus lábios formaram um biquinho e se moveram em um movimento suave e triste.

— Não até agora.

— Você nunca contou ou insinuou algo sobre isso às suas amigas? As outras cantoras? Ou o seu... bem... quase noivo.

— Não, nunca. Eu estava presa à minha promessa. Jimmy Jay e eu tínhamos jurado sobre uma Bíblia que nunca contaríamos coisa alguma a ninguém. Espero que esteja tudo bem eu ter contado agora — olhou para Roarke. — Porque você disse que...

— Agora é diferente — assegurou ele.

— Porque ele foi se encontrar com os anjos. Estou tão cansada. Eu só queria fazer as minhas orações e ir para a cama agora. Tudo bem para vocês?

Quando eles chegaram novamente à calçada, Eve se recostou contra a lateral da sua viatura.

— Não pode ter sido uma farsa. Ela é realmente crédula e ingênua. E tão burra quanto um saco de poeira lunar.

— Mesmo assim, é uma menina muito doce.

Eve revirou os olhos para ele.

— Acho que é preciso a pessoa ser portadora de um pênis para ter essa impressão.

— É o meu caso, e eu tenho essa impressão.

— Apesar disso... ou provavelmente por causa disso... você apertou os botões certos lá em cima. Lidou com ela muito bem e

Salvação Mortal

conseguiu que ela nos contasse tudo sem que eu tivesse que ameaçar arrastar seus peitos exagerados até a Central. — Ela não conseguiu evitar o sorriso. — "Liberte-se do fardo do segredo e adentre o caminho da virtude".

— Bem, foi uma boa abordagem. De qualquer forma, ela é o tipo de mulher que busca um pênis, por assim dizer, para que ele lhe explique o que falar, o que fazer ou como pensar. Jenkins usou isso. Ou talvez ele realmente acreditasse no que disse a ela.

— De qualquer maneira, é um ângulo para explorarmos. — Ela abriu a porta do carro. Depois de entrarem, olhou para Roarke.

— Será que eles dois poderiam ser tapados a ponto de acreditar que ninguém suspeitou nem percebeu a vibração sexual do lance? Nada? Duas ou três vezes por semana durante vários meses, sem contar os reforços ocasionais nos bastidores? Que aliás, como vimos esta noite, vivem cheios de gente andando de um lado pra outro.

— Você acha que alguém os pegou no flagra, usando suas palavras, e matou Jenkins por causa disso? — questionou Roarke enquanto os conduzia para casa.

— É uma possibilidade. O que teria acontecido à igreja, à sua reputação, à sua missão e aos seus cofres se essa *busca pela iluminação* viesse a público?

— Sexo já derrubou países e enterrou líderes. Imagino que teria causado danos consideráveis.

— Sim, mas estou achando que existe muito mais aqui do que a simples morte de um fundador e líder. O assassinato do figurão pode ter sido obra de um facínora cujo objetivo é eliminar homens de Deus. Dá para começar um belo negócio por aí, se você agir da forma certa. Talvez sofra alguns golpes, mas tudo para poder gerar alguns novos negócios. Atrair os indignados, os solidários. E talvez fosse possível segurar esse pepino até um novo figurão entrar em cena.

Ah, sim, pensou, isso poderia funcionar. Fazia algum sentido.

— Enquanto isso, você mantém a viúva e a família tristes, mas bem seguras. Certamente obterá cobertura total da mídia, que continuará até o funeral. Puxa, se você souber planejar tudo com frieza, poderá transformar isso num belo bônus.

— E quem poderia ser essa pessoa?

— Ah. O agente dele. Billy Crocker.

Roarke soltou uma risada curta.

— E você sacou tudo isso a partir de uma conversa rápida com ele, suponho, e algumas horas de investigação?

Ela revirou os ombros e esfregou os olhos.

— Eu deveria ter explicado que *gosto* da ideia de o agente ser o culpado. Estou cansada e começando a me sentir meio zonza. Mas só gosto do agente como culpado se esse for um crime separado do outro. Mas pode ser também que eu esteja errada e tudo esteja ligado à morte de Flores/Lino. Na verdade, a essa altura eu já não sei mais nada.

Ela soltou um bocejo gigantesco.

— Estou sentindo falta de um café forte — murmurou. — Acho que preciso de umas duas horas apagada, dormindo, para deixar meu cérebro brincar com essas ideias enquanto estou fora do ar. — Ela checou o horário e praguejou. — Tá, vou dormir por duas horas, no máximo, porque ainda tenho que redigir o meu relatório antes de Peabody chegar. Tudo que eu preciso é de algum tempo para fazer algumas pesquisas e acrescentar os dados das suas investigações financeiras. Se eu rodar o programa de probabilidades, mesmo informando a declaração de Ulla, o sistema vai me dizer que não é viável. Preciso de mais dados.

Roarke atravessou os portões.

— Suponho que você e eu não vamos criar um pouco de luz na madrugada de hoje, então.

Ela deu uma risada sonolenta.

— Meu amigo, neste momento estou em busca da escuridão completa.

— Parece justo. Duas horas de repouso então e um shake energético ao acordar.

Salvação Mortal

— Detesto o gosto desse troço.

— Temos um novo sabor: pêssego selvagem.

— Um nome revoltante e tolo. Delícia.

Como o café da manhã ainda estava a duas horas de distância, ela não iria se preocupar com isso. Concentrou-se em subir até o seu quarto e despencar na cama, onde Galahad já se enroscava, parecendo irritado pela interrupção do seu sono.

No momento em que o gato se reinstalou junto de seus pés e ela se aconchegou contra Roarke, apagou.

No sonho, ela caminhou na direção do grande palco do Madison Square Garden e subiu. Um grande altar fora montado sob um facho forte de luz branca. Lino, com suas vestes sacerdotais, e Jenkins, de terno branco, estavam atrás do altar.

O preto e o branco sob o brilho ofuscante.

— Aqui, somos todos pecadores — disse Jenkins, sorrindo para ela. — Basta pagar o preço de um ingresso. Só há lugares em pé agora, e cada um aqui é pecador.

— Pecados não estão sob a minha jurisdição — avisou Eve. — Os crimes, sim. Assassinato é a minha religião.

— E você começou cedo. — Lino pegou um cálice de prata, ergueu um brinde e bebeu um gole. — Por que o sangue de Cristo deve ser transubstanciado a partir de um vinho barato? Quer um gole? — perguntou a Jenkins.

— Tenho minha própria bebida, *padre*. — Jenkins brindou com a garrafa de água. — Cada um com seu veneno. Irmãos e irmãs! — Ele levantou a voz e abriu os braços. — Vamos orar por esta pecadora, para que ela encontre o seu caminho e a luz. Que ela se arrependa!

— Eu não estou aqui por causa dos meus pecados.

— Os pecados são os pesos e as correntes que nos impedem de alcançar a mão de Deus!

— Deseja absolvição? — ofereceu Lino. — Eu a distribuo todos os dias e duas vezes no sábado. Não se pode conseguir um bilhete para o céu sem pagar pela salvação.

— Nenhum de vocês é quem finge ser.

— E alguém aqui é? — perguntou Jenkins. — Vamos ver a gravação.

A tela atrás deles brilhou. Uma luz vermelha meio fosca piscou sem parar. Através de uma janela pequena, dava para ler: SEXO! SEXO AO VIVO! A luz vermelha refletia na sala onde Eve estava, e a criança que ela fora tremeu de frio quando cortou uma fatia pequena de queijo mofado.

No sonho, seu coração começou a acelerar e sua garganta ardeu. Ele estava vindo.

— Eu já vi tudo isso antes. — Eve se obrigou a manter os olhos na tela, forçou-se a não virar as costas nem fugir do que estava prestes a acontecer.

Ele estava chegando.

— Eu sei o que ele fez. Eu sei o que *eu* fiz. Nada disso se aplica a este caso.

— Não julgues — aconselhou Lino, enrolando a manga da batina, quando a tatuagem em seu braço começou a sangrar —, para que não sejas julgada.

Na tela o pai bêbado, mas não entorpecido, a atingiu em cheio com a mão e caiu sobre ela. Quebrou o osso do braço dela enquanto a estuprava. Na tela Eve gritou, e no palco sentiu tudo de novo. A dor, o choque, o medo e, por fim, o cabo da faca na sua mão.

Ela o matou, empurrando a faca com força para dentro dele, várias vezes, sem parar, sentindo o sangue cobrir suas mãos e salpicando seu rosto enquanto seu braço quebrado ardia de dor e de agonia. Ela ficou no palco e observou tudo. Seu estômago se revirou, mas ela acompanhou toda a cena, até que a menina que ela fora fugiu engatinhando até um canto, onde ficou encolhida como um animal selvagem.

— Confesse! — ordenou Lino.

— Arrependa-se dos seus pecados! — gritou Jenkins.

— Se isso foi um pecado, eu vou arcar com as consequências diante de Deus. *Se* e *quando* isso acontecer.

Salvação Mortal

— Penitência! — exigiu Lino.

— Renascimento! — pregou Jenkins.

Juntos, eles empurraram o altar com força e, quando ele caiu, o chão do palco se quebrou em mil pedaços irregulares de pedra. De um caixão debaixo do palco, o fantasma ensanguentado do seu pai se levantou. E sorriu.

— O inferno está à sua espera, garotinha. É hora de você se juntar a mim lá embaixo.

Sem hesitar, Eve pegou sua arma, colocou-a na força máxima e o matou mais uma vez.

— Acorde. Acorde agora mesmo, Eve. Já chega. Você precisa voltar.

Ela sentiu o calor, os braços fortes que a envolviam, o coração batendo rapidamente contra o dela.

— Ok. Ok. — Ela podia respirar ali. Conseguia descansar ali. — Já acabou.

— Você está gelada. Toda gelada! — Roarke pressionou os lábios contra suas têmporas e desceu pelas bochechas enquanto esfregava a pele gélida dos seus braços e das suas costas.

— Ela não estava lá.

— Quem?

— Minha mãe. Eu achava que, se sonhasse com qualquer um deles, se eu voltasse ou chegasse até lá, ela iria aparecer. Por causa de Solas, por causa do que aconteceu. Mas Solas não era o foco do sonho. E também não se tratava dela. Já estou bem.

— Deixe-me pegar um pouco de água.

— Não. — Ela puxou os braços dele mais para junto dela. — Apenas fique aqui comigo.

— Então me conte o sonho.

Ele a segurou com força enquanto ela narrava tudo e o frio deixava sua pele, seus ossos, seu coração.

— Eu o matei de novo. Não sentia todo aquele medo, nem raiva ou desespero. Também não senti prazer. Era exatamente o que eu tinha que fazer. Consegui ficar lá e aguentei assistir a tudo que acontecia na tela. Cheguei a sentir tudo aquilo acontecendo. Foi como se eu estivesse nos dois lugares ao mesmo tempo. Só que...

— Só que...?

— Não doeu tanto nem me assustou tanto. Consegui assistir a tudo e pensar: "Isso acabou. Vai dar tudo certo. Por mais tempo que leve, tudo vai acabar bem, porque eu vou fazer o que tenho que fazer. Não importa quantas vezes eu tenha de fazer isso, ele continuará morto. E eu estou bem".

— Acender luzes! — ordenou Roarke —, a quinze por cento. — Ele precisava ver com atenção, analisá-la com cuidado, observá-la com clareza para ter certeza. E, quando teve, colocou o rosto dela em suas mãos e beijou sua testa. — Você consegue dormir de novo?

— Não sei. Que horas são?

— Quase seis.

Ela fez que não com a cabeça.

— Já está quase na hora de levantar. Vou sair da cama e começar a trabalhar.

— Tudo bem então. Vou preparar o shake energético.

Ela estremeceu.

— Eu *sabia* que você ia dizer isso.

— E, já que você é o amor da minha vida condenada, vou tomar um também.

Capítulo Dez

Ela preferia café, mas tomou o shake, e a bebida não lhe pareceu tão nojenta quanto imaginava.

— Tem gosto de salada de frutas — decidiu —, com a força energizante de uma dose de Zeus.

— Essa é a ideia. — Ele observou o restinho de bebida em seu próprio copo, suspirou de leve e acabou de tomar. — Tudo bem, então... uma tarefa a menos.

— Por que não fazem shakes energéticos com sabor de café?

— Já existe um monte de bebidas com sabor de café, não acha? O apelo de um shake de proteínas é a pessoa beber algo saudável. Algo bom para seu organismo que seja de preparo fácil e rápido.

— Talvez mais pessoas o bebessem se ele tivesse sabor de algo não saudável, mas que as pessoas curtissem mais. As que bebem por obrigação podem começar a pensar... "Hummm, eu adoro aquele shake de proteínas com sabor de chantilly".

Ele pensou em discordar, mas logo inclinou a cabeça e cedeu com um murmúrio pensativo.

— Humm...

— Estou só sugerindo — completou Eve. — Agora vou trabalhar. Mas preciso tomar uma ducha antes de começar.

— Eu também.

— Você pretende tomar uma ducha ou *me tomar* na ducha?

— Vamos descobrir.

Eve tirou a camiseta enquanto caminhava do quarto para o banheiro e entrou debaixo do chuveiro antes dele.

— Jatos no máximo a 38 graus.

— Pelo amor de Deus, isso é o mesmo que ser cozido para o café da manhã — reclamou Roarke.

Os fluxos entrecruzados dispararam, fornecendo um choque forte na pele dela que levou o calor até os ossos. Enquanto ela se ensopava, virou-se para ele. E o agarrou.

— Eu me sinto energizada. — Ela investiu com a boca em um beijo poderoso e faminto, com um leve toque de mordida, e riu quando suas costas bateram na parede de vidro encharcado. E o corpo dele se colou no dela. — Ei, você também. Que coincidência!

Ele passou as mãos lentamente ao longo dela, pele molhada contra pele molhada, até cada centímetro do corpo dela estar implorando de desejo.

— Rápido! — exigiu ela, envolvendo-o com as pernas. Ela o mordeu de novo, e seus olhos de um tom castanho-dourado se acenderam em desafio. — Quero rápido, quente e com força. Agora!

Ele a agarrou pelos quadris, colocou-a na ponta dos pés e lhe deu o que ela queria.

O prazer era escuro e parecia ter dentes. Os olhos dele, de um azul selvagem e ardente, se fixaram nela quando ele a penetrou e começou a bombear dentro dela, impulsionando-a até o primeiro pico de prazer quase espinhoso.

Ela gritou de emoção com a percepção de que ali, ali, somente ali, ela entendia o poder de encontrar, aceitar e se fundir com um companheiro. Ali ela conhecia bem o fogo que os forjava; e com

Salvação Mortal 187

ele — só com ele — sentia a confiança absoluta que temperava o amor com energia.

O que quer que tivesse vindo antes, não importavam os pesadelos que a tivessem assombrando, ela sabia quem era e se permitia ter alegrias no mundo que construíra com seu amante.

Ela se envolveu com mais força em torno dele, apertando-o com mais força enquanto seu corpo tremia. Sua boca correu com mais velocidade e ganância sobre a pele dele, quente e molhada, enquanto o seu coração estremecia.

— Mais. Mais! — exigiu ela.

O vapor os envolveu como um manto; a água fustigou o vidro. Ela enterrou as unhas nos ombros dele, sentindo-se entrar em erupção. Mas não se entregou. Ela não se entregava ao orgasmo com facilidade, e ele sabia. Gostava de se segurar até o último segundo, como ambos já haviam descoberto — iriam prolongar o momento, não importava o que houvesse.

Em meio à luxúria intensa e exagerada que ela despertava nele, ambos conseguiam trançar tudo com um amor igualmente intenso e exagerado, até que eles se uniam de um jeito tão verdadeiro que não havia mais fim nem começo para nenhum dos dois.

Ele a levou à beira do orgasmo mais uma vez, conduziu ambos até a beira do abismo, e quando ele a viu decolar e enxergou o brilho atônito que lhe tornou aos olhos, permitiu-se gozar junto com ela.

Mas ela ainda tentou se segurar. Mesmo quando seu corpo ficou mole, seus braços permaneceram ao redor dele. Ofuscado por um instante, ele a acariciou com a ponta do nariz — seguiu a curva da bochecha e a linha da garganta. Então, sua boca se encontrou com a dela em um beijo longo e doce.

— Deus! — conseguiu murmurar Eve. — Jesus! Uau!

— Uma santíssima trindade pessoal? Ele deu um empurrão de leve num bloco de vidro na parede e colocou a mão debaixo do sabonete cremoso que escorreu dali de dentro.

— Estou com vontade de estocar um suprimento vitalício dessa bebida energética — disse ele. E sorriu enquanto espalhava o sabonete perfumado sobre os ombros dela, suas costas, seus seios.

— Acho que não precisamos disso — sentenciou ela.

Graças ao shake energético, ao sexo bom e forte ou ao fim do pesadelo, a verdade é que Eve, ao se sentar para redigir seu relatório sobre a investigação da morte de Jenkins, sentia-se com a mente clara.

Reviu as declarações das testemunhas e começou a montar uma linha do tempo. E, já que isso fazia parte da rotina, rodou o programa de probabilidades com os dois casos em aberto.

Como suspeitava, o computador determinou que a probabilidade de ambas as vítimas terem sido eliminadas pelo mesmo assassino era de 86,3 por cento.

Apesar de não acreditar, reorganizou seu quadro de assassinatos em duas seções, uma para Flores/Lino e outra para Jenkins.

Bebeu um pouco de café e estudou os resultados.

— Na superfície, pode ser. Só na superfície — murmurou. Mas o computador não analisara os casos a fundo; ignorara as sutilezas.

De um lado, o padre simples — que não era um sacerdote de verdade — morto em uma paróquia predominantemente latina. Do outro, o grande pastor evangélico rico e apoiado pela mídia. Diferentes crenças, culturas, doutrinas.

Considerando as sutilezas, ela circulou de um lado para outro diante do quadro. Se o computador estivesse certo e ela, errada, a própria mídia poderia ser parte do motivo. O primeiro assassinato tivera muita cobertura midiática; agora, com essa segunda morte, a imprensa iria explodir. Ambos os assassinatos tinham sido executados diante de muitas testemunhas, no que poderia ser descrito como uma performance ensaiada e encenada. As duas armas haviam sido plantadas nos bastidores. E plantadas em lugares onde, mesmo

Salvação Mortal

com a forte segurança de Jenkins, as pessoas podiam entrar e sair, movendo-se com bastante liberdade.

Ambas as vítimas tinham segredos e nenhum dos religiosos era tão bom e puro quanto apregoava. Ou quanto a sua imagem apregoava.

Ela se virou quando Roarke entrou.

— A probabilidade bateu em mais de 85 por cento para o mesmo assassino para as duas vítimas.

— Conforme você previu.

— Aqui vai uma ideia: se o assassino foi o mesmo, ele poderia ter descoberto a vida dupla de cada vítima? A falsidade de Flores? Jenkins com seu fraco por bebidas e amantes?

— Assassinato como castigo pela hipocrisia? — Roarke analisou o quadro dos assassinatos reorganizado. — Se tiver sido isso, espero que milhares de líderes religiosos comecem a ter cuidado com o que bebem.

— Pois é, mas a coisa vai além. Por que estes dois homens, nesta cidade? Porque o assassino mora aqui. Jenkins, não. Ele tem várias casas, mas nenhuma delas fica em Nova York. Além disso, ele viaja muito e poderia ter sido morto praticamente em qualquer lugar. A qualquer momento.

— Mas foi morto aqui, nesta semana. Só alguns dias depois de Flores.

— Sim. Depois de Flores. Por um assassino fanático psicótico? Se for esse o caso, por que começar a atuação com o sacerdote obscuro, e não com o alvo maior? E onde está a bandeira supostamente levantada pelo assassino?

Eve balançou a cabeça enquanto caminhava diante do quadro.

— Claro que muitos assassinos em série com assinaturas semelhantes em seus crimes conseguem manter a boca fechada, pelo menos por algum tempo. Mas para mim, se você escolhe como alvo líderes religiosos, você é um fanático. Você *acredita*. E, quando você é um crente fanático, é claro que precisa espalhar sua mensagem.

— Caso contrário, qual seria a graça de ser um fanático? — concordou Roarke.

— Exato. Mas não há doutrina alguma sendo divulgada aqui. Além do mais, você mataria um falso padre esperando e acreditando que os policiais iriam descobrir que ele não é quem diz ser? Você, o fanático, não se certificaria de que ele fosse desmascarado antes? Duvido muito que fizesse isso. Você certamente deixaria uma pista, ou contrataria um dirigível de propaganda para denunciar a farsa do padre.

Roarke levantou um dedo e foi até a cozinha pegar seu próprio café.

— Nós já confirmamos que você não concorda com seu programa de probabilidades.

— Acho que o computador está falando merda. — Ela enviou um olhar irritado para a máquina. — Houve um ritual no primeiro assassinato. Me pareceu algo muito pessoal, com forte ligação com a cerimônia. Quanto ao segundo, parece...

— Adequado? — sugeriu Roarke, e Eve disparou um dedo na direção dele.

— Exatamente! Uma oportunidade que foi bem aproveitada. Já enviei o relatório para Mira e pedi que marcasse uma hora comigo.

— Quer ouvir minha opinião?

— Sim.

— A probabilidade não me convenceu também, pelo menos depois de raspar as camadas superficiais. Ambas as vítimas eram, ostensivamente, homens de Deus. Com o primeiro, não houve lucro direto. Nada conhecido até agora, pelo menos.

Roarke bateu com o dedo na foto de Lino e continuou.

— Flores, apesar de ser admirado por aqueles com quem trabalhava e muito popular entre os membros da igreja, como um padre de paróquia ele pode e certamente será substituído. No segundo caso, porém, existe um ganho considerável em termos monetários, embora exista também potencial para algumas perdas. Pelo menos

Salvação Mortal

potencial para perdas em curto prazo. Uma substituição para o pastor teria de ser construída e cultivada. Mas Jenkins gerenciava o que era, por baixo de tudo, um empreendimento. Movimentos certamente serão feitos para proteger esse empreendimento. Se algumas medidas já não estiverem sendo adotadas, eu ficaria muito surpreso. Em ambos os casos, eu diria que os assassinatos foram pessoais, na medida em que os alvos eram específicos. O assassino ou os assassinos conseguiram exatamente o que tinham definido como objetivo.

— Sim, eliminar os alvos. Mas não, necessariamente, a fim de expô-los. — Eve bebeu mais café, e seus olhos se estreitaram ao olhar para o quadro. — Na verdade, expor Jenkins colocaria o negócio em risco considerável. Ninguém que tenha interesse nesse império gostaria disso.

— Esse é o ponto.

— Tomara que esse seja o rumo certo, senão iremos acabar topando com algum rabino, monge ou outra coisa qualquer no necrotério muito em breve. Ouça, aí vem Peabody, e ela está trazendo McNab.

— Você tem ouvidos de gato.

Eve olhou para a poltrona reclinável onde Galahad se espreguiçava para seu cochilo pós-refeição matinal e pré-almoço.

— Depende do gato — disse Eve, no instante em que Peabody e McNab entraram. — Relatórios.

— Aqui estão. — Com os olhos escuros ainda embaçados de sono, Peabody exibiu alguns discos. — Por favor, pode me ver café, comida e quem sabe uma transfusão direta e abundante de vitaminas?

Eve torceu o polegar na direção da cozinha e foi colocar os discos para rodar em sua máquina. Enviou cópias de tudo para Mira e para Whitney, mesmo sem ler o material. Precisaria analisar tudo aquilo mais tarde.

— Enquanto seus ajudantes estão devorando tudo na cozinha, tenho meu próprio trabalho a fazer. — Roarke ergueu a cabeça de

Eve, colocando o dedo sob o queixo dela, e tocou seus lábios de leve com os dele. — Boa caçada, tenente.

— Obrigada. Ei... Você também deve ter um monte de negócios para proteger.

— Um ou dois — disse ele, virando-se da porta.

— Um ou dois *zilhões* — terminou ela. — A questão é que você tem um plano B e várias pessoas de prontidão para resolver as coisas. Um monte de gente vai saber providenciar tudo no dia em que, num futuro escuro e remoto, você morrer aos 206 anos, depois de termos feito sexo numa ducha quente.

— Eu planejava viver até os 212, mas sim... de fato eu tenho tudo pronto.

— Meu palpite é que você deve ter colocado Summerset na coordenação de tudo. Ele é o único em quem você confia; o único que vai conseguir fazer malabarismos com todas as bolas ao mesmo tempo e mantê-las no ar sem cair.

— Você já pensou que isso significa que ele vai ter que viver até uns 240 anos? Mas, sim... Embora eu confie plenamente em você, não esperaria que você deixasse de lado as suas... bolas para fazer malabarismo com as minhas. Especialmente se considerarmos que você estará quase em estado de coma devido à tristeza de contemplar a melancólica perspectiva de passar seus anos restantes sem a minha presença.

— Certo.

— E você continua gostando da ideia de o agente ter sido o assassino.

— Veremos.

Ela voltou para a sua mesa e ordenou uma pesquisa completa nas atividades de Billy Crocker. Peabody e McNab voltaram com pratos de waffles na mão.

— Carboidratos — explicou Peabody, entre uma garfada e outra. — Muita energia.

— Sim, é um grande dia para ficar com energia. Billy Crocker é viúvo. Foi casado uma única vez, e a esposa morreu em um acidente

Salvação Mortal

de carro há seis anos. Ele tem dois filhos adultos. A filha é mãe profissional e mora no Alabama com seu marido e duas filhinhas. O filho está na folha de pagamento da Igreja da Luz Eterna, casado com uma mulher que trabalha como relações-públicas da igreja. Ele está muito bem financeiramente, apesar de quase vinte por cento dos seus rendimentos anuais voltarem para os cofres da igreja. Sua casa no Mississippi é praticamente vizinha à de Jenkins, mas ele mantém uma residência menor perto da filha casada.

Eve se recostou.

— Ele é responsável pela reserva dos locais para os grandes cultos, cuida da burocracia, agenda todos os compromissos de Jenkins, garante o transporte de todos... ou trabalha com o setor de transportes. Para chegar a Jimmy Jay, qualquer um tem que passar por Billy.

— Ele é o segundo no comando — traduziu Peabody.

— Exatamente. Agenda todos os compromissos do chefe — repetiu Eve. — Garanto que Caro e Summerset sabem onde Roarke está a qualquer hora do dia ou da noite. Se não conhecerem o lugar com exatidão, certamente sabem como contatá-lo em qualquer lugar e a qualquer hora. Se ele fosse burro o suficiente para me chifrar...

— Eu ouvi isso! — gritou Roarke.

— ... eles saberiam — completou Eve. — Um deles ou ambos.

— Isso quer dizer que Billy sabia que Jenkins estava... *pregando* em particular? — brincou McNab.

— De acordo com Ulla, a amante, ela e Jenkins andavam proclamando seus "Aleluias" havia quase cinco meses. Com regularidade. Aposto que Billy sabia, da mesma forma que aposto que Ulla não foi a primeira a ser "convertida à luz" por Jenkins.

— Então nós arrancamos de Billy o quanto ele sabe e depois vemos o que mais podemos conseguir — acrescentou Peabody. — Quem sabe encontramos "conversões" anteriores?

— Enquanto isso, vamos conduzir a investigação de Flores em linhas paralelas, mas potencialmente cruzadas. Tenho os resultados de uma busca que comecei a fazer ontem à noite, antes do segundo homicídio. Achei cerca de meia dúzia de Linos batizados na Igreja de São Cristóvão no período que investigamos, mas esses são os que não moraram nessa paróquia nos últimos seis anos. Nessa passagem, eu deixei de fora os que estão morando aqui atualmente e os que aparecem listados como casados, morando com alguém ou encarcerados. Se não encontrarmos nada nessa passagem, faremos outra com os eliminados. Pode ser que ele tenha criado uma identificação para despistar, uma que seja tão falsa quanto a dele.

— Mas ele teria mais trabalho para fazer isso. — McNab acabou de comer seus waffles. — E também seria muito mais complicado. Se considerarmos a declaração de renda extra, por exemplo, veremos que não seria nada prático.

— Então espero que consigamos algo na primeira pesquisa. Feeney pode liberar você se eu precisar que trabalhe comigo?

— Não sei como ele conseguiria administrar a DDE sem mim, mas, se você pedir e ele concordar, sou todo seu. E quanto à busca pela identidade?

— Callendar pode lidar com isso?

— Ela é quase tão boa quanto eu. — Ele sorriu. — E eu poderia dar um empurrãozinho na direção certa.

— Vou ligar para Feeney. Enquanto isso, vá para a Central e marque encontros e entrevistas com esses Linos. — Ela jogou um disco para ele. — Se Feeney não puder viver sem você, concentre-se apenas nisso por enquanto. Tenho cópia desse disco. Peabody, venha comigo. E se vocês dois tiverem que encostar os lábios antes de se separarem, façam isso rápido.

Eve saiu para não ter que assistir à cena.

O rubor forte nas bochechas de sua parceira quando ela correu para alcançá-la mostrou a Eve que tinha sido mais do que um simples beijinho.

— Aonde vamos primeiro?

— Ao necrotério.

Salvação Mortal 195

— Waffles, cadáveres e mesas de autópsia. A tríade básica de qualquer tira. Você dormiu bem?

— Duas horas — disse Eve.

— Eu gostaria de estar saltitante assim numa boa depois de duas horas de sono.

— Eu não saltito. Quem faz isso é o McNab.

— Verdade. — Peabody abafou um bocejo quando elas saíam pela porta da frente. — Você caminha pisando forte, mesmo cansada, enquanto eu estou mais para um rastejar. — Ela se jogou no banco do carona da viatura estacionada na base da escada principal. — E aí, a amante não está na sua lista de suspeitos?

— Ela é mais burra que uma espiga de milho. Roarke a achou doce, e eu acho que também consigo ver isso nela. Ela é leal, eu diria. Pode ser parte do motivo, mas não parte da execução.

— Você disse que podemos encontrar pontos em comum com o caso de Flores, mas eu não vejo como.

— Por quê?

— Bem, sei que eles deveriam se cruzar em algum ponto ou ao menos interagir. Temos aqui o mesmo método, o mesmo tipo de vítima. Só que eles não são *basicamente* o mesmo tipo de vítima. E se estamos lidando com um assassino que está numa missão, por que ele mantém essa missão apenas para si mesmo? Talvez as vítimas estejam conectadas de alguma outra forma, mas eu não consigo encontrá-la. Passei algum tempo analisando o passado de Jenkins. Simplesmente não consigo imaginar como o caminho dele poderia cruzar com o do cara que finge ser Flores, nem o que eles teriam em comum.

— Você não saltita nem pisa forte, mas está rastejando muito bem para quem só dormiu duas horas. — Eve dirigiu por quase cinco quarteirões antes de atingir o primeiro nó terrível no tráfego.

— Droga, merda! Por que chamam isso de trânsito se ninguém consegue transitar pra lugar nenhum?

Ela ligou o *tele-link* do painel para falar com Feeney.

Mal acabara de garantir que McNab poderia trabalhar em sua equipe, o *tele-link* tocou.

— Dallas.

— Tenente. — A assistente de Mira surgiu na tela. — A agenda da dra. Mira está lotada hoje.

— Mas eu preciso só...

— Entretanto, a doutora ficará feliz em discutir seus casos atuais na sua hora de almoço. Meio-dia no Ernest's.

— Estarei lá.

— Seja pontual. A doutora não tem tempo a perder.

Antes de Eve fazer uma careta, a tela apagou.

— Até parece que eu fico jogando mahjong o dia todo.

— O que é mahjong, exatamente?

— Sei lá! Mas eu estou jogando, por acaso? — Mais do que tudo, a atitude do dragão protetor de Mira aborrecera Eve o bastante para ela ligar a sirene e colocar a viatura em modo vertical.

Peabody rangeu os dentes e se agarrou com força na haste do teto do carro enquanto Eve deslizava sobre muitos capôs de táxis que buzinavam sem parar, e também de veículos compactos; de repente, ela desviou de um maxiônibus e cortou uma van de entregas.

— Ele vai continuar morto quando chegarmos ao necrotério — avisou Peabody, com um grito. E soprou um suspiro de alívio quando Eve desceu e encaixou a viatura num espaço minúsculo de rua que estava livre.

— Veja só aquilo! — Eve apontou para um dos telões que passavam vídeos das notícias do momento.

Ali, acima do circo que era a Times Square, estava Jimmy Jay Jenkins, sufocando em seus últimos suspiros e desabando como um enorme pinheiro branco atacado a machadadas.

— Eles vão continuar a exibir essa cena por muitos dias — previu Peabody. — E sempre que fizerem uma matéria sobre ele daqui a, não sei, todo o futuro vão repassar o vídeo. Quem detém os direitos sobre essas imagens acaba de se tornar um sujeito bem rico.

Salvação Mortal

— Burra! — Eve bateu com o punho no volante e colocou o carro novamente na vertical para escapar de outro engarrafamento, dessa vez menor. — Retardada. Idiota!

— Quem? O quê?!

— *Eu*. Quem é o dono da porra dos direitos de imagem? Quem recebe essa grana? Descubra. Agora!

— Calma aí, calma aí! — Concentrando-se no tablet, Peabody parou de visualizar seu próprio corpo mutilado preso na viatura depois de uma violenta colisão no ar.

— Se não for a igreja, eu sou uma idiota maior ainda. Por que passar essa receita para outra pessoa? Mesmo que seja um braço diferente, uma subsidiária, faz parte do mesmo grupo. *Só pode* fazer parte do mesmo grupo.

— Encontrei. Bom Pastor Produções.

— Isso é coisa de igreja: bom pastor. Eles não estão falando de ovelhas. Ligue para Roarke. Ele pode conseguir isso mais rápido. — Os olhos de Eve ficaram ardentes e duros na rua engarrafada enquanto ela manobrava. — Ligue para Roarke e pergunte se ele consegue descobrir se a Bom Pastor Produções é subsidiária da Igreja da Luz Eterna.

— Um segundo. Oi, desculpe — disse Peabody quando o rosto de Roarke surgiu na tela e ela pensou "Puxa, como ele é lindo!" — ... Ahn... Dallas quer saber se você conseguiria descobrir se a empresa Bom Pastor Produções faz parte do conglomerado sob controle da igreja de Jenkins. No momento ela está meio atolada, tentando impedir nossa morte no tráfego matinal, entende?

— Se a tenente tivesse conseguido ler os dados que eu adicionei ao arquivo do caso, teria encontrado uma lista completa das muitas subsidiárias da Igreja da Luz Eterna, que inclui a Bom Pastor Produções.

— Eu *sabia*! — exultou Eve. — Obrigada. Até mais tarde.

— Ok. Agradeço também. — Peabody adicionou um sorriso. — Tenha um bom dia.

— A igreja vai levantar uma grana poderosa só com essa gravação. Se precisarmos de uma estimativa do valor, Nadine poderia nos dar números aproximados. — Eve costurou pelo tráfego e virou rumo ao sul. — Então você perde seu líder e principal fonte de receita. Mas perde de um jeito tão espetacular que lhe traz aumento instantâneo dessa receita. Não existe prejuízo em momento algum, nenhuma perda potencial. E sobra a possibilidade, se você for inteligente o bastante, de capitalizar em cima disso durante anos. Ao longo de... Como era mesmo? O futuro eterno.

— Ei. Fui *eu* que disse isso! — Peabody reservou um breve momento para se envaidecer e outro mais curto ainda para trocar olhares chocados com o operador da carrocinha de cachorro-quente de soja junto da qual a viatura passou raspando.

— Você ainda tem a família para lidar, mas aposto que já tem um substituto em mente. Além do mais, o figurão anda bebendo e se engraçando por aí. Se isso vier a público, a cascata de dinheiro que entra vai secar durante um tempo longo e imprevisível. Mas desse jeito?... Você ganha dos dois lados e ainda mais.

Ela matutou sobre o assunto, analisando os diferentes ângulos até chegar ao necrotério. Percorrendo a passos largos os túneis brancos do Instituto Médico-Legal, Eve pegou o *tele-link* para confirmar um desses ângulos. Mas parou ao ver Morris de pé diante de uma máquina de venda automática, ao lado da detetive Magnolia em Flor, apelido dado por Eve.

A detetive viu Eve e Peabody primeiro e ajeitou atrás da orelha uma massa sedosa de cabelo cor de manteiga derretida.

— Olá, tenente. Olá, detetive.

— Olá, detetive — cumprimentou Eve com um aceno de cabeça. — Também trouxe algum corpo para cá?

— Não, na verdade eu estava de saída. Obrigada pelo café — disse ela a Morris, com um brilho especial em seus profundos olhos azuis, que deixaram claro que ela estava agradecendo a Morris por muito mais do que uma bebida de soja com gosto de fezes.

Salvação Mortal 199

— Vou acompanhar você até lá fora. Um minuto só — disse Morris a Eve, e saiu caminhando lado a lado com a detetive Coltraine pelos túneis ecoantes. Sua mão se estendeu atrás dela e deslizou suavemente pelas suas costas.

— Uau! Eles estão se tocando. Ah, e olhe lá! Ela está fazendo aquele jeitinho doce, com a cabeça meio inclinada. Isso com certeza é um convite. Acho que eles vão trocar um beijo longo e molhado na porta — previu Peabody.

— Puxa, você acha? — A ideia do beijo longo e molhado fez Eve decidir por uma rápida verificação nos registros da detetive Amaryllis Coltraine na polícia. Esse impulso a deixou irritada e a fez logo tirar isso da cabeça. — Ele já é um menino grandinho.

— É, foi o que eu ouvi dizer. — Peabody sorriu para o olhar gelado de Eve. — Eu não posso me impedir de ouvir coisas, ora essa. Sim, acaba de rolar um beijo longo e molhado — cochichou ela, quando Morris voltou. — Ele parece muito feliz.

Parecia mesmo, Eve percebeu. E, por ora, isso era o bastante.

— Desculpe-nos por interromper — pediu Eve.

— Agora ou quando você me apressou para fazer a autópsia?

— Qualquer um dos dois ou ambos.

— Não se preocupe. Vamos dar bom-dia ao Pastor Jenkins.

— Você já teve a chance de começar a trabalhar nele?

— Sim, já. Alguns testes ainda estão pendentes — acrescentou Morris enquanto eles desciam para o andar de baixo e caminhavam até a sala de autópsia. — A *causa mortis* foi o que eu suponho que você já esperava: envenenamento por cianeto. Ele também ingeriu um pouco mais de 200 ml de vodca e mais ou menos 890 ml de água pura nas últimas horas de vida. Comeu frango frito, purê de batatas e molho, cebola frita, couve, biscoitos e torta de pêssego com sorvete de baunilha mais ou menos às seis da tarde. E, como se isso não bastasse, cerca de 300 gramas de torresmo com creme de mostarda por volta de oito da noite.

— Estou surpreso que ele ainda tivesse espaço para o cianeto — murmurou Eve.

— Suponho que ele comia desse jeito com alguma regularidade, já que estava com mais de quinze quilos de sobrepeso. Quase todo concentrado na barriga, como é fácil observar.

Era difícil não notar, já que Jimmy Jay estava estendido, nu, sobre uma mesa de autópsia.

— Ao contrário do padre, eu diria que este aqui não acreditava no conceito de exercícios regulares; gostava de comer, com preferência por frituras, alimentos ricos em amido e açúcar refinado. Mesmo sem o cianeto, era pouco provável que esse seu salvador de almas conseguisse chegar aos esperados 120 anos.

— Quanto havia de cianeto?

— Quase a mesma quantidade que foi usada para matar o seu padre.

— Isso o derrubou na hora, sem ter a chance de escapar. E se ele tivesse ingerido essa quantidade lentamente, ao longo de, digamos, uma hora? Se ele tivesse um pouco de cianeto colocado em cada uma das suas muitas garrafas de água?

— Ele teria se sentido mal. Meio fraco, confuso, com falta de ar.

— Então não foi desse jeito. Ele ingeriu tudo de uma vez. As duas primeiras garrafas no palco provavelmente estavam limpas. Foi uma questão de escolher o intervalo de tempo certo. A terceira garrafa é consumida pouco antes do intervalo. Corre tudo a pleno vapor, ele está no seu ritmo. Sua muito enquanto prega, tira o paletó. Isso faz parte da rotina, e o público adora. Não dá para arriscar que a morte aconteça depois do intervalo — disse Eve, quase que para si mesma. — Não dá para arriscar nem mesmo a remota possibilidade de outra pessoa beber dessa garrafa, nem que ela fosse substituída. Então deve ser antes do intervalo, quando ele ainda está sozinho no palco. Só que, para causar mais impacto, quase ao fim desse período.

— Foi a filha que colocou as garrafas no palco — apontou Peabody.

Salvação Mortal 201

— Sim, foi. O que seria necessário fazer em seguida? — Eve se afastou do corpo. — Tudo que você precisa fazer é atravessar aquele palco. Todo mundo está acostumado a ver você lidando com detalhes, sempre ao redor dos acontecimentos. Quem iria dizer: "Ei, o que está fazendo aí?". Ninguém. Você simplesmente foi conferir a água, só isso. Certificar-se de que as tampas já estavam desenroscadas para o bom e velho Jimmy Jay. E foi nesse momento que você colocou o cianeto.

Ela caminhou de volta e continuou:

— A água fica na mesa, atrás da cortina — lembrou. — Seria mais inteligente batizá-la quando as cantoras ainda estão lá fora, nos bastidores. Vai para a frente do ponto onde a cortina sobe. A vítima ainda está no camarim, quase todos estão, exceto os que ainda trabalham no palco. Levou apenas um minuto, talvez até menos. Mãos seladas, talvez luvas finas como as de um cirurgião. Aposto que há um médico na equipe. Inteligente, muito inteligente. Mesmo assim, será que ele foi tão burro a ponto de jogar o spray selante e as luvas usadas em um dos recicladores de lixo do prédio? Ora, por que ele não faria isso? Só vai provar o que ele quer mesmo que descubramos... Que alguém o envenenou.

Morris sorriu para ela.

— Como o Reverendo Jenkins e eu estamos agora tão intimamente familiarizados, e parece que você sabe quem o matou, compartilhe essa informação conosco.

— Seu nome é Billy Crocker. E é hora de conversarmos com ele mais uma vez.

Capítulo Onze

Elas foram procurar Billy na casa da Park Avenue. A morena atraente que abriu a porta parecia pálida, esgotada — e surpresa.

— Olá, detetive Peabody. Você trouxe alguma novidade?

— Não, senhora. Tenente Dallas, esta é Merna Baker, a babá.

— Ah, muito prazer. Desculpe, quando as vi chegar pela tela do interfone, achei que... Por favor, entrem.

O saguão de teto baixo era largo e ia dar num corredor que Eve percebeu que dividia a casa em dois setores. Merna estava de pé com os olhos inchados, de saia escura e blusa azul. Seu cabelo curto parecia emoldurar um rosto que não mostrava sinais de maquiagem.

Não fazia o tipo de Jenkins, pensou Eve.

— Disseram-nos que o sr. Crocker estava aqui — começou a tenente. — Gostaríamos de falar com ele.

— Ah, sim, ele está aqui. Voltou com Jolene e algumas pessoas da família. Eles estavam... Foi um dia muito difícil.

— Vamos tentar não torná-lo ainda mais.

— Sim, claro. As senhoras podem esperar aqui um momento?

Salvação Mortal 203

Ela caminhou pelo corredor e bateu a uma porta. Quando ela se abriu, a babá falou em tons tão sussurrados que quase não deu para ouvir da entrada. Mas Eve percebeu a voz de Jolene responder com mais força e vida de dentro do quarto.

— A polícia? Eles já descobriram o que aconteceu com o meu Jimmy? Eles já...

Ela saiu rápido do aposento e veio num passo rápido. Vestia uma longa túnica cor-de-rosa, e seus cabelos saltavam como molas emaranhadas que lhe quicavam nos ombros. Seus pés estavam descalços, e o rosto, sem maquiagem. Eve teve alguns instantes para perceber quanto ela era muito mais bonita sem as camadas de pintura pesada que normalmente usava.

— Jimmy Jay! — Ela se agarrou com força aos braços de Eve, e suas unhas compridas e cor-de-rosa pareceram morder a pele da tenente. Várias pessoas despontaram no corredor. — A senhora veio falar de Jimmy Jay. Já descobriu o que aconteceu?

— Sim, senhora, descobrimos.

— Foi o coração dele, não foi? — As palavras se engataram em um rosário de soluços. — É o que eu tenho dito a todos. Seu coração era tão grande... Tão grande e tão cheio de amor. Desistiu de bater, apenas isso. Desistiu, e Deus resolveu chamá-lo de volta para casa.

Havia súplica em seu rosto, além de uma terrível necessidade em seus olhos.

O que era pior do que dizer a alguém que seu ente querido amado estava morto?, pensou Eve. Era contar que ele fora assassinado.

— Não, senhora, me desculpe. Jenkins morreu de envenenamento por cianeto.

Seus olhos rolaram, e só a parte branca ficou visível. Antes mesmo do pequeno exército de pessoas que se precipitou para ampará-la, Eve a pegou e a manteve erguida. Os olhos de Jolene voltaram a foco, piscaram depressa e logo pareceram clarear. E ficaram frios como gelo. Ela deu tapas nas mãos que tentavam tocar nela e manteve os olhos frios e claros colados nos de Eve.

De zero a cem em poucos segundos, avaliou a tenente. Foi de frágil senhorinha a amazona vingadora.

— A senhora me olhe no olho e me diga que sabe com absoluta certeza, sem uma única sombra de dúvida, que alguém envenenou meu marido — disse ela. — Olhe-me nos olhos, tenente, e me diga que essa é a pura verdade de Deus. A senhora consegue fazer isso?

— Sim, senhora. Alguém envenenou o seu marido.

Em torno deles, a família irrompeu em soluços, chamando-a de "Mama" e "Mama Jo". Quando pressionaram, alcançaram-na e a tocaram, Jolene girou o corpo com fúria.

— Vocês todos, *silêncio*! Quero que cada um cale a boca. Agora!

Os ruídos sumiram como se ela tivesse desligado um interruptor. Quando ela se voltou para Eve e seus lábios tremeram, ela os firmou com dignidade. Quando seus olhos ficaram marejados, ela piscou com força para conter as lágrimas.

— Como vocês podem saber sem dúvida alguma e com tamanha certeza?

— É meu trabalho saber. Acabei de falar com o médico-legista que o examinou... Ele é o chefe dos legistas do Instituto Médico--Legal, senhora, e a causa da morte já foi confirmada. Os resultados do laboratório vão informar que o cianeto foi adicionado à água que estava em uma das garrafas no palco. A menos que a senhora possa me olhar fixamente nos olhos e me garantir que tem alguma razão para acreditar que seu marido se matou de envenenamento por cianeto, eu digo que ele foi assassinado.

— Ele nunca teria tirado a própria vida. A vida é um dom de Deus. Ele nunca teria abandonado, de livre e espontânea vontade, a família e a igreja.

Ela deu um passo para trás, endireitou o corpo e pareceu aumentar de tamanho. Todos os vestígios de sua candura de algodão-doce cor-de-rosa desapareceram.

— Que a senhora, por favor, descubra quem fez isso. Descubra quem tomou esse dom de Deus e levou meu marido para longe,

Salvação Mortal 205

levou o pai das minhas filhas. Que a senhora, por favor, faça o seu trabalho.

— Eu farei, senhora.

— Luke!

— Pois não, Mama Jo. — Um dos homens se aproximou e colocou seu braço ao redor dos ombros dela, com carinho.

— Você é o chefe desta família, agora. Espero que faça o que precisa ser feito.

— A senhora sabe que eu vou fazer. Deixe a Jackie levar a senhora lá para cima agora, Mama Jo. Vá e descanse um pouco. Vamos nos certificar de que tudo está sendo feito da maneira que Jimmy Jay iria querer. E do jeito que a senhora quiser. Eu prometo.

Ela assentiu e fez carinho no ombro dele.

— Obrigada por ter vindo me dizer a verdade, tenente. Quero subir, agora.

— Venha comigo, mamãe. — Jackie, a filha, envolveu Jolene e a levou na direção da escada, antes que ela parasse e olhasse para trás.

— Billy... Você ajudará a guiá-los a partir de agora. Como fez com o pai e o avô deles.

— Vou, sim. Não se preocupe, Jolene. Não quero que você se preocupe. — Seu rosto era o próprio retrato do sofrimento ao observá-la subindo a escada.

— Tenente, sou Luke Goodwin, o marido de Jackie. — Embora ele oferecesse um aperto de mão muito firme, seus olhos mostravam uma espécie de fadiga arrastada. — Eu me pergunto se a senhora poderia nos informar... bem... quando poderíamos levar meu sogro para casa. Estamos fazendo arranjos para o velório público, a cerimônia fúnebre e o enterro. E queremos levar a família para casa assim que for possível.

— Imagino que não deve levar muito mais tempo. Vou pedir a alguém que entre em contato diretamente com você quando tivermos liberado o corpo.

— Com licença. — Outro homem deu um passo à frente. Não era tão alto quanto o primeiro, tinha maçãs do rosto proeminentes e uma boca de linhas duras. — A menos que minha sogra seja suspeita do crime, devo insistir para que ela seja liberada para voltar para casa. Ela já fez sua declaração oficial e a senhora não tem motivos legais para detê-la aqui.

— E você é...?

— Samuel Wright, genro de Jimmy Jay. Sou advogado.

— Sério? Eu jamais teria adivinhado. Não vou deter a sra. Jenkins, mas solicito que ela e qualquer pessoa envolvida na produção do evento da noite passada permaneçam em Nova York e se mostrem disponíveis enquanto a investigação estiver em andamento. Não ouvi a sra. Jenkins pedir permissão para voltar para casa.

— Estamos fazendo preparativos para isso. Ela precisa...

— Ela poderá falar comigo a respeito pessoalmente, se for o caso. Enquanto isso, eu tenho algumas perguntas de acompanhamento para prosseguir com a investigação. Gostaria de falar com o senhor, sr. Crocker.

— Sim, claro. Podemos marcar um encontro para quando lhe for conveniente? — Ele pegou uma agenda. — Ainda temos muita coisa a fazer aqui... Arranjos e cancelamentos.

— A conversa não vai demorar muito. E deve ser agora.

— Mas...

— Só aceito isso se Billy for um suspeito — anunciou o advogado.

— Vamos tornar as coisas mais fáceis, então — rebateu Eve. — *Todos vocês* são suspeitos. Até onde eu pude verificar, cada um de vocês, juntamente com os outros membros no palco e por trás dele, teve a oportunidade de colocar cianeto na água ingerida pela vítima. Meios para o crime? O cianeto não é algo que possa ser adquirido na farmácia local, mas é fácil de obter através do mercado negro. Motivo do crime? Dinheiro, muito dinheiro.

— Isso é insultuoso e inadequado, tenente.

— Pode me processar, se quiser. Nesse ínterim, eu posso dar prosseguimento ao meu trabalho com o sr. Crocker aqui, ou podemos ir todos para a Central de Polícia.

Salvação Mortal 207

— Isso não é necessário, claro que não é necessário. Sam... — Billy deu algumas palmadinhas no braço de Sam, para acalmá-lo. — Todos nós queremos fazer o que estiver ao nosso alcance para ajudar a polícia.

— Você não pode falar com ele sem eu estar presente, na condição de seu representante legal.

— Por mim, está ótimo — avisou Eve, alegremente. — Vocês querem conversar aqui mesmo, no corredor?

— Vamos nos acalmar um momento. — Luke ergueu as mãos. Embora sua voz fosse suave, Eve reconheceu o comando por trás dela. — Estamos todos com os nervos à flor da pele. Tenente, a senhora e a outra policial gostariam de usar a nossa sala de estar? Podemos oferecer algo para vocês tomarem? Chá? Água? — Ele parou e fechou os olhos por um momento. — Será que algum dia eu serei capaz de me servir de um copo d'água sem pensar no que aconteceu?

— A sala está ótima para nós — disse Peabody. — E não precisamos beber nada, obrigada.

— Há um escritório no segundo andar. Estarei trabalhando lá, caso precisem de mim para alguma coisa — anunciou Luke. — Billy, Sam, vou continuar com os arranjos até vocês terminarem de conversar. Tenente. — Luke ofereceu a mão de novo. — Mama Jo depositou toda a sua fé na senhora. Então eu farei o mesmo.

Aquele não era apenas o novo chefe da família, observou Eve, quando ele os deixou. Era bem provável que ela tivesse acabado de cumprimentar o novo chefe e líder espiritual da Igreja da Luz Eterna.

Mobília, estátuas, lembranças e fotos lutavam por espaço em uma sala de cores fortes. As telas de privacidade protegiam a janela e permitiam a passagem apenas de dois tênues raios da luz da manhã.

Muitas canecas, copos e papéis estavam espalhados pelas mesas.

— Por favor, desculpe a confusão — pediu Billy. — Estávamos fazendo planos e arranjos, discutindo o funeral quando a senhora chegou. — Pigarreou para limpar a garganta. — A mídia ainda não descobriu este endereço nem o telefone desta casa. Esperamos que isso continue assim.

— Eles não vão conseguir essas informações de mim ou de qualquer membro da minha equipe de investigação.

— Alguns repórteres já conseguiram o número do meu *tele--link*. Eu não ofereci comentário de nenhum tipo. Achei que seria o melhor a fazer, por enquanto. Mas vou ter de dar uma declaração em algum momento. Ou melhor, Luke o fará. Muito em breve. O mais cedo possível.

— Se o sr. Goodwin quiser saber os dados que foram liberados para divulgação ao público pelo meu departamento, ficarei feliz em conversar a respeito com ele. Enquanto isso... — Eve pegou o gravador. — Como o seu representante quer manter isso formal, devo informá-los de que vou gravar esta entrevista. O senhor tem o direito de permanecer em silêncio.

Enquanto recitava a lista de direitos e deveres legais dele, Billy ficou dois tons mais pálido.

— Isso é necessário?

— É para sua proteção, conforme seu representante poderá confirmar.

— É bom, Billy. Será melhor se fizermos tudo conforme manda a lei.

— O senhor compreende os seus direitos e deveres em relação a esse assunto, sr. Crocker?

Sua mão se agitou ao ajeitar o nó da gravata.

— Sim, claro.

— E o senhor escolheu Samuel Wright, também presente, como seu representante durante esta entrevista?

— Escolhi.

— Muito bem. Aqui fala a tenente Eve Dallas. Presente à entrevista com Billy Crocker também está a detetive Delia Peabody. O assunto é a investigação do assassinato de Jimmy Jay Jenkins. Sr.

Salvação Mortal

Crocker, temos gravada a declaração que o senhor me deu ontem à noite, no local do crime. Há algo que o senhor queira mudar neste momento com relação ao que disse?

— Não. Nada que eu consiga me lembrar.

— O senhor afirmou que viu a vítima aproximadamente cinco minutos antes de sua entrada no palco, em seu camarim.

— Exato. Dei a ele a deixa dos cinco minutos e nos falamos por um momento. Depois eu o acompanhei pelos bastidores do lado direito do palco.

— Qual era a disposição dele, naquele momento?

— Ele me pareceu muito energizado.

Eve sorriu ao ouvir o termo.

— No momento em que o senhor caminhou com ele pelos bastidores, a mesa e as garrafas de água já estavam no palco?

— Sim. Como sempre. Atrás do ponto onde a cortina se abre. No momento certo, o pano sobe, as cantoras saem do palco pela direita, e Jimmy Jay e Jolene entram no palco pela direita e pela esquerda, respectivamente.

— Josie Jenkins Carter confirmou que colocou as garrafas de água no palco. Disse que ela as abriu e colocou cerca de trinta mililitros de vodca em cada garrafa que seria usada durante a apresentação.

— Isso não tem nada a ver com esta entrevista — interrompeu Samuel, com a voz acalorada. — E se a senhora acha que pode insinuar que Josie teve alguma coisa a ver com o que aconteceu...

— Você também é representante legal da sua cunhada?

A mandíbula dele se retesou.

— Sim, caso seja necessário.

— Bem, então eu lhe avisarei caso um representante legal para a sra. Carter seja necessário. O senhor sabia que os aditivos alcoólicos eram rotineiramente usados na água do palco da vítima, não sabia, sr. Crocker?

— Sabia. — Billy suspirou. — Tenente, como não foi isso que o matou, não quero que seja divulgado para o público.

— O senhor também afirmou que estava ocupado durante toda a abertura apresentada pelas cantoras, verificando os detalhes. Certamente estava andando de um lado para outro nos bastidores, certo?

— Em vários momentos, sim.

— E o senhor viu alguém se aproximar das garrafas de água? Viu alguém que não estava em seu lugar determinado? Reparou em alguém se comportando de forma nervosa ou suspeita?

— Desculpe, não vi nada. As cantoras e os músicos estavam no palco. Os outros estavam em seus camarins, alguns na pequena cantina. Acho que vi Merna ali, por breves segundos, com algumas das crianças. Os técnicos estavam por ali também, mas, pelo menos nos últimos minutos, todos tinham ordem para se colocar em seus lugares. Ninguém deveria ficar atrás da cortina no centro do palco. E eu não vi ninguém lá.

— Muito bem. Na condição de agente da vítima, o senhor mantinha controle dos horários de Jenkins? Organizava seus compromissos?

— Sim, esses eram meus deveres.

— E teria seus números de *tele-link*, para ser capaz de alcançá-lo a qualquer momento.

— Certamente.

— Na condição de seu agente, também saberia onde ele estava? Especialmente ao fazer turnês dessa magnitude.

— Isso é essencial — concordou Billy. — Quando algo de novo surgia, Jimmy Jay sempre queria saber. Ele não era apenas um testa de ferro, tenente. Era o chefe da igreja. Trabalhava muito e estava envolvido em todos os aspectos, em todas as áreas.

— E era também sua função cuidar para que ele estivesse onde precisava estar no momento em que fosse requisitado.

— Exatamente.

— O senhor também mantinha um relacionamento antigo e íntimo com a vítima.

Salvação Mortal   **211**

— Sim. Sim, mantinha.

— E vocês passavam muito tempo juntos? Estou falando de tempo livre. Tempo de lazer.

— Ah, sim, com frequência. — Seus ombros pareceram relaxar, mas a mão que tinha se movido da gravata para a perna puxava o pano da calça na altura do joelho, sem parar. — Nossas famílias às vezes tiravam férias juntas, e nós apreciávamos um bom churrasco. Isso foi no tempo em que minha esposa ainda estava viva... Você se lembra, Sam?

— Sim, eu me lembro. Ela fazia a melhor salada de batatas do Mississippi. Que Deus a tenha!

— E quanto ao senhor e a vítima, sr. Crocker... Passavam algum tempo de lazer juntos, só os dois?

— Costumávamos pescar. Muitas vezes com os rapazes ou com outros amigos. Mas, sim, às vezes só nós dois.

— Vocês passavam muito tempo em companhia um do outro, somando o trabalho da igreja e o tempo livre.

— Era raro haver um dia sem que passássemos algum tempo juntos.

— Então o senhor certamente sabia que ele estava envolvido em um caso extraconjugal.

O ar saiu do peito de Billy como se Eve tivesse tirado uma tampa. Mas Samuel se levantou da cadeira tremendo de indignação.

— Como a senhora *ousa*?! Como se atreve a caluniar um homem como Jimmy Jay! Se a senhora divulgar uma única palavra ou insinuação dessa mentira indefensável fora deste cômodo, eu lhe prometo que vamos processar a senhora, o Departamento de Polícia e a Secretaria de Segurança da Cidade de Nova York.

— O caso extraconjugal foi confirmado e documentado num registro gravado — disse Eve, friamente.

— Então eu insisto em ver essa confirmação e esse registro. Se a senhora acha que eu vou aceitar a sua palavra ou permitir que a senhora espalhe isso pela mídia...

— Segure sua onda, Wright. Primeiro, você não tem direito legal a ter acesso às provas, neste momento.

212   J. D. ROBB

— Isso é o que vamos ver!

— Sim, tente conseguir isso. Segundo que, devo esclarecer, não estou interessada em fofocas, estou interessada em um assassinato. E em um motivo. Durante os últimos quatro meses e meio, a vítima se envolveu em um caso fora do casamento. Na verdade, isso aconteceu até mesmo na tarde do dia em que ele morreu.

Eve cortou a atenção dos olhos de Samuel e os lançou para Billy.

— Mas você já sabia disso, não é, Billy?

Ele se sacudiu de susto, como se ela tivesse lhe acertado com um taser.

— Não sei do que a senhora está falando.

— Vocês pescavam, faziam churrascos e passavam férias juntos. Você cuidava de toda a organização, dedicava a ela o seu tempo e grande parte de sua vida. Sabia onde a vítima estava e onde precisava estar praticamente a cada minuto de cada dia. E quer que eu acredite que você não sabia que ele passava uma hora ou duas, várias vezes por semana, em quartos de hotel com outra mulher? Não sabia que muitas vezes ele conseguia uma energia extra com essa mesma mulher nos bastidores, antes de sair dali para pregar?

— Já basta! — explodiu Samuel. — A senhora está tentando ganhar vantagem sujando a reputação de um homem bom e cristão. Nem meu cliente nem eu temos mais nada a dizer.

— Você não tem mais nada a dizer, Billy? — Eve deu de ombros. — Então eu acho que teremos que conversar com outras pessoas que podem ter ficado sabendo. E eu não poderei controlá-las, caso elas decidam contar o que sabem para outras pessoas. Incluindo a mídia.

— Esse tipo de ameaça... — começou Samuel.

— Eu tenho um trabalho a fazer aqui — devolveu Eve, com rispidez. — Isso não é uma ameaça.

— Por favor, não. — pediu Billy, baixinho. — Sam, por favor, sente-se. Eu sinto muito. Sinto muitíssimo. — Ele pigarreou. Um tique nervoso, decidiu Eve, usado para lhe dar tempo de organizar os pensamentos. — Somente Deus é perfeito, Sam.

Salvação Mortal **213**

— Não! — Um grito de afronta o fez tremer. — Não, Billy.

— Jimmy Jay era um grande líder. Um visionário e um humilde filho de Deus. Mas também era um homem, e os homens têm fraquezas. Caiu vítima da luxúria. Eu o aconselhei na condição de amigo e diácono da igreja. Ele lutou contra essa fraqueza, mas sucumbiu a ela. Você não deve pensar menos dele por causa disso. Não deve atirar a primeira pedra.

— Quantas vezes? — perguntou Samuel.

— Uma vez já é demais, então não importa.

— Pode ser importante para a investigação — corrigiu Eve.

— Acredito que ele tenha sucumbido ao pecado com seis mulheres ao longo dos anos. Ele lutou, Sam. Este era o demônio de Jimmy Jay. Precisamos acreditar que, se ele tivesse vivido, teria vencido a tentação. Nosso trabalho agora é proteger Jolene e a igreja de tudo isso. Para preservar a imagem dele... E para que Luke possa tomar seu lugar e continuar o trabalho.

— Matá-lo antes de ele se descuidar e deixar suas puladas de cerca se tornarem públicas — sugeriu Eve. — Essa seria uma boa maneira de preservar a imagem.

— Esta entrevista acabou! — Sam caminhou até a porta. Havia lágrimas e um brilho de ódio em seus olhos. — Não volte aqui sem um mandado, ou eu vou processá-la por assédio e por oferecer um tratamento preconceituoso para uma igreja legalmente autorizada.

Eve se inclinou para pegar o gravador, desligou-o e disse baixinho para Billy:

— Eu sei o que você fez. E também sei o porquê. Vou garantir que você desmorone. Se você vai sozinho ou quer levar todos os outros consigo, a decisão é sua.

Ela se endireitou e completou:

— Costumo ouvir que uma confissão é boa para a alma. Vamos, Peabody.

Eles saíram, deixando Billy caído no sofá e Samuel à beira das lágrimas na porta.

No carro, Peabody se manteve em silêncio enquanto Eve começava a costurar e esquivar dos veículos pelas ruas. Por fim, balançou a cabeça.

— Como foi que você soube que foi ele?

— Ele não está algemado e indo conosco para a Central, está?

— Talvez ainda não possamos prendê-lo. Mas você sabe. Você *sabia*. Como?

— Além da sensação de culpa que parecia feder nele?

— Sério?

— Tudo bem, feder é uma palavra muito dura. Mas havia um aroma distinto. Foi ele quem conversou com a vítima pela última vez. Era quem planejava tudo e supervisionava os detalhes. Era ele quem precisava saber praticamente tudo que a vítima tinha feito. Adicione a isso um tipo de atitude arrogante e imponente... Acrescente a sutil mudança de tom e observe atentamente os olhos dele quando fala de Jolene.

— Eu realmente notei isso, mas só agora há pouco.

— É que eu o interroguei antes, você não. Ele tem uma quedinha por ela. Jolene nem suspeita, mas ele tem uma quedinha. Assista mais uma vez à gravação do assassinato. Ele está nos bastidores quando Jenkins começa a sufocar e a se debater. Mas fica onde está. Só corre para o palco depois de Jolene desmaiar. E vai direto até ela, e não para o homem morto. Mal lança um olhar a Jenkins.

— Sim, acho que notei isso também — pensou Peabody, revendo a cena na cabeça. — Só que havia tanta coisa acontecendo que eu não reparei nos detalhes. Você acha que ele fez isso porque queria ficar com Jolene?

— Ele não vai pensar assim, não vai se permitir achar isso. Mas está no fundo de tudo. Acho que ele o matou, ou pelo menos é o que diz a si mesmo, porque o comportamento de Jenkins e a sua recusa em parar poderiam ter arruinado a igreja e destruído a família. E também acho que ele fez isso porque dizia a si mesmo que Jenkins não era digno daquela posição... nem daquela família.

Salvação Mortal   215

— Mas ele cometeu muitos erros. Mesmo sem o "fedor" da culpa, tudo teria se voltado contra ele.

— Foi impulso — especulou Eve, acelerando o carro para passar por um sinal amarelo. — Ele ouviu sobre o padre que tinha sido morto e resolveu seguir o mesmo caminho. Não foi muito planejado, não do mesmo jeito que o assassino de Lino. Ele simplesmente agiu por impulso.

— Por que você não insistiu um pouco mais? Poderíamos levá-lo para interrogatório e arrancar tudo dele, com advogado ou não.

— A culpa vai fazer isso por nós. — Eve olhou para o relógio e viu que horas eram. — Ele não vai ser capaz de aguentá-la por muito tempo mais. Precisará confessar. Se isso não acontecer e eu estiver errada, poderemos arrastá-lo para a Central em breve. Enquanto isso, vamos ver se conseguimos descobrir onde ele pegou o cianeto. Também por impulso. Deve ter acontecido nos últimos dias. Enquanto isso, vamos ver como McNab está lidando com os muitos Linos que apareceram.

— Eu tive uma ideia sobre o crime de Lino — anunciou Peabody. — A medalha. Foi da mãe dele. Só pode ter sido a mãe dele. Talvez a mãe dele quisesse lhe dar algo especial, uma coisa que viesse só dela. Talvez ela fosse uma mãe solteira, naquele tempo. Podemos fazer uma busca cruzada considerando pais solteiros ou casais que se divorciaram, embora eu ache que o divórcio ainda seja um grande problema para os católicos; também podemos pesquisar mulheres cujos maridos morreram ou sumiram.

— Isso é bom, Peabody. Muito bom! Vamos investigar isso. Ou, melhor ainda... *você* vai correr atrás. Tenho de me encontrar com a Mira.

— Vou dar a partida. Na verdade, vou me encontrar com Nadine e com Louise à uma da tarde, se a coisa por aqui não esquentar. Estamos finalizando os planos para o chá de panela e a despedida de solteira de Louise.

Só a ideia de uma festa fez Peabody rebolar de alegria no banco.

— De qualquer modo, nós decidimos, já que o casamento está tão próximo, que faremos as duas festas no mesmo dia... um combo. Achei que você também gostaria assim, porque isso significa apenas um evento.

— Sim, sim.

— E você vai precisar apenas aparecer por lá.

— Sem jogos. — Eve tirou uma mão do volante para erguer o dedo. E sem strippers.

— Combinado. Viu só? Foi fácil.

Talvez fácil demais, pensou Eve, mas guardou a suspeita para si enquanto entrava na garagem da Central.

— Verifique com McNab — disse a Peabody —, e comece a fazer essa busca cruzada. Vou sair agora para me encontrar com Mira. Devo voltar dentro de uma hora.

— Vou deixar o que eu descobrir para você, caso nos desencontremos. Ah, e se Billy aparecer louco para confessar tudo, eu ligo para você.

— Faça isso.

Mas Eve achou que demoraria um pouco mais antes de ele não aguentar mais o fedor da própria culpa.

Ela gostava de caminhar livre e solta por Nova York, com seu barulho, suas multidões, sua atitude forte vindo de todas as direções. Atravessou a fumaça gordurosa de uma carrocinha de lanches e respirou fundo para sentir o cheiro de cachorros-quentes com salsicha de soja grelhada, batatas fritas, vegetais refogados e a reclamação de um vendedor com o seu cliente.

— O que você queria por cinco paus? Uma merda de filé-mignon?

Passou por dois policiais com fardas impecáveis obrigando um sujeito com um cabelo mais engordurado que a fumaça do cachorro--quente na calçada a marchar a caminho da Central, enquanto ele proclamava a sua inocência de uma variedade de modos.

Salvação Mortal 217

— Eu não fiz nada! Não sei como aquela merda foi parar no meu bolso. Eu estava só *falando* com o cara, juro por Deus!

Eve assistiu a um mensageiro que passou pilotando uma moto a jato pintada de cores fortes — um borrão de Day-Glo que desafiou bravamente um táxi da Cooperativa Rápido e assumiu a dianteira, deixando na poeira uma explosão de buzinas e xingamentos. Um enorme sujeito negro caminhava com um minúsculo cão branco e, de repente, parou para coletar, com ar muito responsável, um cocô em miniatura.

Ela atravessou a rua com uma multidão de outras pessoas quando o sinal para pedestres abriu. Passou por um vendedor de flores que parecia agitar perfumes loucamente na atmosfera e depois por uma delicatéssen que lançou no ar um cheiro de picles e cebolas à saída de um cliente. Duas mulheres passaram por ela conversando numa língua que talvez fosse cantonês.

Ela atravessou outra rua e virou rumo ao norte.

De repente, duas mulheres saíram da porta de uma loja gritando muito e se socando, para cair quase aos seus pés em um emaranhado de puxões de cabelos, arranhões e dentadas.

— Por quê, Senhor? — perguntou Eve em voz alta. — Eu estava me divertindo tanto!

Pedestres à sua frente se espalharam pela calçada como bolas de bilhar depois de uma tacada. Outros se aproximaram mais, gritando para incentivar a luta e pegando em seus *tele-links* e câmeras para gravar o conflito. Eve mal resistiu ao desejo de seguir seu caminho, mas, em vez disso, se colocou entre as duas. Agarrou uma mecha de cabelo e a puxou com força. Quando a dona gritou e se levantou, Eve imobilizou a oponente com uma gravata.

— Parem com isso, vocês duas!

Mecha de Cabelo mordeu-lhe o braço e avançou para enterrar os dentes no ombro de Eve. E recebeu uma bela cotovelada no queixo como recompensa.

— Eu sou uma policial! — alertou Eve. — Que merda é essa? A próxima que me morder, arranhar, dar tapas ou gritar será levada para a Central e atirada no fundo de uma cela.

— Foi ela que começou.

— Sua vaca mentirosa. Eu quero prestar queixa dela.

— *Eu* é que quero prestar queixa.

— Eu vi primeiro.

— Eu é que vi!...

— Calem a porra da boca! — Eve considerou a ideia de bater uma das cabeças contra a outra com força e chamar a patrulhinha.

— Estou cagando e andando para quem começou a briga ou o motivo. Acabou! Larguem-se, levantem-se e recuem, senão *eu* é que vou acusá-las de perturbar a paz, provocar agitação na ordem pública e tudo o mais que me ocorrer.

Elas olharam com raiva uma para a outra, mas não pronunciaram uma única palavra quando se colocaram de pé e ficaram com Eve entre elas. Uma terceira mulher abriu cautelosamente a porta da loja.

— Eu chamei a polícia.

— Eu sou a polícia — disse Eve.

— Ah, graças a Deus! — Mostrando uma fé admirável, a lojista escancarou a porta do estabelecimento. — Eu simplesmente não sabia mais o que fazer. Essas senhoras estavam na loja. Estamos em liquidação hoje. Elas duas queriam a nova bolsa com três compartimentos da Betsy Laroche, em peônia. Só temos uma. As coisas esquentaram muito por aqui e, antes de eu dar pela coisa, as duas já estavam saindo no tapa.

Eve ergueu a mão.

— Deixa ver se eu entendi. Você está com o lábio sangrando, a blusa rasgada, a calça arruinada e um olho que vai ficar roxo em breve... por causa de uma bolsa?

— É uma *Betsy Laroche* — explicou a que estava com o lábio sangrando, sem conseguir pronunciar as palavras com clareza. — Está com dez por cento de desconto. E eu vi primeiro! Já estava com ela na mão.

Salvação Mortal

— Porra nenhuma! Fui eu que vi primeiro, e você veio correndo do outro lado da...

— Mentirosa!

— Vaca!

Ambas saltaram em volta de Eve, tentando atacar a garganta uma da outra.

— Ora, pelo amor de Deus!

Ela acabou com a palhaçada agarrando ambas pelo cabelo e empurrando-as de cara contra a parede.

— Uma de duas coisas vai acontecer aqui. Vocês podem seguir cada uma para a sua casa, a menos que esta senhora aqui queira prestar queixa.

— Ah, não. — A lojista olhou para fora, pelo que era agora uma fresta na porta da loja. — Não. Está tudo bem.

— As duas seguirem por caminhos opostos é a primeira opção — continuou Eve, avistando a patrulha que chegava e freava naquele momento junto do meio-fio. — Nenhuma das duas poderá voltar a este estabelecimento durante um mês, ou alguém vai me contar que vocês foram vistas na área. A segunda opção que eu vou lhes dar... Sou da polícia — avisou Eve aos guardas que vinham caminhando pela calçada —, mas não vou conseguir mostrar meu distintivo para vocês agora. A segunda opção — continuou — é pedir a esses dois policiais que coloquem vocês duas no banco de trás da viatura e as levem até a Central para fichar as duas e fazê--las responder por uma variedade de acusações irritantes que vou listar. De um jeito ou de outro, nenhuma de vocês vai levar essa bolsa idiota. Escolham!

— Eu vou embora se ela também for.

— Tá, tudo bem — concordou a outra.

— Você! — Eve puxou a primeira pelo cabelo — Vá para o sul. E você! — pegou a outra — Vá para o norte. Não falem mais nada, não olhem uma para a outra, só comecem a andar. Agora!

Ela as soltou e ficou onde estava até que cada uma das briguentas se afastasse, mancando. Em seguida, pegou o distintivo e estremeceu de leve quando a mordida em seu ombro ardeu em protesto.

— Obrigada pelo reforço — disse ela. — Acho que está tudo bem, agora.

— Obrigada, policial, muito obrigada *mesmo*. — A lojista colocou a mão sobre o coração. — Será que não é melhor eu anotar seu nome e suas informações de contato, para o caso de elas voltarem?

— Elas não vão voltar. — Com isso, Eve andou o resto do quarteirão até o Ernest's.

O lugar era uma espécie de lanchonete sofisticada, com serviço em um balcão revestido de aço inoxidável e compartimentos simpáticos junto às paredes. O serviço era rápido, e a comida, simples.

Mira estava sentada junto de um dos compartimentos no fundo e sorvia algo frio de um copo transparente. Seu belo cabelo castanho--escuro ondulava junto da nuca de um jeito jovial em torno do rosto sereno e bonito. A aparência dela, com seu terninho amarelo no estilo "a primavera chegou" e sapatos altos de material texturizados em azul-relâmpago, pensou Eve, parecia mais adequada a um daqueles cafés modernos do que àquela lanchonete de policiais.

Mas Eve sabia que a psiquiatra da polícia e respeitada criadora de perfis psicológicos de criminosos tinha tanto tempo para almoços extravagantes quanto ela própria.

Mira a viu chegar e sorriu.

— Desculpe, doutora, estou atrasada. Houve uma briga terrível por causa de uma Betsy Laroche com três compartimentos... em peônia.

— Você brigou por causa de uma bolsa?

Eve teve de rir ao ver a expressão de choque total no rosto de Mira.

— Não, eu tive que separar a briga. Então é apenas uma bolsa, mesmo? Pensei que pelo menos fosse uma mala, para gerar tamanha insanidade. Ou talvez fosse por causa do desconto de dez por cento. Sei lá!...

Salvação Mortal 221

— Espere um instante... Há uma liquidação de uma bolsa Betsy Laroche? Onde?

— Logo adiante, aqui nesta rua mesmo, meio quarteirão ao sul. Ahn... Acho que o nome da loja é Encounters.

— Sim, eu conheço essa loja. — Mira pegou o *tele-link*. — Por que não decide o que gostaria para o almoço, enquanto eu... Alô? Olá, Mizzie, aqui fala Charlotte Mira. Sim, é ótimo falar com você também. Eu soube que você está com uma bolsa de compartimento triplo da Betsy Laroche, peônia, em promoção...? Você poderia separá-la para mim? Estou almoçando aqui no Ernest's, mas posso parar aí e pegá-la quando voltar para o trabalho. Sim, obrigada. Ah, adoraria ver isso também, se eu tiver tempo. Vejo você daqui a pouco.

Com um sorriso presunçoso, Mira desligou.

— Não é um belo golpe de sorte? Eu estava de olho nessa bolsa e vinha tentando me convencer a não comprá-la. Mas, bem... um sinal é um sinal.

— Acho que sim — concordou Eve.

— Quero a salada grega, por favor — pediu Mira, quando o garçom parou junto da mesa. — E mais um chá gelado.

— Duas saladas — disse Eve. — E uma Pepsi.

Mira soltou um suspiro satisfeito.

— Que dia lindo, não acha? É bom sair do escritório, conseguir uma Betsy Laroche e ver você, Eve. Aliás, você me parece ótima, para alguém que acabou de separar uma briga.

— Uma deles me mordeu.

— Oh. — O sorriso de Mira virou preocupação. — Está doendo? Quer que eu dê uma olhada?

— Não. — Eve girou e flexionou o ombro. — Eu não entendo. Arranhões, mordidas, guinchos, tapas. Por que as mulheres lutam desse jeito? Elas têm punhos. Isso é embaraçoso para todo o nosso gênero.

— Sim, acho que uma luta com socos por causa de uma bolsa de três compartimentos teria sido muito menos embaraçosa para todos os envolvidos.

Eve teve de rir.

— Tudo bem, acho que não. De qualquer forma, eu sei que a senhora não tem muito tempo. Tenho o assassinato de Jenkins quase fechado. O caso não tem ligação com a morte de Flores.

— Ao contrário do que o programa de probabilidades sugeriu?

— Foi uma questão de cópia e impulso. Provavelmente um incômodo antigo e fervilhante que transbordou quando a morte de Flores apareceu nos noticiários em toda a mídia. De certo modo, há uma leve conexão. Mas temos dois homicídios e circunstâncias diferentes.

— Eu receava que fosse um assassino em série.

— Foi essa a sua avaliação?

— Era uma possibilidade que não podia ser ignorada. Os alvos podiam ser figuras de frente em organizações religiosas, em plena cerimônia ou "apresentação". Mas também tinha de ser levado em consideração que as vítimas eram bem diferentes, tanto na base da fé como em termos de exposição pública. Você conseguiu uma confissão no caso Jenkins?

— Ainda não. Vou deixá-lo cozinhando em banho-maria. Se eu não conseguir a confissão nas próximas horas, vou agitar um pouco mais e aumentar o fogo. Portanto, é o caso Flores que eu preciso ir tocando.

Mira pegou um dos biscoitos de mesa; ele parecia tão pouco apetitoso quanto o que Eve continuava a pensar como "o biscoitinho católico". A doutora quebrou um canto microscópico e o mordiscou.

— O falso sacerdote — disse Mira — morreu no momento exato do ritual, quando se apresentava com mais ênfase na condição de servo de Deus e seu representante terreno. "Este é o *meu* sangue", é o que se diz. Se o assassino acreditava que ele era Flores e pensou que ele fosse um verdadeiro sacerdote, isso poderia sugerir um ataque direto à igreja, ao seu ritual e ao sacerdócio. Sua investigação não encontrou nenhuma evidência de um problema pessoal com a vítima, em sua identidade como Flores. Mas, naturalmente, ele

Salvação Mortal 223

pode ter ouvido algo em confissão que o penitente lamentou, mais tarde, ter divulgado.

— O que significa que o assassino provavelmente pertencia a essa igreja ou pelo menos é católico.

— Acredito que não importa se o alvo era simplesmente um sacerdote ou o indivíduo falsamente identificado como padre, acredito que isso possa sugerir que o assassino tem fortes laços com a Igreja Católica e com aquela paróquia. O método foi mais uma espécie de ritual, e eu não acredito que a escolha por executar o assassinato durante uma missa fúnebre fosse um mero acaso.

— Concordamos em tudo — disse Eve.

— Veneno é um tipo distante de arma. Ele afasta o assassino da vítima, mas também pode dar ao assassino a vantagem de permanecer longe e testemunhar a morte. A multidão na igreja proporcionaria uma excelente cobertura para isso. Haveria distância, mas também intimidade. Eu diria que ambas eram desejadas. Uma execução pública.

— Por que torná-la pública se o próprio assassino não tiver a chance de assistir?

— Justamente. Mas foi uma execução por qual crime? Certamente o crime teve algum efeito direto sobre o assassino. A simples exposição não foi suficiente. Para uma pessoa de fé, como o ritual, o método, o momento e o local indicam para mim, o pecado, o crime, tinha que ter sido profunda e desesperadamente pessoal.

— Trata-se do bairro, do lar, da ligação com as gangues locais. A resposta está lá, em algum lugar.

— Sim, o método e o lugar importavam. O assassino foi maduro o suficiente para planejar, para escolher. Estava envolvido demais nessa fé e sabia como usá-la. É organizado, atento e provavelmente devoto. A intimidade e a distância do veneno o tornam, muitas vezes, uma arma feminina.

— Sim, nenhum punho envolvido — comentou Eve. — Veneno não é sangrento. Não usa a força, não há contato físico. Uma mulher de cinquenta quilos pode derrubar um homem de cem quilos sem sequer lascar a unha.

Mira se recostou enquanto as saladas eram servidas.

— Você acha que a pessoa que assassinou Jenkins vai confessar?

— A culpa vai corroer essa pessoa de dentro para fora.

— É um homem ou uma mulher de fé, então?

— Sim, eu acho que sim. É uma pessoa que acredita.

— Seus dois casos podem não estar conectados pelo mesmo assassino, mas eu acho que podem ter ligação com o mesmo tipo de pessoa. Acho que ele ou ela também é uma pessoa de fé. E se esse for o caso, ele ou ela precisará confessar. Não para você. A Igreja da Luz Eterna não oferece confissão, nem penitência ou absolvição por um representante de Cristo.

— Mas os católicos, sim.

— Exato. O assassino de Flores confessará ao seu padre.

Capítulo Doze

Eve voltou à Divisão de Homicídios com a ideia de buscar Peabody e conversar novamente com os padres da Igreja de São Cristóvão. Uma confissão, pensou. Ela achava que Billy Crocker precisaria livrar-se daquele peso. O impulso e até a paixão reprimida teriam sido suficientes para fazê-lo ir até o fim com o assassinato em si, mas as consequências e o sofrimento que o cercavam agora o iriam ferir e incomodar. Acrescentando a frase de despedida de Eve, que deixava claro que ela o havia reconhecido como assassino, pronto: ele acabaria subjugado pelo peso da própria culpa. Eve já percebera isso nos olhos dele.

O assassinato de Flores, porém, era mais profundo, passava a sensação de ser mais profundo. Era algo mais pessoal e mais ligado ao ritual da fé. Para Eve, Mira havia acertado na mosca. O assassino iria buscar a confissão, outro ritual de fé.

Talvez já tivesse feito isso.

Ela precisava falar com os padres e com alguns dos tatuadores da sua lista. Mas esse era um tiro no escuro. Encontrar o tatuador que trabalhara naquele Lino específico quase vinte anos antes seria muito difícil. Contudo, se ela não conseguisse encontrar outro modo, valeria a pena tentar.

Ela já se dirigia à sua divisão quando se lembrou de que Peabody não estaria mais lá. Estava planejando uma festa, era só o que faltava! Por que as pessoas precisavam fazer festas o tempo todo? Comidas, bebidas, presentes, decorações e compromissos, todos organizados em listas; discutidos e planejados arduamente até o último detalhe idiota.

Outro ritual, pensou, abrandando o passo. Todos aqueles enfeites, o *timing* perfeito, as palavras, as músicas, os esquemas.

O assassino tinha de ter feito parte desse ritual. *Tinha* de estar na igreja no momento em que Lino bebeu o vinho sacramental. *Tinha* de observar a sua morte — o ritual da morte. Uma possível ligação com a família de Ortiz. Mas isso parecia errado e desrespeitoso para com o velho, a menos que... A menos que o pecado, o crime que Lino cometera no passado, tivesse ligação, de alguma forma, com Ortiz.

Ele passava pela casa de Ortiz durante a corrida todas as manhãs, lembrou-se. Haveria um propósito naquilo?

Quem sabe uma ligação menos íntima? Um amigo da família, um vizinho, um cliente de longa data, um empregado.

Matutando sobre essas ideias, ela entrou na sala de ocorrências e viu Baxter flertando com Graciela Ortiz. Não havia dúvidas a esse respeito, refletiu; sua linguagem corporal e o brilho dos olhos mostravam que ele tentava pescar algum interesse sexual. Por outro lado, como Eve já sabia, Baxter seria capaz de flertar até com o holograma de uma mulher.

— Policial Ortiz.

— Olá, tenente. Passei por aqui, mas o detetive me disse que você e sua parceira estavam fora.

— Agora estou dentro. Meu escritório é logo ali em frente. Pode entrar, por favor.

Salvação Mortal

— Até logo, detetive — disse Graciela, lançando para Baxter uma última rajada de seus olhos verdes e líquidos.

— A gente se vê, policial. — Seu sorriso se ampliou de uma forma tão desavergonhada que ele não se preocupou em disfarçar quando olhou para Eve. Bateu com a mão no peito com força, imitando um batimento feliz do coração. — Não há como não amar uma mulher de farda — disse a Dallas.

— Não penso da mesma forma. Se você está com tempo sobrando para dar em cima de subordinados, Baxter, talvez eu precise aumentar sua carga de trabalho.

— Dallas, às vezes um homem precisa de algo para fazer o tempo passar.

— Não no meu relógio. Mas, já que você tem tanto tempo livre, poderá usá-lo para pesquisar todos os mortos não identificados de Nevada, do Novo México e do Arizona nos últimos sete anos.

— *Todos?* Nossa, você é das duras.

— Sou, sim. E seja grato por eu estar limitando a pesquisa entre os que tinham entre 25 e 40 anos.

Ela se virou quando ele resmungou:

— Ah, *agora* vai ser moleza.

Ela entrou em sua sala e cumprimentou mais uma vez.

— E então, agente Ortiz?

— Quis falar pessoalmente com a senhora sobre as conversas com familiares e amigos. Não vi nada que eu já não esperasse... choque, tristeza, até mesmo ultraje. O padre Flores era, como eu já lhe disse, muito popular. Bem, pelo menos no tempo em que acreditávamos que ele era o padre Flores.

— E agora?

— Há mais choque, mais tristeza, mais ultraje. Na verdade, como ele celebrou casamentos, encomendou mortos em enterros e fez batizados de muitas pessoas da família nos últimos anos, podemos acrescentar preocupação. Algumas pessoas da minha família são do tipo tradicional, muito ortodoxas. Existem questionamentos sobre se os casamentos estão confirmados aos olhos de Deus e da Igreja. Padre López nos assegurou que esse é, sim, o caso, mas acrescentou que ele e o padre Freeman estarão à disposição para renovar todos os sacramentos daqueles que desejarem. Para ser franca, tenente, é uma tremenda confusão.

Ela balançou a cabeça e continuou.

— Gosto de pensar que sou uma pessoa progressista e prática. Só que eu fiz confissões para esse homem e recebi comunhão consagrada por ele. Eu me sinto... violada e furiosa. Certamente compreendo o que muitos de minha família estão sentindo agora.

— A morte dele colocou um ponto final na violação.

— Bem... Sim, de certo modo. Mas também a revelou. Se nós nunca tivéssemos descoberto... Ela encolheu os ombros. — Mas descobrimos, então acho que esta é exatamente a posição que todos decidimos tomar com relação a isso. Minha mãe acha que devemos olhar para o lado positivo. Teremos uma renovação em massa de votos diversos e de batismos. E faremos uma grande festa. Talvez ela tenha razão.

— Havia muitas pessoas no funeral que não eram membros da família.

— Sim. Conversei com alguns deles, pelo menos com aqueles que eram mais chegados a Poppy ou que ele conhecia melhor. Todos eles deram mais ou menos o mesmo testemunho. Não sei se isso poderá ser útil para a sua investigação.

— Você me adiantou alguns passos. — Eve refletiu por um instante. — Você tem vários parentes, imagino, com mais ou menos a mesma idade da vítima. Por volta dos 35 anos.

— Sim, somos muitos.

— Vários deles moram naquele bairro desde que eram crianças e adolescentes. E muitos eram membros da igreja.

— Sim.

— Alguns foram ex-membros dos Soldados?

Salvação Mortal

Graciela abriu a boca e tornou a fechá-la. Então, soltou um suspiro.

— Alguns foram, sim, suponho.

— Preciso de nomes. Não pretendo lhes trazer problemas, nem vou desenterrar coisas que eles fizeram no passado. Mas pode haver alguma ligação.

— Vou falar com o meu pai. Ele não fazia parte disso, mas... Ele vai saber.

— Você prefere que eu fale diretamente com ele?

— Não, vai ser mais fácil ele falar comigo. Eu sei que um primo dele era um membro e morreu de forma violenta quando eles ainda eram meninos. Ele não gosta de gangues.

— Qual era o nome do primo?

— Julio. Tinha apenas 15 anos quando foi morto. Meu pai tinha 8 anos e aprendeu muito com a experiência. Nunca se esqueceu do primo e o usava sempre como exemplo e alerta, especialmente para meus irmãos e primos. "É isso que acontece quando você vai para longe da família, da lei e da igreja, quando usa a violência em vez do trabalho árduo e da educação para conseguir o que quer."

— Seu pai me parece um homem sensato. — Pelos cálculos rápidos que Eve fez, viu que a morte de Julio era muito antiga para se aplicar a Lino.

— Ele é, sim, e também muito severo. Falarei com ele hoje à noite.

— Obrigada. Mais uma coisa. Eu soube que a vítima corria regularmente todas as manhãs, e a rota o fazia passar pela casa do seu avô.

— Sim, é verdade. Poppy mencionou isso algumas vezes. Brincava com os padres, pedindo que eles abençoassem a casa ao passarem. Sempre os via quando saía para dar sua caminhada matinal.

— Então não havia conflitos entre eles?

— Entre Poppy e os sacerdotes em geral, inclusive aquele que não era? Não, conflito nenhum. Muito pelo contrário. A vítima costumava comer no restaurante de Poppy ou até mesmo na casa dele, especialmente quando minha avó ainda era viva. Ele sempre comparecia às nossas festas de família. Nós o considerávamos um de nós.

— Certo.

Quando ficou sozinha, Eve voltou ao quadro que montara. Reorganizou as fotos e as novas evidências. Caminhou pela sala e tornou a arrumar tudo. Conexões. Qual daquelas vidas se cruzara com a de outros? Quando e como?

Deu um passo para trás, foi até a sua mesa e ligou para McNab.

— Quero ouvir alguma novidade — exigiu.

— A pesquisa resultou em dois Linos — informou ele. — Um deles mora no México, numa espécie de fazenda comunitária. Trocou de nome, por isso escapou em algumas das buscas. Assumiu o nome de Lupa Vincenta, legalizou a mudança e tudo o mais. Essa comunidade está ligada, de certo modo, ao Movimento Família Livre. O cara raspou a cabeça, usa uma espécie de manto marrom e cria cabras. Está vivo e bem, se você contar que vestir um manto medonho e marrom possa significar algo bom, o que, na minha opinião...

— Não pedi sua opinião.

— Então tá. O outro anda se mantendo na surdina, fora do radar, evitando duas ex-esposas com quem esteve casado ao mesmo tempo. Mora no Chile, pelo menos foi o último local onde eu o rastreei. Mas a data é de três meses atrás. Está pesando quase 120 quilos agora. Provavelmente pulou fora novamente, já que as duas mulheres abriram processos contra o ex-marido. Tem seis descendentes legais e vive tentando se esquivar de pagar pensão.

— Que figura nobre! Transmita essas informações às autoridades competentes.

Salvação Mortal 231

— Já fiz isso. Quem tem filhos deve cuidar deles. Estou trabalhando em outro nome agora.

Ela havia imaginado isso, já que McNab não parava de batucar no teclado enquanto conversava. Eve nunca tinha conhecido um geek que conseguisse ficar quieto enquanto trabalhava.

Exceto Roarke, logo se corrigiu.

— Eu continuo perdendo esse aqui de vista — acrescentou McNab. — Ele saltou muito de um lado para outro, trocou de nome e depois voltou a trocar. O que eu descobri foi que ele se enrolou num lance em que se envolveu sob uma das suas alcunhas, pulou fora, voltou a usar o nome verdadeiro e se manteve dentro da lei, mas logo foi em frente e arrumou outra alcunha.

— Qual é o nome verdadeiro?

— Lino Salvadore Martinez.

Eve fez uma busca em seu computador.

— A idade é certa e o local de nascimento também. Continue procurando.

Eve desligou e pediu uma atualização nos dados de Martinez. Conseguiu os nomes do pai e da mãe, observou, mas o paradeiro do pai era desconhecido desde quando Lino Martinez fez 5 anos. A mãe, Teresa, solicitou e lhe foi concedido o status de mãe profissional; recebeu pagamentos desde que o filho nasceu. O emprego anterior foi como...

Eve ampliou a busca e depois se recostou na cadeira.

— Garçonete no restaurante Abuelo's, de Hector Ortiz. Interessante. Sim, bem interessante. Ela voltou a trabalhar lá quando seu filho atingiu a idade de 15 anos, novamente como garçonete. Trabalhou por mais seis anos, antes de se casar novamente e se mudar para o Brooklyn. Muito bem, Teresa. — Ela anotou o endereço atual e murmurou: — Acho que precisamos ter uma conversinha.

Pegou o comunicador e entrou em contato com Peabody.

— Qual é a sua localização? — quis saber, quando a parceira apareceu na tela.

— Acabei de entrar no prédio da Central. Fizemos uma reunião fantástica e combinamos que...

— Encontre-me na garagem. Vamos até o Brooklyn.

— Ah. Tudo bem... Mas por quê...?

Mas Eve simplesmente desligou o comunicador e se preparou para sair. Quase atropelou Baxter no corredor.

— Duvido que você já tenha terminado as suas buscas.

— Não tenho como terminar essas buscas nas próximas vinte horas de trabalho. Vim aqui avisar que você tem visita. Um sujeito chamado Luke Goodwin, acompanhado por um tal de Samuel Wright... e Billy Crocker.

— Foi mais rápido do que eu pensava. — Ela voltou para a sala e ordenou que Baxter a seguisse. — Preciso conseguir uma sala de interrogatórios agora mesmo. Espere um pouco.

Ela ordenou que seu computador pesquisasse a disponibilidade de locais e reservasse a sala C.

— Certo, diga a eles que estou chegando e os acompanhe até a sala de interrogatório. Seja simpático e agradável, ofereça refrescos ou algo assim.

— Isso vai tirar tempo da minha tarefa atual.

— Metade da qual você já passou para o seu assistente. Trueheart pode continuar a pesquisa enquanto você instala os visitantes. Se eu conseguir a confissão de Crocker, quero que ele seja fichado e encarcerado nos próximos noventa minutos. — Ela verificou seu relógio de pulso. — A partir deste momento, vou liberar você de metade das suas buscas.

— Combinado.

Quando ele saiu, Eve ligou novamente para Peabody.

— Mudança de planos. Venha e me encontre na porta da sala de interrogatório C. Estamos com Crocker e companhia lá dentro.

— Jesus! Se eu fosse uma pessoa menos nobre, isso iria me deixar irritada. É revoltante saber quanto você está quase sempre certa.

Salvação Mortal 233

— E eu, como sou uma pessoa muito pouco nobre, vou deixar que você banque a policial boa em nossa apresentação de hoje.

Eve cortou a resposta de Peabody pela raiz e contatou os gabinetes de Whitney e de Mira para relatar que seu principal suspeito no homicídio de Jenkins estava na Central.

— Certo, Billy — murmurou —, vamos ver o que você tem a dizer em sua defesa.

Ela ainda se demorou mais um pouco, de modo a dar a Baxter a chance de instalá-los confortavelmente e de Peabody conseguir subir da garagem. Já tinha sua estratégia esboçada na cabeça, pois a projetara pouco depois de se encontrar com Mira. Devido a isso, não se viu nem um pouco surpresa ao saber que Billy tinha levado Luke.

O confessor, pensou.

Antes de entrar, ela parou na Sala de Observação e observou pelo vidro a posição dos visitantes. Billy estava sentado à mesa, flanqueado pelos genros da vítima. O advogado parecia sombrio e olhava para o outro lado, sem se virar para o agente. Luke parecia... triste, avaliou Eve. Uma versão leiga e mais sofisticada de López.

E o próprio Billy? Inquieto, atemorizado e à beira das lágrimas.

Ela deu um passo para trás quando Peabody veio caminhando pelo corredor.

— Ele trouxe o padre e o advogado — comentou Eve.

— Padre?

— Modo de dizer. Luke Goodwin. Crocker já contou a eles tudo que pretende nos contar, provavelmente até mais. Sim, ele contou mais; o advogado pode estar chateado e chocado, mas ainda é um advogado e deve ter aconselhado algum tipo de estratégia. Você será a policial boa, que entende por que ele tinha que fazer o que fez. Você quer ajudá-lo.

O rosto de Peabody ficou melancólico.

— Será que alguma vez eu vou poder ser a policial má?

— Claro, assim que estiver disposta a chutar um cãozinho atravessando a rua a fim de derrubar um suspeito.

— Ahhh, mas tem que ser um cãozinho?

— Mantenha na cara esse olhar de salvar o cãozinho. É perfeita pra isso. — Eve abriu a porta e cumprimentou Baxter com a cabeça. — Obrigada, detetive. Olá, sr. Goodwin, sr. Wright, sr. Crocker.

— Meu cliente quer fazer uma declaração — começou Samuel.

— Ótimo. Só um instante. Começando a gravação. Aqui fala a tenente Eve Dallas — começou ela, listando os nomes de todos os presentes assim que se sentou. — Sr. Crocker, o senhor já foi informado de seus direitos e deveres, certo?

— Certo.

— Afirmo, para que conste na gravação, que o senhor compreende todos os seus direitos e obrigações nas questões relacionadas à morte de James Jay Jenkins.

— Sim, eu...

— E entrou nesta entrevista por vontade própria, trazendo Samuel Wright como advogado?

Billy pigarreou.

— Sim.

— O senhor também gostaria que o sr. Goodwin testemunhasse a sua declaração, neste momento?

— Sim, gostaria.

— Estou aqui para testemunhar — disse Luke — e servir de conselheiro espiritual para Billy. Tenente Dallas, isso é muito difícil para todos nós. Espero que a senhora leve em consideração que Billy se apresentou aqui voluntariamente, e que a declaração que pretende apresentar é sincera e muito sentida.

— Acho que, de todas as pessoas ligadas a este assunto, as coisas estão sendo muito mais difíceis para o sr. Jenkins, já que ele está morto e congelado. Quanto à sinceridade e ao sentimento? — Ela deu de ombros. — Não me importo muito com isso. Estou

Salvação Mortal

interessada nos fatos. Você serviu uma dose de cianeto para o seu bom e velho amigo Jimmy Jay, não foi, Billy?

— Não responda! — aconselhou Samuel, em voz baixa. — Tenente Dallas, meu cliente está disposto a fazer uma declaração completa em troca de um pouco de consideração e respeito.

— Não me sinto muito respeitosa neste momento.

Algo brilhou nos olhos de Samuel, e Eve notou que ele também não se sentia assim. No entanto, ele continuou o seu trabalho.

— A mídia está fazendo uma festa com os dois homicídios recentes, e continua dando mais destaque à morte do meu sogro. Quanto mais tempo levar para o caso ser investigado, mais atenção ele receberá; tanta atenção poderá provocar danos a esse departamento e ao seu trabalho.

— Você quer que eu proponha ao seu *cliente* um acordo, antes mesmo que ele me conte uma merdinha que seja? E diz que eu deveria fazer isso para poupar a mim e à Polícia de Nova York da atenção da mídia? — Ela se inclinou para frente. — Sabe de uma coisa, *Sam*? Eu gosto de atenção. Vou fazer com que seu cliente seja fichado e encarcerado em menos de 24 horas, com ou sem a declaração dele. Portanto, se isso é tudo...

Ela começou a se levantar, e Peabody se intrometeu.

— Tenente, talvez devêssemos esperar um minutinho.

— Talvez você tenha mais tempo para desperdiçar que eu.

— Tenente, por favor... Veja, se o sr. Crocker veio até aqui e se dois dos genros da vítima estão dispostos a apoiá-lo, acho que precisamos ouvir o que ele tem a dizer. E saber das circunstâncias. — Ela enviou para Billy um olhar de solidariedade. — Nada disso está sendo fácil para ninguém. Eu sei que você era amigo do sr. Jenkins, bons amigos, há muito tempo. O que quer que tenha acontecido, deve estar sendo duro. *Com certeza.*

— Éramos amigos — conseguiu dizer Billy. — Chegados como irmãos.

— Entendi essa parte — voltou Eve — Só que não podemos fazer acordos aqui. Aliás, nem sabemos ainda o que você vai nos dizer. Mas isso não significa que não podemos ou não desejamos ouvir tudo com a mente aberta.

— A senhora pode tirar da mesa a acusação de assassinato em primeiro grau — propôs Samuel. — Pode entrar em contato com o promotor e negociar isso antes que tudo vá em frente.

— Não — reagiu Eve, sem rodeios.

— O procurador não aceitaria isso — continuou Peabody, mantendo o tom razoável do tipo "eu gostaria de poder ajudar". — Mesmo que nós...

— Eu *não vou* fazer isso. — Eve olhou com raiva para Peabody. — Não preciso da declaração dele para encerrar este caso. Talvez isso ajudasse a encerrá-lo mais cedo e colocasse um lindo laço vermelho no pacote, mas não ligo muito para essas frescuras. Faça uma declaração ou não faça. Se quiser tentar um acordo com o promotor, arranje isso em seu tempo livre. Este tempo é meu, e você o está desperdiçando.

— Billy — disse Luke, com a voz suave. — Você precisa fazer isso. Sam... Ele ergueu de leve a mão para impedir o advogado de discutir. — Não se trata apenas das leis do homem. Você precisa fazer isso para começar a agir como é certo diante de Deus, Billy. Precisa fazer isso por sua alma. Não pode haver salvação sem a admissão do pecado.

O silêncio recaiu. O relógio pareceu tiquetaquear mais devagar. Eve aguardou, impassível.

— Eu acreditei que fosse a coisa certa a fazer. — Billy engoliu em seco. — A *única* coisa. Talvez fosse o Diabo trabalhando através de mim, mas eu acreditava que, naquele momento, estava agindo em nome de Deus.

Billy ergueu as mãos num gesto de súplica.

— Jimmy Jay tinha se afastado e continuava se afastando cada vez mais do caminho da luz. A bebida... Ele já não conseguia mais

Salvação Mortal

enxergar o pecado nela, nem via que sua fraqueza por ela corroía a sua alma. Ele traía a esposa, os seguidores e não via isso como traição, mas como uma espécie de piada. Algo divertido. Tornou-se menos cauteloso, bebendo cada vez mais; muitas vezes escrevia os sermões e até mesmo pregava sob a influência do álcool.

— Então você o matou só porque ele andava bebendo vodca demais? — indagou Eve. — Ora, por que então não invadiu um bar ou uma boate qualquer numa noite de sexta-feira para ganhar na quantidade?

— Tenente, por favor... — murmurou Peabody, inclinando a cabeça para Billy. — Você não conseguiu convencê-lo a parar?

— Ele gostava daquilo e acreditava que cada homem tinha direito, e era até mesmo esperado, que tivesse falhas e fraquezas. Buscar a perfeição era procurar assumir o lugar de Deus. Só que... Ele chegou a envolver até mesmo as filhas nessa farsa, e pediu a Josie, especificamente Josie, que lhe preparasse a bebida. Este não é um ato amoroso de um pai, concordam? Ele perdeu o rumo. A bebida o corroeu, o tornou fraco e o levou a ceder às tentações da carne.

— E por isso ele trepava por aí e chifrava a mulher?

— Esses são termos desagradáveis, tenente — Luke sacudiu a cabeça.

— Esse é um comportamento desagradável — retrucou Eve. — Você sabia sobre os casos dele?

— Sabia. Cinco vezes antes ele cometeu adultério e quebrou um dos mandamentos. Mas se arrependeu. Veio me procurar para podermos orar juntos, para que ele pudesse pedir absolvição e conseguisse forças para resistir à tentação.

— Você encobriu as puladas de cerca dele.

— Sim. Por muito tempo eu fiz isso. Ele sabia o que arriscava ao cair em tal pecado. Arriscava a alma, a esposa, a família, a própria igreja. E ele lutou.

Lágrimas brilharam nos olhos de Billy, que tentou enxugá-las com as costas da mão.

— Ele era um homem bom — afirmou. — Um grande homem com profundas fraquezas; tinha as forças do bem e do mal lutando dentro de si. E dessa vez, dessa última vez, ele não resistiu e não se arrependeu. Recusou-se a ver nisso um comportamento pecaminoso. Distorceu a Palavra de Deus, entende? Fez isso para atender às suas próprias necessidades básicas. Ele alegou que, com esta nova mulher, e com a bebida, ele adquiria mais luz, mais perspicácia, mais verdade.

— E, mesmo assim, você também cobriu as escapadas dele — insistiu Eve.

— Foi ficando cada vez mais difícil para a minha consciência. O peso... E também saber que eu era parte daquilo; ele tinha me transformado em parte daquilo. Cúmplice da sua traição a Deus e à sua boa esposa. Então, assim como aconteceu com a bebida, ele se tornou menos cauteloso. Era apenas uma questão de tempo até que seus pecados fossem todos descobertos. Pecados que poderiam ter danificado, de forma irreparável, todo o trabalho que veio antes. Tudo que ele tinha feito, tudo o que tinha construído, estava em risco, caso ele fosse pego nesse ciclo de pecados.

— Então você pôs um fim a esse ciclo.

— Não havia escolha. — Seu olhar se encontrou com o de Eve e pareceu suplicar para que ela compreendesse ao menos aquele ponto. — A igreja, entende? A igreja é maior do que qualquer um de nós individualmente. E deve ser protegida. Eu orei por ele, eu o aconselhei, discuti com ele. Jimmy Jay não enxergava mais nada. Estava cego para tudo. Somos apenas homens, tenente. Até Jimmy Jay. Ele se apresentava como líder da igreja, como um representante do Senhor na Terra, mas no fundo era apenas um homem. E esse homem teve que ser impedido de ir em frente, para salvar a sua alma e para preservar a obra da Igreja da Luz Eterna.

— Você o matou para salvá-lo?

— Isso mesmo.

— E para salvar a igreja.

Salvação Mortal 239

— Para salvar tudo o que ele tinha construído, para que sua obra pudesse continuar depois dele, para que ela pudesse sobreviver e prosperar, para que outros pudessem ser salvos.

— Por que resolveu fazer isso aqui e agora?

— Eu... Foi a morte do padre papista. Aquilo me pareceu um sinal. Compreendi então que, se Jimmy Jay tivesse de ser salvo, se a Igreja da Luz Eterna deveria continuar sem ele, a sua morte tinha de ser rápida e pública. Isso levaria os outros a olharem para dentro de si em busca da própria luz; isso os levaria a compreender que a morte chega para todos e a salvação deve ser conquistada.

— Onde você conseguiu o cianeto?

— Eu... — Ele umedeceu os lábios. — Aproximei-me de um traficante no subterrâneo da Times Square.

Eve ergueu as sobrancelhas.

— Você foi ao subterrâneo daquela área? Isso é sinal de muita coragem ou burrice.

— Eu não tinha *escolha*. — Suas mãos formaram uma bola sobre a mesa e continuaram fechadas com força. — Tinha que ser feito rapidamente. Eu paguei o dobro para garantir o produto e para manter a discrição.

— Nome do traficante?

— Nós não trocamos nomes.

Ela assentiu, sem se surpreender. Haveria muito tempo para insistir naquilo depois.

— Você comprou o veneno. E então...?

Samuel ergueu a mão.

— É realmente necessário que nós...

— É, sim. E então? — repetiu Eve.

— Eu mantive o pacote comigo. Uma quantidade muito pequena, na verdade. Tive que rezar para que fosse suficiente. Eu não queria que ele sofresse. Eu o amava. Por favor, acreditem em mim. — Billy olhou de Luke para Samuel. — Por favor, acreditem em mim!

— Vá em frente, Billy. — Luke colocou a mão brevemente no ombro do agente.

— Eu pretendia falar com ele novamente para tentar convencê--lo a reconhecer seus pecados e arrepender-se. Só que naquele dia mesmo ele foi para o quarto da amante. Quando, depois, nos falamos sobre isso, ele riu. Riu! Disse que nunca se sentira mais forte. Ou mais perto de Deus. Para pregar contra o pecado, o homem deve *conhecer* o pecado. Ele estava estudando melhor as Escrituras, segundo me contou. — Billy fechou os olhos. — Passou a vê-las com outros olhos porque passara a acreditar que Deus queria que o homem tivesse mais de uma esposa. Cada uma delas serviria para preencher uma ou mais das suas necessidades e limparia a mente e o coração dele, a fim de que pudesse se dedicar ao bom trabalho do Senhor. Eu soube então que já era tarde demais para trazê-lo de volta, tarde demais para guiá-lo para o caminho certo. Sabia que a única maneira de salvá-lo e de salvar tudo e todos era acabar com sua vida mortal. Era enviá-lo para Deus.

Ele respirou fundo quando Eve não disse nada.

— Esperei até que a água do palco estivesse no lugar de sempre. Orei, orei muito, até mesmo quando adicionei o veneno à terceira garrafa. Parte de mim ainda esperava que ele fosse atingido pela luz antes de pegar aquela garrafa. Esperei para que surgisse outro sinal. Mas não aconteceu nada.

— Alguém mais estava ciente do que você planejava fazer ou soube do que fez? Você contou isso a mais alguém de sua confiança?

— Só para Deus. Eu acreditava que estava fazendo a obra Dele e seguindo a Sua vontade. Mas ontem à noite tive sonhos terríveis. Visões do inferno e de sofrimentos horrorosos. Agora eu acho que o Diabo se apossou de mim. Fui enganado.

— Sua defesa é que você foi enganado por Satanás — concluiu Eve. — Não é tão original quanto você poderia imaginar. E os seus sentimentos por Jolene Jenkins não pesaram na hora em que você colocou veneno na água do marido dela?

Salvação Mortal **241**

Um rubor opaco subiu nas bochechas pálidas de Billy.

— Eu esperava poupar Jolene da dor e da humilhação que a traição de seu marido traria.

— Com um benefício adicional em potencial, que seria assumir o lugar do morto na cama que ele dividia com a esposa.

— Tenente — interrompeu Luke. — Ele já confessou seus pecados e seus crimes. Há necessidade de mais? Ele está preparado para aceitar seu castigo neste mundo e no próximo.

— E você está satisfeito com isso?

— Não é para mim. — Luke colocou a mão sobre a de Billy. — Vou rezar por você.

Billy deitou a cabeça sobre a mesa e se entregou às lágrimas. Enquanto chorava, Eve se levantou.

— Billy Crocker, você está sendo preso pelo assassinato premeditado de James Jay Jenkins, um ser humano. A acusação é de assassinato em primeiro grau. — Ela circundou a mesa para algemá-lo e o ajudou a se colocar de pé. — Peabody!

— Sim, senhora, vou levá-lo. Venha comigo, sr. Crocker. O senhor poderá se encontrar com o seu cliente depois que ele tiver sido fichado — anunciou a Samuel.

— Desligar gravador! — ordenou Eve, depois que Peabody o levou para fora. — Agradeço por tê-lo convencido a vir se entregar — disse para Luke. — A gravação já foi interrompida — acrescentou, quando ele balançou a cabeça para os lados. — Admiro a sua fé e a sua contenção — disse em seguida, para Samuel. — E também a sua lealdade.

— Um homem bom está morto — disse Luke, com a voz calma. — Outro está arruinado. Vidas foram destruídas.

— Um assassinato faz isso. Ele cobiçou a esposa de outro homem, não foi o que aconteceu? Você sabe disso; eu sei disso. Todos sabemos que isso foi parte do que aconteceu, não importa como ele se justifique.

— Não basta que ele responda a Deus por mais esse pecado?

242 ❧ J. D. ROBB ❧

Eve olhou para Luke com atenção.

— Ele vai responder a tudo isso de modo pleno aqui mesmo e agora; o resto, eu deixo por sua conta. Você vai continuar a representá-lo? — perguntou a Samuel.

— Só até que um advogado de defesa criminal mais experiente possa ser contatado. Gostaríamos de voltar para casa. Queremos levar embora nossa família o mais rápido possível.

— Acredito que eu possa liberar todos vocês amanhã. Se o advogado mais experiente optar por levá-lo a julgamento, as circunstâncias do motivo virão à tona. É bom considerar isso. — Eve abriu a porta. — Vou lhes mostrar onde vocês podem esperar.

Ela voltou para sua sala, redigiu e arquivou o relatório e solicitou um bloqueio para a mídia em relação aos detalhes. Não havia necessidade, refletiu, em submeter Jolene e suas filhas a todas as transgressões da vítima. Pelo menos por enquanto.

Ergueu os olhos quando Peabody entrou.

— Ele já está na cela — avisou Peabody. — Eu o coloquei sob vigília contra suicídio. Tive uma sensação estranha e fiz isso.

— Não creio que ele vá tomar o caminho mais fácil, mas, se você teve essa intuição, fez bem em segui-la.

— Você teve certeza de que era ele logo de cara. Acha que vão lhe oferecer algum acordo?

— Acho que vão propor assassinato em segundo grau e vincular seus atos a problemas mentais. Fé como psicose. Ele vai passar os próximos 25 anos se arrependendo.

— Isso me parece basicamente correto.

— É, basicamente correto já dá pro gasto. — Ela verificou o horário e viu que precisava liberar Baxter de suas tarefas. — Estamos quase no final do turno. Quero que você acompanhe McNab e continue a trabalhar no caso Lino. E, já que eu sei que vocês dois vão ficar se beijando e comendo porcarias gordurosas enquanto trabalham, não quero registro de nenhuma hora extra.

— Eu achei que íamos ao Brooklyn.

Salvação Mortal   **243**

— Vou cuidar disso e pretendo convencer Roarke a bancar o meu auxiliar.

— E vocês também vão ficar se beijando e comendo porcarias gordurosas?

Eve lhe enviou um olhar fulminante.

— A menos que eu entre em contato com você para lhe anunciar o contrário, me encontre amanhã de manhã na Igreja de São Cristóvão. Seis da manhã em ponto.

— Ai, por que tão cedo?

— Nós vamos à missa.

Eve pegou o seu *tele-link* para se comunicar com Roarke.

Capítulo Treze

Como Eve queria algum tempo para continuar as pesquisas que começara em sua sala, pediu a Roarke que assumisse o volante da viatura no caminho até o Brooklyn. Como nenhum deles conseguira terminar as tarefas em suas respectivas salas de trabalho até depois das seis, o tráfego estava terrível, como era de se esperar. De vez em quando, ela olhava para Roarke por cima do tablet e o via fazer manobras, ultrapassagens e subidas bruscas, sem se importar com as explosões de buzinas e algum irritante anda e para com os para-choques quase se tocando. E se perguntou — não pela primeira nem pela última vez — por que as pessoas que trabalhavam no Brooklyn não moravam no Brooklyn, e as pessoas que trabalhavam em Manhattan não moravam no mesmo maldito lugar.

— Eles realmente gostam dessa vida? — perguntou ela. — Colocar a raiva para fora e considerar isso um desafio diário? Estão pagando algum tipo de penitência masoquista?

— Você anda trabalhando em muitos casos religiosos ultimamente.

Salvação Mortal 245

— Bem, deve haver alguma vantagem em se submeter e submeter os outros a essa insanidade todos os dias.

— Questões financeiras, falta de moradia. — Ele olhou pelo espelho retrovisor e encaixou a viatura no espaço mínimo que surgiu entre um Míni e um utilitário. — Talvez o desejo de morar longe do centro, num bairro de vizinhança mais tranquila, mas continuar ganhando salário de cidade grande; enquanto isso, outros querem morar junto da energia e dos benefícios da metrópole, mas buscam emprego nos bairros mais distantes.

Com um movimento ágil, ele trocou de pista novamente e ultrapassou mais um carro; isso o fez avançar uns quatro metros.

— Talvez eles simplesmente precisem atravessar essa terrível ponte engarrafada para realizar algum negócio. O que, como sou forçado a apontar, é o nosso caso neste instante. E estamos fazendo isso em velocidade de lesma.

— Vamos investigar uma mulher que parece viver de forma sensata, pois se mudou para o outro lado da ponte eternamente engarrafada *e também* conseguiu um emprego perto de onde mora. Faz uma viagem de dez minutos a pé para o trabalho. Menos que isso, se for de metrô. Se descobrirmos que ela é mesmo a mãe do meu Lino, eu me pergunto se ele costumava se arrastar a passo de lesma até o Brooklyn para ir visitá-la.

Aceitando o fato lamentável de que eles estavam total e absolutamente presos naquele engarrafamento, Roarke se recostou no banco e esperou uma chance para seguir em frente.

— Você a visitaria, se fosse você? — perguntou ele.

— É difícil me colocar nessa situação, pois, pelo pouco que eu me lembro do relacionamento com minha mãe, nossa vida não era toda biscoitinhos e leite. Só que... Se você volta para o lugar onde nasceu, se esconde durante cinco ou seis anos e a sua mãe... que, até onde eu verifiquei, é o seu único parente de sangue ainda vivo, à exceção de um meio-irmão que nasceu depois que você sumiu... mora do outro lado da ponte, engarrafada ou não... Parece que você sentiria algum tipo de impulso para vê-la. Ao menos para verificar como ela está passando.

— Pode ser que a vida não fosse toda biscoitinhos e leite com a mãe dele também.

— Mas ele manteve a medalha que ela lhe deu de presente, então havia algo ali, algum vínculo. E se existia esse vínculo, ele talvez gostasse de vê-la, saber como estava, o que fazia, com quem tinha se casado, conhecer o meio-irmão. Sei lá, alguma coisa.

— Se este for mesmo o Lino que estamos procurando.

— Sim, se for. — Eve franziu a testa, perguntando a si mesma se apostar num simples palpite valia aquela viagem até o Brooklyn naquela hora do dia, com aquele trânsito — Primeira dúvida: se confirmarmos que era Lino, se ele tiver feito contato e foi ver a mãe, ela certamente já sabe, com toda a cobertura da mídia, que o filho está morto. Como ela lidaria com isso? Ninguém entrou em contato com o necrotério para saber sobre a morte de Lino, exceto o padre López. Eu verifiquei isso. Não houve solicitações de nenhum tipo nem pedidos para ver o corpo.

Roarke não disse nada por um momento, mas logo declarou:

— Eu pensei longamente na possibilidade de não fazer contato algum com a minha família na Irlanda. Decidi apenas saber como eles estavam, fazer uma pesquisa sobre a irmã da minha mãe e os outros parentes. Talvez observá-los de longe, por assim dizer, sem promover contato direto.

Eve se perguntava sobre isso. Sabia que ele tinha ficado bêbado na noite anterior ao dia em que fora conhecer a tia. E Roarke não era um homem do tipo que bebia até cair.

— Por quê?

— Por um monte de razões. Muitas delas, muitas *mesmo*, pesando contra a única razão que eu tinha para ir lá bater à porta da casa deles. Mas eu precisava vê-los, falar com eles, ouvir suas vozes. A dela, especialmente. A voz de Sinead, a irmã gêmea da minha mãe. Mas preferia ser torturado a bater àquela porta.

Salvação Mortal

247

Ele ainda se lembrava do momento difícil e do pânico que o tinha feito suar.

— Foi terrivelmente difícil fazer aquilo. O que eles pensariam a meu respeito? Será que olhariam para mim e veriam apenas o meu pai? Se isso acontecesse, o que eu faria? Será que me analisariam e veriam unicamente os meus pecados, que são abundantes, e nenhum traço dela, da mãe que eu nem sabia que ainda existia depois de eu ter nascido? O filho pródigo tem um fardo muito difícil de carregar.

— Mas você bateu lá. É isso que você é. — Eve ficou em silêncio enquanto recordava a cena. — Pode não ser quem ele era. Alguém que conseguiria fazer o que ele fez, viver como alguém, como *outra pessoa* durante anos. É difícil explicar isso à mamãe, a menos que a mamãe seja do tipo que não daria a mínima para o que seu bebê fez. E manda matar a vaca gorda para receber o filho, como na história do filho pródigo.

— Não é "vaca gorda", é "bezerro cevado".

— Qual a diferença?

— Uns cem quilos, eu diria. Mas é para descobrir isso que estamos indo para o Brooklyn neste trânsito enlouquecedor.

— Em parte, sim. A verdade é que eu poderia ter mantido Peabody como minha parceira. Mas achei que, já que vamos investigar Teresa no trabalho e, por acaso, dito trabalho é na pizzaria do cunhado dela, poderíamos aproveitar e fazer uma boa refeição juntos.

Ele a olhou de relance.

— Isso significa que você poderá aproveitar para marcar a coluna que diz: "Sair para jantar com Roarke" e considerar que um dos seus deveres conjugais foi devidamente cumprido, não é?

Ela mudou de posição e pensou em negar, mas logo desistiu.

— Talvez, mas de qualquer modo vamos passar um tempo juntos em um lugar conceituado e que prepara "a melhor pizza do Brooklyn".

— Com este trânsito, é melhor que seja a melhor pizza dos cinco distritos de Nova York.

248   J. D. ROBB

— Pelo menos eu não pedi para você ir comigo amanhã à missa das seis horas da manhã.

— Querida Eve, para conseguir que eu fizesse isso, a variedade de favores sexuais que eu exigiria de você é tão grande e extensa que minha cabeça gira só de imaginar.

— Acho que você não pode oferecer favores sexuais em troca de fazer alguém assistir a uma missa. Mas vou pesquisar e, se pintar a chance, confirmar isso com o padre.

Ela voltou a olhar para o tablet enquanto Roarke lutava para vencer o tráfego.

Segundo os cálculos de Eve, eles levaram mais ou menos o mesmo tempo para ir do centro de Manhattan até Cobble Hill, no Brooklyn, que levariam se tivessem ido num ônibus espacial de Nova York até Roma. A pizzaria ficava na esquina de uma rua cheia de lojas, junto de uma fileira de casas antigas, todas com varandas na frente, onde os moradores se sentavam para assistir ao mundo passar.

— Ela tem trabalho hoje — disse Eve a Roarke quando eles estacionaram. — Mas, se por algum motivo não tiver comparecido, mora a dois quarteirões adiante e duas ruas acima.

— Quer dizer que, se ela não estiver no trabalho, eu poderei dar adeus ao meu jantar?

— Não sei sobre o adeus, mas o jantar poderá ser adiado para depois de eu localizá-la e conversar com ela.

Ela entrou no restaurante e foi imediatamente envolvida por aromas que lhe diziam que, se ali não era servida a melhor pizza dos cinco distritos, certamente não ficava muito atrás.

Murais de várias cenas italianas decoravam as paredes com cor de pão italiano torrado. Compartimentos junto à parede e mesas de dois e quatro lugares lotavam alegremente o lugar, debaixo de

Salvação Mortal

ventiladores de teto que espalhavam aromas maravilhosos por todos os cantos do ambiente.

Atrás do balcão da cozinha aberta, um rapaz com um avental manchado atirou uma massa de pizza para o alto, agarrou-a na queda e tornou a atirá-la, para o delírio e a alegria de crianças coladas a um vidro e acompanhadas pelo que deviam ser seus pais. Os empregados vestiam camisas em vermelho vivo, levavam bandejas no alto e serpenteavam por entre as mesas enquanto as serviam. Música tocava ao fundo e alguém cantava sobre o "amore" em um barítono rico e envolvente.

Em uma varredura rápida, Eve avistou bebês, crianças, adolescentes e até pessoas idosas que mastigavam, conversavam, bebiam vinho e analisavam os cardápios feitos de papel-cartão, à moda antiga.

— É ela. — Eve assentiu com a cabeça para a mulher que servia tigelas de massa em uma das mesas. Ela ria enquanto servia a refeição; era uma mulher bonita com cerca de 50 anos, elegante e graciosa em seu trabalho. Seu cabelo escuro preso na nuca lhe emoldurava o rosto, de onde se destacavam os olhos grandes e castanhos.

— Ela não me parece muito com uma mulher que recentemente ficou sabendo que o filho morreu envenenado — observou.

Outra mulher se apresentou, um pouco mais velha que Teresa, com o corpo mais cheio e um sorriso de boas-vindas.

— Boa noite. Querem uma mesa para dois?

— Gostaríamos, sim — respondeu Roarke, retribuindo o sorriso. — Naquela área ali, seria perfeito — completou, apontando para um canto que incluiria a área de Teresa.

— Pode demorar alguns minutos. Vocês não gostariam de esperar no bar, ali adiante?

— Obrigado.

— Irei buscá-los quando tivermos uma mesa disponível.

O bar ficava além de um arco e era tão animado quanto o restaurante. Eve se sentou num dos bancos elevados e se inclinou para ficar de olho no restaurante, enquanto Roarke pedia uma garrafa de Chianti.

— Este lugar tem um movimento excelente — comentou Eve.

— Funciona neste ponto há quase quarenta anos. Já é a segunda geração do cunhado que o gerencia. Ela se casou com o irmão do dono cerca de doze anos atrás. Seu marido partiu, ou desapareceu... quando Lino tinha 5 anos. Ele teria 34 anos agora, Lino Martinez. Por causa dos registros apagados, não consegui descobrir se ele tinha ficha criminal.

— Ou se algum dia pertenceu aos Soldados.

— Exato. Mas posso confirmar que ele teve um trabalho imenso para se manter fora do radar nos anos mais recentes da sua vida. Alterou locais de residência, adulterou identidades. Mesmo que ele não seja o meu Lino, certamente agiu fora da lei.

— Você pesquisou os registros financeiros dela? — quis saber Roarke, experimentando o vinho que o barman serviu em seu copo. — Muito bom! — elogiou.

— Tanto quanto pude fazer sem um mandado. Nada de grandes transações, nem créditos ou débitos, pelo menos na superfície. Ela vive de forma confortável, dentro dos seus meios de subsistência; e trabalha como garçonete há muito tempo.

— Para a família Ortiz, você disse, desde que morava do outro lado da ponte.

— Isso mesmo, e essa é uma conexão que vale a pena ser pesquisada com atenção. Voltou a se casar e se mudou para cá. Tem um filho de 9 anos, pediu o status de mãe profissional nos dois primeiros anos do menino, mas logo em seguida voltou a trabalhar aqui. A criança está na escola pública, não cria problema, e ela tem uma pequena poupança. Nada de especial. O marido é um trabalhador sem antecedentes criminais. Eles têm uma hipoteca para a casa, pagam as prestações de um carro, o habitual. Tudo me parece normal.

A garçonete retornou.

Salvação Mortal 251

— A mesa foi liberada. Se os senhores me seguirem, podemos levar o vinho em seguida. Uma escolha excelente, por sinal — acrescentou. — Espero que estejam gostando.

Quando eles se sentaram, o ajudante de garçom trouxe o vinho e as taças em uma bandeja.

— Teresa irá servi-los em seguida. Ela já vem falar com vocês.

— Como está a pizza? — quis saber Eve, e o rapaz sorriu.

— A escolha não poderia ser melhor. Meu irmão é o *pizzaiolo* desta noite.

— Engraçado — Eve refletiu quando eles ficaram sozinhos. — Um restaurante familiar. Outra conexão. Ela trabalhou para a família Ortiz no estabelecimento deles e depois veio trabalhar em outro restaurante familiar bem-sucedido.

— É o que ela sabe fazer e talvez justamente do que necessita. Seu primeiro marido a abandonou, e você disse que houve relatos de distúrbios domésticos antes disso. Teve o primeiro filho muito jovem, e esse filho também a deixou. Ou pelo menos foi embora, de qualquer jeito. Agora ela faz parte de uma família novamente, é mais um elo numa corrente. E me parece satisfeita — acrescentou, enquanto Teresa se dirigia para a mesa.

— Boa noite. Gostariam de algo como entrada? A alcachofra assada está maravilhosa.

— Vamos direto para a pizza. Pepperoni — ordenou Roarke rapidamente, sabendo que, se hesitasse, Eve poderia começar o interrogatório naquele momento mesmo.

— Vou fazer o pedido agora.

Ela rumou para a cozinha, mas parou quando um cliente lhe deu um tapinha carinhoso no braço. Ela fez uma pausa por tempo suficiente para trocar palavras curtas e animadas com várias pessoas, e isso mostrou a Eve que a mesa estava cheia de fregueses.

Era popular, observou. Querida por todos. Eficiente.

— Mantenha essa atitude — avisou Roarke —, e metade do restaurante vai perceber que você é uma policial nos próximos dois minutos.

— Eu sou uma policial. — Mesmo assim, ela voltou a olhar para ele. — Se Teresa é quem parece ser, aposto que mantém contato com a família Ortiz até hoje. Me pergunto se ela terá ido ao funeral. O nome dela não estava na lista que recebi de Graciela Ortiz.

— Você verificou as coroas de flores que foram enviadas? Os cartões de condolências?

— Humm. Fiz isso antes, mas não estava procurando por Teresa Franco, do Brooklyn. Mira acha que o assassino se sentirá compelido a confessar o crime... ao seu padre.

— Campo minado.

— Sim, pode ser. Billy foi fácil. No caso dele, o motivo foi impulso e luxúria, além de fé e virtude. Ele sabia que eu sabia, e isso ajudou a colocá-lo no meu colo, de bandeja. Se o assassino confessou o crime a López ou a Freeman, isso vai embolar o meio de campo. Eles irão defender a inviolabilidade da confissão porque acreditam nela.

— E você não acredita.

— De jeito nenhum. Quando alguém toma conhecimento de que um crime foi cometido, essa pessoa tem a responsabilidade e a obrigação de relatá-lo às autoridades.

— Preto no branco.

Ela franziu a testa ao olhar para o vinho.

— O que mais deveria ser? Roxo? Há uma razão pela qual separamos a Igreja do Estado. Nunca entendi como foi que esse lance de confissão inviolável escorregou pelas frestas quando aconteceu a separação.

Ela pegou um dos grissinis que saíam de um copo alto.

— Não gosto da possibilidade de depender de um padre para convencer um assassino a se entregar — explicou. — No caso de Billy, ele era um fraco, sem vontade própria; um pequeno hipócrita que não suportou encarar o que fez depois do fato consumado. Simples assim.

Ela mordeu o grissini e apontou o bastão comprido de pão crocante para Roarke.

Salvação Mortal

— O caso do assassino de Lino foi diferente; ele planejou tudo, analisou os detalhes, houve algum motivo profundo ali. Pode ter sido uma vingança, pode ter sido por lucro, pode ser por proteção própria ou de outra pessoa... mas não é uma cortina de fumaça como esse papo cagado de Billy sobre "salvar uma alma".

Já que o grissini estava apontado para ele, Roarke roubou um pedaço de Eve.

— Apesar de concordar, estou fascinado com essa dura que você está dando na religião.

— Ela é usada demais como bode expiatório, como arma e para enganar os outros. Muitas pessoas, talvez a maioria, não são sinceras, exceto quando lhes convém. Não é o caso de Luke Goodwin e de López. Eles são sinceros, vivem a religião. Dá para ver isso neles. Talvez isso torne mais difícil engolir assim a conversa-fiada dos outros. Eu não sei.

— E quanto ao assassino? Ele foi sincero?

— Estou achando que sim. Por isso será mais difícil descobri--lo e prendê-lo do que foi com Billy. Esse cara fez o que quis, sim, mas não é fanático, nem louco. Caso contrário, teria havido mais eventos, algum complemento, algum tipo de mensagem para apoiar ou justificar o ato.

Ela encolheu os ombros e percebeu que deveria, ao menos, oferecer a Roarke algo mais além de assassinato durante o jantar.

— Então, nem contei ainda sobre a briga que eu tive que separar hoje.

— Com êxito, suponho, já que não vejo nenhum ferimento.

— Aquela vaca me mordeu. — Eve tocou no ombro. — Fiquei com uma bela impressão dentária dela. Tudo por causa de uma bolsa. E não foi um assalto. Foi uma liquidação de bolsas... Ahn... Laroche, eu acho.

— Ah sim. Bolsas, malas, sapatos, produtos altamente desejados.

— Eu que o diga, já que duas malucas estavam dispostas a lutar até a morte por causa de um troço chamado "bolsa de compartimento triplo". Em peônia. Que merda é peônia?

— Uma flor.

— Eu sei que é uma porcaria de flor. — Mais ou menos. — Mas isso é um formato, um cheiro, uma cor?

— Suponho que seja uma cor. Provavelmente rosa.

— Eu contei a Mira e ela ficou com um brilho estranho nos olhos. Ligou para a loja na mesma hora e reservou a bolsa.

Roarke se recostou e riu bem no momento em que Teresa chegou para servir a pizza, dizendo:

— Eu não preciso sugerir que vocês dois se divirtam, mas espero que gostem da pizza. E, por favor, me chamem caso desejem mais alguma coisa.

Eve ficou olhando para Teresa enquanto ela se afastava — servindo, conversando e anotando novos pedidos.

— Ela tem um ritmo próprio, segue a sua rotina. Conhece bem os funcionários e seus clientes. Não me parece uma mulher que tenha um segredo profundo e sombrio. — Avaliando a pizza e chegando à conclusão de que já esfriara o suficiente para não lhe queimar o céu da boca, Eve provou um pedaço. — E serve uma pizza ótima... Excelente!

— É, sim. Ela também não me parece uma mulher que lutaria até a morte por causa de uma bolsa rosa de grife.

— Há?

— Usa sapatos bons e práticos, joias bonitas, mas longe de serem vistosas. Exibe uma aliança de casamento — acrescentou. — Isso mostra que é uma pessoa tradicional. Suas unhas são curtas, bem--cuidadas, mas sem esmalte. Ela tem uma boa pele e usa, pelo menos no trabalho, pouquíssima maquiagem. Aposto que é uma mulher que cuida de si mesma e gosta de coisas boas; coisas que duram. Mas também cuida do que tem.

Eve sorriu para ele ao dar mais uma mordida na pizza.

— Você está olhando para ela com olhos de policial.

— É muito rude você me insultar quando eu estou pagando o seu jantar. Mas aposto que a bolsa dela é tão boa e prática quanto

Salvação Mortal 255

os sapatos; também acho que ela ficaria tão chocada quanto você por ver alguém morder uma policial por causa de uma bolsa cor--de-rosa.

— Não discordo. — Eve pegou uma longa tira de queijo e a dobrou de volta sobre a fatia. — Mas nada disso significa que ela não tivesse conhecimento de que seu filho mais velho estava do outro lado da ponte, planejando um golpe de longo prazo.

— Mas você não acredita nisso pra valer.

Eve brincou com o vinho, demorando-se a responder.

— Não, não acredito, mas vou descobrir de um jeito ou de outro.

Nesse meio-tempo, não havia razão para não desfrutar da pizza realmente boa enquanto seguia os movimentos de Teresa entre o salão do restaurante e a cozinha aberta.

Esperou pacientemente que a garçonete voltasse à mesa.

— Como estava tudo?

— Ótimo.

— Posso oferecer-lhes uma sobremesa? — sugeriu, começando a limpar a mesa. — Temos tiramisu caseiro esta noite. Está incrível.

— Vamos ter que recusar a oferta. Há algum lugar privativo aqui onde possamos conversar?

Com os olhos repentinamente cautelosos, Teresa baixou o braço com o bloco de anotações que segurava.

— Há algum problema?

— Eu preciso só de alguns minutos. — Eve colocou o distintivo sobre a mesa e observou quando o olhar de Teresa permaneceu colado nele. — Um local privativo seria melhor.

— Ahn... Há um pequeno escritório junto do bar, ali atrás, mas...

— Seria ótimo. — Eve deslizou da cadeira e se levantou, sabendo que estava invadindo o espaço de Teresa.

— Preciso só encontrar alguém para cobrir as minhas mesas. E, ahn...

Eve olhou para Roarke quando Teresa foi falar com outra garçonete.

— Por que não vem conosco? — perguntou ao marido. — Veremos até que ponto você acertou na sua avaliação.

Eles contornaram as mesas e seguiram por trás do bar. O escritório era pequeno, como anunciado, e também cheio, mas aconchegante. Lá dentro, Teresa cruzou as mãos e as retorceu.

— Aconteceu algo? Eu fiz alguma coisa? Sinto muito pelas flores, reconheço que Spike se comportou muito mal. Mas eu...

— Spike?

— Meu cão. Eu não sabia que ele iria cavoucar a terra das flores, mas já me ofereci para substituí-las. Disse isso à sra. Perini e ela me garantiu que estava tudo bem.

— Não se trata do seu cão, sra. Franco. Viemos aqui para falar sobre o seu filho.

— David? David está bem? O que aconteceu?

— Não David — interrompeu Eve, para cortar pela raiz o alarme de mãe. — Lino.

— Lino. — A mão de Teresa foi direto para o coração e ficou lá. — Se a senhora é da polícia, só pode ser Lino. — Uma exaustão se assentou sobre ela como um cobertor fino e desgastado. — O que foi que ele fez agora?

— Qual foi a última vez que a senhora teve contato com ele?

— Faz quase sete anos. Não tenho notícias dele, nem uma palavra, há quase sete anos. Ele me disse que tinha trabalho e grandes perspectivas. Com Lino, sempre são grandes perspectivas. Onde ele está?

— Onde Lino estava na última vez que a senhora teve contato com ele?

— No oeste do país. Nevada, segundo me disse. Mas também passou um tempo no México. Ele me ligava e enviava e-mails. Às vezes mandava dinheiro, de tantos em tantos meses. Outras vezes, passava um ano sem dar notícias. Dizia que voltaria para casa, mas não voltava. — Ela se sentou. — Eu ficava aliviada por isso, pois

Salvação Mortal   257

Lino sempre traz problemas. É igualzinho ao pai. Eu tive outro filho depois dele... David. Ele é um bom menino.

— Sra. Franco, a senhora sabe que Lino fez parte dos Soldados?

— Sim, sei. — Ela suspirou. — Seus *irmãos*, era como ele os chamava. Tinha a marca da organização tatuada. — Ela esfregou a mão no antebraço. — Nada do que eu fazia o detinha, nada do que eu dizia o influenciava. Ele fazia promessas e as quebrava. Fazia sempre as coisas do próprio jeito. Sempre acabava envolvido com a polícia.

— Quando foi a última vez que a senhora o viu?

— Ele saiu de casa quando tinha 17 anos. Nunca mais voltou.

— A senhora trabalhou para Hector Ortiz.

— Sim, muitos anos atrás. Ele era bom para mim. Para nós. Ofereceu a Lino um emprego, um emprego modesto, quando ele tinha 15 anos. Limpar as mesas, varrer o restaurante. Mas Lino roubou dinheiro dele.

Mesmo agora, parecia que a lembrança lhe provocava um rubor de embaraço.

— Ele roubou aquele bom homem, aquela família decente. E nos envergonhou a todos.

— A senhora foi assistir à missa fúnebre pelo sr. Ortiz?

— Não. Eu queria ir, mas houve uma reunião de pais e mestres na escola de David naquele dia. Tony, meu marido, e eu fazemos questão de participar de todas. É importante. Eu enviei flores. — Algo cintilou em seus olhos. — O padre que celebrava a cerimônia foi morto durante a missa. Ouvi sobre isso. E também ouvi o que todos estão comentando... o que a polícia está dizendo... que ele não era um padre de verdade. Ah, Deus. Ah, Deus...

— Sra. Franco. — Eve se agachou até seus olhos ficarem no mesmo nível e pegou um envelope plástico de evidências em seu kit de serviço. — Isso aqui pertencia ao seu Lino?

Teresa ficou com a respiração ofegante quando estendeu a mão para pegar o objeto, e seu polegar acariciou a parte da frente da medalha coberta pelo plástico protetor. Ela virou a medalha e ficou com os olhos marejados ao ler a gravação na parte de trás.

— Eu dei isso a Lino no dia da Primeira Comunhão dele. Tinha 7 anos, só isso. Ainda era o meu menino, pelo menos a maior parte dele. Isso foi antes de ele ficar revoltado, antes de querer muito mais do que eu poderia lhe dar. Ele está morto? Lino está morto? Foi ele que matou o padre? Ah Deus, ele tirou a vida de um padre?

— Acho que ele pode ter feito isso, sra. Franco, de um jeito mais amplo do que a senhora imagina. O corpo do homem que se apresentava como padre Flores tinha uma tatuagem que foi removida. Ela ficava no antebraço. Era o símbolo dos Soldados. Ele se submeteu a uma reconstrução facial. E tinha essa medalha escondida no quarto.

A cor simplesmente se esvaiu do rosto dela.

— A senhora acha que esse homem, esse padre, era Lino?

— O padre Flores verdadeiro viajava pelo oeste do país quando desapareceu, quase sete anos atrás. Fizemos algumas pesquisas e soubemos que Lino Martinez desapareceu do mapa quase ao mesmo tempo. Antes disso, ele vivia se mudando de um lado para outro. Sempre trocava de identidade, até onde tivemos condições de averiguar. Roubo de identidade foi parte do estilo de atuação dele, uma de suas grandes habilidades.

— Sempre foi assim. Ele era brilhante. Um rapaz brilhante e muito inteligente com eletrônicos. Poderia ter usado esse dom para a própria educação, para construir uma boa vida, uma carreira. Em vez disso, incorporou isso à sua caminhada com aquela gangue. Era a área de utilidade de Lino para eles. Santa Mãe de Deus. — Ela apertou os olhos. — Então foi a esse ponto que chegamos? Ele está morto? — Começou a balançar o corpo. — Ele está morto? Por favor, eu preciso do meu marido. Preciso da minha família. Preciso ver meu filho. Preciso ver Lino.

— A senhora não o vê há quase vinte anos e ele mudou a própria aparência. A senhora conseguiria reconhecê-lo?

Salvação Mortal

Teresa deixou as mãos caírem, e as lágrimas caíram com elas.

— Ele ainda é meu filho.

Eve pegou o saco de provas no colo de Teresa.

— Vou providenciar para que a senhora possa ver o corpo.

Um tremor tomou conta da mulher.

— Por favor, pode ser amanhã mesmo? Depois que meu menino for para a escola? Eu não quero que ele saiba... Talvez seja um engano, e nesse caso ele nunca vai precisar saber. Se não for, quero encontrar o jeito certo de contar a ele sobre o irmão.

— Amanhã de manhã, então. Posso mandar uma viatura vir apanhar a senhora.

— Por favor, não. Os vizinhos... — Ela sufocou um soluço e cobriu a boca com a mão. — Sei como isso soa. Parece vergonhoso e egoísta. Mas a minha vida está aqui. A vida do meu filhinho está aqui. Não temos problemas com a polícia. A senhora pode olhar, pode perguntar. Ele é um bom menino. E meu marido é um bom homem. A senhora pode...

— Sra. Franco, não queremos lhe causar nenhum problema. Posso lhe indicar onde a senhora deve ir e encontrá-la no local. A que horas o seu filho vai para a escola?

— Meu menino entra às oito. Podemos ir para a cidade depois disso, meu marido e eu. Vamos sair assim que o nosso garoto entrar na escola. Meu marido também pode ir?

— Claro. Tudo bem, então. Vamos marcar para as nove horas. — Eve pegou um cartão e anotou os detalhes. — Vá até este lugar e procure por mim. Vou providenciar tudo.

— Nós iremos. Estaremos lá, eu e Tony, mas... Preciso ir para casa agora. Por favor, eu preciso... Preciso dizer a Sophia que não estou me sentindo bem e ir para casa.

— Está certo. Mais uma coisa, sra. Franco... — disse Eve quando Teresa se levantou. — Por que Lino deixou Nova York aos 17 anos?

Os olhos escuros que tinham sido tão fartos e quentes estavam agora sem expressão, vazios.

— Para enriquecer, para ser importante. "Quando eu voltar, vou ser um homem rico, e nós vamos morar em uma casa grande", garantiu. "Vai ser uma casa grande como a do sr. Ortiz. Eu serei alguém."

— Mais uma coisa. A senhora saberia me informar os nomes dos amigos mais próximos dele? Outros membros da gangue?

— Steve Chávez era o mais próximo e o pior deles. Ele e Steve foram embora juntos. — Teresa pressionou os dedos contara os olhos mais uma vez e esfregou com força. — Joe Inez, Penny Soto. Penny era a namorada de Lino. Outros, havia outros. Alguns estão mortos ou desaparecidos. Vou pensar nos nomes e anotar tudo para a senhora. Agora, por favor, eu preciso ir para casa.

— Vejo a senhora amanhã.

Eve saiu do escritório logo atrás de Teresa e a observou andar apressada até a mulher que os tinha recebido.

— Acho que devemos deixar uma gorjeta generosa para ela — sugeriu Eve. — De um jeito ou de outro, eu basicamente estraguei a noite dela.

Capítulo Quatorze

Eve pesquisou os três nomes que Teresa lhe informara enquanto Roarke dirigia de volta para casa.

— Steven Chávez tem uma ficha criminal longa e diversa em vários estados. Acusações de assalto a mão armada, roubo seguido de morte, algumas apreensões de drogas, assédio sexual, nessa ele foi absolvido, roubo qualificado de automóveis, fraude, furtos diversos. Ele sempre cruzou um monte de fronteiras estaduais e homenageou muitas penitenciárias em todo o país com a sua presença em várias ocasiões.

— Um *bad boy* itinerante — comentou Roarke.

— Preso várias vezes ou interrogado e liberado. Pouco mais de sete anos atrás, ele voltou aos holofotes por posse de bens roubados, pagou fiança e saiu. Isso foi no Arizona. — Ela olhou para Roarke.

— E a última vez que Teresa teve contato com Lino foi há sete anos, quando ele estava em Nevada. Um estado vizinho do Arizona.

— Quer apostar como ele e Lino se reencontraram e relembraram os velhos tempos bebendo cerveja?

— Só um otário apostaria contra isso. Onde está Chávez agora?

— Sumiu do radar mais ou menos na mesma época que Lino. Inez e Soto ainda estão em Nova York. Joe Inez trabalha como funcionário de manutenção em um condomínio no bairro antigo. Cumpriu alguns meses de pena por roubo na adolescência. Tem mais um registro de bebedeira e desordem pública após a libertação. Está com a ficha limpa desde então, e isso faz mais de uma década. Penny Soto tem registros de posse e venda de drogas ilegais, prostituição sem licença e assalto. Recentemente entrou em regime de liberdade condicional e... ora, ora, veja só que conveniente: está empregada em uma mercearia ao lado da Igreja de São Cristóvão. Estou gostando muito dessas coincidências.

— E quem não gostaria? Qual deles vamos ver primeiro?

Eve se sentiu uma policial de muita sorte por ter ao lado um parceiro tão tranquilo em relação ao trabalho e às horas extras.

— Eu poderia procurar os dois amanhã de manhã, só que... Já que Joe Inez mora no mesmo prédio em que trabalha, ele é uma aposta segura. — Ela passou o endereço a Roarke. — Obrigada.

— Você fica me devendo uma, porque esse tipo de trabalho policial é muito tedioso. Muita conversa e ninguém tentando nos matar.

— Bem, não dá para ser só diversão. Mas talvez Joe resolva pegar um taco de beisebol para nos atacar.

— Não adianta tentar me animar, Eve.

Ela riu e esticou as pernas.

— Quer falar de coisas mortíferas? Peabody teve um encontro hoje com Nadine e Louise para falar sobre o planejamento dessa festa pré-casamento só para garotas. Eu vou ser a anfitriã, pelo que entendi, mas elas me dispensaram de todos os deveres relacionados ao evento.

— Isso não me parece mortífero. Na verdade, acho uma solução muito saudável e segura.

— Também acho. Mas estipulei alguns limites: nada de jogos nem de strippers. Acho que, de resto, eu encaro qualquer coisa. O que significa provavelmente ficar sentada bebericando drinques

Salvação Mortal 263

cheios de frescura e comendo bolo. — Pelo menos a parte do bolo era uma boa, pensou. — Provavelmente eu vou ter que comprar um presente para Louise.

Ela deslizou um olhar sugestivo para ele.

— Não! — avisou Roarke, enfaticamente. — Eu não vou assumir essa tarefa por você, ainda mais porque não faço a menor ideia de qual seria um presente apropriado para um chá de panela.

Quando essa pequena esperança se dissolveu, os ombros de Eve despencaram.

— Há presentes demais vinculados a muitas coisas. E, depois disso, ainda vamos ter que comprar um presente de casamento, certo? Que merda você compra para dois adultos que já têm tudo que querem? Ou pelo menos podem comprar o que quiserem?

— Eles vão montar uma casa inteira — lembrou Roarke. — Eu conversei com a mãe de Peabody e lhe pedi para fazer um jogo de chá para eles. Bule, xícaras, pires, e assim por diante. Ela é uma excelente artesã em cerâmica.

— Olha!... Essa foi uma ótima ideia. Por que eu não pensei nisso para o presente de Louise? — Ela matutou sobre o assunto por alguns segundos e mudou de assunto. — Joe Inez é o único que se casou do grupo mencionado por Teresa.

— Isso é que é mudar de assunto! — comentou Roarke.

— É que esse papo me fez pensar... sabe como é, chá de panela, casamento. Ele foi o único que se casou e teve filhos.

— E o único que parece ter se reabilitado.

— Eu não sei se uma coisa tem a ver com a outra, mas é interessante. Depois, temos a história da própria Teresa. Pelo visto, ela engravidou do cara errado e se casou com ele. Apanhou, fez o que pôde ou o que achou que tinha que fazer. O cara caiu fora e ela criou a criança sozinha. Deu apoio ao filho, mas não conseguiu mantê-lo longe de confusão. Então o garoto caiu fora. Ela se casou novamente com um cara digno e teve outro filho. Montou uma vida decente e o segundo filho ficou longe de apuros.

— Pela natureza dele ou pela educação que recebeu?

— As duas coisas. São sempre as duas coisas e mais... basicamente, isso tem a ver com fazer escolhas. Mesmo assim, Lino passou os primeiros anos de vida vendo a mãe ser agredida, vendo o pai abusar dela. Então, quando soube que Solas era um canalha que espancava a esposa e atacava a filha, ele rompeu o molde de padre pacífico o suficiente para sair por aí dando porrada. Esse era o ponto fraco. Ele carregava aquela medalha; não via a mãe e não voltou mais para casa, mas manteve a medalha.

— E enviava uma grana, de vez em quando.

— Pois é. Queria voltar para casa como um homem rico e importante. Nem um pouco parecido com o canalha que agredia a mãe dele. Isso certamente seria um fator subjacente em sua patologia. Se é que isso é importante.

— Você não acha?

Ela não disse nada por alguns momentos.

— Ela sabia que ele estava perdido. Estou falando de Teresa. Sabia que havia algo nele que ela nunca poderia resgatar; sabia que não poderia ajudá-lo a se libertar. Algo o fez seguir o caminho que seguiu. Ela tem uma vida boa e tranquila agora, mas, mesmo assim, vai chorar muito por ele. Droga, já está chorando.

— Sim, está.

— E, quando eu puder liberar a medalha para devolvê-la, ela irá manter esse objeto pelo resto da vida. Vai ser uma recordação do seu garotinho. Eu já interroguei pessoas que o conheceram nos últimos anos, trabalharam com ele e gostavam dele. Respeitavam-no, admiravam-no. Acho que ele era um assassino frio ou alguém que matava ou fazia o que julgava necessário quando achava conveniente, mas havia algo mais ali, algo enterrado debaixo de uma casca dura. Às vezes dá para se perguntar por que essas coisas acontecem. Por que o lado bom fica enterrado.

— Ele queria mais — afirmou Roarke. — Queria o que não podia ter ou o que não queria fazer por merecer. Esse tipo de desejo pode sobrepujar todo o resto.

Salvação Mortal

Ela pensou a respeito por alguns instantes.

— Você queria ser um homem rico. Importante. Esse era o seu objetivo.

— Era, sim.

— Mas você nunca enterrou quem você era por baixo dessa busca.

— Você vê os paralelos e se espanta. Para mim, ultrapassar os limites da lei eram... opções. Mais que isso, eram desafios. Mas eu tive Summerset como uma espécie de bússola, em um momento em que poderia ter seguido por um caminho muito mais sombrio.

— Você não teria aceitado seguir esse caminho. Era orgulhoso demais para isso.

Uma de suas sobrancelhas se ergueu de repente.

— É o que você acha?

— Você sempre soube que não se tratava apenas de dinheiro. Claro que o dinheiro traz segurança e é um símbolo. Mas não é o foco principal. A questão mais importante é saber o que fazer com ele. Muitas pessoas têm dinheiro. Elas o ganham ou tomam de outros. Mas nem todo mundo constrói algo com ele. Lino não faria isso. Mesmo que tivesse ficado rico, ainda não teria conseguido o mais importante. E, por um tempo, ele roubou essa importância.

— A batina de padre.

— No mundo para o qual ele voltou, a batina o tornava alguém importante. Aposto que ele apreciou o gosto disso, o poder que lhe proporcionava. Foi por isso que conseguiu manter a farsa durante tanto tempo.

— Tempo demais, obviamente.

— É verdade.

Por quanto tempo mais ele precisaria manter a farsa?, perguntou-se Eve. Quanto faltava para alcançar as riquezas, a honra?

— Teresa pode não ser capaz de confirmar a identidade dele; eu não consigo imaginar como ela poderia fazê-lo. Mas é Lino

266 ❧ J. D. ROBB ❧

Martinez que está naquela gaveta de aço no necrotério. Agora eu só tenho que descobrir quem o queria morto... e por quê.

Talvez Joe Inez tivesse algumas daquelas respostas. Eve estudou o edifício de apartamentos de doze andares, um bloco arrumado e calmo de concreto e aço com uma entrada protegida e barras antitumulto nas janelas dos dois primeiros andares.

Ela passou pelos sistemas de segurança com a chave-mestra e fez uma avaliação rápida do saguão minúsculo. Tinha um leve perfume de desinfetante cítrico, ostentava uma árvore de plástico dentro de um pote colorido; duas poltronas haviam sido instaladas sobre um piso branco salpicado de sardas coloridas.

— Ele mora no 2-A.

Ela evitou os dois elevadores apertados e subiu a escada com Roarke. Sons abafados vazaram dos apartamentos para o corredor — ruídos de programas de auditório em telões de entretenimento, choro de bebês, música alegre que lhe pareceu salsa. Mas as paredes e portas estavam em estado impecável, assim como o saguão. As luminárias do teto também refletiam de tão limpas.

Pela primeira impressão, Joe Inez desempenhava bem as suas funções.

Ela bateu no 2-A. A porta se abriu quase imediatamente. Um menino de cerca de 10 anos com um topete no cabelo que parecia flutuar sobre a testa, como era moda entre os fãs de skate aéreo, sugava com vontade uma bebida esportiva.

— E aí? — foi a saudação dele.

— Olá — disse Eve. — Eu gostaria de falar com Joe Inez. — Ela exibiu o distintivo.

A visão do objeto fez com que ele abaixasse a bebida, e seus olhos se arregalaram numa combinação de surpresa e empolgação.

— Ah, é? Por quê?

— Porque sim.

Salvação Mortal 267

— Você tem um mandado ou coisa do tipo? — O garoto se apoiou na porta aberta e tomou outro gole barulhento da bebida laranja brilhante. Parece que ele está curtindo esse joguinho, pensou Eve. — Eles sempre perguntam isso nos filmes. — Seu pai faz algo ilegal? — rebateu Eve, e o garoto fez um som de pura decepção.

— Até parece!... Pai! Ei, pai, tem polícia aqui na porta.

— Mitch, pare de enrolar e vá logo terminar o seu dever de casa. Sua mãe vai... — O homem que apareceu, vindo do outro cômodo, esfregava as mãos na calça, mas parou de repente. Eve percebeu um ar de cautela com polícia ali. — Desculpem. Mitch, vá acabar de aprontar os gêmeos.

— Ah, qual é? — protestou o menino.

— Agora! — disse Inez, apontando com o polegar para as próprias costas.

O garoto resmungou baixinho e curvou os ombros, mas seguiu na direção indicada pelo pai.

— Posso ajudá-los em alguma coisa? — perguntou ele.

— Seu nome é Joe Inez?

— Sou eu mesmo.

Eve olhou sem disfarçar para a tatuagem que ele exibia no antebraço esquerdo.

— Soldados.

— Sim, muito tempo atrás. Do que se trata?

— Lino Martinez.

— Lino? — O ar de surpresa surgiu em seus olhos tão rapidamente quanto nos do filho, mas sem um pingo de empolgação. O que Eve percebeu neles foi pavor. — Ele voltou?

— Nós gostaríamos de entrar.

Ele passou as duas mãos pelo cabelo e deu um passo para trás.

— Tenho que cuidar dos meus filhos. É a noite da reunião da minha mulher com suas amigas. Não sei por quanto tempo Mitch conseguirá manter os gêmeos na linha.

— Então vamos direto ao assunto. Quando foi a última vez que você teve contato com Lino Martinez?

— Nossa! Puxa, deve fazer uns bons quinze anos. Talvez até mais tempo. Ele foi embora quando ainda éramos jovens. Tínhamos 16 ou 17 anos.

— Você não teve mais contato com ele desde aquela época?

— Trocamos algumas palavras muito duras antes da sua partida.

— A respeito do quê?

Algo pairou sobre seus olhos.

— Que droga, quem se lembra?

— Vocês dois eram membros de uma gangue conhecida pela violência exacerbada e por seus laços marcados a sangue entre os participantes.

— Sim. Eu mantive isso para me lembrar de tudo e também para me certificar de que meus filhos não cometeriam os mesmos erros. Cumpri pena durante alguns meses, a senhora já sabe disso. Eu bebia muito e era desordeiro, mas estou limpo há quase treze anos. De quanto tempo mais eu preciso?

— Por que Lino foi embora?

— Ele queria dar no pé, eu acho. Ele e Steve... Steve Chávez... me contaram que iam para o México. Talvez tenham ido. Só sei que eles se mandaram juntos e eu nunca mais vi nem soube notícias de nenhum dos dois desde então.

— Você frequenta a igreja?

— Por que isso importa? — Diante do olhar fixo de Eve, ele suspirou. — Eu tento ir à missa quase todos os domingos.

— Você vai à Igreja de São Cristóvão?

— Claro, porque ela fica... Ah, isso tudo é sobre aquele padre. — Um ar de alívio pareceu florescer em seu rosto. — O que morreu durante a missa de corpo presente. No funeral do velho sr. Ortiz. Eu não pude comparecer, aconteceu um problema com o encanamento no quinto andar. A senhora está conversando com todos os paroquianos ou só com os ex-membros de gangue?

— Você conheceu o padre Flores?

Salvação Mortal

— Não, não posso dizer que conheci. Quer dizer, eu o via de vez em quando. Na maioria dos domingos, nós todos íamos à missa das nove. Minha esposa gostava de ouvir os sermões do padre López, e eu preferia isso, já que ele normalmente faz sermões curtos.

— Seus filhos não frequentam o centro de jovens?

— Mitch é louco por skates aéreos. Não dá a mínima para esportes de equipe, pelo menos na fase em que está. Os gêmeos têm só 5 anos, e... — Gritos e reclamações explodiram, vindo dos fundos do apartamento. Inez riu, mas foi um sorriso sombrio. — Por enquanto, estamos mantendo os dois na rédea curta.

— E quanto a Penny Soto?

Seus olhos mudaram e se tornaram frios.

— Ela está de volta aqui no bairro, eu sei. Mas nós temos vidas diferentes agora. Eu construí uma família, tenho um bom trabalho aqui. Parei de procurar confusão há muito tempo.

— Que tipo de problema fez com que Lino Martinez desaparecesse de vez?

Apareceram em seus olhos, novamente, sinais de um reconhecimento qualquer, um medo ou um arrependimento.

— Eu não posso ajudá-la com isso, policial. Lino estava sempre em apuros. Escute, eu não posso deixar aqueles três lá atrás sozinhos. Não sei nada sobre o padre Flores, e quanto a Lino?... Esta é a única coisa que temos em comum há muitos anos. — Ele bateu na tatuagem. — Preciso pedir que a senhora vá embora, agora, para eu poder ir lá para o quarto e tentar impedir que meus filhos se matem.

— Tem coisa aí — sentenciou Eve, quando eles já estavam fora do prédio. — Algo saiu muito errado, e foi por causa disso que Lino sumiu do mapa tantos anos atrás.

— Mas você não desconfia que ele soubesse que Lino estava de volta.

— Não, minha intuição não indicou nada. Ele quer se afastar de tudo que aconteceu em seu passado e fica chateado quando não consegue. No fundo, eu não posso culpá-lo. Faz um paralelo interessante com Teresa. Reconstruiu sua vida e pretende mantê-la. Só que temos Lino nessa equação.

Ela entrou no carro e se recostou no banco.

— Temos Lino na equação — repetiu, quando Roarke se instalou atrás do volante. — Ele é um obstáculo, um lembrete, um peso, o que você quiser chamá-lo. Lino é esse elemento que lembra o passado, os erros, os problemas; é a dificuldade que obscurece a nova vida deles. Quanto ao fato de ele estar morto? Para esses dois, isso não muda o que aconteceu.

Roarke deu partida no carro e seguiu na direção de casa.

— Se o que aconteceu foi importante para fazer com que Lino fugisse correndo de Nova York... se foi grande o bastante, podemos descobrir o que foi. Uma busca seletiva feita nos arquivos da mídia dessa época nos revelará tudo.

— Talvez. Mas quer saber de uma coisa? A mãe não tinha esse olhar em seus olhos. Não havia essa expressão de "ah, que merda, isso de novo!" que eu percebi no olhar de Joe Inez. Será que foi porque ela não sabia de nada? Sua percepção foi a de que ele foi embora para ficar rico e importante, não porque estivesse fugindo. Talvez eu esteja imaginando coisas, vendo demais. — Ela esfregou o rosto. — Estou recebendo vibrações conflitantes neste caso. Todo mundo com quem eu converso tem uma abordagem diferente que faz surgir algo novo. Preciso resolver isso.

— Você está descobrindo quem ele era agora.

— Preciso da identificação confirmada para tornar tudo... oficial. Mas sim, estou montando uma imagem dele. Vou ter que cancelar a ida até a igreja amanhã — decidiu e enviou uma mensagem de texto para Peabody comunicando a mudança de planos.

— Não creio que isso conte como pecado, já que você vai ignorar a ida até a igreja para interrogar Soto e identificar sua vítima.

Salvação Mortal 271

— Humm. Mesmo assim, quero falar com López. Vou ver se consigo encontrá-lo na casa paroquial depois de falar com Soto. Namorada... Ligações dos tempos de juventude. Eu não tenho nenhuma ligação desse tipo, para ser franca. Você tem. Até onde vai a lealdade, nesses casos?

— Essa é uma pergunta muito vaga e aberta para eu poder lhe dar uma resposta definitiva.

— Se um amigo dos velhos tempos fez algo ou deixou de fazer, e isso provocou uma ruptura entre vocês... algo sobre o qual vocês discutiram ou discordaram. Ele caiu fora de vez. Você continua a protegê-lo? Você mantém a boca bem fechada para sempre só porque vocês fizeram, durante algum tempo, parte da mesma equipe?

— Agora você colocou as coisas muito preto no branco, tenente. Um pouco da resposta depende do que ele fez, ou não fez... de *como* aconteceu... ou *se* isso afetou a mim e aos meus. Será que abrir a boca depois de tanto tempo vai mudar o que aconteceu ou equilibrar alguma balança que eu senti que precisava ser equilibrada?

— Você manteria a boca fechada — murmurou ela. — É uma questão de orgulho, mais uma vez, tanto quanto de lealdade. Mas eu posso arrancar tudo de Joe Inez, se precisar.

— Sem dúvida. Ele não tinha sobre a tatuagem a marca de quem já matou — acrescentou Roarke.

— Não, não tinha. Ao contrário de Lino e de Chávez. A folha corrida de Chávez tinha várias marcas de identificação desse tipo. Mas como descobrir quem Lino matou quando existia um grupo de chorões gritando "Ah, essas pobres crianças incompreendidas... elas precisam de um novo começo, uma ficha limpa"? Esses chorões limparam todos os registros, apesar de os delinquentes terem matado, mutilado e feito estragos de todo tipo. Se é que algo chegou a ser fichado — acrescentou.

— Se você me der um pouco de tempo para trabalhar no meu computador sem registro oficial, eu poderei lhe conseguir essa informação. Você poderá saber se Lino foi acusado ou preso. Até mesmo interrogado.

Eve lançou um olhar oblíquo para Roarke. Já havia pensado nessa possibilidade.

— Quanto seria esse "um pouco de tempo"?

— Não posso determinar até colocar as mãos na massa.

Ela soltou um suspiro.

— Eu não posso aceitar isso. Até onde sei, não temos a vida de ninguém em risco, não há um ameaça iminente de algum tipo. Vai ser apenas um jeito mais fácil de contornar um quarteirão.

— O que foi que eu ouvi agora? — Ele bateu na orelha. — Ah, sim, esse deve ser o *seu* orgulho falando.

— Ah, cale a boca. Não se trata de orgulho, é uma questão de procedimento policial. Não pretendo contornar a lei e usar um atalho só para satisfazer a minha curiosidade. Quanto à possibilidade de ser orgulho... E daí?

Quando eles passaram pelos portões da casa, ele pegou a mão dela, puxou-a e lhe beijou os nós dos dedos.

— Aqui estamos... Duas pessoas orgulhosas. Acho que orgulho é um dos sete pecados capitais. Você quer explorar algum dos outros seis? Luxúria seria a minha primeira escolha.

— Luxúria é *sempre* a sua primeira escolha. Aliás, a segunda também, acho que até a sétima.

— Às vezes gosto de combiná-la com a ganância. — Antes mesmo de parar o carro, ele apertou o botão para liberar seu cinto de segurança, agarrou a blusa dela e a puxou com força.

— Ei!

— Talvez a culpa disso seja todo esse nosso papo sobre os velhos tempos e a loucura que é a juventude. — Com movimentos rápidos e precisos, ele colocou o seu banco na horizontal, e em poucos segundos ela já estava em cima dele, como se o cavalgasse. — Isso me traz de volta muitas lembranças boas sobre como deixar uma garota nua em qualquer veículo que eu conseguisse "arranjar" naquela época.

— Você ainda tinha tempo para sexo depois de roubo qualificado de automóveis?

Salvação Mortal

— Querida, sempre há tempo para sexo.

— Só no seu relógio. Caramba, quantas mãos você tem? — Ela deu alguns tapas nele, mas não antes de ele conseguir lhe desabotoar a blusa e excitá-la. — Escute, se você precisa de uma rapidinha, temos uma cama perfeitamente razoável lá em cima, além de provavelmente dezenas de outras espalhadas pela casa.

— O importante não é a rapidinha... pelo menos não é tudo. — Ele deslizou um dedo pelo pescoço dela. — Estamos falando de aproveitar o momento e reviver, por alguns breves instantes, a despreocupação e as tolices da juventude.

— Fale por você, porque não tenho tempo para tolices.

Ela esticou a mão com a intenção de abrir a porta e saltar do veículo, mas ele a envolveu fortemente com os braços e riu.

— Você nunca transou dentro de um carro! — especulou ele.

— Já transei, sim. Você tem sempre essas ideias pelo menos metade das vezes em que estamos na parte de trás de uma das suas limusines.

— Não é a mesma coisa. Uma limusine é um lugar para adultos. É sexo sofisticado. Aqui, estamos amontoados no banco da frente de uma viatura policial; a tenente está um pouco excitada e levemente envergonhada.

— Nada disso, nem uma coisa nem outra. — Mas sua pulsação disparou e a respiração falhou quando os polegares dele roçaram o algodão fino que lhe cobria os seios. — Isso é ridículo. Somos adultos, somos casados. E o volante está preso na base da minha coluna.

— Os dois primeiros itens são irrelevantes, o último é parte da experiência. Música, playlist número cinco. Abrir o teto solar! — ordenou ele.

Ela estreitou os olhos.

— Isso não vai dar certo. Vai ser desconfortável e idiota. E eu tenho que trabalhar nesta viatura.

— Posso fazer você gozar em dez segundos.

Ela sorriu ao ouvir isso.

— Dez... — disse ela — ... nove, oito, sete, seis, cinco... Ah, merda! — Ela subestimou as mãos rápidas e os dedos habilidosos de Roarke. Ele já lhe arriara a calça e a deixara molhada e quase explodindo num orgasmo.

— De novo! — incentivou ele, arrancando-lhe a camiseta e colocando um dos seios dela na boca.

Ele a conduziu com as mãos e com a boca enquanto o ar frio cobria seu rosto e seu grito de liberação ecoava na noite.

Suas mãos se largaram sem força quando ela ouviu o som da roupa de algodão se rasgando. O ar fresco da noite fluía sobre sua pele nua agora, em um contraponto emocionante com o calor que sentia.

Ela se soltou e ele conseguiu ver e sentir esse momento. Deixou de lado o dia longo, o trabalho, as preocupações; mais que isso, deliciosamente mais: deixou de lado o limite estranho e corrosivo que ela carregava dentro dela e que separava o que podia do que não podia ser feito.

Outrora ela não tinha tempo para tolices. Era de admirar que ele se sentisse obrigado a lhe proporcionar isso? E deixar que o imenso amor que os envolvia tornasse tudo real?

Ela era a mulher dele, sua amante, sua namorada, e naquele momento ela tateava às cegas no banco da frente de um carro, enquanto a música tocava e a noite cintilava.

As mãos dele esbarraram na arma dela e ele riu. Não era isso uma parte deles, também? Ela era a sua policial perigosa e dedicada, que se deixava ceder para ele naquele instante e se perdia nas próprias necessidades. Exigindo que ele desse e tomasse.

Sua boca cobriu com fúria a dele, derretendo o seu controle até que ela o sentiu tão desesperado quanto ela. Até que houvesse apenas uma necessidade e um único pensamento: o doce encaixe.

— Eu não aguento... Por que nós não...

A respiração dela falhou e seu corpo doeu quando ela lutou para se mexer um pouco, para mudar de ângulo e, de algum modo, se

Salvação Mortal

livrar do que os confinava naquele espaço exíguo, a fim de que ele pudesse preenchê-la.

— Só se mexa devagar... Deixe eu... droga, que inferno!

Ele arranhou os nós dos dedos no volante ao tentar ajeitar os quadris dela, bateu com os joelhos no painel, e ela soltou um palavrão quando sua cabeça se chocou com força contra a borda do teto solar.

Bem, eles conseguiriam superar isso.

Ela já estava rindo como uma louca quando eles finalmente conseguiram inserir a peça B na fenda A.

— Ah, graças a Deus — sussurrou ele, segurando-a com força enquanto o corpo dela balançava de tanto rir. — Bem, quando você terminar o seu festival de gargalhadas, comece a trabalhar. Estou imobilizado aqui e não posso dar início à diversão sem um pouco de ajuda.

— Sério? — Ela mal conseguia respirar entre risadas e pontadas... Por que será que uma situação como aquela era tão sexy?, tentou descobrir. — Você está entalado?

— Culpa do design pouco funcional da sua viatura.

— Acho que o caso é de pouca funcionalidade para sexo. — Olhando para ele, ela balançou o corpo alguns centímetros. Ergueu os quadris, só um pouco e tornou a baixar. — Que tal?

— Você está me matando.

— Foi você quem começou. — Ela balançou novamente, um pouco mais dessa vez, torturando-o e torturando a si mesma. Então, foi um pouco além e mais, deixando que a sua necessidade definisse o ritmo e mantendo o controle de tudo; até que esse controle se tornou uma ilusão.

Ela sentiu o pênis dele ficar mais tenso e pulsante, para depois estremecer num momento de liberação; viu os olhos dele parecerem ficar mais escuros e quase cegos quando ela absorveu tudo que ele lançou. E então o cavalgou lentamente, perseguindo o mesmo pico de prazer até alcançá-lo e se lançar, largada, sobre Roarke.

Eve desabou em cima dele num total abandono. Sua respiração chiou e ofegou com a dificuldade que tinha para sair dos pulmões. Seu corpo estremeceu com fúria e então se acalmou.

— Tomara que amanhã eu não precise trocar de roupa diante de alguém no trabalho — disse ela. — Porque vou estar cheia de hematomas provocados por esse volante na minha bunda.

— Ultimamente você parece obcecada com essa fantasia de tirar a roupa no trabalho. Há algo que eu deva saber?

— A gente não pode vacilar nos cuidados.

— Por falar nisso, como está sua cabeça?

— Vai formar um galo pequeno. — Ela massageou o lugar com ar distraído. — Como é que vamos conseguir desacoplar? Ou vamos ficar entalados aqui até alguém nos encontrar pela manhã?

— Espere um segundo — Ele cutucou as costas dela. — Isso foi muito melhor e muito mais desafiador do que qualquer experiência anterior na questão de sexo em carros.

Olhem para ele, pensou Eve, com esse cabelo todo desarrumado pelas mãos dela, os botões arrancados da camisa e os olhos meio sonolentos e orgulhosos.

— Você realmente roubava carros para poder trepar dentro deles?

— Havia um monte de razões para roubar carros. Diversão, negócios, algum lugar com um mínimo de privacidade para degustar uma garota. — Ele se inclinou para dar-lhe um beijo rápido e amoroso. — Se você quiser, posso roubar um carro só para você poder curtir essa experiência também.

— Eu dispenso. — Ela olhou para si mesma. — Você rasgou minha calcinha.

— Rasguei, sim. — Ele sorriu. — Foi mais conveniente e rápido. Agora, vamos ver se conseguimos escapar dessa situação.

Ele a ergueu um pouco até ela conseguir se virar na direção do banco do carona para poder tirar a perna de cima dele. Depois de se cobrirem, vestiram o que havia sobrado das roupas, abotoaram

Salvação Mortal

o que foi possível, ele avançou com o carro alguns poucos metros até a entrada da casa e estacionou.

— Sabe de uma coisa? — refletiu Eve. — Summerset foi informado quando nós passamos pelos portões. Mesmo com a sua estreiteza mental, ele certamente saberá o que acabamos de fazer aqui.

— Sim, acredito que Summerset esteja plenamente consciente de que nós costumamos fazer sexo.

Eve revirou os olhos quando saltou.

— E agora também sabe quanto tempo demora e que tipo de sexo fazemos.

Balançando a cabeça, Roarke caminhou lentamente ao lado dela até a porta.

— Você é a puritana mais fascinante que eu conheço.

Ela murmurou algo para si mesma quando entraram. E se a sensação de imenso alívio que teve ao ver que Summerset não circulava pelo saguão à espera deles a tornava uma puritana, isso não fazia diferença.

Ainda assim, ela seguiu direto pela escada até o andar de cima e entrou no quarto.

— Vou executar uma busca completa e procurar por crimes de grande repercussão na mídia ou eventos importantes da época que Lino deixou Nova York.

— Quer ajuda?

— Obrigada, mas eu sei fazer uma busca.

— Ótimo. Quero tomar um banho e depois vou trabalhar mais uma ou duas horas nos meus assuntos.

Ela estreitou os olhos, pensativa. Ela também ia tomar um banho, mas aquele homem era perigoso.

— Mãos longe de mim debaixo do chuveiro! — avisou ela.

Ele ergueu as mãos sinalizando suas intenções e então começou a tirar a roupa. Estava só de calça quando franziu o cenho e foi até onde ela estava.

— Mãos longe de mim aqui fora também! — reforçou Eve.

— Shh. Puxa, você não estava brincando quando contou sobre a mordida no ombro.

Ela inclinou o queixo para baixo, virou a cabeça e fez uma careta ao ver a ferida.

— Aquela vaca tinha as mandíbulas de um rottweiler.

— Isso precisa ser limpo e tratado; um curativo também iria ajudar — comentou Roarke.

— Estou numa boa, enfermeira — brincou ela, mas soltou um grito quando ele cutucou a marca roxa com o dedo.

— Ficará numa boa, desde que deixe de agir como um bebê. Ducha, antisséptico, medicação e curativo.

Eve teve vontade de revirar os olhos, mas suspeitava de que ele poderia apertar o ponto sensível uma segunda vez em resposta. E agora estava com a merda do ombro doendo.

Ela deixou que ele cuidasse do machucado e até aguentou o beijo suave que ele deu no ponto sensível. E foi forçada a admitir, pelo menos para si mesma, que se sentia melhor após aqueles cuidados.

Com uma calça de algodão confortável e uma camiseta simples, ela se sentou à mesa de trabalho com um café e ordenou a busca. Enquanto o computador trabalhava, ela se inclinou para trás e fez alguns malabarismos mentais com os vários participantes daquele caso.

Steve Chávez. Ele e Lino deixaram Nova York juntos — de acordo com Teresa —, e essa informação foi confirmada por Joe Inez. Chávez cumpriu algum tempo de cadeia aqui e ali; Lino pulou e circulou de um lado para outro. Nenhuma condenação registrada. Mas, comparando a pesquisa de McNab com a folha corrida de Chávez, ela observou que os dois homens tinham estado na mesma área em vários momentos.

Velhos amigos se encontrando de vez em quando?

Até onde ela conseguia ver, eles sumiram do mapa quase ao mesmo tempo, em setembro de 2053. De jeito nenhum isso seria mera coincidência.

Salvação Mortal 279

Será que Chávez tinha voltado para Nova York com Lino? Será que também tinha assumido uma nova identidade? Poderia estar em outro lugar, à espera da mesma coisa que Lino? Será que tinha eliminado Lino — e se o havia feito, por que motivo? Ou estaria morto e enterrado — como ela acreditava que Flores estivesse?

Penny Soto. Havia uma clara inimizade entre ela e seu ex--parceiro de gangue, Joe Inez. Eve havia reparado isso na expressão dele. Pretendia marcar uma conversa com Penny. Ela tivera mais problemas com a lei do que Joe Inez, mas não tinha família para proteger. E um pouco de pressão provavelmente traria à tona algo que Eve poderia usar como alavanca para arrancar mais informações.

Ela iria ver Penny Soto antes de ir ao centro da cidade para encontrar Teresa, no necrotério.

Talvez ela tivesse pulado um passo na conversa com Teresa. Ela acreditava que a mulher lhe dissera tudo o podia dizer àquela altura. Mas uma nova troca de ideias talvez desenterrasse mais alguma informação.

Quando o computador anunciou que a tarefa estava completa, Eve analisou com atenção as manchetes da mídia nas semanas próximas à partida de Lino.

Assassinatos, estupros, roubos, furtos, assaltos, um sequestro, agressões diversas, batidas em busca de drogas ilegais, mortes suspeitas e duas explosões.

Nenhum dos nomes listados nos relatórios bateu com os que estavam em sua lista, mas ela ordenou uma busca mais detalhada por desencargo de consciência. Ainda assim, foram as explosões que atraíram o seu interesse. Elas haviam ocorrido exatamente com uma semana de intervalo uma da outra, cada uma delas em territórios de gangues rivais, e ambas tinham custado vidas. A primeira, no território dos Soldados, ocorrera no auditório de uma escola durante uma apresentação de dança. Um menor fora morto e 23 ficaram feridos, além de dois adultos, cujos nomes estavam registrados; isso sem falar nos milhares de dólares em prejuízos materiais.

A segunda explosão acontecera em uma área controlada pelos Skulls, numa lanchonete conhecida como ponto de encontro da gangue. Uma bomba de fabricação caseira fora detonada por temporizador, como a primeira, só que mais poderosa. No ataque tinham morrido quatro menores e um adulto, e seis ficaram feridos.

A polícia suspeitava de vingança, blá-blá-blá, leu Eve. Membros fichados da gangue dos Soldados estavam sendo procurados para interrogatório.

Ela usou sua autorização especial para solicitar os arquivos dos casos, em ambas as explosões. E deu de frente com uma parede sólida. Os arquivos haviam sido lacrados.

— Ah, que merda é essa? — murmurou e, sem se lembrar que era tão tarde da noite, entrou em contato com o seu comandante, em sua casa. O vídeo bloqueado e a voz enrolada de sono a fizeram checar o horário. Ela estremeceu.

— Peço desculpas, senhor. Não tinha reparado que já era tão tarde.

— Pois eu reparei. O que foi, tenente?

— Estou seguindo uma pista que envolve duas explosões que aconteceram no East Harlem dezessete anos atrás. Creio que a vítima ainda não oficialmente identificada possa estar envolvida. Os arquivos foram lacrados. Seria útil saber se alguém da minha lista foi interrogado na época ou se era suspeito de envolvimento.

Ele soltou um longo suspiro.

— Isso é urgente?

— Não, senhor. Mas...

— Envie o pedido para o meu computador de casa e também para o do meu escritório. Vou liberar o seu acesso amanhã cedo. Já é quase meia-noite, tenente. Vá para a cama.

Ele desligou na cara dela.

Eve remoeu seu mau humor por alguns segundos. Olhou com ar pensativo, por um longo tempo, para a porta que ligava seu escritório ao de Roarke. Ele certamente conseguiria invadir o sistema e entrar nos arquivos lacrados em questão de minutos, ela não tinha dúvida. E, se tivesse pensado nisso *antes* de ligar para Whitney, teria uma boa desculpa para pedir que ele o fizesse.

Agora que colocara a burocracia em ação, porém, teria de esperar o desenrolar das coisas.

Enviou o pedido formal, acrescentou as entrevistas daquela noite e as anotações para seu arquivo pessoal e pregou mais nomes e fotos no quadro que montara para o caso. Teresa, Chávez, Joe Inez, Penny Soto.

Depois foi até a porta.

— Terminei. Vou para a cama.

Roarke olhou para ela e retrucou:

— Vou daqui a pouco.

— Certo. Ahn... Você conseguia programar uma bomba para explodir com um timer? Não agora, é claro, estou falando sobre quando você era mais jovem.

— Claro. Cheguei a fazer isso. Por que pergunta?

— Você conseguiria isso por ser bom com eletrônicos ou com explosivos? — insistiu ela.

— As duas coisas.

Ela assentiu e decidiu que isso lhe daria algo sobre o que matutar até a manhã seguinte.

— Tudo bem. Boa noite.

— Quem ou o que Lino explodiu? —

— Não tenho certeza. Ainda. Mas aviso assim que descobrir.

Capítulo Quinze

Uma tempestade matinal fazia estrondos lá fora. Os trovões, um pouco sombrios e distantes, faziam parecer que o céu pigarreava para limpar a garganta. A chuva escorria pelas janelas como uma infinita cascata de lágrimas cinzentas.

Tanto pelo conforto como pela iluminação, Roarke ordenou que a lareira do quarto diminuísse um pouco de intensidade, enquanto analisava os índices da bolsa de valores no telão do quarto.

Mas não conseguia se concentrar. Quando trocou de canal para o noticiário da manhã, descobriu que o programa também não manteve o seu interesse. Inquieto e agitado, olhou para Eve, que pegava uma blusa no closet. Reparou que ela removera o curativo que ele lhe fizera para a mordida da véspera.

— Como está o ombro?

Ela o flexionou lentamente.

— Está bom. Enviei uma mensagem de texto para Peabody ontem à noite pedindo que ela viesse me encontrar aqui agora de manhã. Vou descer para recebê-la e sair antes que ela entre e tente

Salvação Mortal 283

descolar um café da manhã aqui em casa. O que foi? — perguntou, quando ele se levantou e caminhou até onde ela estava.

Ele pegou a jaqueta da mão de Eve, examinou as outras opções rapidamente e escolheu outra.

— Use esta aqui.

— Aposto que todo mundo para quem eu exibir meu distintivo hoje vai dedicar atenção especial à minha jaqueta.

— Certamente o farão se você usar a outra jaqueta com essa calça. — Ele beijou o topo de sua cabeça. — Essa gafe de estilo provavelmente vai minar a sua autoridade.

Ela bufou em um tom irônico, mas aceitou a sugestão. Quando viu que ele continuava parado no caminho dela, franziu a testa e perguntou:

— E agora, o que foi?

Dessa vez ele emoldurou o rosto dela com as mãos e beijou sua boca com muita delicadeza.

— Eu te amo — declarou.

O coração dela derreteu na mesma hora.

— Sim, eu já saquei.

Ele se virou, foi até o AutoChef e pegou mais café para ambos.

— O que há de errado? — quis saber Eve, intrigada.

— Nada. Quer dizer, nada de importante. A manhã lá fora está terrível. — Mas não era isso, percebeu ela, ao vê-lo em pé olhando para fora através da espessa cortina de chuva. Havia algo mais. — Eu tive um sonho.

Ela mudou de planos e, em vez de ir para o andar de baixo, foi até o sofá e se sentou.

— Um pesadelo?

— Não. Quer dizer... foi um sonho perturbador e estranho, eu acho. Muito lúcido. Isso é mais o seu estilo que o meu.

Ele se virou e reparou que ela se sentara e estava à espera dele. Isso foi mais reconfortante que o fogo da lareira. Ele se dirigiu até onde ela estava e lhe entregou o café. Sentou-se ao lado dela e esfregou uma das mãos em sua perna com suavidade, em um gesto que simbolizava gratidão e conexão ao mesmo tempo.

— Pode ter sido toda aquela conversa sobre os velhos tempos, amigos de infância e assim por diante que tenha sacudido o meu subconsciente.

— Isso perturbou você. Por que não me acordou?

— Quando eu acordei, o sonho tinha acabado e não vi motivo para incomodar você. Mas agora tudo me voltou à cabeça... Eu estava de volta em Dublin e era um menino outra vez, correndo pelas ruas, vasculhando bolsos e roubando carteiras. Essa parte, pelo menos, não foi perturbadora. Foi até divertida.

— Bons tempos, não é? — brincou ela.

Ele riu de leve.

— Às vezes, sim. Pude sentir o cheiro das ruas e das multidões na Grafton Street. Havia um bom campo de trabalho ali para quem tinha dedos leves e era rápido. Os artistas de rua tocavam as velhas músicas tradicionais para atrair e distrair os turistas. Alguns deles, se você compartilhasse a pilhagem com eles, mantinham a multidão hipnotizada. Geralmente combinávamos um esquema, nos juntávamos e íamos até a Grafton. Eu roubava uma carteira ou uma bolsa, passava o flagrante para Jenny, ela o entregava para Mick, e Brian levava tudo para o nosso esconderijo num beco.

"Não dava para trabalharmos sempre por lá, no máximo uma ou duas vezes por mês, senão os frequentadores da região marcavam a nossa cara. Mas, quando o dia de trabalho era bom, conseguíamos levantar centenas por dia. Quando eu era cuidadoso com a minha parte, mesmo com o que meu velho me arrancava à força, dava para comer bem por mais de um mês e ainda sobrava grana para o meu fundo de investimento."

— Fundo de investimento? Já nessa época?

— Ah, claro! Eu não tinha a intenção de ser um rato de rua a vida toda. — Seus olhos se acenderam; ao contrário do fogo suave na lareira, porém, algo mais escuro e perigoso brilhou ali. — Ele

Salvação Mortal

285

suspeitava, é claro, mas nunca encontrou o meu esconderijo. E eu preferiria apanhar até a morte a entregar isso a ele.

— Você sonhou com ele? Com o seu pai?

— Não. Não foi especificamente com ele. Era um dia brilhante de verão, tão claro que eu consegui ouvir as vozes, a música, o cheiro penetrante das batatas fritas que adorávamos. Um dia na Grafton Street era sempre excelente, entende? Bolsos cheios e barrigas cheias. Só que, no meu sonho de hoje, algo saiu errado.

— Como assim?

— Jenny usava sempre o seu melhor vestido no dia em que íamos trabalhar na Grafton; seu cabelo brilhava e vinha preso com uma linda fita. Quem olhasse para aquela garota tão bonita jamais veria uma ladra, essa era a lógica. Passei o que tinha conseguido para ela, do jeito limpo e suave de sempre, e segui em frente. Nessas horas é preciso sempre manter-se em movimento. Marquei a minha próxima vítima, e um violinista começou a tocar "Finnegan's Wake". Eu ouvi isso no sonho com uma clareza impressionante... cada nota era animada e rápida. Consegui faturar mais uma carteira sem o otário nem sentir. Só que Jenny... Não estava lá para receber o passe. Não pôde pegar porque estava pendurada pela sua fita de cabelo. Pendurada, enforcada, morta... exatamente como na última vez que eu a vi. Naquele dia em que eu cheguei tarde demais para salvá-la.

— *Eu* é que cheguei tarde demais.

Roarke sacudiu a cabeça.

— Ela morreu por sua ligação comigo, porque era parte do meu passado. No sonho, eu corri para tentar puxá-la lá de cima, na Grafton, enquanto os artistas de rua tocavam sem parar, com muita alegria e empolgação, apesar de ela estar pendurada bem ali. Mick também estava no sonho. Com sangue espalhado em sua camisa. O sangue da morte. Ele era parte do meu passado também, fora esfaqueado no meu lugar. Os violinistas continuaram tocando o tempo todo. Brian também estava ali, um pouco mais longe. Longe demais para ser alcançado, então eu fiquei ali com meus amigos mortos. No sonho, eles ainda eram crianças, entende? Tão jovens! No sonho eu me lembro de ter me perguntado se eles não estavam mortos, de algum modo, já naquela época, tanto tempo atrás. E refleti que eu e Brian somos tudo o que restou daqueles anos.

"Então eu fui embora. Afastei-me da Grafton Street e dos amigos que eram como se fossem uma família para mim. De repente, estava em uma ponte sobre o rio Liffey, já transformado num homem adulto. Vi o rosto de minha mãe debaixo d'água. E isso foi tudo."

— Eu garanto que não foi culpa sua o que aconteceu com eles. Uma parte de você sabe muito bem disso. Mas outra parte sempre se sentirá responsável. Porque você os amava.

— Sim, eu os amava. — Ele pegou o café esquecido na mesa e tomou um gole. — Eles são parte de mim. Peças que me fazem ser como eu sou. Mas agora, aqui ao seu lado, entendo que consigo suportar tudo isso... Suportar a perda de todas essas partes de mim. Porque tenho você.

Ela pegou a mão dele e a pressionou contra a bochecha.

— O que eu posso fazer para ajudar?

— Você acabou de fazer. — Ele se inclinou e a beijou.

— Posso remarcar algumas coisas, se você preferir que eu...

Ele olhou para ela sem dizer nada, mas a parte mais pesada da dor, aquela que o tinha acordado de repente, fora aliviada.

— Obrigado pela oferta, mas já estou melhor só por ter colocado tudo isso para fora. — Ele deslizou o dedo ao longo do queixo dela. — Vá para o trabalho, tenente.

Ela o envolveu com os braços e depois o apertou com força. Ali, abraçado a Eve, Roarke inspirou longamente, aspirou o cheiro do seu cabelo e da sua pele e soube que aquilo iria acompanhá-lo ao longo do dia.

Ela recuou e se levantou.

— Nos vemos à noite.

— Eve... Você me perguntou ontem se eu achava possível que a sua vítima, Lino, pudesse confessar para outra pessoa a sua

Salvação Mortal 287

verdadeira identidade. Acho que, se essa pessoa representasse alguém muito ligado a ele, como se fosse da família... Se ele a considerasse parte dele, uma das partes que o constituíam, ele precisaria se abrir com ela, sim. Ele não fez isso com a própria mãe, mas certamente haveria mais alguém. Um homem não pode ficar em cima de uma ponte sozinho, não quando está de volta em casa, ainda mais por longos cinco anos. Até mesmo os mais durões precisam saber que alguém os reconhece como eles realmente são.

Ela conseguiu cortar a alegria de Peabody, mas por pouco. Eve já descia a escada quando Summerset abriu a porta para sua parceira. Eve continuou em frente e ordenou:

— Peabody! Venha comigo!

— Mas eu acabei de chegar e...

— Já vai sair — anunciou Eve, apontando para a viatura. — Entre no carro. Já vou para lá em um minuto. — Quando Peabody exibiu um bico comprido, lamentou a ausência dos biscoitos dinamarqueses que planejava comer no café e se aboletou no banco do carona, Eve se virou para o mordomo. — Faria bem a Roarke receber uma ligação da tia.

— Ele quer que eu entre em contato com a tia dele na Irlanda?

— Eu disse que *faria bem* a ele receber um telefonema da tia. Roarke está numa boa — avisou Eve, antecipando-se a uma possível preocupação de Summerset. — Mas ficaria feliz de falar com ela.

— Cuidarei disso.

Sabendo que ele o faria, Eve se instalou atrás do volante e direcionou a mente de volta para o trabalho.

— Vamos atrás de alguma pista quente ou algo assim? — quis saber Peabody. — Puxa vida... Será que uma pessoa não merece um minuto extra para tomar um café e dar umas mordidas em alguns biscoitinhos, especialmente quando essa pessoa saiu de um metrô lotado e chegou mais cedo na esperança de algo saboroso?

— Quando você terminar de choramingar, eu poderei lhe contar as novidades.

— Uma parceira legal de verdade teria me trazido um café para viagem, para eu ir bebericando enquanto ouvia as novidades.

— Por quantas cafeterias você passou em sua caminhada interminável e árdua até o metrô lotado?

— Não é a mesma coisa — murmurou Peabody. — E não é culpa minha eu ter ficado mal-acostumada com o seu café. Foi *você* quem me apresentou ao material verdadeiro, o café de grãos reais torrados de verdade. Você trouxe isso para a minha vida. Você me viciou. — Apontou um dedo acusador para Eve. — E agora está escondendo o ouro.

— Sim, esse era meu plano o tempo todo. E se quiser continuar a ter algo de verdadeiro nessa vida, faça o que eu mando.

Peabody a olhou fixamente.

— Você é uma manipuladora. Uma mestra maligna do café.

— Sim, sim, sou assim mesmo. Você tem algum interesse em saber aonde vamos, quem vamos ver e por quê?

— Estaria mais interessada se tivesse tomado café. — No silêncio absoluto que se seguiu, Peabody suspirou. — Tá bom. Aonde nós vamos, tenente? Quem vamos ver e por quê?

— Vamos à mercearia que fica ao lado da Igreja de São Cristóvão, e já consigo *ouvir* você pensando "Oba... teremos burritos para o café da manhã!"

— Você é uma manipuladora mediúnica! O que, além dos burritos para o café da manhã, tem de interessante nessa mercearia?

Eve contou tudo para Peabody, falou das entrevistas que fizera, os resultados da busca e a programação para aquele dia.

— Você acordou Whitney?

Ela ficaria insistindo nesse detalhe.

— Parece que sim. Mas nós precisamos de acesso aos arquivos lacrados. Duas explosões, uma provavelmente em retaliação à primeira, ambas com vítimas. Briga de gangues por território. Foi

Salvação Mortal 289

logo depois disso que Lino Martinez e seu amigo saíram da cidade. Lino fazia parte da alta hierarquia dos Soldados e tinha habilidade para lidar com eletrônicos. Duvido muito que isso tenha acontecido sem a participação dele.

— E essa tal de Penny Soto pode saber de alguma coisa.

— Joe Inez *sabe* de alguma coisa, e foi isso que provocou a ruptura entre eles. Vale a pena tirar Penny da toca.

— Você acha que Lino fez contato com a antiga namorada e amiga de gangue, mas não entrou em contato com a própria mãe?

— Acho, sim, que ele não fez mais contato com a mãe. Ela foi sincera comigo. E também acredito que ele não procurou Joe Inez; o sujeito estava transtornado demais pela notícia para ser só fingimento. Só que ele provavelmente passava na mercearia e via essa mulher, a antiga namorada, quase diariamente.

Eve pensou em Roarke e na Jenny que ele perdera.

— Seria preciso muita força de vontade para não se abrir com ela, para não ter alguém com quem conversar a respeito dos velhos tempos.

Peabody concordou com a cabeça.

— Além disso, por que voltaria para cá, especificamente, se não queria mais contato com ninguém daquela época?

— Exato. E se você quer se religar a alguém do passado, seria com alguém com quem se sentia confortável e em quem confiava, certo? A mãe o amava, com certeza, mas não gostava dos rumos que o filho havia tomado na vida e tentou controlá-lo... Além do mais, ela agora tem uma nova vida. Um novo marido, um novo filho. Como ele poderia se aproximar, cheio de saudades, e contar a ela que está fingindo ser um padre?

Eve procurou por uma vaga nas proximidades.

— Se ele a procurou e se confiou nela — continuou Eve, ao conseguir encaixar o carro numa vaga minúscula perto da esquina —, pode ser que tenha compartilhado seus segredos.

Mesmo da calçada, Eve conseguiu ouvir o tilintar do sino na porta quando as pessoas entravam e saíam da mercearia. Viu Marc Tuluz, do centro de jovens, sair lá de dentro com um copo fumegante, para viagem.

— Olá, sr. Tuluz.

— Ah, olá, tenente... ahn...

Dava para notar que ele vasculhava seus arquivos mentais em busca do sobrenome dela.

— Dallas — ajudou Eve.

— Isso! Uma dose matinal do vício — disse ele, erguendo o copo para viagem. — Eu não consigo funcionar com carga total sem o meu *sucre negro* tamanho família. A senhora voltou aqui por causa do caso de Miguel...? — Ele parou de falar, parecendo nervoso. — Eu não sei mais do que chamá-lo. Alguma novidade?

— Pode ser que sim, mais tarde. E, então, você frequenta este lugar diariamente?

— Sim, às vezes duas vezes por dia. Esta coisa provavelmente corrói todas as minhas artérias, mas... — Ele ergueu o copo, como se fizesse um brinde. — Quem quer viver para sempre?

— Você encontrava Flores por aqui?

— Claro, de vez em quando. Quando nós dois estávamos no centro de jovens e um de nós sentia uma vontade súbita de tomar café, passávamos aqui para isso. Ou para curtir uns burritos, que são fantásticos, os melhores do bairro. Um de nós geralmente vinha pegar almoço aqui para viagem pelo menos uma vez por semana, quando havia reuniões no centro. Eu ainda não consigo acreditar que... Há alguma coisa que a senhora possa me adiantar, tenente? Algo que eu possa contar para Magda? Ela está sofrendo muito por causa de tudo isso.

— Estamos trabalhando no caso.

— Sim. Tudo bem. É melhor eu deixar a senhora fazer o que precisa e voltar para o centro.

Salvação Mortal 291

— Ele vinha aqui quase todos os dias — murmurou Eve, quando Marc se afastou. — Quanta tentação um padre falso consegue aguentar?

Ela entrou e fez tilintar a campainha. O lugar era colorido, cheio de paisagens e aromas; o balcão que servia café da manhã funcionava a todo vapor. Outros clientes se amontoavam no quiosque de café ou faziam as compras da manhã, enchendo cestas vermelhas com os diversos itens espalhados pelas muitas prateleiras.

Duas mulheres trabalhavam no balcão do café da manhã e Penny era uma delas. Tinha seios espantosamente grandes para um corpo que era muito magro — artificiais, concluiu Eve. Exibia um jeitão de ex-viciada rebelde. Cabelo preto listrado em magenta e preso dentro de uma rede cuja função era evitar que os clientes encontrassem fios de cabelo misturados com seus *huevos, torrijas* e *frittatas*. Sua boca pintada de vermelho muito escuro tinha lábios firmemente selados, que formavam uma linha de puro tédio enquanto ela servia comida, recolhia pratos, copos, talheres usados e servia os clientes.

Eve foi até o fim da fila. Os poucos minutos que levaria para chegar ao balcão lhe dariam mais tempo para observá-la melhor. Argolas de ouro largas o bastante para passar um burrito pelo meio balançavam nas orelhas de Penny, enquanto um pelotão de pulseiras se agitava em seus pulsos. As unhas estavam pintadas num vermelho tão escuro quanto o da boca, mas as meias-luas das pontas pareciam ter sido esculpidas cuidadosamente em preto.

Em seu antebraço, sobressaía o símbolo dos Soldados, com a marca de quem já havia matado.

— Vá em frente e faça o pedido — disse Eve a Peabody.

— Até que enfim, Deus existe! — Quando ela chegou ao balcão, Peabody pediu um burrito de vegetais picados com substituto de ovo e um café com leite.

— Como vão as coisas, Penny? — cumprimentou Eve, enquanto a outra atendente entregava o pedido de Peabody.

Penny ergueu os olhos e os fixou em Eve. A boca escura e entediada se retorceu com amargura.

— Bem que eu tinha sentido cheiro de policial. Não tenho nada a declarar.

— Tudo bem, então vamos até a Central de Polícia para ver se você muda de ideia.

Penny fungou com força e zombou.

— Eu não sou obrigada a ir a lugar nenhum, você não tem um mandado nem um motivo.

— Quer saber de uma coisa? Você parece muito com a descrição que temos de uma mulher suspeita que aplicou um golpe num sujeito ontem, a poucos quarteirões daqui. Detetive, providencie para que Penny Soto seja levada para a Central a fim de a colocarmos numa linha de suspeitos para identificação.

— Isso é papo-furado.

— Enquanto você sentia cheiro de policial, eu sentia cheiro de várias horas de detenção e preenchimento de papelada. Talvez você devesse chamar um advogado.

— Eu não preciso de porra de advogado nenhum! Por que está me incomodando? Eu tenho um emprego aqui. Estou fazendo meu trabalho.

— Ei, eu também. Você prefere conversar aqui ou na Central?

— Merda! — Penny se afastou do balcão e apontou. — Vamos lá para os fundos, no beco — propôs com a voz áspera, seguindo na direção apontada.

Eve fez sinal para Peabody sair pela frente e encontrá-las nos fundos e seguiu Penny através de um cômodo apertado até passar pela porta do beco.

— Quero ver sua identificação — exigiu Penny.

Eve exibiu o distintivo.

— Vejo que você já teve muitos problemas com a polícia, Penny.

— Tenho um emprego honesto e digno. Meu aluguel está em dia. Então vá se foder!

Salvação Mortal 293

— Olhe, para ser franca, eu acho que você pode ser a única a se foder aqui. Miguel Flores.

Penny ergueu um dos ombros pontudos em sinal de pouco-caso e empurrou para a frente o quadril que era pouco mais que pele e osso.

— O padre que morreu? Todo mundo sabe. E daí? Eu não entro em uma igreja há décadas. Toda aquela ladainha dos padres também é papo-furado. Descobri isso quando tinha dez anos.

— Mas você o conhecia.

Um brilho acendeu seus olhos, acentuado por um ar de desprezo.

— Todo mundo o conhecia. Todo mundo por aqui conhece todos os padres. Eles estão espalhados por todo o bairro, como piolhos.

Eve viu quando Peabody entrou pela esquina do beco.

— Mas você o conhecia — Eve repetiu.

— Você tem problemas de audição? Eu já disse que sim.

— Lino Martinez.

A raiva cintilou por um instante nela, antes de Penny apontar um olhar falsamente despreocupado alguns centímetros acima, sobre o ombro direito de Eve.

— Não conheço ninguém com esse nome.

— Ah, não... Não acredito que agora você vai mentir na minha cara sobre algo tão óbvio. Isso só serve para me mostrar que você pretende mentir ainda mais. Lino Martinez — declarou Eve mais uma vez, agarrando o antebraço de Penny. — Você devia cobrir essa tatuagem se não quiser admitir antigas lealdades.

— E daí? Não vejo Lino há muito tempo, desde que eu tinha 16 anos. Ele se mandou. Pergunte a qualquer um que estava por aqui naquela época e todos vão falar a mesma coisa. Porra, pode ir perguntar àquela mãezinha dele, toda reclamona e santinha. Ela anda preparando massas no Brooklyn em algum restaurante de merda. Conseguiu uma casa legalzinha, um marido idiota e um garoto melequento.

— Como você sabe disso?

Um brilho de aborrecimento escureceu os olhos de Penny.

— Escuto coisas por aí.

— Lino contou tudo isso a você?

— Eu já disse que não o vejo desde...

— Você sabia que pode mandar remover essas tatuagens? — interrompeu Eve, apertando de leve o braço de Penny. — Mal dá para sacar que havia alguma coisa na pele. Mas, quando um cadáver está sobre a mesa de mármore frio do necrotério, sendo analisado por micro-óculos e todos aqueles equipamentos desagradáveis de autópsia, a tatuagem aparece todinha como foi antigamente.

— E daí?...

— E daí? — repetiu Eve. — Vou lhe explicar a parada completa: nós sabemos que Lino Martinez se disfarçava de padre, bem aqui ao lado. Sabemos que ele vinha ver você quase todos os dias. Por mais de cinco anos. Também sabemos que uma certa garota tinha uma história antiga com ele, com Chávez, com os Soldados. Puxa, Penny, você é a única que sobrou por aqui porque... Bingo, você é essa garota!

— Isso é mentira.

— Eu também ouço coisas — disse Eve, alegremente. — Sei que você e Lino costumavam trepar. Sei que ele entrava aqui na mercearia onde você trabalha todos os dias.

— Isso não significa merda nenhuma. Eu não fiz nada. Você não pode provar que eu sabia que Lino estava de volta. Você não tem nada de concreto.

— Mas consigo logo, logo. Vou levar você sob custódia.

— Para quê?

— Testemunha material.

— Ah, pode parar com essa *porra*!

Eve fez um movimento deliberado para agarrar o braço de Penny novamente, sorrindo quando ela lhe deu um tapa forte na mão.

— Opa... Você viu isso, detetive Peabody?

Salvação Mortal 295

— Vi sim, tenente. Acho que esta mulher acabou de agredir uma policial.

— Enfiem esse papo no rabo! — Com a raiva lhe queimando o rosto, Penny empurrou Eve para tirá-la do caminho e se virou para entrar na loja.

— Opa, outra agressão. E agora também temos resistência à prisão. — Eve fez uma garra com a mão e torceu o pulso de Penny enquanto a mulher tentava pegar algo no bolso. — Por Deus, o que mais temos aqui? — exclamou Eve, já empurrando a cabeça de Penny contra a parede.

— Opa, tenente, me parece uma faca!

— E não é que é mesmo? — Eve pegou a arma e a entregou a Peabody, com o cabo voltado para a parceira. — Isso está se transformando em uma cagada federal, não acha, Penny?

— Sua puta! — Penny recuou a cabeça um pouco e deu uma cusparada no rosto de Eve.

— Tá, agora já não estou mais me divertindo. — Eve algemou as mãos de Penny atrás das costas. — Chame uma viatura, Peabody, para levar nossa prisioneira até a Central. Mande fichá-la por agressão a uma policial com uso de arma e de resistência à prisão.

— Um monte de acusações de merda. Vou voltar para a rua em menos de vinte minutos.

Eve pegou o guardanapo que Peabody lhe entregou e enxugou o cuspe do rosto. Depois se aproximou da orelha de Penny e sussurrou:

— Quer apostar?

— Não vamos conseguir mantê-la presa por muito tempo — avisou Peabody, assim que entregaram Penny a dois policiais fardados.

— Claro que vamos! — Eve pegou o *tele-link* e ligou para a Divisão de Homicídios. — Jenkinson! — disse ela quando um dos detetives apareceu na tela. — Estou mandando transportar uma prisioneira para os braços de vocês. Penelope Soto. Ela foi acusada de atacar uma oficial e de resistir à prisão. Ainda vou levar umas duas horas para chegar. Cuide de tudo por aí.

— Entendido, tenente.

Eve desligou e viu que horas eram.

— Não temos tempo para falar com López nem com Freeman. Vamos voltar ao necrotério para fazer o reconhecimento oficial de Lino.

— Você conseguiu deixá-la realmente puta.

— Consegui, sim. — Sorrindo de leve, Eve se instalou atrás do volante. — Essa foi a parte boa.

— Talvez a tenha irritado até demais para conversar com você, especialmente se chamar algum advogado.

— Ah, ela vai chamar um advogado, sim. Estou contando com isso. E é por causa do advogado que ela vai me contar tudo sobre Lino. O advogado a aconselhará a fazer isso.

Perplexa, Peabody coçou a cabeça, finalmente conseguiu dar a primeira mordida no seu burrito, já frio, e perguntou com a boca cheia:

— Puque-e fa-ia izzo?

— Por quê? Porque admitir que ela sabia que Lino voltou disfarçado de padre, entrou em contato com ela e ambos mantinham uma relação amigável, tudo isso fará com que ela desça para o fim da fila de suspeitos do homicídio.

Peabody engoliu em seco.

— Estamos suspeitando dela?

— Não particularmente. Ainda não. Como acabamos de constatar, essa garota tem a cabeça muito quente. É bem difícil imaginá-la se esgueirando num lugar sagrado, onde se sentiria mais deslocada do que... bem... uma puta dentro da igreja, só para envenenar o vinho. Isso é sagaz e simbólico demais para

Salvação Mortal 297

alguém do tipo dela. Penny simplesmente cortaria a garganta dele e o largaria num beco. — Eve refletiu sobre isso por alguns instantes. — Quase gosto da atitude dela.

Teresa Franco e seu marido já estavam à espera no necrotério quando Eve chegou. Tony Franco mantinha o braço em volta dos ombros da sua esposa, e sua mão direita acariciava com muita suavidade o braço dela enquanto os dois ouviam Eve.

— Me desculpem a demora. Confirmei a caminho daqui, e os técnicos estarão prontos quando vocês quiserem.

Um olhar sombrio estampava o rosto de Teresa.

— A senhora poderia me dizer o que fazer, tenente?

— Vamos ver a imagem em uma pequena tela. Se a senhora conseguir identificar o corpo, me diga.

— Ele nunca me enviou fotos. E, quando me ligava, sempre bloqueava o sinal de vídeo. Na minha cabeça e no meu coração, ele ainda é um menino. — Ela olhou para o marido. — Mas uma mãe deve saber reconhecer o próprio filho. Ela deve reconhecê-lo, não importa o que possa ter acontecido.

— Não foi culpa sua, Terri. Você fez tudo o que podia. Continua fazendo — disse o marido.

— Se vocês puderem entrar conosco agora... — Peabody tocou o braço da mulher e foi na frente.

Na pequena sala com uma única cadeira, uma mesa modesta e uma tela não muito grande, Eve foi até um intercomunicador.

— Dallas falando — anunciou ela. — Estamos na sala de observação. — Fez uma pausa. — Está pronta, sra. Franco?

— Estou. — A mão agarrada à do marido ficou branca nas juntas dos dedos. — Sim, estou pronta.

— Vamos lá, então — incentivou Eve, virando-se para a tela.

Um lençol branco cobria o corpo das axilas até os tornozelos. Alguém, provavelmente Morris, tinha removido a etiqueta presa ao dedo do pé para o reconhecimento. Uma pessoa morta não parecia estar dormindo, pelo menos para Eve, mas ela supunha que imaginar isso seria possível para alguns. Pelo menos para os que nunca tinham visto a morte de perto.

Teresa respirou fundo e se inclinou para o marido.

— Ele... Ele não se parece com Lino. Seu rosto é um pouco mais fino, com o nariz mais comprido. Eu tenho uma foto aqui. Veja, eu tenho uma foto. — Ela pegou a foto na bolsa e a mostrou para Eve.

O menino estava no início da adolescência e parecia muito bonito na foto, com um sorriso malicioso e olhos escuros, meio sonolentos.

— Nós já confirmamos que ele se submeteu a uma reconstrução facial — explicou Eve. Observou, no entanto, que a forma dos olhos continuava a mesma e que a cor era quase igual. O cabelo escuro, a linha ao longo da garganta e o ângulo da cabeça sobre os ombros eram os mesmos. — Existe uma semelhança.

— Sim. Eu sei, mas... — Teresa apertou os lábios. — No fundo, eu não quero que seja Lino. Posso... Seria possível vê-lo melhor? Entrar onde ele está para vê-lo de perto?

Eve tinha esperança de que a imagem na tela fosse o suficiente. Tinha planejado tudo daquele jeito pelo mesmo motivo que levara Morris a retirar a etiqueta dos dedos dos pés do cadáver. Para poupar a mãe.

— É isso que a senhora quer?

— Não, não, não é. Mas é o que eu preciso fazer.

Eve voltou a falar no microfone.

— Vou entrar com a sra. Franco.

Eve a conduziu até a saída e seguiu pelo corredor até as portas duplas. Morris veio pelo outro lado. Ele usava um terno cor de bronze polido, sem qualquer capa protetora.

— Sra. Franco, eu sou o dr. Morris. Existe alguma coisa que eu possa fazer para ajudá-la?

— Não sei. — Agarrando-se à mão do marido, Teresa se aproximou do corpo. — Tão alto — murmurou. — O pai dele também

Salvação Mortal

era alto. Lino tinha pés grandes quando era criança. Eu costumava dizer que ele iria ficar tão grande quanto os pés dele, como acontece com os cãezinhos. E ele ficou mesmo. Tinha mais de um metro e oitenta quando foi embora. E era muito magro. Não importava o que ele comesse, continuava magro. Parecia um caniço; era muito rápido quando jogava bola.

Eve olhou para Peabody.

— Basquete?

— Sim. Era o esporte favorito dele. — Ela estendeu uma das mãos, mas logo a puxou de volta. — Será que eu posso... ou a senhora pode... afastar um pouco mais o lençol para eu poder ver?

— Deixe-me fazer isso. — Morris deu um passo à frente, então avisou: — Há uma incisão grande no corpo.

— Eu sei. Sim, já sei disso. Está tudo bem.

Lentamente, Morris baixou o lençol até a cintura da vítima.

Teresa deu mais um passo. Desta vez, quando estendeu a mão, colocou as pontas dos dedos no lado esquerdo do corpo, junto das costelas. E o som que ela emitiu era de pequenos soluços e suspiros.

— Quando ele era um garotinho e ainda deixava, eu lhe fazia cócegas aqui. Desse jeito... — Ela fez um pequeno Z com o dedo. — É o formato dessas sardas, dá para ver? São quatro pequenas sardas, dá para desenhar um Z nelas.

Eve estudou o padrão que ela exibia com o dedo... marcas muito fracas e leves, quase vagas. Algo, supôs, que só uma mãe notaria.

— Reparou no comprimento dos cílios dele? São muito compridos e grossos, como os de uma menina. Ele tinha vergonha disso quando era pequeno. Mais tarde se sentiu orgulhoso e vaidoso ao perceber que as garotas reparavam.

— A senhora sabe qual era o tipo sanguíneo do seu filho, sra. Franco? — Morris perguntou.

— A negativo. Ele quebrou o braço aos 10 anos, o braço direito. Escorregou quando tentava escapar por uma janela. Tinha só 10 anos e já gostava de dar suas escapulidas. O senhor conseguiu descobrir essa fratura antiga pelos exames?

— Sim. — Morris tocou uma mão na dela. — Consegui, sim.

— Este é o meu filho. Este é Lino. — Inclinando-se para baixo, ela pressionou seus lábios contra a bochecha do homem sem vida. — *Siento tanto, mi bebé.*

— Deixe-me acompanhá-la até lá fora, sra. Franco. — Peabody colocou um braço ao redor da cintura de Teresa. — Deixe-me levá-la, agora.

Eve a observou partir, Peabody de um lado e o marido do outro.

— É um momento muito difícil — anunciou Morris, com a voz calma. — É uma coisa difícil para uma mãe. Não importa quantos anos tenham se passado.

— Sim, foi muito difícil para ela. — Eve se virou para o corpo. — Ele teve alguém que o amava o tempo todo, todos os dias de sua vida. Mesmo assim, parece que cada uma das escolhas que ele fez o trouxe até aqui.

— As pessoas são complicadas.

— São, sim. — Esse comentário elevou um pouco o humor de Eve e a fez dar um sorriso para o rosto compreensivo de Morris. — Muito complicadas.

Capítulo Dezesseis

Eve queria dar a Teresa alguns minutos para ela se recuperar e a Penny para que fumegasse de raiva um pouco mais. Sendo assim, pediu a Tony Franco que levasse sua esposa até a Central e reservou a menor das salas de conferências para uma conversa.

— Vou cuidar da mãe — avisou a Peabody. — Comecei a fazer uma pesquisa parcial nos mortos não identificados encontrados na área e na época do desaparecimento de Flores. Verifique isso para mim. Se eu não terminar em trinta minutos, vá dar uma olhada na Penny Cuspidora. Ela vai estar berrando por um advogado a essa altura. Deixe-a entrar em contato com um.

— Certo. E quanto ao acesso aos arquivos lacrados?

— Vou checar isso entre a mãe e a cuspidora. Ligue para Baxter e veja se ele conseguiu algo com a lista que eu dei a ele. E verifique se chegou algo novo nos meus arquivos. Estou esperando listas de nomes da policial Ortiz e do padre López sobre os ex-membros dos Soldados que moram no bairro até hoje. Penny Soto é a chave, mas precisamos cobrir todos os ângulos.

— Certo. As peças estão se juntando. Parece que tudo começa a se encaixar.

— Partes das peças, sim. — Eve tirou a jaqueta e foi para a sala de conferência. Quando liberou a entrada, um dos seus homens trouxe o casal Franco.

Os olhos de Teresa estavam inchados e vermelhos, mas ela parecia manter as lágrimas sob controle.

— Quero agradecer a sua ajuda, sra. Franco. Sei que isso não foi fácil.

— A vida nunca foi fácil com Lino. Eu cometi erros. Não posso desfazê-los. Agora vou enterrar o meu filho. A senhora vai me deixar fazer isso?

— Assim que puder liberar o corpo. Preciso lhe fazer algumas perguntas agora.

— Tudo bem. Sinto que estou entre dois mundos. O que se foi e o outro em que estou. — Ela pegou a mão do marido. — Acho que nunca mais vou conseguir estar por completo em um deles.

— Por que ele voltou para cá? — quis saber Tony. — A senhora sabe, tenente? Isso nos ajudaria a compreender.

— Sim — confirmou Teresa, agora mais calma. — Isso ajudaria. Por que ele fingiu ser esse padre? Eu o criei para ter respeito pela Igreja. Sei que ele se rebelou contra tudo. Sei que seguiu o caminho errado. Mas eu o criei para respeitar a Igreja.

— Creio que ele estava se escondendo e esperando alguma coisa. Ainda não sei o que, nem o motivo. Mas acho que algumas das respostas remontam ao tempo em que ele ainda estava com a gangue. Vocês sabem o que foi a Lei da Clemência?

— Sim, eles me explicaram. Eu não sabia onde Lino estava, mas ele entrou em contato comigo depois que a lei foi aprovada. Pedi a ele que voltasse para casa. Poderia começar a vida de novo. Mas ele disse que não faria isso até poder voltar em um carro grande e luxuoso, com as chaves de uma casa imensa e elegante.

Salvação Mortal 303

— Devido à Lei da Clemência, posteriormente revogada, todos os registros policiais de Lino quando ele era menor foram apagados. O que a senhora pode me contar sobre os problemas em que ele se envolveu?

— Ele roubava. Furtava objetos em lojas, foi assim que começou. Coisas pequenas e sem importância... no início. Quando eu descobria, eu o obrigava a voltar até a loja comigo para devolver o produto. Às vezes eu pagava. Mais tarde ele passou a arrombar lojas à noite e carros na rua.

Ela suspirou e pegou a água que Eve colocara sobre a mesa.

— Ele quebrava janelas, pichava prédios, provocava brigas. A polícia aparecia, o levava e o interrogava. Ele chegou a ir para o centro de detenção, mas isso não adiantou. Ficou pior depois. Envolveu-se em mais brigas, lutas mais feias. Uma vez voltou para casa todo ensanguentado, e nós brigamos. Vieram me contar que ele tinha ferido um rapazinho que acabou no hospital, mas o próprio menino negou isso. Ele mentiu, eu sei, mas garantiu que não tinha visto quem o ferira. Depois o meu Lino matou uma pessoa. Ele tirou uma vida.

— Tirou a vida de quem?

— Eu não sei. Nunca vieram acusá-lo disso, nunca o prenderam, não por esse motivo. Eram sempre coisas menores. Mas eu sabia que ele tinha matado. Soube disso na noite em que ele voltou para casa com a marca embaixo da tatuagem do braço. Nós brigamos... Foi uma briga feia, terrível. Eu o chamei de homicida. Chamei meu filho de assassino.

Ela desmoronou ao dizer isso, e algumas lágrimas escorreram. Pegou um lenço e enxugou o rosto devastado pela dor.

— Ele me disse que eu não entendia nada, que ele fez o que precisava ser feito e sentia orgulho disso. *Orgulho*! E que agora os outros sabiam que ele era um homem de verdade. Agora tinham respeito por ele. Meu filho tinha 15 anos, só 15 anos quando voltou para casa com a marca de matar tatuada no braço.

304 ❧ J. D. ROBB ❧

Ela parou de falar e esperou um pouco, mas logo prosseguiu:

— Eu queria tirá-lo da cidade. Se ao menos conseguisse tirá-lo das ruas e das gangues... Eu lhe disse o que planejava fazer e contei que tinha comprado duas passagens de ônibus para El Paso... Minha madrinha morava lá, disse que nos receberia e me ajudaria a encontrar trabalho.

— Sua madrinha?

— Uma amiga de infância da minha mãe. Nessa época, a minha mãe já estava morta. Meu pai a espancou até a morte quando eu tinha 16 anos. Fugi de casa e ele fez isso. Acabei me casando com o mesmo tipo de homem. Sei que isso é típico, é um ciclo... É uma doença. Mas minha madrinha tinha uma casa, um trabalho, e sugeriu que fôssemos para lá. Contei isso a Lino, mas ele se recusou a ir. Eu o ameacei, discuti, mas ele saiu de casa batendo a porta com força. Sumiu por uma semana.

Ela parou e bebeu mais água.

— Terri, isso é o suficiente. — Tony acariciou seu braço. — Já basta.

— Não, vou terminar. Preciso terminar. Fui à polícia, com medo de que ele estivesse morto. Mas um menino como Lino sabia como se esconder. Ele voltou quando quis. E me disse que eu poderia ir embora, mas ele não sairia dali. "Pode ir!", ele me disse, garantindo que não precisava mais de mim. E, se eu achasse que poderia obrigá-lo a ir comigo, ele iria sumir de novo. Não deixaria sua família. Não abandonaria os Soldados. Então eu fiquei. Ele me derrotou. Viveu como bem quis, e eu deixei.

Eve a deixou desabafar, mas lembrou:

— Ele manteve a medalha, sra. Franco.

Teresa ergueu a cabeça, os olhos borrados de lágrimas e gratidão.

— Sra. Franco... A senhora contou que ele já tinha partido antes e ficou fora vários dias, até uma semana. Mas houve uma última vez em que ele lhe disse que ia embora para sempre... que iria deixar Nova York, mesmo depois de protestar e se recusar a ir antes, quando vocês tinham um lugar onde ficar.

Salvação Mortal

— Sim, sim, é verdade. Eu não acreditei nele, nem mesmo quando o vi fazer as malas. Eu não acreditava de verdade que ele fosse embora de vez, apesar de uma parte de mim torcer para que fosse. Isso é algo terrível de se dizer, mas era o que eu sentia. Ainda assim, achei que ele estava apenas com raiva ou de mau humor. Sabia que tinha brigado com Joe... Joe Inez... por algum motivo. Lino estava revoltadíssimo com ele. Matutei sobre isso e me perguntei se Lino também tinha brigado com Penny, já que só Lino e outro menino, Chávez, planejavam ir embora.

— Qual foi a causa da briga entre Lino e Joe Inez?

— Eu não sei. Ele nunca falava comigo sobre esses assuntos, os negócios da gangue. Lino não conversava comigo sobre esse tipo de coisa. Mas eu sei que eles estavam revoltados e chateados com a bomba que explodiu na escola. O bairro ficou um verdadeiro tumulto. Uma menina morreu. Uma jovem. Outras crianças haviam se machucado. Lino estava cheio de cortes e queimaduras. Um dos seus amigos... um dos outros Soldados... ficou gravemente ferido, no hospital. Eles achavam que ele poderia morrer. Nós chegamos a fazer uma vigília de orações por ele na Igreja de São Cristóvão. Ele melhorou, mas levou muito tempo. Levou meses, e parece que foram necessárias várias operações.

— Houve outra explosão e várias outras mortes poucos dias depois.

— Sim, foi horrível. Eles acharam que era uma retaliação... pelo menos foi isso que os outros membros da gangue disseram. As pessoas estavam assustadas, achando que haveria mais violência. A polícia veio falar com Lino, veio interrogá-lo, mas ele já tinha ido embora.

— Ele deixou Nova York após a segunda explosão?

— Não, antes disso. Dois dias antes. Lembro-me de agradecer a Deus por ele ter ido embora e não ter nada a ver com aquilo.

— Como ele saiu de Nova York?

— De ônibus, acho. Foi tudo tão rápido, muito rápido mesmo. Cheguei em casa e ele estava fazendo as malas. Disse que voltaria um dia, muito rico, e seria alguém. Pretendia virar o homem mais importante de El Barrio. Mais do que o sr. Ortiz, o sr. Ortega e os outros que eram ricos e tinham posição. Voltaria com um carro grande, teria uma casa grande. Sonhos grandes! — Ela fechou os olhos. — Algumas semanas depois, quando fui pagar o aluguel, descobri que ele tinha tirado todo o dinheiro da minha conta. Tinha invadido minha conta bancária pelo computador, era muito inteligente para essas coisas. Ele me roubou tudo antes de partir e eu tive que pedir ao sr. Ortiz um empréstimo, um adiantamento para pagar o aluguel. Lino me mandava dinheiro de vez em quando, como se isso compensasse o fato de ele ter me roubado e eu ser obrigada a pedir dinheiro emprestado para pagar o aluguel. Ele era meu filho, mas era igualzinho ao pai.

— Agradeço pelo que a senhora fez, sra. Franco, e sinto muito por tudo que a senhora perdeu. Assim que for possível liberar tudo, eu a avisarei para que a senhora possa acertar as questões do funeral do seu filho.

Depois de acompanhá-los até o corredor, Eve foi para a sua sala. Na mesa, viu que o acesso aos arquivos dos casos que precisava tinha sido liberado pelo comandante Whitney.

Pegou café, se sentou à mesa e, enquanto lia os arquivos, anotou os nomes dos policiais responsáveis pela investigação e também os nomes das testemunhas, das vítimas e dos mortos.

Parou no nome de Lino, viu a nota de que o rapaz não havia sido localizado e a declaração de Teresa sobre sua partida dois dias antes. Uma afirmação corroborada por outros. Inclusive por Penny Soto.

Joe Inez fora interrogado e liberado; tinha um álibi perfeito. Também havia corroborado as declarações de Teresa a respeito de Lino. Os investigadores tinham interrogado os vizinhos, visitaram todos os esconderijos conhecidos de Lino e Chávez, investigaram os pontos de saída da cidade. Lino sumira no ar — mas ficava

Salvação Mortal 307

implícito nas entrelinhas das observações do relatório do detetive que ele não acreditava que Lino tinha sumido *antes* do incidente.

— Pois é, eu também não acredito — concordou Eve. Pegou o que levantara e saiu para pressionar Penny.

O advogado exibia um anel de ouro do tamanho de um pires no dedo médio da mão direita e vestia um terno cor de limão radioativo. Havia óleo suficiente em seu cabelo para fritar um pequeno exército de frangos, e seus dentes tinham um brilho branco ofuscante.

Eve pensou:

Você precisa mesmo ser um clichê ambulante?

Ele se levantou da cadeira assim que ela entrou e ficou ali, com seus quase 1,65 m de altura. Contando o salto alto das botas com desenhos de serpentes.

— Minha cliente esperou mais de duas horas — reclamou ele —, quase todo esse tempo sem a presença de um advogado.

— Aham... — Eve se sentou, abriu sua pasta e olhou para o homem. — Seu advogado, srta. Soto, supondo que essa pessoa seja isso, deve estar ciente de que duas horas de espera é um prazo muito razoável, e você não foi interrogada depois de ter solicitado um advogado. Portanto, ele deve se sentar para não perdermos mais tempo. Ligar gravador! — Ela leu os fatos mais relevantes e ergueu uma sobrancelha para o advogado. — A srta. Soto vai ser representada por...

— Carlos Montoya...

— ... que está presente. Sr. Montoya, o senhor apresentou a sua identificação e a licença da Ordem dos Advogados para ser escaneada?

— Sim, apresentei.

— Ótimo. Srta. Soto, a lista de seus direitos e obrigações com relação a esta entrevista foi lida e você declarou que os compreendia integralmente.

— Tudo uma merda.

— Mas você entendeu toda essa merda?

Penny encolheu os ombros.

— Entendi muito bem, assim como entendi que o meu advogado vai processar você por detenção indevida.

— Ora, isso vai ser divertido — riu Eve. — Você foi acusada de agressão a uma oficial da polícia, e isso inclui ataque com arma e resistência à prisão.

— Eu nem toquei em você.

— Na condição de tocada, devo discordar. No entanto, estou disposta a negociar essas acusações se você se mostrar disposta a colaborar com as minhas perguntas a respeito de Lino Martinez e os eventos relacionados a ele.

— Já lhe disse que nunca vi mais Lino desde meus 15 anos.

— Você mentiu.

— Minha cliente...

— É uma mentirosa, mas o senhor provavelmente encontra isso o tempo todo. Eu também. O corpo de Lino Martinez acaba de ser oficialmente identificado. Temos conhecimento de que ele se apresentou como se fosse um padre chamado Miguel Flores por mais de cinco anos e frequentava seu local de trabalho, senhorita. Estamos cientes do relacionamento prévio entre você e ele. Srta. Soto, se quiser insistir que não sabia da sua volta, então nós vamos manter as acusações de agressão e resistência à prisão. Considerando a sua ficha policial, você deve passar algum tempo atrás das grades.

Eve fechou a pasta e se preparou para sair.

— Eu não posso ir presa por afastar a sua mão quando você tentou me agarrar.

— Ora, mas é claro que pode! E também por portar uma faca e cuspir no meu rosto ao resistir à prisão. E, como não me conhece, deixe-me lembrar a você, e ao seu representante aqui presente, que, se você teve uma única conversa em particular com Lino Martinez, se o encontrou em qualquer lugar e em qualquer momento fora do

Salvação Mortal

trabalho, eu vou descobrir. Então vou trazê-la de volta por falsa declaração. Depois, vou começar a me perguntar se você afanou algum cianeto de algum lugar para poder...

— Isso tudo é mentira.

Eve simplesmente sorriu e se virou para a porta.

— Espere um minuto só, porra. Quero falar com meu advogado antes de declarar qualquer outra coisa.

— Pausar gravação! Vou sair para que vocês dois possam conversar.

Eve os deixou sozinhos e considerou a ideia de pegar uma Pepsi na máquina automática, mas decidiu que não daria tempo. Em menos de três minutos, Montoya voltou à porta.

— Minha cliente está disposta a alterar sua declaração.

— Beleza! — Eve voltou à sala, se sentou, sorriu e cruzou as mãos. — Retomar gravação! — Esperou.

— Se a minha cliente responder às suas perguntas a respeito de Lino Martinez, a senhora cancelará as acusações pendentes contra ela?

— Se ela responder sem faltar com a verdade e suas respostas me convencerem, ficará livre das acusações.

— Vá em frente, Penny.

— Talvez eu tenha tido uma sensação, uma vibração, entende, quando ele começou a frequentar a mercearia. Não se parecia com Lino, pelo menos não muito. Mas havia algo perceptível ali. Depois de um tempo, rolou uma espécie de flerte. Isso era estranho, já que ele era padre, e eu não curto os caras do tipo santinho e arrogante. Mas Lino e eu sempre tivemos química. Transávamos muito quando éramos jovens, e rolava um clima vindo do padre.

— Vocês começaram a trepar antes ou depois de você descobrir quem ele era?

Penny sorriu com muita malícia.

— Antes. Acho que ele curtia a situação proibida. Talvez eu também curtisse. Usávamos o quarto dos fundos da mercearia, depois que a loja fechava. E ele era *muito bom*. Acima da média, sabe como é? Fiquei tentada a descobrir qual era o lance de todo aquele papo de celibato. Depois de algumas vezes, passamos a nos encontrar no cafofo onde uma amiga mora. Ela trabalha à noite. Às vezes alugávamos um quarto qualquer por algumas horas. Foi então que, numa dessas vezes, depois de uma bela trepada, ele me contou a verdade. Demos boas risadas!

— Ele também contou o que aconteceu ao verdadeiro padre Flores?

— Eu nem me interessei em saber. Eu nem tinha como saber que havia existido mesmo um padre com esse nome, para começar.

— Por que ele se disfarçou de padre?

— Queria voltar e ficar pianinho, incógnito. Gostava do jeito que as pessoas olhavam para ele, como se ele fosse muito importante. Apreciava todo aquele respeito.

— Foram cinco anos, Penny. Não me enrole! Qual era o lance por trás disso?

— Ele também gostava dos segredos, de ouvir os pecados dos outros. Usava isso quando tinha chance e quando queria.

— Chantagem?

— Ele tinha algumas sempre preparadas, pode acreditar. Descolava uma grana, mais do que um padre ganha. Quando estava de bom humor, bancava para nós um quarto em algum hotel chique; pedíamos serviço completo e todas essas merdas. Ele pagava em dinheiro vivo.

— Ele comprou coisas para você?

— Claro. — Ela balançou um dedo diante de um dos brincos. — Lino não era mão de vaca.

— E confiava muito em você.

— Lino e eu tínhamos uma longa história juntos. Precisávamos um do outro. Esse era o lance maior. — Bateu com a palma da mão em sua tatuagem. — Isso aqui significa família... e proteção. Minha mãe era uma inútil, vivia mais ligada na droga do que em mim. Tinha mais interesse nisso do que em impedir meu velho de

Salvação Mortal 311

me comer. Eu tinha 12 anos na primeira vez que ele me estuprou. Também me espancava e me mandava manter o bico calado sobre o que rolava, avisando que só assim eu deixaria de apanhar. Aguentei essa situação por dois anos, até não poder aguentar mais. Foi quando eu me aliei aos Soldados e consegui uma família.

— Seus dados indicam que seu pai foi morto quando você tinha 14 anos. Foi esfaqueado. Deixaram-no todo fatiado.

— Não se perdeu grande coisa.

— Você o matou?

— Minha cliente não vai responder a isso — interrompeu o advogado. — Não responda, Penny.

Penny simplesmente sorriu e esfregou a ponta do dedo na marca de assassinato em sua tatuagem.

— Você e Lino criaram um grande vínculo — continuou Eve. — E dois anos depois ele deu o fora. Sumiu em pleno ar.

— Nada dura para sempre.

— Você participou dos planos para bombardear o território dos Skulls?

— Minha cliente...

Penny ergueu um dedo para calar o advogado.

— Fui interrogada e liberada há muito tempo. Ninguém jamais provou que aquilo foi obra dos Soldados.

— Várias pessoas morreram.

— Acontece todo dia.

— Lino planejou tudo — insistiu Eve. — Era um dos líderes do movimento e tinha habilidades nessa área.

— Acho que você nunca saberá, já que ele está morto.

— Sim, ele está morto. Mas você não está. E seu advogado poderá lhe informar que não existe prescrição para assassinato.

— Você não conseguirá jogar a culpa disso em mim agora, do mesmo modo que eles não conseguiram na época.

— O que Lino estava esperando aqui? Quando ia ser o dia da vingança, Penny?

— Não sei do que está falando. — Seus olhos se esquivaram. — Ele está morto, então acho que também não podemos perguntar a ele.

— Onde está Steve Chávez?

— Não sei. Não saberia dizer. — Ela bocejou. — Já acabamos?

— Lino estava contando o tempo, juntando um pouco de grana ao longo do tempo para poder se exibir, viver em alto estilo e depois voltar e se esconder debaixo da batina. Um homem não faz isso durante cinco anos só para poder comer uma namorada das antigas.

— Ele me amava. Costumávamos conversar sobre isso: sonhávamos com um grande golpe para podermos voltar juntos como maiorais. Isso nunca aconteceu, mas ele voltou para mim.

— Você tem um álibi para o dia em que ele morreu?

— Abri a mercearia às seis da manhã, junto com a Rosita. Preparamos as comidas e trabalhamos com a barriga colada no balcão durante mais de três horas, sem parar. Por volta das dez da manhã, eu e Pep, o garoto do estoque, fizemos um intervalo juntos no quarto dos fundos. Eu já estava de volta ao balcão quando os primeiros policiais vieram fazer perguntas. Foi quando eu soube que ele estava morto.

— O que você fez depois disso?

— Trabalhei o resto do meu turno e fui para casa. O que mais eu deveria fazer?

— Tudo bem. Você está livre para ir embora.

— Até que enfim.

Eve esperou até eles saírem da sala. Ficou sozinha, em silêncio, por mais um minuto.

— Parar gravação! — ordenou, por fim.

Quando já estava de volta em sua sala, em pé, olhando pela janela, Peabody entrou.

— Teve sorte com Penny?

— Tive. Encarei uma mistura distorcida de mentiras e verdade. Mais mentiras do que verdades, mas as verdades foram suficientes

Salvação Mortal

313

para eu montar uma imagem. Ela diz que não sabe o que aconteceu com o verdadeiro Flores: mentira. Diz que não sabe o que Lino estava esperando aqui: mentira. Não admitiu ter conhecimento prévio algum sobre o bombardeio. Essa não é exatamente uma mentira, é mais uma declaração do tipo "prove isso, sua vaca". A mesma coisa quanto ao paradeiro de Steve Chávez. Ela disse que Lino a amava. Acho que isso é verdade, ou pelo menos ela acredita que seja. Mas ela não disse em nenhum momento que o amava. Se tivesse dito, seria outra mentira. Mas vinha trepando com ele nos últimos anos.

— Se eles estão juntos há tanto tempo, ele com certeza contou a ela o motivo de ter voltado.

— Claro. Pode ser que ele a tenha ajudado a matar a primeira vez para ganhar a sua marca... Talvez eles tenham conquistado essa marca juntos, já que as datas conferem com a declaração de Teresa. O morto foi o pai dela. Ele abusava sexualmente da filha. Ela quis dar um basta nisso. Eles o retalharam.

— Ela confessou isso?

— Não. Admitiu o abuso, e isso era verdade. Confessou que tinha se juntado à gangue aos 14 anos para escapar dessa situação, para ter uma família, para conseguir proteção. Seu pai foi encontrado cortado em pedaços em um prédio abandonado. Ele era um traficante conhecido; os policiais colocaram como motivo do crime um negócio ilegal que dera errado. Provavelmente não investigaram o assassinato com muito afinco. Por que se importar? De qualquer modo, ela e Lino teriam uma boa cobertura e álibis sólidos. Outras pessoas da gangue teriam fornecido esses álibis para eles ou ameaçado alguém para fazer isso.

Eve ouviu Peabody fechar a porta da sala com cuidado e se virou para a parceira.

— Você está bem? — quis saber Peabody.

— Estou. — Eve caminhou até o AutoChef e programou um café. — Seguindo em frente. Vamos ter que mergulhar nos arquivos antigos desse caso. Consegui os registros dos atentados, mas temos de entrar em contato com os investigadores. Também preciso fazer mais pressão em Penny. Precisamos ter na mão mais que a ameaça de ela cumprir dois meses de cadeia por cuspir numa policial.

— Você acha que ela matou Lino?

— Vamos confirmar seu álibi, mas aposto que ele é bom e sólido. O álibi já estava preparadinho numa bandeja para mim. Não, ela só tem a cabeça muito quente. Acho que não o matou. Mas pode estar conectada a quem o fez. Ou pelo menos sabe quem foi.

— Talvez eles tenham brigado. Pode ter rolado uma confusão entre amantes.

— Talvez. Não consigo imaginá-la passando cinco anos sem ficar revoltada com o amante em algum momento. Também não a imagino transando exclusivamente com ele — afirmou Eve, devagar, enquanto entregava uma das canecas de café a Peabody. — Vamos descobrir se Penny andava trepando com mais alguém além de Lino. Ela contou que Lino usava seus privilégios confessionais para fazer chantagens quando lhe convinha. Não acredito que ele fizesse isso em troca de ninharias. Portanto, vamos investigar quem frequentava a igreja e tinha grana suficiente para valer a pena pagar pelos pecados. Também precisamos de informações completas sobre as vítimas e as mortes do bombardeio do restaurante.

— Sabe quando eu disse que as peças estavam começando a se encaixar? Já não acho mais isso. Agora elas estão espalhadas por toda parte.

— Temos mais peças, isso é só. Elas vão se encaixar em algum lugar. Vamos investigar os bombardeios e seguir em frente O investigador principal do antigo caso ainda está na ativa. Entre em contato com o detetive Stuben, na 46ª DP. Veja se ele ou seu antigo parceiro têm tempo para conversar conosco.

— Certo. Dallas... — Peabody queria dizer mais alguma coisa e trazia isso estampado no rosto. Tinha necessidade de oferecer conforto ou tranquilizar Eve.

Salvação Mortal

— Por enquanto, vamos apenas trabalhar no caso, Peabody. É isso aí.

Com um aceno de cabeça, Peabody saiu, e Eve se virou para a janela. Haveria muito tempo, pensou Eve... Haveria tempo suficiente mais tarde para analisar tudo aquilo, para se permitir sentir qualquer empatia ou conexão com outra garota que tinha matado para escapar da brutalidade do próprio pai.

Ela terminou o café e abriu os arquivos sobre o assassinato de Soto. E ficou grata ao receber uma ligação de Peabody, que informava que Stuben aceitara conversar com elas naquele mesmo dia. Eve não precisaria, por enquanto, investigar mais a fundo os registros do pai morto.

Stuben preferiu o encontro em uma delicatéssen junto da sua delegacia. Já atacava um sanduíche misterioso acompanhado por uma salada de repolho quando Eve e Peabody chegaram.

— Bom dia, detetive Stuben, sou a tenente Dallas. Esta é minha parceira, detetive Peabody. — Eve estendeu a mão. — Obrigada por nos oferecer um pouco do seu tempo.

— É um prazer ajudar. — Sua voz tinha um forte sotaque do Bronx. — Aproveitei para almoçar. A comida aqui é boa para se fazer uma boquinha enquanto a gente conversa.

— Eu não me importaria de pedir alguma coisa — declarou Eve, escolhendo um cachorro-quente cozido no vapor com uma espécie de macarrão para acompanhar, observando então que Peabody se dispusera a finalmente comer seu burrito do café com um prato de melão.

— Kohn, o meu velho parceiro, está em uma viagem de pesca. Para testar a aposentadoria e ver se fica numa boa, antes de tomar a decisão — explicou Stuben. — Se você quiser conversar com ele também, tenente, deverá estar de volta amanhã.

Stuben limpou a boca com um guardanapo de papel.

— Eu costumava pegar a pasta desse caso a cada dois meses durante o primeiro ou o segundo ano após os bombardeios. Acho que mais, até. — Ele balançou a cabeça e deu outra mordida no sanduíche. — Olhava tudo de novo, revia as informações e tentava fazer uma ou outra atualização em algum trecho do processo. Dack, o meu parceiro, também fazia o mesmo. Ficávamos sentados assim, como estamos agora, comendo ou bebendo alguma coisa, e repassávamos tudo. Mesmo agora, dez ou doze anos depois, eu ainda pego a pasta de vez em quando. Alguns casos simplesmente não nos deixam em paz.

— Não, eles não deixam.

— Essa região estava passando por um mau momento naquela época. Não conseguiu mais se reerguer depois das Guerras Urbanas. Nós não tínhamos policiais de rua em número suficiente, pelo menos para patrulhar as gangues. E aquelas gangues enfiaram muitos desaforos no nosso rabo, se me permite a expressão.

— Você conhecia Lino Martinez?

— Sim, conhecia o pequeno canalha e todo o resto deles. Patrulhava aquelas ruas no tempo em que ainda usava farda. Aquele garoto era um marginalzinho já desde os 8 anos. Roubava, invadia lojas, depredava as coisas. A mãe tentava colocá-lo na linha. Eu a via arrastando o menino para a escola e para a igreja. Certa vez, eu o peguei com o bolso cheio de uma droga... jazz... quando ele tinha 10 anos. Só liberei por causa da mãe.

— Você conhecia Nick Soto?

— Traficante durão que trabalhava na rua e gostava de descer a mão em mulher. Um safado bem escorregadio. Foi logo depois dessa época que deram umas facadas nele. Cinquenta ou sessenta facadas. Eu não trabalhei no caso, mas acompanhei tudo.

— Alguém interrogou a filha dele ou Lino, quando ele morreu? Ele fez uma pausa e coçou a bochecha.

— Tivemos que interrogar. Lino e a filha de Soto eram muito ligados. Para ser franco, acho que ela era pior do que ele, muito pior

Salvação Mortal 317

do que Lino. Quando ele roubava alguma coisa, era pelo dinheiro. Quando dava uma surra em alguém, era por alguma razão. O garoto sempre tinha um propósito em tudo que fazia. Quanto a ela?... Vivia arrastando um caminhão de ódio por tudo e por todos. Quando roubava, era pelo gostinho de tirar as coisas de alguém. Quando batia, era pelo prazer que sentia com isso. Você desconfia dela, tenente?

— Levei Penny Soto para a Central hoje, por outro motivo. Ela afirma que seu pai a estuprava regularmente. Isso nunca apareceu nos arquivos.

— Como eu lhe disse, não trabalhei nesse caso, mas conhecia alguns detalhes. — Ele balançou a cabeça. — Se isso viesse à tona, eu certamente saberia.

— Você procurou Lino depois do bombardeio?

— Ele tinha assumido o comando dos Soldados nessa época. Ele e Chávez serviam como capitães. Aquela região nunca foi exclusiva dos Skulls. Era um território muito disputado, e muitos deles, de ambos os lados, circulavam por ali. O que houve foi uma retaliação. Eu sei que os culpados foram os Soldados, e acontece que os Soldados nem mesmo respiravam se não fossem pelas ordens de Lino. A sra. Martinez declarou que o filho tinha ido embora dois dias antes do bombardeio.

Ele balançou a cabeça.

— Eu tive que acreditar nela, pelo menos aceitar que *ela* acreditava nisso. Nos deixou revistar a casa toda. Nenhum sinal dele; confirmamos o sumiço dele com os vizinhos. Todos odiavam o filho da mãe, mas contaram a mesma história. Ele sumiu no mundo antes do incidente. Fizemos pressão em cima dos Soldados, mas não conseguimos nem uma declaração desmentindo a anterior. Nem uma sequer! Mas eu sei que isso tinha o dedo deles, tenente; os dois planejaram tudo, Martinez e Chávez. Eu sei disso no fundo da minha alma.

— Minha intuição diz o mesmo.

— Você tem notícias deles, tenente? Pelo menos de um dos dois?

— Estou com Lino Martinez no necrotério.

Stuben pegou um pouco de macarrão.

— É o melhor lugar para ele.

— E quanto aos componentes das outras gangues da área? Algum deles poderia ter apagado Lino depois de todo esse tempo?

— Skulls, Bloods... Quase todos foram mortos, sumiram ou estão presos. Sempre existem alguns remanescentes de todas essas gangues. Mas esse fogo já se apagou há muito tempo. Como foi que ele morreu?

— Você ouviu falar do assassinato na Igreja de São Cristóvão? O homem que se passava por padre?

— Era Martinez?

— Exato. O que acha disso? Ele ficou escondido por cinco anos debaixo do nariz de todo mundo.

Stuben se recostou na cadeira e pegou a lata de refrigerante.

— Aquele rapaz era astuto. Tinha cérebro e sabia ficar parado e invisível. Era difícil, mesmo quando criança, conseguir provar alguma coisa contra ele. Sabia encobrir suas pistas ou obrigar alguém a fazer isso por ele. Conseguiu chegar ao alto da hierarquia dos Soldados aos 16 anos. Deve ter havido algo de importante para fazê--lo voltar, algum lance... Alguma jogada grande para mantê-lo sob disfarce durante tanto tempo. Você prendeu a garota Soto por isso?

— Sim, eu a prendi hoje.

— Ela certamente saberia, não tenho a mínima dúvida. Ele voltou e foi procurar Penny Soto, certo? Se Lino tinha algum ponto fraco, era ela. Ele a transformou em tenente da organização e ela ainda nem tinha completado 15 anos, pelo amor de Deus. Ouvi dizer que houve uma espécie de desacordo nas fileiras por causa disso. Lino atacou o dissidente com um cano e quase acabou com a raça dele. É claro que esse dissidente alegou, preso a uma cama de hospital com a mandíbula amarrada por fios, que só tinha levado um tombo de uma escada. Naquela época, era impossível fazer com

Salvação Mortal

que um deles entregasse o outro. Eles preferiam levar uma facada no coração a trair alguém da gangue.

— O tempo muda as pessoas.

Stuben assentiu.

— Muda, sim. Você poderia tentar alguma coisa com Joe Inez.

— Eu já conversei com Joe Inez. Ele poderia ser um elo fraco dessa corrente? — perguntou Eve, apenas por cortesia, pois já sabia a resposta.

— Esse seria o homem certo a procurar. Joe não tinha o instinto de matar dentro dele. Não tinha a dureza necessária.

— Há mais alguém com quem eu deveria conversar? Outro ex-membro? Tenho dois homens trabalhando para levantar esses nomes, mas você deve saber.

— O que posso lhe garantir é que todos os que estavam no alto da hierarquia daquela época desapareceram. Foram mortos, estão presos ou sumiram. Alguns ainda estão por aí, certamente, mas eram de baixa patente. Martinez e Chávez estavam no comando. E Soto. Ela assumiu a direção da gangue depois da fuga deles.

— Muito obrigada, detetive.

— Se você me conseguir alguma informação adicional sobre os bombardeios, tenente, ficaremos quites.

Ela se levantou, fez uma pausa e disse:

— Mais uma coisa. As famílias das vítimas... Você tem contato com elas?

— De vez em quando.

— Se eu precisar, posso chamá-lo novamente?

— Claro. Você sabe onde me encontrar.

Capítulo Dezessete

Eve seguiu sua intuição até a Igreja de São Cristóvão. Rosa, com os cabelos presos num coque e o rosto lindamente corado, atendeu à porta. Usava um avental sobre um top colorido e calça preta justa.

— Olá. Em que posso ajudá-las?

— Tenho algumas perguntas para você e para os padres López e Freeman.

— Os padres não estão aqui no momento, mas... Vocês se importariam de vir até a cozinha? Estou fazendo pão e vocês me pegaram com a mão na massa.

— Tudo bem. Fazendo pão? — quis saber Eve, enquanto ela e Peabody seguiam Rosa pela sala da casa paroquial. — Tipo de verdade, a partir da farinha?

— Isso mesmo. — Rosa sorriu por cima do ombro. — Entre outras coisas. Padre López gosta especialmente do meu pão de alecrim. Eu estava prestes a dar forma à massa e não quero que ela cresça demais.

Na pequena cozinha, uma bancada tinha uma tigela grande, uma tábua de pedra e uma cumbuca de farinha.

Salvação Mortal 321

— Minha mãe cozinha pão — comentou Peabody. — A mãe dela e a minha irmã também. Às vezes até o meu pai.

— É um trabalho delicioso e muito relaxante. Você também prepara pão?

— Quase nunca, não faço isso há algum tempo.

— Sim, ocupa muito do nosso horário. — Rosa deu um golpe na massa da tigela e Eve franziu a testa. — Mas é uma atividade terapêutica. — Rosa riu, jogou a massa na pedra e começou a dar tapinhas e puxar. — Em que posso ajudá-las?

— Você já morava aqui no bairro na primavera de 2043 — começou Eve. — Houve dois atentados com uso de bomba.

— Houve, sim. — Os olhos de Rosa ficaram carregados e sombrios. — Uma época terrível. Muitas perdas, dor e medo. Meus filhos ainda eram muito pequenos. Eu os mantive em casa, perto de mim e longe da escola durante um mês, porque receava o que poderia acontecer em seguida.

— Nunca houve prisões.

— Não.

— Você conhecia Lino Martinez?

— Todo mundo que morava aqui no bairro nessa época conhecia Lino. Ele era o comandante dos Soldados... ele e aquele gorila do Steve Chávez. Trabalhava para *proteger* o bairro, era o que dizia. Para manter o que era nosso. Sinto pena da pobre mãe dele. Ela trabalhava muito. Era empregada do meu tio no restaurante.

— Os investigadores suspeitaram, na época, que Lino havia planejado o atentado, mas nunca conseguiram nem mesmo interrogá-lo.

— Eu sempre achei que tinha o dedo dele naquela bomba. A gangue era sua religião, e ele era um fanático. A violência era sua resposta. Mas ele já tinha sumido quando tudo aconteceu... estou falando do segundo atentado. Quase todo mundo acha que ele planejou tudo, colocou a bola em jogo e fugiu antes da bomba, para evitar ser preso.

Ela formou três rolos compridos e estreitos de massa, e para o fascínio relutante de Eve, começou a trançá-los como uma mulher trança cabelos.

— Era para ele estar naquele baile quando a primeira bomba explodiu — continuou Rosa. — Ele gostava muito de dançar. Só que não estava no local. Ninguém do seu círculo íntimo de amigos estava lá quando tudo aconteceu, exceto Joe Inez. Ronni, a filhinha de Lupe Edwards, morreu naquele atentado. Tinha só 16 anos.

Eve inclinou a cabeça.

— E nem Lino nem Chávez estavam lá? Isso não pareceu estranho?

— Muito! Como eu disse, ele gostava de dançar, adorava circular com o peito estufado e se exibir. Ouvi dizer que todos eles estavam a caminho de lá quando a primeira bomba explodiu. Talvez tenha sido verdade. De qualquer modo, Ronni foi morta. Muitas crianças ficaram feridas, algumas gravemente; o boato que se ouvia era que o alvo principal era Lino. Quando ele fugiu, logo depois, muitas pessoas disseram que ele fez isso porque sabia que os Skulls iriam tentar matá-lo novamente. Algumas pessoas disseram que ele partiu para evitar que mais pessoas inocentes fossem feridas. — Ela fez um muxoxo e estalou a língua, com desdém. — Como se ele fosse um herói.

Eve estudou o rosto de Rosa.

— Você não estava entre as pessoas que achavam isso.

— Não. Acho que ele fugiu porque era um covarde. Acho que planejou o segundo atentado e cuidou de estar bem longe daqui quando tudo aconteceu.

— Também não houve prisões nesse segundo bombardeio.

— Não, mas todos sabiam que os Soldados eram os responsáveis. Quem mais poderia ser?

Eve debateu consigo mesma por alguns instantes.

— Você teve algum problema com Lino, *você* especificamente?

— Nunca. — Enquanto falava, ela transformou a massa trançada em um círculo, colocou-o em uma assadeira e começou a formar

Salvação Mortal

mais três tiras. — Eu era mais velha do que ele, é claro, e meus filhos eram jovens demais para interessá-lo como recrutas. Além do mais, a mãe dele trabalhava para a minha família. Ele me deixou em paz. Sei que tentou recrutar algumas crianças mais velhas, mas meu avô teve uma conversa séria com ele.

— Hector Ortiz?

— Ele mesmo. Acho que Lino respeitava o meu Poppy por causa do que ele havia construído e pelo orgulho que Poppy tinha do nosso bairro. Lino nos deixou em paz.

Ela parou de trançar o segundo pão e olhou para Eve.

— Eu não entendo. Lino foi embora há tantos anos. A senhora acha que ele está envolvido na morte do padre Flores, quer dizer, do homem que se disfarçava de padre?

— O homem que fingia ser padre era Lino Martinez.

As mãos de Rosa se afastaram da massa como se ela tivesse levado um choque, e a mulher recuou de susto.

— Mas não! Não é possível. Eu o *conhecia*, teria percebido. Eu cozinhava para ele, limpava tudo aqui e...

— Você o conheceu aos 17 anos, se mantinha longe, e ele a deixou em paz.

— Sim, foi isso. Mesmo assim, ele frequentava o restaurante e eu o via na rua. Como não conseguiria reconhecê-lo? Penny Soto! Na mercearia ao lado da igreja. Ela era... Eles eram...

— Nós sabemos.

Rosa voltou para a massa, mas agora seus olhos estavam duros.

— Por que ele voltaria para cá? Fingiu esse tempo todo! Uma coisa, eu posso lhe garantir: ela sabia... aquela que trabalha na mercearia. E eles devem ter ido para a cama. Devem ter feito sexo com ele de batina. Isso era algo que provavelmente a excitaria. Uma vaca, aquela lá. *Puta*.

Revirou os olhos para o teto, respirou fundo e se benzeu.

— Tento não falar palavrões aqui na casa paroquial, mas há exceções. E eu posso lhe garantir — continuou, com ar de revolta

— que, se ele estava aqui desse jeito, para boa coisa não era! Por mais que ele desempenhasse muito bem a farsa e por mais tempo que dedicasse ao centro de jovens e à igreja, os motivos com certeza não eram bons.

— Ele tinha amigos aqui, velhos amigos. E velhos inimigos também.

— A maioria dos rapazes com quem ele se encrencava desapareceu. Eu não sei quem poderia matá-lo se soubesse da volta dele e lhe diria se desconfiasse de algum nome. O que quer que ele tivesse feito no passado, e não importa o que estivesse fazendo agora ou planejasse fazer, matar não é a resposta. Por isso não hesitaria em contar, tenente.

— Se você se lembrar de alguém ou pensar em mais alguma coisa, espero que me procure.

— Farei isso. — Ela suspirou e lentamente transformou a trança em um círculo. — Teresa, a mãe dele, enviou flores para o funeral. Eu converso com ela de vez em quando, menos do que gostaria. Ela já sabe?

— Sabe.

— A senhora se importa se eu for falar com ela? Se eu lhe der as minhas condolências? Ele era filho dela. Nada muda isso.

— Imagino que Teresa gostaria de ter notícias suas. Pode nos dizer onde seria possível encontrar o padre López ou o padre Freeman?

— O padre Freeman está fazendo visitas domiciliares. Provavelmente estará de volta daqui a uma hora, mais ou menos. O padre López foi ao centro de jovens.

— Obrigada. Não vamos mais atrapalhar seu trabalho. Uma última coisa... Penny Soto, com quem ela tem andado? Com quem ela dorme?

— Se tem amigos, eu não os conheço. Mas ela tem fama de dormir com muitos. Sua mãe era viciada, e seu pai, traficante. Ele foi assassinado quando ela ainda era criança, e sua mãe morreu de overdose alguns anos atrás.

Salvação Mortal 325

Balançando a cabeça, Rosa colocou a segunda rosca trançada na assadeira e começou a cobrir ambas com uma espécie de óleo.

— Ela teve uma vida difícil, teve começos difíceis, mas sempre recusou a ajuda da Igreja, do bairro, de todos. Preferiu a gangue. Escolheu o próprio destino.

— Suas impressões? — Eve perguntou enquanto seguia no carro com Peabody, rumo ao centro de jovens.

— Ela é uma figura íntegra, inflexível, e está se xingando mentalmente por não ter reconhecido Lino enquanto trabalhava aqui e arrumava as coisas dele. Vai refletir sobre tudo isso, vai matutar muito. Caso se lembre de alguma possibilidade, garanto que vai entrar em contato conosco.

— É assim que eu a avalio, também. Agora tente outro cenário. Lino e companhia sempre frequentavam o lugar onde aconteceu o baile do primeiro atentado. Mas não estavam lá quando o lugar foi atingido. Só Joe estava lá dentro, no que poderíamos chamar de "linha de frente". E alguns dias mais tarde, pouco antes de Lino sumir, ele e Joe discutiram. Não houve prisões. Os policiais investigaram cuidadosamente todos os membros dos Skulls, mas não conseguiram incriminá-los. Talvez porque não tenha sido eles.

— Você acha que Lino planejou os dois atentados? Espere um minuto... — Quando elas chegaram ao centro, Peabody saltou, se encostou na viatura e olhou fixamente para algum ponto difuso, com ar pensativo. — Quando você quer guerra, também quer ser um herói... quer ser importante. A retaliação é muito mais atraente do que a ofensa não provocada. Esses atentados elevaram o nível das brigas de gangues a outro patamar. Bombardeie seu próprio território... um baile local, com muitos inocentes. Até mesmo as pessoas que não enxergam você com bons olhos e não gostam de gangues vão ficar indignadas.

— Espalhe a ideia de que você era o alvo principal. Eles vieram atrás de você. Só que agora você devolve o ataque, com mais violência.

— Certo, mas por que fugir?

— Você vai embora com fama de alguém importante e deixa seu nome na boca do povo. O que se diz é que você sumiu para que mais inocentes não fossem mortos quando os Skulls tentassem acabar com você novamente. Só que deixou um monte de mortos para trás.

Imitando Peabody, Eve se encostou no carro. Do outro lado da rua, uma mulher varria os degraus da porta de casa e as flores da entrada pingavam alegremente sobre um vaso branco brilhante. A chuva da manhã ainda brilhava nas pétalas e folhas.

— Os policiais não podem importunar você — continuou Eve —, não só porque você não está lá, mas porque as evidências apontam que a culpa não foi sua. Ele é paciente, é um filho da mãe muito paciente. Vai voltar um dia, mas vai voltar por cima. Talvez não imaginasse que fosse levar tanto tempo. Quando a pessoa tem 17 anos, ela se acha o máximo. Pensa: Ah, vou faturar, faturar bem, em uns meses, aí volto e levo uma vida de rei.

— Só que as coisas não funcionam desse jeito — refletiu Peabody.

— Além disso, você tem 17 anos, está fora da sua bolha pela primeira vez na vida e descobre que há um mundo grande lá fora. Você pode ser o que bem quiser e quando bem entender. Acredito disso.

— Eu também. Metade do que a gente pensou pode ser besteira, mas parte tem a ver com o que aconteceu.

Elas entraram no centro de jovens. Magda estava atrás do balcão fazendo uma ligação. Dois meninos estavam sentados em cadeiras amarelas brilhantes, com expressões que indicavam a Eve que planejavam praticar atos nefastos. Outra mulher estava por perto, mantendo um olhar de águia sobre ambos.

Magda levantou a mão para elas e exibiu dois dedos, indicando dois minutos.

Salvação Mortal 327

— Eu sei, Kippy, mas essa já é a terceira briga deles em duas semanas. Isso é caso de suspensão automática. Alguém precisa vir pegar Wyatt e Luis aqui na escola o mais depressa possível. Já entrei em contato com o pai de Luis. Sim, está bem, então. Sinto muito, sinto mesmo. Ah, eu sei. — Magda rolou os olhos para o teto e se virou para os dois meninos. — Puxa, como eu sei!

Logo em seguida, desligou.

— Por favor, desculpem a demora. Só mais um minutinho, sim? Nita! A mãe de Wyatt e o pai de Luis estão vindo para pegar os filhos. Kippy vai levar mais ou menos uma hora para conseguir chegar. Você pode tomar conta deles até lá?

Nita, uma mulher de aparência robusta, estava de costas para a mesa e assentiu.

— Pode deixar que eu fico aqui. Você precisa que eu fique um pouco na recepção?

— Não, eu... Isso não vai demorar muito, vai? — perguntou a Eve, apontando para a auxiliar. — Nita cuida das crianças entre 6 e 10 anos e também é a nossa enfermeira. Estaríamos perdidos sem ela. Nita, estas são a tenente Dallas e a detetive Peabody. — Magda lançou um olhar significativo para os meninos. — Caso alguém aqui precise ser preso.

Nita se virou um pouco, com um olhar gélido. Eve tentou falar, mas os meninos só precisaram daquela fração de segundo. Então, caíram um sobre o outro como lobos.

Quando Eve se mexeu para intervir, Nita entrou na briga. Eve admirou a maneira como a mulher agarrou as duas crianças pelas golas das camisas e as separou.

— Você, vá para ali. E você fique lá! — Ela os puxou até as cadeiras. — Vocês acham que bater um no outro os torna mais fortes? Nada disso, simplesmente os torna mais burros. Brigar é para as pessoas que não são espertas o suficiente para usar as palavras.

Eve discordava disso, pois gostava de uma boa luta, mas o sermão fez com que os meninos ficassem quietos, olhando para o chão.

— Minha parceira e eu podemos levá-los para a Central de Polícia — ofereceu Eve, com ar casual. — Eles me parecem dois bandidinhos que perturbam a paz e se comportam como idiotas. Bastariam algumas horas numa cela para que eles... — E deixou a ideia pairando no ar.

Os dois garotos olharam assustados para ela, mas logo desviaram o olhar e ficaram com o queixo quase colado nos próprios pés, o que tinha sido a sua intenção. Nita, porém, fitou-a sem humor nos olhos por um longo e gelado instante antes de lhe voltar as costas.

— É função dos pais resolver isso.

— Certo. Bem... — Ela se virou para Magda. — Estou procurando o padre López.

— Ele está na academia. Marc me disse que ele se encontrou com a senhora esta manhã e soube que havia algumas pistas.

— Estamos trabalhando. Onde fica a academia?

— Através dessa porta, sigam direto até o fim do corredor e virem à esquerda.

— Obrigada. E, ah... — Ela se virou para os meninos. — Boa sorte.

— Vai dar tudo certo.

— Nita não gosta de policiais — comentou Eve enquanto seguia pelo corredor com Peabody.

— Ou isso ou levou você a sério. Se eu não conhecesse você, eu também teria levado a sério o que disse.

— Pensei que assustar as crianças para elas deixarem de ser idiotas fosse o procedimento padrão.

— Bem... É um método.

— Você viu o garoto da direita? O safadinho sabe dar um bom soco.

E López também, reparou Eve quando eles passaram pelas portas da academia. Junto à linha central do salão, fora instalado o que parecia ser um ringue de treinamento para boxe. Muitas crianças treinavam em equipamentos na outra metade, sob a supervisão de

Salvação Mortal

duas mulheres com shorts de ginástica. López — com luvas de boxe vermelhas, protetor de rosto preto, short largo também preto e camiseta branca — treinava com Marc.

Nesse instante, Marc desviava de um golpe forte.

Outros meninos, agrupados ao redor do ringue, gritavam incentivos. O lugar se animou com as vozes, o som ritmado dos pés e os golpes de luvas acolchoadas se chocando contra carne.

Ambos os homens já tinham malhado até ficarem muito suados; apesar da diferença de idade, pareceriam equilibrados a um observador casual. Mas Eve achou López muito mais rápido, notando que exibia a graça natural de um bom boxeador.

Tratava-se de um *out-fighter*, com estilo de luta bonito e elegante no ringue, que fazia seu oponente vir até ele.

Ele se desviava bem, golpeava, dançava para a direita, se curvava na hora certa. Poesia disciplinada em movimento.

Por que, exatamente, lutar seria a resposta dos "mais burros"?, perguntou-se Eve.

Ela o observou até que o sino soou e os dois homens recuaram. Contou dois golpes para Marc e seis para López. E a forma como Marc se curvava na cintura para recuperar o fôlego lhe mostrou que, para ele, a luta havia acabado. Ela foi até onde eles estavam.

— Excelente!

Soprando com força, ainda curvado, Marc virou a cabeça para ela.

— Esse cara me mata.

— Você baixa muito a guarda do lado direito antes de golpear.

— É o que ele me diz — confessou Marc, com certa amargura.

— Quer tentar um round com ele?

Eve olhou para López.

— Bem que eu gostaria, mas fica para outra vez. O senhor tem alguns minutos para conversar conosco? — perguntou ao padre.

— Temos algumas perguntas.

— Claro.

— Lá fora, então? Vamos esperar pelo senhor na entrada.

— Ele tem o corpo muito definido — elogiou Peabody quando elas saíram do salão. — Quem poderia imaginar que, debaixo de todas aquelas roupas e batinas, se escondia um Superpadre, todo musculoso e com barriga tanquinho?

— Ele se mantém em forma. E algo está errado. O Superpadre de barriga tanquinho está com os olhos tristes, mas eu vi algo mais ali: vi medo.

— Sério? Acho que eu não estava prestando atenção aos olhos dele. Pode ser que já tenha ouvido sobre a identificação de Lino. Uma notícia dessas viaja rápido. Já que ele era o responsável, deve achar que terá que explicar como não percebeu que um homem assim estava trabalhando sob sua orientação. Todo mundo precisa de um bode expiatório, certo? Talvez os chefes da Igreja peçam a cabeça dele.

Como na entrada havia um enxame de crianças, Eve ficou ao lado do prédio.

— Por que essa galera não está na escola?

— As aulas do dia já acabaram, Dallas. Tecnicamente, essa hora é quase o fim do horário comercial.

— Ah, é? Bom, talvez o padre esteja preocupado com sua carreira. Padres têm carreiras? Mas não era isso, não. Conheço aquele olhar de quem diz "não quero falar com a polícia". Foi o que eu vi nele.

— Acha que ele está escondendo alguma coisa? Ele não conhecia Lino no tempo em que se chamava Lino. Está na paróquia há poucos meses.

— Mas já é padre há muito mais tempo. — Ela pensou na previsão de Mira e decidiu não dançar nem fingir golpes, mas tentar o nocaute assim que López apareceu.

Seu cabelo estava úmido, e o suor tinha feito a camiseta colar no peito. Sim, Eve refletiu, ele se mantinha em forma.

Não esperou nem um segundo.

Salvação Mortal   331

— A vítima foi oficialmente identificada como Lino Martinez. O senhor sabe quem o matou. Sei que sabe — afirmou Eve —, porque o próprio assassino confessou.

Ele fechou os olhos por breves instantes.

— O que eu sei me foi revelado dentro da santidade do confessionário.

— O senhor está protegendo um assassino, padre, uma pessoa que é indiretamente responsável por uma segunda morte: a de Jimmy Jay Jenkins.

— Não posso trair meus votos, tenente. Não posso trair minha fé nem as leis da Igreja.

— "Dai a César o que é de César..." — citou Peabody, e López sacudiu a cabeça.

— Eu não posso dar a lei do homem com uma das mãos e tirar a lei de Deus com a outra. Por favor, podemos nos sentar? Talvez nos bancos ali adiante, longe do prédio. Essa conversa deve ser reservada.

Com o ressentimento borbulhando, Eve caminhou para onde estavam os bancos com pernas de concreto, de frente para a quadra. López se sentou e apoiou as mãos nos joelhos.

— Já rezei muito refletindo sobre isso. Rezei desde que ouvi essa confissão. Não posso revelar o que foi dito a mim. Na verdade, não foi dito a mim, mas a Deus *através* de mim. Recebi esta confissão como um ministro de Deus.

— Aceito o que você ouviu indiretamente, então.

— Eu não espero que a senhora entenda, que nenhuma das duas entenda. — Ele ergueu as mãos dos joelhos com as palmas para cima. Tornou a baixá-las. — Vocês são gente da lei. Essa pessoa veio até mim para aliviar sua alma, seu coração e sua consciência desse pecado mortal.

— E o senhor a absolveu? Mas que ótimo negócio!

— Não, não a absolvi. Não posso absolver ninguém. Eu não posso tirar o fardo dos ombros das pessoas, tenente. Eu aconselhei, incentivei, insisti para que essa pessoa a procurasse, tenente, e lhe confessasse tudo. Até que isso seja feito, não poderá haver perdão, nem absolvição. Ela viverá com esse pecado e morrerá com ele, a menos que se arrependa. Não posso fazer nada pela senhora, nem pela pessoa que pecou. Não posso fazer nada.

— Esse indivíduo conhecia Lino Martinez?

— Não posso responder a isso.

— Essa pessoa frequenta a sua igreja?

— Eu não posso responder. — Ele pressionou os dedos contra os olhos. — Isso me faz passar mal, mas não posso responder.

— Eu poderia colocá-lo atrás das grades. O senhor iria acabar saindo rapidinho, porque sua igreja fará uma campanha e enviará seus advogados, mas passaria algum tempo preso enquanto o processo corre.

— Mesmo assim, eu não posso responder. Se eu lhe contar, quebrarei meus votos, vou traí-los. Serei excomungado. Existem muitos tipos de prisão, tenente Dallas. A senhora acha que eu quero isso? — exigiu, com a primeira sugestão de raiva na voz. — Acha que eu quero bloquear sua justiça? Acredito na sua justiça. Acredito na ordem dela, tanto quanto a senhora. Acha que eu quero me manter isento, sabendo que não consegui alcançar uma alma ferida e zangada? Que o meu conselho poderá ter afastado essa alma de Deus, em vez de trazê-la para ele?

— O culpado poderá vir atrás do senhor. Certamente o senhor já sabe quem ele é e o que fez. Posso levá-lo sob custódia protetora, para seu próprio bem.

— A pessoa sabe que eu não vou quebrar meus votos. Se a senhora me levasse daqui, eu não teria chance de alcançá-la, de tentar e continuar tentando persuadi-la a alcançar a verdadeira penitência pelo pecado... a aceitar a lei do homem e a lei de Deus. Deixe-me tentar isso.

Eve quase podia sentir-se batendo com os punhos contra a parede sólida e impenetrável da fé de López.

— O senhor contou isso a alguém? Ao padre Freeman, aos seus superiores?

Salvação Mortal 333

— Não posso contar a ninguém o que me foi dito pela pessoa que veio a mim. Enquanto ela tiver que viver com o seu pecado, eu também terei.

— Se essa pessoa matar de novo... — tentou Peabody.

— Ela não vai fazer isso. Não tem motivo.

— O motivo tem a ver com os atentados de 2043?

— Não posso contar.

— O que o senhor sabe sobre esses atentados?

— O mesmo que todos na paróquia. Temos uma novena perpétua para as vítimas e suas famílias. Todos os meses uma missa é dedicada a eles. A todos eles, tenente, e não apenas às vítimas de El Barrio.

— O senhor sabia que Lino chantageava seletivamente algumas das pessoas que iam se confessar com ele?

López sacudiu o corpo como se tivesse sido atingido por uma dor repentina e chocante. E, em vez de tristeza, foi fúria que brilhou em seus olhos dessa vez.

— Não. Não, não sabia. Por que nenhuma dessas pessoas me pediu ajuda?

— Duvido seriamente que elas soubessem quem os estava chanteageando, ou onde o chantagista obteve as informações. E agora eu já sei que quem o matou não era um deles.

Eve se levantou do banco.

— Não posso obrigá-lo a me contar o que sabe, padre. Não posso fazer com que o senhor me diga quem usou sua igreja, sua fé, seus rituais e seus votos para assassinar. Eu poderia forçá-lo e pressioná-lo, mas o senhor continuaria sem me contar, e nós dois iríamos acabar chateados um com o outro. Mas posso lhe garantir uma coisa: vou descobrir quem foi. Não importa quanto Lino era um sujeito desprezível, vou fazer o meu trabalho, tanto quanto o senhor fará o seu.

— Rezo para que a senhora encontre o criminoso; também rezo para que, antes que isso aconteça, a pessoa que cometeu o crime a procure. Rezo a Deus para que Ele me dê a sabedoria e a força para mostrar a essa pessoa o caminho certo.

— Acho que vamos ter que esperar para ver qual de nós chega lá primeiro.

Eve o deixou sentado no banco.

— Eu entendo que ele está fazendo o que acha que deve fazer — disse Peabody —, mas também acho que deveríamos levá-lo em custódia. Você poderia desmontá-lo na sala de interrogatório.

— Não tenho certeza de que conseguiria. Ele tem uma fé de titânio. E mesmo que conseguisse... Isso não faria dele mais uma vítima? Talvez eu pudesse desmontá-lo e fazê-lo entregar o ouro, mas ele nunca mais seria o mesmo. E não seria mais um padre.

Eve se lembrou do que sentira quando lhe haviam tirado o distintivo. Como ela se sentira vazia, indefesa. Como se não fosse nada, como se não fosse ninguém. — Eu não vou fazer isso com ele — continuou. — Será que eu tenho mesmo o direito de fazer isso a um homem inocente? Um homem que fez um juramento muito parecido com o nosso?

— Proteger e servir.

— Nós fazemos isso com as pessoas, ele faz com as almas. Não vou sacrificá-lo só para facilitar meu trabalho. Mas vou lhe dizer o que vamos fazer. — Ela entrou no veículo e ligou o motor. — Vamos colocá-lo sob vigilância. Vou conseguir um mandado para monitorar seus aparelhos de comunicação. Eu instalaria grampos e microfones na porcaria da igreja se meus superiores liberassem, mas isso não vai acontecer. Mesmo assim, vamos descobrir aonde ele vai e com quem se encontra.

— Você acha que o assassino irá procurá-lo novamente?

— Ele tem essa fé de titânio, então acha que não. Quanto a mim? Eu tenho fé que as pessoas basicamente procuram proteger o próprio traseiro. Então nós cobrimos o dele, nós o protegemos e vamos deixá-lo aqui como isca, torcendo para que o pecador precise

Salvação Mortal

de outra tentativa de redenção. Ponha essa bola em campo e peça todas as autorizações.

Quando Peabody começou a fazer isso, Eve olhou para o relógio e pensou: *merda*!

— Vamos fazer mais uma parada e ver se conseguimos arrancar alguma coisa de Joe Inez.

Uma mulher atendeu à porta dessa vez, uma bela figura com cabelo castanho meio ruivo penteado para trás em um rabo de cavalo elegante que ressaltava o seu rosto rosado e suave. Atrás dela, dois meninos empurraram caminhões em miniatura um contra o outro e faziam barulhos violentos.

— Calem a boca! — ordenou a mulher, e eles se calaram imediatamente. Os barulhos continuaram, mas as vozes viraram sussurros.

— Sra. Inez?

— Sim?

— Gostaríamos de ver o seu marido.

— Eu também, mas ele está preso em Nova Jersey, há um engarrafamento monstruoso no túnel. Terá sorte se conseguir chegar em casa em menos de duas horas. Do que se trata?

Eve exibiu o distintivo.

— Ah, eu sei... Joe disse que a polícia esteve aqui ontem à noite. Algo sobre testemunhar um atropelamento seguido de fuga.

— Foi o seu filho quem lhe falou isso?

— Na verdade, Joe me contou o resto. — A percepção de ter sido enganada surgiu em seus olhos. — Vejo que ele não me contou tudo. Qual é o assunto?

— Estamos investigando uma antiga ligação de amizade do seu marido. A senhora conheceu Lino Martinez?

— Pessoalmente não, só de nome. Sei que Joe fez parte da gangue dos Soldados e cumpriu algum tempo de prisão. Sei que ele se envolveu em encrencas, mas acabou por se afastar delas. — Ela segurou a maçaneta da porta e fechou a fresta mais alguns centímetros, como se quisesse proteger as crianças atrás dela. — Ele não tem mais nada a ver com esse negócio há anos. É um homem bom. Um homem de família com um emprego decente. Trabalha duro. Lino Martinez e os Soldados fazem parte de outra vida.

— Diga a ele que estivemos aqui, sra. Inez, e conte que localizamos Lino Martinez. Vamos precisar tirar algumas dúvidas com o seu marido.

— Eu digo a ele, mas vou logo avisando que ele não sabe nada sobre Lino Martinez. Não mais.

Ela fechou a porta, e Eve ouviu as trancas estalarem com impaciência.

— Ela ficou chateada porque ele mentiu para ela — comentou Peabody.

— Isso mesmo. Foi burro da parte dele. Estou com a impressão de que ele está escondendo algo da sua esposa. Algo de agora ou algo do passado? De um jeito ou de outro, tem algo oculto. Vou deixar você no metrô e trabalhar em casa. Mantenha a pesquisa sobre os mortos não identificados. Acho que vou passar um pente-fino nos arquivos de casos antigos para ver se consigo raspar alguma coisa das profundezas do passado.

— Eu sei que o que você disse para o padre López está certo. Temos que fazer nosso trabalho, não importa o sujeito desprezível que Lino era. Mas, quando a gente descobre todas as merdas que ele aprontou e mais as merdas que pode ter planejado, é difícil ficar revoltado porque alguém acabou com a raça dele.

— Talvez se alguém tivesse se revoltado muito tempo atrás, ele não conseguisse fazer tantas merdas. Sua mãe não estaria chorando hoje à noite e alguém que me parece ser um homem especialmente bom não se sentiria tão preso à sua honra ou tão ligado à sua fé a ponto de proteger um assassino.

Peabody suspirou.

— Tem razão. É que eu gosto mais quando os maus são simplesmente os maus.

— Há sempre muitos deles por aí para compensar.

Capítulo Dezoito

Ela precisava de tempo para pensar. Precisava ter algum tempo livre e ficar isolada em um lugar no qual pudesse juntar todas as peças do que já sabia, do que ainda não sabia, de tudo que tinha sido dito e deixado no ar, bem como as pessoas, os acontecimentos, as provas, as especulações, e ver que tipo de imagens se formavam a partir daí.

Precisava dar uma boa olhada nas vítimas dos dois bombardeios, em suas famílias, suas conexões. Precisava considerar o ângulo da chantagem, que ela já sabia que seria um poço profundo e pegajoso. Se López não lhe disse o nome de um assassino, certamente não iria compartilhar com ela os nomes de pessoas que confessaram transgressões que poderiam resultar em chantagem.

Ela não acreditava em assassinato por causa de chantagem no caso de Lino, mas não podia descartar essa possibilidade. Ou conexão.

Como Lino havia recolhido o dinheiro das chantagens?, perguntou-se enquanto voltava para casa. Onde tinha mantido os fundos ganhos? Ou será que tinha torrado toda a grana tão logo ela chegava? Quartos de hotel e refeições luxuosas, joias espalhafatosas para a parceira de cama?

Não era o suficiente, pensou. Alguns milhares de dólares aqui e ali? Qual era a vantagem de se arriscar a ser exposto ou descoberto por causa de uma suíte extravagante e uma garrafa de champanhe?

Exibir-se para a antiga namorada? Stuben disse que Penny Soto tinha sido o seu ponto fraco. Portanto... A coisa poderia ser simples assim. Querer ser rico, importante, e querer que sua amante o visse como ambos.

Ou poderia ser tão simples quanto ele precisar da emoção de saber que continuava aplicando golpes rápidos. Lembrar a si mesmo quem ele era, ao mesmo tempo que fingia ser outro. Uma espécie de hobby.

Mais uma coisa em que pensar.

Atravessou os portões de casa, mas logo desacelerou o carro. Havia flores onde ela estava certa de não haver flor alguma naquela mesma manhã. Tulipas... tinha certeza de que eram tulipas. E narcisos. Ela gostava de narcisos porque eram flores bonitas e tolas. Agora havia uma imensa quantidade de ambas onde não havia sequer um botão dez horas antes.

Como aquilo tinha acontecido?

De qualquer modo... Bem, era bonito e acrescentava um ar alegre ao verde nebuloso das árvores.

Ela continuou em frente, parou o carro e estacionou. Havia três enormes potes vermelhos literalmente cheios de petúnias. Petúnias brancas — sua flor do casamento. Sua tola sentimental, disse a si mesma ao sentir o coração derreter. Um prazer simples lutava contra a tensão feia que ela tentava ignorar desde o interrogatório de Penny Soto.

Entrou no saguão e viu Galahad empoleirado como uma gárgula gorducha sobre o pilar do primeiro degrau da escada — seu novo local de escolha. Summerset pairava nas sombras do saguão, como de costume.

Salvação Mortal 339

— Suponho que a cidade esteja livre de todos os crimes, tenente, já que você está só uma hora atrasada e chegou sem uma gota de sangue na roupa.

— Sim, vamos rebatizar Nova York de "Utopia". — Ela acariciou rapidamente Galahad quando começou a subir a escada. — O próximo estágio é nos livrarmos de todos os idiotas. Você poderia adiantar o expediente e arrumar suas malas. — Ela pausou por um momento e perguntou: — Roarke falou com Sinead?

— Falou, sim.

— Ótimo.

Ela foi diretamente para o quarto. Roarke provavelmente estava em casa, pensou. Summerset avisaria, caso ele não estivesse. Provavelmente continuava em seu escritório, então ela deveria ir direto até lá para falar com ele.

Mas não estava pronta, simplesmente não estava pronta para vê-lo. Sua guerra interior continuava, com mais força agora que voltara para casa. Um lugar onde ela sabia que estava segura, onde sabia que poderia relaxar, pelo menos um pouco. Estava em casa, onde poderia reconhecer para si mesma que seu estômago ardia e a nuca estava cheia de nós feitos de puro estresse.

Ela se deitou e fechou os olhos. Quando sentiu o baque ao seu lado, estendeu a mão e deixou o braço envolver o gato.

Idiotice, pensou; era pura idiotice se sentir doente, ter de lutar contra aquela sensação. Era idiotice sentir *qualquer coisa* que não fosse suspeita e repugnância por uma mulher como Penny Soto.

Ela não percebeu que Roarke tinha entrado no quarto até sua mão lhe roçar a bochecha. Ele se movia tão silenciosamente, refletiu ela, que mal agitava o ar, caso assim quisesse. Não era de admirar que tivesse sido um ladrão tão bem-sucedido.

— Onde dói? — quis saber ele.

— Lugar nenhum. Não foi nada, sério. — Mas ela se virou para ele e se aconchegou quando ele se deitou ao lado dela. Pressionou o rosto contra o seu ombro. — Eu precisava vir para casa. Precisava me sentir em casa antes de qualquer coisa. Fiz bem. Só que pensei que fosse melhor ficar sozinha até me acalmar. Nisso, eu errei. Podemos ficar aqui por algum tempo?

— Esse é o meu lugar favorito.

— Converse comigo. Conte-me coisas. Descreva o que você fez hoje. Não importa se não entender.

— Fiz uma conferência por *tele-link* aqui em casa, pouco depois de você sair esta manhã, com alguns funcionários de pesquisa e desenvolvimento da Euroco, uma das minhas subsidiárias na Europa que lidam com transportes. Temos um novo veículo muito interessante que anda no mar, na terra e no ar. Será lançado no início do ano que vem. Depois eu tinha agendado reuniões no centro da cidade, mas Sinead me ligou da Irlanda antes de eu sair. Foi bom ouvir a voz dela. Eles arrumaram um filhote de cachorro e o batizaram de Mac. Ela me contou que ele é mais bagunceiro que trigêmeos aprendendo a andar. Pareceu-me loucamente apaixonada por ele.

Eve ouviu a voz dele, mais do que as palavras. Algo sobre uma reunião com os líderes de equipe em um projeto chamado Optimum e uma holoconferência para resolver assuntos sobre o Olympus Resort, seguida por um almoço com funcionários importantes de um empreendimento em Pequim. Uma fusão, uma aquisição, projetos conceituais.

Como ele conseguia manter todas aquelas bolas no ar?

— Você fez tudo isso e ainda teve tempo para comprar petúnias? A mão dele subiu e desceu pelas costas dela, acariciando-as.

— Você gostou delas?

— Sim, gostei muito.

— Faz quase dois anos que nos casamos. — Ele beijou o alto da sua cabeça, e virou o rosto para descansar a bochecha ali. — Como Louise e Charles estão prestes a se casar aqui em casa, isso me fez pensar nas petúnias. E em como as coisas simples, como uma flor ou alguns minutos para conversar com quem está ao seu lado, fazem com que as coisas complicadas valham a pena.

Salvação Mortal   **341**

— É por isso que temos tulipas e narcisos? São tulipas, certo?

— São, sim. É bom nos lembrarmos de que as coisas sempre se renovam, renascem frescas e novas, enquanto outras permanecem estáveis e sólidas. A ligação de Sinead me trouxe de volta essa percepção. Você já se sente pronta para me contar qual é o problema?

— Às vezes as coisas que retornam são velhas e duras de enfrentar. — Ela se sentou e ajeitou o cabelo. — Levei Penny Soto até a Central, para interrogatório. Na verdade, eu a provoquei para que me agredisse e então a acusei de ataque a uma policial e de resistência à prisão.

Ele a pegou pelo queixo e passou o polegar pela covinha que havia ali, enquanto virava seu rosto para a direita e depois para a esquerda.

— Você não parece ter sido agredida.

— A agressão foi mais técnica do que física. Ela era a amante principal de Lino quando eles eram adolescentes. Trabalha na mercearia que fica ao lado da igreja, a mesma mercearia que ele frequentava quase todos os dias.

— Então eles se reencontraram.

— Era ela a pessoa que o conhecia do passado — disse ela, lembrando-se das palavras de Roarke naquela manhã. — A pessoa com quem ele precisava se abrir. Sim, eles se reencontraram e, segundo ela, inclusive no sentido bíblico. Eu acreditei na história. Tive que acreditar. Ela sabia quem ele era e estava a par de algumas das coisas que ele estava aprontando... talvez tudo, mas não consegui arrancar isso dela. Ainda. Ela me contou que ele chantageava algumas das pessoas que iam confessar. Isso se encaixa, mas não explica tudo.

— Um hobby. Mais que isso — sugeriu Roarke —, um hábito. O disfarce não mudou quem ou o que Lino era por baixo da batina, e ele certamente precisaria dessa emoção, dessa empolgação.

— Sim, eu refleti bastante sobre essas questões. Mas isso não me parece um motivo suficiente para a sua morte. Sei disso quase com certeza — apressou-se ela, antes de ele ter a chance de discordar

—, e vou chegar ao que me faz pensar que isso não teve peso, pelo menos não muito.

Primeiro ela queria tirar o resto do peso do peito.

— A questão é... quando eu emparedei Soto e fiz pressão nela para deixá-la revoltada comigo, ela me contou que o seu pai...

— Ah. — Ele nem precisou ouvir o resto, não precisou saber dos detalhes para que seu estômago se apertasse.

— Ela me relatou, grunhindo e rosnando de raiva, como o seu velho pai começou a atacá-la sexualmente aos 12 anos; contou que sua mãe era uma drogada inútil, disse que seu pai a espancou e molestou durante dois anos, antes de ela se juntar aos Soldados. Eles foram uma saída para ela, uma válvula de escape. Uma parte de mim entende isso, sente muito e tenta não olhar para ela e ver o reflexo de mim mesma. Ver...

Ela pressionou a mão na barriga e usou essa pressão para terminar a história.

— Quando ela fez 14 anos, já depois de ter se juntado aos Soldados, seu pai foi esfaqueado e retalhado até morrer. A polícia considerou o caso um negócio ilegal que deu errado, já que ele era traficante. Só que eu sei e percebi, ao olhar para ela e me ver, que foi ela quem esteve com a faca na mão. Sei que o golpeou muitas vezes. Provavelmente ela e Lino juntos, com esse primeiro assassinato servindo para unir os amantes. E não importa o que eu saiba, parte de mim está dizendo a mim mesma: "Você fez a mesma coisa que ela; como pode culpá-la? Você fez exatamente a mesma coisa".

— Não, você não fez nada disso, Eve — disse ele, com pressa na voz, antes que ela pudesse discordar. — Você *não fez* a mesma coisa. Eu nem preciso ouvir o resto da história para saber disso. Para saber que, apesar de, aos 14 anos, uma jovem ainda ser uma criança, existem seis anos de distância e um mundo de diferenças entre o que ela e você eram. Você estava numa prisão, Eve, incapaz de sair dali, como ela fez. Não houve escolha nem válvula de escape no seu caso; nem amigos, nem família, nada desse tipo. Ela fez isso por vingança, e não por sobrevivência.

Salvação Mortal

Ela se levantou e foi apanhar a bolsa que tinha largado no chão a caminho da cama. Pegou uma foto lá dentro e a colocou na cama.

— Eu o vejo quando olho para essa foto. Vejo meu pai e o que eu fiz.

Ele pegou a foto e analisou a dura cena de crime do homem esparramado sobre um chão sujo e cheio de lixo, nadando no próprio sangue.

— Não foi uma criança que fez isso — declarou Roarke. — Nem mesmo uma criança aterrorizada e desesperada conseguiria. Nem mesmo em legítima defesa e nunca sozinha.

Ela soltou um suspiro. Provavelmente não era o momento de lhe dizer que ele daria um bom policial.

— Não, você tem razão, houve dois agressores. Os peritos determinaram que os ferimentos foram feitos por duas facas diferentes. Tipos de lâminas e tamanhos diferentes, força diferente, ângulos diferentes. Imagino que um deles o atraiu até o local enquanto o outro ficou à espera. Um o atacou pela frente e o outro por trás. A mutilação sexual aconteceu *post-mortem*. Provavelmente foi ela quem fez isso. Mas...

— Isso me espanta — disse ele, com muita calma. — Fico surpreso ao ver como você consegue olhar para esse tipo de coisa todos os dias. Você olha isso todos os dias e continua a se importar com as vítimas todos os dias. Não venha me dizer que você fez a mesma coisa. E não venha me dizer que você se vê refletida nela.

Ele deixou cair a foto na cama e se levantou.

— Ela tem aquela tatuagem?

— Tem.

— Com a marca da morte?

— Sim.

— Ela está orgulhosa disso, orgulhosa de ter matado. Diga-me, Eve... Você poderia me dizer que sente orgulho por alguma das vidas que você teve que tirar?

Ela negou com um balançar de cabeça.

— Estar com ela me deixou doente... não, na verdade eu senti enjoo, e não deveria sentir. Não podia, não queria. Não consegui mais pensar no assunto, nem de leve, até chegar em casa. Só aqui eu poderia analisar tudo, para o caso de acabar desmoronando. Sei que eu e ela não somos iguais. Sei disso, mas existe um paralelo.

— Assim como existe um paralelo entre mim e a sua vítima. — Ele colocou as mãos nos ombros dela. — Mesmo assim, continuamos aqui, nós dois. E continuamos aqui porque em algum lugar, ao longo do caminho, esses paralelos se aproximaram e seguiram caminhos sensivelmente diferentes.

Ela se virou e pegou a foto para guardá-la de volta na bolsa. Ela certamente ainda olharia para a foto de novo. Várias vezes.

— Dois anos atrás, talvez um pouco mais, eu não tinha ninguém para quem contar essas coisas. Mesmo que eu tivesse me lembrado do que aconteceu quando eu tinha 8 anos e antes disso, não havia ninguém. Nem mesmo Mavis, e olha que eu consigo contar praticamente qualquer coisa para Mavis. Só que eu não poderia lhe mostrar uma foto como essa, não poderia lhe pedir para olhar para essa foto e tentar enxergar o que eu vi. Não sei por quanto tempo eu conseguiria continuar servindo e cuidando das pessoas se não tivesse alguém em casa que pudesse olhar as coisas e analisar tudo comigo, quando eu precisasse.

Ela se sentou na cama novamente e suspirou.

— Santo Cristo, que dia pesado! Penny sabe mais do que contou e é dura na queda. Existem camadas e mais camadas de dureza nela, sobrepostas com maldade em estado puro e, possivelmente, comportamento psicótico. Preciso encontrar um caminho em meio a tudo isso.

— Você acha que ela o matou? Martinez?

— Não, mas acho que garantiu para si mesma um álibi inatacável porque sabia o que estava prestes a acontecer. Acho que o imbecil a amava, mas ela não ama ninguém. Talvez até mesmo tenha usado isso contra ele. Preciso pensar no assunto. Eu também estive com

Salvação Mortal 345

López, e Mira atingiu o alvo em cheio, no caso dele. O assassino de Lino confessou tudo ao seu padre, ao padre López, e não há nada que eu possa fazer a esse respeito. Eu olho para aquele rosto, Roarke, olho para López e enxergo outra vítima.

— Você acha que o assassino poderá vir atrás dele?

— Não sei. Coloquei-o sob vigilância. Eu poderia levá-lo para a Central, legalmente. Poderia aprisioná-lo e pressioná--lo durante alguns dias, até que os advogados acabassem com a minha farra. Mas preciso deixá-lo solto, preciso esperar que o assassino volte a ele. Olho para esse padre e vejo que ele está doente por dentro, no coração. Sei que está com a consciência em xeque. Não há nada que eu possa fazer, assim como não há nada que o próprio López possa fazer. Estamos presos, nós dois... Presos ao nosso dever.

Ela voltou para a cama.

— Eu preciso clarear as ideias e reavaliar tudo. As possibilidades vão até o inferno e voltam. Flores... por que ele, e em que momento o seu caminho se cruzou com o de Lino? Onde está Chávez? Foi morto? Está se escondendo? O que Lino estaria esperando aqui? Ele foi morto por isso ou por algo que remonta ao passado? E quanto aos atentados a bomba? Ele planejou os dois, disso eu tenho certeza, então...

— Perdi o fio da meada.

Ela tornou a se levantar.

— Desculpe. Eu preciso arrumar tudo dentro da minha cabeça, reorganizar as ideias, analisar as linhas de tempo que organizei, modificar os quadros que montei sobre o crime. Preciso fazer pesquisas sobre um monte de gente e olhar para tudo de vários ângulos.

— Então é melhor começarmos.

Ele a pegou pela mão e a colocou em pé.

— Obrigada.

— Bem, eu é que devo lhe agradecer pela ligação de Sinead.

— Hã?

— Você acha que eu sou lerdo? — perguntou ele, passando o braço em torno da cintura dela. — Minha tia me liga por acaso da Irlanda, sem motivo algum, exatamente na mesma manhã em que eu estou meio fora do ar, pensando em minhas conexões na Irlanda e nas pessoas que eu perdi por lá? Tudo bem: é bom termos alguém que cuida de nós.

— Então você aceita isso como cuidar, em vez de bisbilhotar e interferir? É difícil encontrar a diferença.

— Muito difícil, não é? Mas vamos conseguir ultrapassar essa barreira.

À medida que passavam pelo corredor, uma das telas da casa se acendeu, e o rosto de Summerset surgiu.

— Seus convidados estão passando pelos portões neste exato momento — anunciou o mordomo.

— Que convidados? — quis saber Eve.

— Ahn...

— Roarke passou os dedos pelo cabelo. — Sim. Um momento — disse, dispensando Summerset em seguida. — Por favor, me desculpe, isso passou batido pela minha cabeça. Deixe que eu desço e cuido de tudo. Posso dizer que você ainda está trabalhando, o que será verdade.

— Quem chegou? Por que as pessoas não conseguem ficar na própria casa? Por que sempre querem estar na de outra pessoa?

— É Ariel Greenfeld, Eve. E Erik Pastor.

— Ariel? — Ela teve uma lembrança imediata da morena bonita que fora amarrada e torturada por um maníaco por vários dias. E, mesmo assim, se mantivera sã, forte e sagaz o tempo todo.

— Ela entrou em contato comigo hoje e perguntou se eles poderiam vir aqui à noite. Eu posso recebê-los e conversar um pouco com eles.

— Não. — Ela esticou o braço e pegou a mão de Roarke. — Isso é como a ligação da sua tia. É bom lembrar o que importa. Ariel é importante. Quer dizer que ela e Erik, o vizinho, estão acertando os ponteiros?

Salvação Mortal 347

— Ficaram noivos e vão se casar no outono.

— Caramba, é uma espécie de vírus essa história de casamento? Eu poderia tê-la encontrado na Central ou em outro lugar — acrescentou. — Provavelmente deveria ter feito isso. Você não pode ter vítimas, testemunhas e todo tipo de gente ligada ao meu trabalho dando uma passadinha aqui.

— Achei que essa seria uma exceção óbvia. Afinal de contas, ela trabalhava para mim.

— Eu sei, mas... *Trabalhava*? Ela se demitiu? Maldito seja Lowell! Ele tirou isso dela? Ariel adorava preparar bolos, e a sua loja no centro devia ser muito lucrativa.

— Ela continua fazendo bolos. E você verá por si mesma que ela está trabalhando em um lugar bem melhor. Está feliz com o trabalho e vem se saindo muito bem.

Eve arqueou as sobrancelhas.

— Você parece saber muita coisa a respeito.

— Sei muito a respeito de muitas coisas.

Ele apertou a mão dela com carinho. Quando começaram a descer a escada, Eve percebeu vozes do salão. E ouviu Ariel rir.

Ela havia cortado o cabelo. Foi a primeira coisa que Eve notou. Robert Lowell gostava de suas vítimas com cabelos castanhos e bem compridos, então Ariel cortara o dela bem curto e elegante, colocando também alguns tons ruivos nele. Tinha caído muito bem nela, pensou Eve. Certamente ajudava muito a mulher não estar pálida, sangrando muito e lutando contra a dor, como no dia em que se haviam conhecido.

Os olhos dela brilharam quando encontraram os de Eve, e um imenso sorriso explodiu em seu rosto.

— Oi! — Lágrimas surgiram em seus olhos quando ela correu pela sala e abraçou Eve. — Não vou chorar, eu jurei que não ia chorar! Isso passa em um minuto.

— Tudo bem.

— Eu estava louca para vir vê-la. Só quis estar cem por cento recomposta antes de aparecer.

— Tudo bem, também.

— Pois é... — Ariel recuou e sorriu. — Então, como você está?

— Nada mal. E você?

— Estou num momento fantástico, se considerarmos o que aconteceu. — Ela estendeu a mão para Erik. — Nós vamos nos casar.

— Sim, ouvi dizer. E aí, Erik, como vão as coisas?

— É muito bom revê-la, tenente. E ótimo rever você também — disse ele a Roarke, e Eve olhou para o marido meio de lado.

— *Rever?*

— Eu tenho dado uma mãozinha no projeto de Ariel para a criação de sua nova loja de bolos. — Ele sorriu para Roarke, e seu cabelo preto e bronze, meio espetado, pareceu pular de felicidade. — Está ficando espetacular.

— Minha própria pequena confeitaria. Você vai ganhar muito dinheiro com esse investimento. Eu não tinha certeza de que poderia fazer isso, ou qualquer outra coisa, quando saí do hospital. Mas você me deu tanta força e tinha tanta certeza de que eu conseguiria... — disse para Roarke. — Aliás, tanto você quanto Erik. E eu consegui, mesmo.

— Eu tinha certeza de que você tem força e fibra suficientes para lidar com qualquer desafio que aparecer. Devemos beber alguma coisa para comemorar.

— Bem, a pessoa que nos recebeu, o seu... Não sei exatamente o que ele é — admitiu Ariel. — O homem alto e magro?

— Ninguém sabe exatamente o que ele é — brincou Eve, o que fez Ariel rir.

— Ele disse que iria trazer algo que combinasse com a ocasião. Espero que esteja tudo bem. Não sei se você se lembra, mas, quando você salvou a minha vida e tudo o mais, eu prometi que iria lhe preparar um bolo. Foi por isso que viemos...

Ela deu um passo para o lado e apontou para o fundo do salão. Seguindo a direção indicada, Eve caminhou até lá.

Salvação Mortal

Uma das mesas grandes tinha sido limpa por Summerset e estava sem enfeites. Ali, sobre a superfície lustrosa, havia um bolo gigantesco.

Mais parecia uma obra de arte, pensou Eve.

Uma obra de arte comestível com o formato de Nova York se espalhava sobre a mesa, com suas ruas, seus edifícios, seus rios e parques, os túneis, as pontes. Havia táxis, maxiônibus, bicicletas a jato, scooters; vans de entrega e outros veículos abarrotavam cada uma das ruas. Pessoas se apertavam pelas calçadas, mas pareciam deslizar sobre elas. Vitrines exibiam produtos minúsculos e brilhantes; vendedores ambulantes serviam cachorros-quentes de soja e picadinhos de legumes.

A Eve, por um instante, pareceu que tudo aquilo iria se mover, ganhar vida e emitir *sons*.

— Puta merda!

— Esse é um "puta merda" do tipo bom, não é? — perguntou Ariel.

— Esse é uma "puta merda" do tipo "nunca vi nada tão sensacional". Veja só, está rolando tráfico bem ali na esquina da Jane Street — murmurou Eve. — E tem um cara sendo assaltado no Central Park.

— Pois é, essas coisas que acontecem.

Aturdida, Eve se agachou para ver melhor a imagem de si mesma que Ariel criara. Ela estava de pé no alto de uma torre estreita, observando a cidade. Vestia o seu casaco comprido de couro preto, cujas pontas pareciam se mover; sem falar nas botas, onde dava para ver até os arranhões nas pontas. Em uma das mãos, ela segurava o distintivo, com sua patente e número de identificação, e na outra estava sua arma.

— Uau! Tudo que eu tenho a dizer é... Uau! É mais que demais! Está vendo todos esses detalhes? — perguntou a Roarke.

— Estou, sim. Tenho certeza de que fiz um excelente investimento. Ficou espetacular, Ariel.

— Ela passou várias semanas nesse projeto — informou Erik, com orgulho óbvio em cada palavra. — Mudou alguns prédios para torná-los ainda mais reais. A parte boa é que eu era obrigado a comer as partes rejeitadas.

— Essa é de longe a coisa mais incrível que eu já vi! — empolgou-se Eve. — Vou ser a policial que devorou Manhattan.

— Rindo muito, Eve endireitou o corpo. — Escute, eu tenho uns amigos que vão se casar em breve. A noiva vai querer muito conversar com você.

— Louise e Charles? Nós vamos decidir o projeto final do bolo amanhã.

Eve assentiu para Roarke.

— Sempre um passo à frente, não é, garotão?

— Odeio ficar para trás. Ah, champanhe! — exclamou ele, quando Summerset entrou com uma bandeja. — Eu diria que é muito adequado.

— Nisso, eu concordo totalmente. Acho que vou comer uma fatia do Upper East Side, já que... — Eve parou e estreitou os olhos. Com ar de estranheza, agachou-se novamente junto do bolo.

— Alguma coisa errada? — Ariel começou a morder o lábio inferior ao se inclinar.

— Não. Está vendo esta área aqui? São as ruas e os prédios em escala perfeita ou só mais ou menos e você preferiu fazer o que funcionava melhor para o trabalho?

— Você está brincando? — interrompeu Erik. — Ela usou mapas, hologramas e até projeções matemáticas. Ari estava obcecada com esse projeto.

— É diferente de um mapa — elogiou Eve. — Diferente até mesmo de estar no lugar, andando pelas ruas. Isso... é uma espécie de visão aérea, como a de um deus.

Ela se levantou, circulou a obra e tornou a se agachar.

— Os limites das regiões mudam, dependendo das pessoas. Dependendo de quem entra e de quem sai da área. Quinze ou vinte

Salvação Mortal

anos atrás, o território dos Soldados englobava o espaço da Rua 96 Leste até a Rua 120; mais quatorze quarteirões entre o East River e a Quinta Avenida. Os Skulls dominavam o espaço entre a Ruas 122 e 128, com algum território a oeste da Quinta Avenida, onde disputavam espaço e influência com os Bloods. Só que esta área aqui, a fatia leste entre as Ruas 118 e 124, era a zona mais quente do campo de batalha entre eles... o lugar onde cada um queria ganhar mais território. Foi aí que os bombardeios aconteceram.

— Bombardeios? — Os olhos de Ariel se arregalaram quando ela se aproximou do bolo para analisá-lo. — Não ouvi notícia alguma de bombardeios nessa área.

— É porque eles aconteceram dezessete anos atrás — explicou Roarke.

— Ah!

— Aqui está a igreja, e temos a casa paroquial atrás dela — continuou Eve. — Ambas exatamente no centro do território dos Soldados. Aqui está o centro de jovens, a noroeste da igreja, mas ainda dentro dos limites da gangue. Agora, aqui em cima... O que aconteceu aqui, a apenas alguns quarteirões ao norte de onde o centro para jovens foi construído? Nessa zona que era um local muito quente na época?

— Onde? — Ariel chegou mais perto e se inclinou.

— Houve uma valorização dos imóveis nesta área. Novas casas e propriedades surgiram em torno da paróquia de são Cristóvão. Alguns estavam lá antes e se aguentaram na área durante e depois das Guerras Urbanas. E nos últimos dez ou doze anos houve afluência de mais gente. Proprietários de negócios bem-sucedidos, escritórios e consultórios se estabeleceram na área, melhorando o lugar e aumentando o seu valor. Ele devia reparar nisso todos os dias. Era alguém que morava ali, atravessava o bairro de uma ponta a outra, visitava os paroquianos... e estava ligado à família Ortiz. Certamente analisava o local, as casas em estilo antigo, as modernas e os condomínios todos os dias. Tinha conhecido o lugar vinte anos atrás. E agora via a região todos os dias. Ele queria manter o lugar assim. Mas queria mais.

— Os sete pecados capitais, novamente — comentou Roarke.

— Há?

— Inveja. Tudo isso esfregado na sua cara, dia após dia? Você cria cobiça.

— Sim. Isso mesmo. Estamos tropeçando em um monte desses tais pecados capitais. Já vimos luxúria, ganância, orgulho e agora inveja. Interessante...

— Não estou entendendo nada — disse Ariel, trazendo Eve de volta ao presente.

— Desculpe. Foi uma ideia que me atingiu de repente e me fez refletir sobre um caso que estou investigando. — Ela se endireitou, mas manteve seu olhar no Upper East Side. — Acho que talvez possamos experimentar essa fatia do Lower East Side. O SoHo, especificamente, está me parecendo muito apetitoso.

Ela comeu bolo, bebeu champanhe e passou a maior parte da hora que se seguiu cumprindo seu dever — e tentando manter pelo menos parte de sua mente na conversa. No minuto em que seus convidados saíram pela porta, Eve voltou para o bolo.

— Certo, preciso cortar esse setor e levá-lo até o meu escritório. É um bom visual para...

— Eve, pelo amor de Deus, isso é só bolo. Posso programar um modelo holográfico desse setor em vinte minutos. Provavelmente menos.

Eve fez cara de estranheza.

— Pode? Bem... Acho que seria melhor, então.

— E envolverá menos calorias. Mas antes de eu fazer isso... — Ele a chamou com o indicador e foi até a escada. — Qual é a sua ideia?

— Eu não tenho certeza, exatamente. Fui observando os lugares de uma perspectiva diferente. Dá para ver claramente a disposição

Salvação Mortal 353

das fronteiras entre os territórios das gangues, como se misturavam e deixavam certas áreas em contenção. Dá para ver quanto o bairro mudou. Dá para ver onde tudo está. A igreja, a casa paroquial, o centro de jovens, a casa de Ortiz, o restaurante. Depois, há o antigo prédio onde Lino morava. Fiquei pensando no que Lino disse para sua mãe e para Penny... Que ele voltaria com um carrão e teria uma casa grande. Dá para conseguir um carrão em qualquer lugar, mas a casa...

— Teria que ser no bairro. Ele não poderia exibi-la a menos que estivesse no local. Mas se ele tinha uma casa grande no bairro, por que morava na casa paroquial?

— Não sei se ele realmente tinha a casa ou se apenas a cobiçava. Mas estava à espera de alguma coisa. Anos de espera, deliberadamente, em sua terra natal. Se ele persistiu por tanto tempo e sob essas circunstâncias, você não acha que ele pode ter planejado ficar no bairro para sempre?

— Com a casa grande, a riqueza, a importância... e a garota. — Com um aceno de cabeça, Roarke andou pelo corredor com ela. — Tudo isso no território que ele sempre considerou dele.

— Quando ele conseguisse o que estava esperando... e isso deve ser dinheiro ou algo que leva ao dinheiro... por que deixar escapar de novo? Ele não estava aqui para tolices e sorrisos. Tinha um objetivo. Eu não procurei por isso aqui porque parti da suposição de que ele voltara para se esconder. Talvez, provavelmente sim.

Ela passou as mãos pelo próprio cabelo quando eles entraram em sua sala de trabalho.

— Talvez. Mas poderia haver algo aqui que ele estava esperando. Algo que ele precisaria ver todos os dias e sentir orgulho disso. Foi esse algo que lhe deu forças para ir em frente e o fez desempenhar um papel que certamente o oprimia.

Ela circulou diante do quadro do assassinato, pensando nisso e trabalhando as ideias.

— Quantos imóveis você tem na Grafton Street, em Dublin?

Ela olhou para ele por um instante e o viu assentir lentamente.

— Um pouco disso, um pouco daquilo. Sim, eu queria ter tudo aquilo que só conseguia invejar quando era menino.

— Rosa o conhecia, mas deixou bem claro que ele os deixava em paz... geralmente. Ele gostava do velho sr. Ortiz, respeitava-o. Talvez... talvez... se voltarmos aos pecados capitais, talvez...

Ela enganchou os polegares nos bolsos e fez malabarismos com o cérebro enquanto rodeava o quadro.

— O grupo Ortiz é uma família grande e muito unida. Como uma gangue, de certo modo. Cuidam uns dos outros e mantêm o território. Ele se aproxima deles como Flores, celebra o casamento deles, enterra os mortos deles, visita-os em suas lindas casas. A casa grande. Ele quer o que eles têm. Como conseguir isso?

— Você está achando que ele matou Hector Ortiz?

— Não, não, ele morreu de causas naturais. Eu verifiquei. E ele respeitava Hector Ortiz. A seu modo, ele o admirava. Mas a família Ortiz não é a única que tem casas agradáveis e grandes no bairro, nem a única que mantém laços com a igreja. Preciso pesquisar algumas das propriedades, só para seguir uma linha de raciocínio e ver aonde ela me leva. Esse modelo holográfico seria muito útil.

— Então é melhor eu botar a mão na massa. — Ele pegou a figura de Eve do bolo. — E este será o pagamento pelo meu tempo e minhas habilidades.

Divertindo-se com isso, ela inclinou a cabeça.

— Você vai me comer?

— Há implicações muito óbvias e grosseiras nessa pergunta, mas a resposta é "não". Vou guardá-la comigo.

Ele se inclinou e beijou sua mulher.

— O que você vai procurar nessas propriedades, especificamente?

— Espero que eu reconheça quando encontrar.

Capítulo Dezenove

Levaria algum tempo para Eve completar a pesquisa sobre todas as propriedades e proprietários da região; mais que o necessário para Roarke preparar seu holograma mágico. Ela optou por fazer uma triangulação básica entre a igreja, o centro de jovens e a casa de Ortiz.

Provavelmente aquilo era uma perda de tempo, disse a si mesma. Uma busca desesperada, infrutífera e inútil.

Mas tudo tinha sido uma armação desde o início, certo? No fundo, pensou enquanto seu computador trabalhava, Lino Martinez tinha armado um golpe de longo prazo. Isso exigia planejamento, dedicação, pesquisa e o objetivo de uma gorda recompensa.

Considerando isso, pegou o *tele-link* para aprender como funcionava um esquema desses com uma velha amiga que conhecia todos os golpes.

Mavis Freestone, com o cabelo parecendo uma explosão de folhas da primavera, encheu a tela com sua alegria.

— Oi, Dallas! Você calculou a hora certa. Minha bebê está apagadona e Leonardo acaba de dar uma saída para me comprar um sorvete. Estou com desejo de comer um Mondo-Mucho-Mocha e nós não tínhamos esse sabor aqui em casa.

— Parece gostoso. É que eu queria... Você falou em desejo? — Eve sentiu o sangue lhe fugir do cérebro. — Você não está grávida de novo, está?

— Grávida? Que nada, meu exame deu negativo! — Os olhos de Mavis cintilaram com o mesmo verde improvável dos cabelos. — Só tenho desejo pelo triplo M.

— Tudo bem. — *Ufa!*... — Uma pergunta rápida. Qual foi o mais longo golpe que você já aplicou?

— Ih, puxa, que viagem ao passado! Agora me bateu saudade daquela época. Deixa eu ver... — Teve uma vez que eu dei o golpe da Carlotta, batizado em homenagem a uma grande amiga. Acho que ela está em Vegas II agora. De qualquer maneira, para executar um Carlotta, você precisa...

— Sem detalhes. Só quero saber quanto tempo durou.

— Hum... — Mavis franziu os lábios. — Talvez quatro meses. Golpes do tipo Carlotta exigem muita pesquisa, base sólida e plantar um monte de sementes.

— Você conhece alguém que manteve um esquema desses durante anos? Não estou falando de meses, mas anos.

— Sei de muita gente que aplicou o mesmo golpe ao longo de anos, mas em alvos diferentes, entende? O mesmo golpe usado direto e contra as mesmas pessoas?...

— Sim, essa é a ideia.

— Conheci um cara que era um tremendo gênio... Slats. Ele aplicou um golpe conhecido como Crosstown Bob durante três anos. E então sumiu no ar, simplesmente evaporou por mais cinco anos. Depois eu soube que ele voltou para Nova York, ao mundo das pessoas de carne e osso, mas morou um bom tempo em Paris, trocou de nome e essas merdas todas. O babado era que Slats viveu muito tempo em grande estilo por conta do Crosstown Bob. Mas manteve o estilo e os planos de novos golpes, porque não conseguiu evitar.

Salvação Mortal

— E por que ele voltou?

— Pois é... Um vez nova-iorquino, sempre nova-iorquino, sabe como é?

— Sim. Sim. Esse é o lance. E quanto a golpes religiosos?

— Esses são os *cheesecakes* entre os golpes. Doces, cremosos, descem com suavidade. Conheço o Ave-Maria, tem o Louvado seja o Senhor, o Kosher, o Redenção...

— Ok. Você já ouviu falar de um golpista chamado Lino? Lino Martinez?

— Nunca ouvi esse nome. Mas já estou fora dessas jogadas há muito tempo. Agora sou mãe.

— Ah, é... — Eve percebeu que não tinha perguntado sobre o bebê. — E aí, como vai a Bella?

— Está a mag das mags, a ultríssima das ultras. Está na terra dos sonhos agora, senão eu a colocaria para fazer *gugus* para você ver. Ninguém faz *gugus* e *dadás* como a minha Bellarina.

— Sei. Tudo bem, então. Dê-lhe um *gugu-dadá* meu acompanhado de um beijo. Obrigada pela informação.

— De nada. Vou ver você no chá de panela, ou de repente antes, ok? Estou arrancando a roupa toda de empolgação com essa festa.

— Ótimo. Mas não me apareça aqui pelada, por favor. Obrigada, Mavis.

Ela se virou, se viu *dentro* de um modelo holográfico da Igreja de São Cristóvão e levou um susto.

— Jesus Cristo! — exclamou.

— Ouvi que ele visita esse lugar muitas vezes — rebateu Roarke.

— Como você fez isso tão depressa? Não ia levar vinte minutos?

— Muitas vezes sou melhor do que imagino.

— Ninguém é melhor do que você.

A escala do holograma não era real, mas ele a fizera em tamanho consideravelmente maior do que o bolo de Ariel. A cruz instalada sobre a igreja alcançava o joelho de Eve. Ela saiu da igreja e examinou tudo em volta.

— Isso é o máximo!

— Posso levar o modelo para a *holoroom*, se você preferir ver tudo em escala maior.

— Não, assim está ótimo. Igreja, mercearia, casa paroquial — começou ela, movendo-se dentro do holograma. — Ali está o centro de jovens e a casa de Hector Ortiz. E lá eu vejo o local do primeiro atentado a bomba. — Ela foi em direção ao sul e depois virou para leste. — Ainda é uma escola. O local do segundo bombardeio fica ali, seguindo para noroeste... Ali era uma lanchonete de sanduíches, e agora é uma loja de conveniência 24 horas.

Roarke estudou o próprio holograma.

— Eu poderia refazer o holograma em pouco tempo mostrando como tudo era em 2043, ou em qualquer ano que você preferir.

— Você só quer se exibir — brincou ela. — Não, isso é o que ele via agora, no tempo presente, todos os dias. O que quer que existisse na sua "viagem ao passado" — garantiu, usando a expressão de Mavis —, o que importava era o aqui e o agora. As coisas mudaram um pouco, talvez. Mas o que ele queria está no agora.

— Eu compreendo isso — comentou Roarke.

— Peabody e eu vamos localizar e interrogar sobreviventes e membros das famílias. Foram cinco mortos no segundo bombardeio. — Ela franziu a testa para as cores em vermelho brilhante e amarelo da loja de conveniência. — Essa área não faz parte da paróquia de são Cristóvão. Fica fora e era claramente um território disputado, mas se localizava mais na área sob o controle dos Skulls quando foi atingida. Está perto dos limites das duas gangues. Lino gostava de correr todos os dias por aqui; corria com o outro padre, Freeman, sempre que conseguiam encaixar seus horários. Sua rota típica os levava da casa paroquial para o leste; depois viravam para o norte, antes de voltar para o oeste novamente, e seguiam até esse trecho do Spanish Harlem, passando por propriedades de classe média alta e pela casa de Hector Ortiz, até chegarem ao centro de jovens. Ele cresceu aqui, mas sempre contornava a rua onde fica

Salvação Mortal

o antigo prédio no qual morava. Ele ainda existe, mas Lino não estava interessado nele, não precisava ver o passado. Preferia olhar para as propriedades mais caras e luxuosas.

Roarke fez menção de falar, mas decidiu se conter e vê-la trabalhar. Enquanto o fazia, serviu-se de um conhaque para aumentar seu prazer.

— Os hábitos se formam por uma razão — murmurou Eve. — Você faz alguma coisa e continua fazendo, mas, quando cria uma rotina, é por uma razão específica. Talvez essa fosse a sua rota de sempre porque funcionava melhor para ele e se tornou um hábito. Mas ele poderia conseguir fazer o mesmo tempo e a mesma distância mudando o roteiro; a maioria das pessoas que correm habitualmente gosta de variar, mudar o cenário. Ele poderia ir para oeste, depois para o sul e, em seguida, dar a volta, mas Freeman garantiu que ele nunca variava o trajeto. Então, que merda ele via todo dia quando fazia o mesmo percurso? E quem o via passar, habitualmente?

Ela se agachou, passou a mão pelos prédios que oscilavam e tremiam ao movimento.

— Seguia por aqui, ao longo de todas essas casas e prédios de apartamentos. Parte da paróquia, também parte do distrito escolar. Qualquer um que morasse aqui certamente conhecia Lino. O cara poderoso e mau do passado. Claro, mudaram as pessoas e os negócios. As pessoas vão embora, outras chegam, umas morrem e outras nascem. Mas existem muitos clás como a família Ortiz, com raízes profundas nessa região. Todos os dias, todos os dias — murmurou ela. — Olá, padre. Bom dia, padre. Como está indo, padre? Aposto que ele adorava isso. Padre! É uma espécie de patrulha de território, não é verdade? Uma patrulha diária. Sua área de influência, o dono do pedaço. Como um cão marcando território.

Ela cutucou com o dedo a casa de Ortiz e perguntou:

— Quanto vale, pelo mercado de hoje, uma casa particular exatamente como esta, aqui neste setor?

— Depende. Se você estiver em busca de uma propriedade para fins residenciais...

— Não complica! Quero um valor básico, em ordem de grandeza. Uma casa unifamiliar que tenha sido construída antes das Guerras Urbanas e esteja com a manutenção em dia.

— Depende da metragem quadrada, dos materiais, tudo depende — insistiu ele, e viu que ela torceu a boca. — Mas se você quer uma avaliação genérica... Ele se agachou ao lado dela, estudou a casa e citou um valor tão grande que a fez arregalar os olhos.

— Você está de sacanagem comigo!

— Não, é sério. Na verdade, esse é um valor arredondado para baixo, porque eu não avaliei a propriedade em detalhes. Essa estimativa provavelmente aumentará à medida que as melhorias no bairro continuarem a acontecer. Agora, se for uma compra direta entre o dono e o comprador, sem intermediários, o valor iria flutuar um pouco devido ao interior do imóvel. A cozinha e os banheiros estão modernizados? Quanto dos materiais originais da construção foram preservados? Por aí vai.

— Mas isso é uma montanha de grana!

— Estamos em Nova York, minha querida Eve. Se fosse a mesma casa em uma cidade diferente, digamos... Baltimore ou Albuquerque? O preço baixaria para cerca de um terço, certamente menos da metade.

— Geografia. — Ela balançou a cabeça. — Uma vez nova-iorquino, sempre nova-iorquino — acrescentou, pensando no comentário de Mavis. — Então ele corre por essas ruas e pelas outras daqui todos os dias. Patrulha essa área diariamente. E quem o matou conhecia a sua identidade secreta... Quem o matou frequenta a paróquia de são Cristóvão... Quem o matou morava nessa região quando Lino também morava, com seu nome verdadeiro. Conhece Penny Soto, porque essa vaca certamente está metida nisso. Vejo marcas dela em toda parte. Quem o matou ou foi esperto o bastante para esperar por uma grande cerimônia como o funeral de Ortiz ou

Salvação Mortal

teve a sorte de atacar na hora certa. Acho que foi inteligente. Muito inteligente. Cianeto não é barato. Não estamos conseguindo nada nas investigações pelo mercado negro, mas a verdade é que eu não esperava coelho algum saindo dessa toca.

— Existem botões que eu poderia acionar nesse assunto.

— Sei, aposto que existem. Se precisarmos, vou aceitar a oferta, mas de qualquer modo o custo foi alto. Quem o matou é tão católico que se sentiu obrigado a confessar o crime ao seu padre. Eu não sei, não sei... isso me diz que foi uma pessoa um pouco mais velha. Não foi um garoto, mas alguém maduro. Isso mesmo, Mira disse "maduro" — repetiu, quase para si mesma.

— Maduro o suficiente para conseguir armar tudo; maduro o suficiente para sentir culpa pelo que fez. Não foi por ganho, certamente não houve ganho, insistir nesse ângulo é besteira. Se o assassino estivesse em busca de ganho, simplesmente enfiaria uma faca no canalha.

Ela bateu com os dedos no joelho enquanto analisava algumas possibilidades e imaginava outras.

— Se fosse por ganho ou até mesmo pelo tipo mais simples de vingança ou instinto de sobrevivência, o assassino teria trabalhado com Penny, atraído e retalhado o padre, como Lino e Penny retalharam o pai dela. Iriam fazer com que parecesse um assalto. Se a pessoa for inteligente o suficiente, dá para armar isso numa boa.

— Mas você não acredita nisso — colocou Roarke —, porque a coisa não é tão simples assim.

— Vai muito mais fundo para ser tão simples. Penny vai tirar algum lucro dessa história, foi por isso que se envolveu. Isso é tudo que lhe interessa. Mas não tem como ter sido ganho o motivo para o sujeito que armou tudo. Trata-se de pagamento atrasado, de penitência. Olho por olho. Quem ele matou ou feriu? Um dos seus. Mas você não o confronta cara a cara, não o denuncia, não aponta o dedo para ele.

Eve endireitou as costas lentamente.

— Porque não funcionou no passado. Ele conseguiu se safar antes. Sem pagar pelo que fez, sem penitência. Isso precisa ser consertado. Tem que ser feito, e tem que ser feito dentro da casa de Deus. Você manteve sua fé todos esses anos. Foi fiel, mesmo depois de ter perdido algo tão vital. E agora ele está de volta, blasfemando, contaminando a igreja, correndo livre, leve e solto todos os dias. Bem debaixo do seu nariz. E já faz isso há cinco anos, mas você não tinha como saber. Não até Penny lhe contar.

Ela franziu a testa para o holograma e quase conseguiu ouvir os sussurros conspiratórios.

— Por que, por que, qual é o ângulo aqui? Preciso voltar a esse ponto. Porque só pode ser isso. Penny o desmascarou para você, e agora você tem de agir. É preciso equilibrar a balança da justiça.

Ela deu um passo para trás.

— Droga! Temos isso, isto e aquilo. Eu consigo enxergar. Dá para ver cada um dos pontos soltos, mas como eles se conectam?

— Continue no seu raciocínio. Se foi um caso de olho por olho, quem Martinez matou?

— Soto. Nick Soto, por causa do que ele tinha feito e continuava fazendo com Penny. E também foi pensando nela, em como as coisas aconteciam com ela no passado, que ele arrancou o couro de Solas. Só que ninguém se importou com a morte de Soto; ninguém desconfiou que duas crianças com 14 e 15 anos pudessem retalhar um homem daquele jeito. Provavelmente muitas pessoas realizaram celebrações pequenas e privadas quando ele foi riscado do mapa. Esse pode ter sido o primeiro assassinato de Lino. Foi com isso que ele ganhou a marca da morte. A época se encaixa, e o policial daquela época com quem eu conversei se lembra dele como um desordeiro, um marginalzinho; mesmo assim, nunca o levaram para interrogatório por causa do assassinato; nem pelo assassinato de Soto, nem pelo que aconteceu antes. Só que depois...

Ela foi verificar suas anotações.

Salvação Mortal

— Houve muita violência relacionada a gangues. Eles foram interrogados inúmeras vezes sobre as mortes e os desaparecimentos de vários membros das gangues rivais. Mas nunca se conseguiu evidência concreta de nenhum tipo, e os álibis eram fortes.

— Membros da paróquia?

— Não. Mas existem aquelas áreas de sombra, com fronteiras não definidas. — Ela voltou para o holograma. — Poderia haver amigos, famílias que moravam ao longo dessa área, conexões com pessoas que frequentavam a paróquia ou eram membros da igreja. Só que... Eu tenho uma pergunta católica para você!

— Eu não sei por que você me perguntaria algo assim.

— Porque sim. Pode ter sido um caso de olho por olho, vingança, penitência... E se a vítima do passado fosse membro conhecido de alguma gangue, talvez fazendo exatamente a mesma coisa que Lino? E se essa vítima foi ferida durante uma briga de gangues?

— Se fosse um ente querido, não vejo por que razão isso importaria. O amor não faz distinção.

— Do ponto de vista católico — insistiu Eve.

Ele suspirou, bebeu conhaque e tentou seguir o raciocínio dela.

— Parece que, se acompanharmos a sua maneira de pensar no assunto, essa ideia de justificar o assassinato, que por sinal é exatamente o nome certo para o que aconteceu, o ato pode ter sido planejado como reciprocidade pela morte de um inocente. Ou pelo menos de alguém que estava cuidando da própria vida na época e não tinha assassinado ninguém. Mas...

— Isso é o que eu estou achando. Eu volto ao seu "mas" — cortou ela, acenando com a mão. — O assassinato não é lógico, não segue caminhos bonitos ou bem traçados. Aqueles que partem para a matança criam as próprias regras. No entanto, "masificando" o seu "mas"...

— Não é de admirar que eu ame tanto você.

— Isso *foi* lógico, e seguiu um roteiro preciso. Matar o sacerdote na igreja com o sangue de Deus. Bem, tecnicamente era só vinho, porque Lino não foi ordenado como sacerdote e não poderia realizar a transubstanciação.

— Você tem a coragem de me fazer perguntas católicas quando tira da cartola palavras como "transubstanciação"?

— Andei estudando. A questão é que o motivo se encaixa e complementa o método. Acho que...

Ela parou quando seu computador anunciou:

Tarefa concluída.

— Acho — continuou — que o assassino é um frequentador assíduo da igreja. Um daqueles que nunca perde a missa dominical e vai à confissão... Com que frequência as pessoas se confessam?

Franzindo a testa, ele enfiou as mãos nos bolsos.

— Como eu poderia saber?

Ela sorriu para ele, docemente.

— Qual o seu problema que perguntas católicas sempre o deixam tão nervoso?

— Você também ficaria nervosa se eu lhe perguntasse coisas que a fariam sentir o sopro quente do inferno na nuca.

— Você não vai para o inferno.

— Ah, é? Você conseguiu essa informação de alguma fonte confiável?

— Você se casou com uma policial. Você se casou comigo. Eu sou a sua salvação. Computador, exibir dados principais na tela um. Esses são os proprietários ou inquilinos das propriedades ao longo da rota de corrida matinal de Lino.

— Minha salvação, você? — Ele a segurou pela cintura e a puxou para perto dele. — E o que eu seria para você, então?

— Acho que você é a minha, cara. Caso eu esteja errada, tudo bem, a gente vai juntinho para o inferno. Agora, trabalhe um pouco mais na sua redenção e confira esses dados comigo.

Salvação Mortal 365

Ele a beijou com vontade, um beijo longo e persistente. Depois, declarou:

— Tem uma coisa que eu não consigo entender sobre o inferno.

— O quê?

— Será que haveria muito sexo por lá, já que todos os frequentadores são pecadores? Ou será que não poderia haver sexo de nenhum tipo, sendo o celibato declarado como castigo eterno?

— Se eu tiver a chance, perguntarei isso ao padre López. Vamos aos dados!

Ele cedeu, girando a cabeça para encarar a tela; depois colou as costas dela contra o peito dele e examinou tudo por sobre a sua cabeça.

— O que esses nomes nos contam? — perguntou ele.

— Tenho mais dados e pesquisas sobre os proprietários, os inquilinos, incluindo há quanto tempo eles moram no endereço atual, bem como os endereços anteriores. Ortega... Rosa O'Donnell mencionou esse nome. Computador, exibir dados secundários na tela dois.

— Então, segundo o seu palpite, estamos procurando alguém que more há muitos anos nesse bairro. Alguém ou uma família que more lá desde que Lino se tornou comandante dos Soldados.

— Sim, esse é um aspecto. Outro é a rota da corrida diária. O que poderia haver ao longo desse caminho que tenha ligação com Lino, ou que fosse do seu interesse? Lucro. Com ele, tudo era uma questão de lucro ou de ego. O primeiro ponto a considerar é a vingança. Muitas pessoas ficaram por ali — observou.

— Olhe para esse nome: Ortega. Terceira geração de donos dessa propriedade. E dessa outra. Há sessenta anos funcionava uma fábrica de peças ali... provavelmente um mercado negro de alguma coisa que abrigava uma colmeia de trabalhadores ilegais. Agora tudo se transformou em prédios de apartamentos sofisticados e condomínios de propriedade do mesmo cara. Olha só... o mesmo sujeito que também é dono da casa que fica ao lado da de Ortiz. Computador, executar uma busca completa em José Ortega.

Processando...

— Eu conheço esse nome de algum lugar — anunciou Roarke, calmamente. — Existe alguma coisa com esse nome. Ah!... É outro prédio, do East Side, construído em meados do século vinte. Uma galeria de lojas no térreo, local para estúdios e consultórios no segundo andar. E apartamentos residenciais, eu acho, no terceiro e no quarto andares. Pensei em adquiri-lo alguns anos atrás.

— Pensou, apenas?

— Não consigo me lembrar de todos os detalhes, mas sei que acabei não comprando. Houve algum embaraço legal com Ortega.

Tarefa concluída.

— Vamos ver. Computador, dividir a tela em duas e exibir novos dados. José Ortega está listado como tendo 35 anos de idade, mais ou menos a idade da vítima. Como é que ele podia ser dono dessa propriedade há mais sessenta anos?

— Um ancestral com o mesmo nome, eu diria. Lembro-me que José Ortega morreu há vários anos. Sim, eu me lembro agora... o embaraço legal tinha a ver com o seu inventário. Esse aí deve ser o neto e herdeiro.

Ela ordenou ao computador que verificasse essa hipótese e balançou a cabeça ao ver os dados.

— Isso mesmo... José Ortega morreu em 2052, aos 98 anos. Seu filho, Niko, morreu em 2036, juntamente com sua esposa e sua mãe no incêndio em um hotel na Cidade do México. O velho sobreviveu, bem como o seu neto de 11 anos.

Salvação Mortal 367

— O velho o criou. Sim, estou me lembrando de partes da história, agora. O neto, naturalmente, herdou tudo quando o avô morreu. Ouvi boatos na época em que eu estava interessado na propriedade, e algumas pesquisas posteriores confirmaram, que o jovem Ortega não tinha o mesmo tino para negócios do avô. Algumas das propriedades do espólio tinham sofrido declínio e degradação. Eu gostei do prédio do East Side e fiz uma oferta.

— Ele recusou?

— Não conseguiram localizá-lo para fechar o negócio, e eu acabei encontrando um negócio melhor.

— Não conseguiram localizá-lo? Aqui diz que esse lugar na Rua 120 Leste é o endereço atual.

— Pode ser, mas há quatro ou cinco anos atrás, quando eu quis comprar o prédio, Ortega não estava em Nova York. Tivemos que fazer contato através de um advogado que, se eu me lembro bem, me pareceu extremamente frustrado com o desaparecimento do cliente.

— Computador, buscar José Ortega em todos os relatórios de pessoas desaparecidas; informar também o seu último endereço conhecido.

— Eu não disse que ele estava desaparecido. Era mais do tipo "não conseguiu ser contatado" — avisou Roarke, mas suas sobrancelhas se ergueram quando ele viu os relatórios que apareceram na tela. — Ora, ora... Você não é mesmo uma garota esperta?

— José Ortega foi informado como desaparecido pelo seu marido, o sr. Ken Aldo, em setembro de 2053, em Las Vegas, estado de Nevada. Computador, exibir na tela os dados e a foto da carteira de identidade oficial de Ken Aldo. — Ela esperou a foto aparecer e sentiu que mais uma peça se encaixava. — Ora vejam... Olá, Lino!

— A sua vítima?

— Sim, o próprio. Ele mudou o cabelo, deixou a barba crescer, mudou a cor dos olhos, mas esse é Lino Martinez.

— Ele se casou com Ortega pouco antes da morte do velho, de acordo com esses dados.

— Papo-furado! Mais uma armação. Eu não tenho indicação alguma sobre Lino ser gay ou bissexual. Ele é hétero. Gostava de mulheres. Certamente conhecia Ortega. Devia conhecer. Eles cresceram no mesmo bairro. Computador, informar dados completos sobre José Ortega, nascido em 2015. Mesma idade, mesma escola. Acho que o velho apoiava a educação pública. E olhe aqui, ele tem algumas passagens na polícia por uso e posse de drogas ilegais. E internações em clínicas de reabilitação.

Eve seguiu seu instinto.

— Computador, listar todas as tatuagens dessa pessoa.

Entendido. Processando... A pessoa em questão tem uma tatuagem no antebraço esquerdo. Descrever ou exibir?

— Exibir.

— Aí está! — disse Eve, quando a cruz com o coração no centro perfurado por um punhal apareceu na tela. — Ortega era integrante dos Soldados. Era um dos subordinados de Lino. Nada de marido, porra nenhuma! Isso é falso. Lino era seu comandante.

— As certidões do casamento podem ter sido falsificadas e adulteradas. Isso seria fácil para alguém com a habilidade de assumir a identidade de Flores como Lino fez.

— Sim. Seria fácil. Quem era o advogado? — quis saber Eve. — Quem era o tal advogado que tratou do prédio de Ortega com você?

— Vou pegar o nome dele.

— Aposto que Ken Aldo procurou aconselhamento jurídico; garanto que fez perguntas sobre como declarar que seu cônjuge estava legalmente morto. Isso leva sete anos. O processo leva sete anos. Ele tinha aguentado seis desses anos e já estava em casa. Bastava ter mais paciência — disse ela. — Faltavam só mais alguns meses e, se ele tivesse feito tudo do jeito certo, herdaria... a tal promessa. Uma casa grande, os negócios, edifícios... Milhões. Muitos, muitos milhões.

Salvação Mortal 369

— E com tanta coisa em jogo — disse Roarke —, ele provavelmente gostaria de ficar de olho em tudo. Eu certamente faria isso. Gostaria de acompanhar tudo passo a passo e me certificar de que tudo estava sendo bem-cuidado.

— Flores desapareceu mais ou menos por essa época. Falta só acrescentar o período que passou desde que Flores foi visto pela última vez e o momento em que Lino, já sob a identidade de Flores, solicitou sua transferência para a Igreja de São Cristóvão.

— Mais um tempo extra para se submeter à reconstrução facial — concordou Roarke, assentindo. — E também para estudar, planejar, remover a tatuagem e alterar os registros. Separe alguns meses para isso — calculou. — É tempo mais que suficiente, se a pessoa tiver foco.

— Não existe melhor maneira para manter o olho nas suas coisas sem que alguém faça ligação entre você e quem você é realmente ou quem pretende ser quando chegar a hora certa, concorda?

— Essa residência está listada como o último endereço de José Ortega, mas vejo que há um inquilino morando no lugar. — Roarke gesticulou para a tela. — Ou inquilinos, no caso. Hugh e Sara Gregg. Moram no mesmo lugar há quase cinco anos.

Eve pediu os dados dos inquilinos.

— Eles parecem gente boa. Têm dois filhos. Ambos são médicos. Teremos que conversar com eles em algum momento. Eu preciso de um café.

Ela caminhou até a cozinha para programar o café no AutoChef e organizar os pensamentos.

— Ortega e Lino já se conheciam desde que eram crianças; cresceram na mesma área e frequentaram a mesma escola. Ortega juntou-se aos Soldados, e essa é a sua conexão posterior com Lino. Ortega não tinha um posto alto na hierarquia, pois seu nome nunca apareceu em qualquer uma das minhas fontes. Era um soldado raso, de infantaria, talvez; com o dinheiro de seu avô, poderia ser uma espécie de baú de tesouro. Eles se reencontraram mais tarde, ou podem ter mantido contato. Mas, depois que o avô de Ortega morreu e o deixou rico, as ideias na cabeça de Lino começaram a florescer.

Ela bebeu café e prendeu a imagem da carteira de identidade de José Ortega ao seu quadro do crime.

— Lino faz com que Ortega rume para o oeste, numa de "vamos nos rever e colocar os papos em dia". Apostaram nos cassinos de Las Vegas, circularam por ali. Foi então que ele se livrou de Ortega, providenciou a documentação falsa e relatou o seu desaparecimento. Tudo muito bem-feito e aparentemente legal. Vou precisar dos relatórios sobre isso.

— Foi nesse ponto que Martinez entrou em contato com o advogado — acrescentou Roarke. — Já devia estar com a documentação pronta. — "Ei, surpresa! Eu sou Ken, o marido de José, e ele está desaparecido. Eu já dei parte do desaparecimento à polícia". Ele provavelmente se mantém na encolha e pede ao advogado que entre em contato com ele caso tenha notícias de José ou se obtiver alguma informação sobre o seu paradeiro. Afinal de contas, está muito preocupado.

— Na condição de cônjuge legal, ele teria acesso a alguns fundos do marido, e poderia pedir mais depois. Mas Lino não está preocupado com isso. Tem um plano. Precisa ser muito paciente. Serão sete anos de espera até que o "marido" seja declarado morto. Depois disso... Pote de ouro! O problema é que Lino não conseguiu manter as mãos longe de Penny, nem impediu sua língua de contar tudo a ela. Ele realmente a ama. Quer compartilhar toda essa boa sorte e as grandes novidades com ela. No fim, ele está de volta, ou voltará mais tarde, com uma boa grana.

— Como Ken Aldo?

— Não, não, isso tiraria o brilho da coisa. Ele precisa brilhar. Teria que voltar como si mesmo, no fim da história. Mas já devia estar com tudo planejado. Como você faria isso? — perguntou a Roarke.

— Transferência de propriedades, tudo feito legalmente. Imagino que, sob a identidade de Ken Aldo, ele teria preparado

Salvação Mortal

um testamento forjado de Ortega, onde apareceria como único beneficiário. Uma vez que tudo está em sua mão, bastam algumas vendas falsas de propriedade. De Ken Aldo para Lino Martinez.

— Sim, sim, e tudo no papel. É só seguir os pontinhos. Lino se submete a uma nova operação de reconstrução de rosto, recupera sua cara original de volta e chega em casa como um homem rico, com algumas histórias elaboradas sobre como fez grandes negócios no oeste. Depois de sete anos sumido e discreto, terá tudo o que sempre quis.

Ela se virou para estudar o holograma novamente.

— Seu pai sumiu de casa quando ele era criança. Depois de algum tempo, sua mãe declarou o marido legalmente morto para poder tocar a própria vida. Lino certamente não se esqueceu disso. E sabe que são sete anos. Por que os policiais vasculhariam todo o oeste em busca de Ken Aldo se não existe corpo algum, nenhum sinal de má-fé? Em vez disso, o que havia era uma armação monumental e registros ilegais por todo lado.

— Mas, mesmo assim, eles teriam olhado com atenção para este Aldo, não acha? — Roarke pegou o café dela e tomou um gole. — Não é isso que você faz? Suspeitar do cônjuge antes de qualquer outra pessoa?

— Regra de ouro. Eles devem tê-lo investigado e feito perguntas. Só que ele era esperto e foi inteligente o bastante para escolher Las Vegas para armar o esquema. Cassinos, lugares de sexo, ele certamente se certificou de que os dois eram sempre vistos juntos. Talvez tenha convencido Ortega a fazer algumas apostas altas. Vencendo ou perdendo, não importava. Dinheiro perdido ou ganho é muitas vezes um bom motivo para cair fora. Ele deve ter jogado limpo com os policiais — considerou. — Admitiu que o casamento estava passando por problemas, eles não estavam se dando muito bem e vinham tendo alguns desacertos conjugais, mas se amavam de verdade e ele estava muito preocupado. Queria só saber se José estava bem. Teve de estabelecer algumas bases para isso. Se os policiais não fossem idiotas completos, iriam confirmar tudo com alguém que conhecesse a pessoa desaparecida, e que também conhecesse a pessoa que reportou o desaparecimento.

— Basta conhecer as pessoas certas e quanto elas custam.

— Sim, bem lembrado. Em Las Vegas, o horário é mais cedo do que aqui, certo? A porcaria de diferença de fuso horário vai trabalhar a meu favor, dessa vez. Poderei obter os relatórios dos investigadores ainda esta noite.

— E o assassino do seu assassino?

— Estou trabalhando nisso. Preciso colocar mais pressão em Penny, agora. Ela sabia de tudo. Lino deve ter lhe contado os detalhes. E se ela teve alguma participação no assassinato dele, como aposto que teve, também tinha algum jeito de colocar a mão no dinheiro de Ortega. Duvido muito que ela teria desistido de ganhar muitos milhões só para dispensar Lino. Ela ajudou a matá-lo para poder ficar com tudo, de algum modo. Agora eu preciso muito do nome daquele advogado.

— Vou lá dentro pegar. — Ele se virou em direção ao seu escritório e olhou para trás. — Isso é muita coisa a partir de um simples bolo, tenente.

Ela sorriu abertamente enquanto caminhava até o *tele-link*.

— Temos que levar em conta que era um tremendo bolo!

Logo de cara, ela leu todo o relatório inicial, as declarações, os interrogatórios sobre o desaparecimento. Não foi surpresa ver que uma dessas declarações vinha de um tal Steven Jorge Chávez, identificado como um amigo de longa data da pessoa desaparecida, que veio até Las Vegas para se encontrar com o sumido a pedido dele.

— Chávez, o outro comandante dos Soldados, deu todo o apoio ao amigo no lance de Ortega — disse Eve a Roarke. — Como os dados de Ken Aldo afirmavam que ele nascera em Baja e passara

Salvação Mortal

a infância na Califórnia e no Novo México, não havia razão para procurar uma conexão entre ele e Chávez, de Nova York. Ele disse aos policiais que Ortega havia confidenciado a ele, certa noite, que se sentia cercado e pressionado pelo seu casamento e por suas responsabilidades na Costa Leste. Afirmou que ele teria dito que desejava poder simplesmente... desaparecer.

— Uma declaração meio burra — comentou Roarke.

— Sim, mas os policiais acreditaram. Não tinham razão para duvidar. E as apostas altas nos cassinos complementavam a história numa boa. Ortega faturou mais de duzentos mil dólares nas mesas de *blackjack* dois dias antes de ser reportado como desaparecido.

— Um golpe de sorte. Isso poderia ser bom ou ruim, dependendo do seu ponto de vista.

— Sim, pode ter sido a chance que Lino viu para se livrar dele.

— O que vale aqui — Roarke estudou o quadro na parede, agora completo, com todos os participantes do caso — é que isso é grana suficiente para conseguir um rosto novo.

— O resto da grana não iria direto para o cônjuge porque, pelo menos até eles encontrarem um corpo, a pessoa desaparecida seria considerada viva e saudável. Pelo menos durante sete anos.

Ele olhou para Eve. Ela estava acelerando agora, observou. Tinha se empolgado. Movida só a adrenalina e café, já tinha aguentado metade da noite.

— E Chávez, por sua vez, desapareceu do mapa logo depois da declaração.

— Ele e Flores. Olhe só para isso: nas anotações dos investigadores, eles mencionam que Aldo estava tão perturbado que perguntou se eles conheciam algum padre ou capelão da polícia com quem ele pudesse conversar.

— E Flores estava por ali.

— Sim. Acho que Flores estava no lugar errado na hora errada, em seu ano sabático. Eu acho que, quando Lino trabalhava num golpe, mergulhava fundo em todas as possibilidades. Quando voltou para verificar com a polícia no dia seguinte, foi lá em companhia de Flores. O relatório confirma que o padre se identificou como Miguel Flores, e Aldo se referiu a ele como padre. O policial fez o seu trabalho, verificou Flores e obteve a confirmação de que existia um padre com esse nome. Ele voltou mais duas vezes, acompanhado de Flores, mas declarou que pretendia voltar para casa, para Taos, e deixou suas informações de contato com os investigadores. Procurou saber do paradeiro do "marido" semanalmente durante três meses, depois ligou todos os meses por um ano inteiro. Depois desistiu de esperar.

Ela se recostou na cadeira.

— Acho que devíamos concentrar a nossa busca pelos restos mortais de Flores apenas na região do estado de Nevada. Existe um monte de áreas desérticas em torno de Las Vegas. Há muitos lugares por lá para enterrar um corpo. Ou dois. Vamos focar as buscas entre Las Vegas e Taos, supondo que, se Lino convenceu Flores a viajar com ele e tudo o mais, ficaria restrito à rota que informou à polícia.

— Você não conseguirá encerrar isso e fechar esse caso de verdade, dentro da sua cabeça, até encontrar Flores. Ou o que resta dele.

Ela tornou a se recostar. Não precisava do quadro nem das fotos para enxergar Flores. Estava com seu rosto decorado na cabeça.

— Peabody disse que casos como este faziam com que ela desejasse que os maus fossem apenas maus. Há muitos casos assim, foi o que eu expliquei a ela. Alguém como Flores, que nunca fez mal a ninguém. Ele recebeu uma imensa bofetada cósmica quando os maus levaram a sua família, mas não fez mal nenhum ao mundo. Tentou, na verdade, viver uma vida dedicada a fazer exatamente o contrário.

— É muito comum que os inocentes sejam atingidos pelo fogo cruzado dos maus.

— Sim, e este inocente aqui queria apenas reexaminar a sua vida. A sua fé, eu acho. Isso é o que eu percebo em sua história. Eles tiraram a sua vida porque ele tentou ajudar alguém que julgava estar

Salvação Mortal

precisando. — Não, ela não precisava do quadro e não precisava da foto. — Eu tenho que descobrir quem matou Lino Martinez. Esse é o meu trabalho. Mas Flores merece alguém que fique ao seu lado. Merece isso. De um jeito ou de outro. — Ela olhou para a agenda eletrônica que Roarke havia colocado sobre a sua mesa. — É o número do advogado?

— Sim.

Ela se voltou para o *tele-link* com a agenda na mão.

— Eve, agora você está no mesmo fuso horário que esse advogado, e já passa da meia-noite.

Ela simplesmente sorriu.

— Eu sei. Tenho uma satisfação cruel e mesquinha quando preciso acordar advogados no meio da noite. É errado, eu sei, mas é assim que eu sou.

Capítulo Vinte

O advogado não curtiu muito ser acordado depois da meia-noite, mas ela atiçou seu interesse.

— O sr. Aldo e eu estamos em contato regularmente, como vem acontecendo desde o desaparecimento do sr. Ortega.

— Você conheceu o sr. Aldo?

— Não pessoalmente. Nós trocamos e-mails, geralmente. Ele mora no Novo México e também tem uma residência secundária em Cancún. Viaja muito.

— Aposto que sim. O sr. Ortega é dono de várias propriedades em Nova York e também de empresas, sem falar na sua casa e nos imóveis para alugar. Como é que as finanças dele são gerenciadas?

— Não vejo como isso possa ser relevante, tenente, ou em que possa justificar eu ser perturbado a esta hora da noite.

— A investigação sobre o desaparecimento de Ortega pode estar meio esquecida, mas continua em aberto. Na condição de marido e único beneficiário legal, o sr. Aldo está prestes a herdar uma bolada milionária assim que o sr. Ortega for declarado legalmente morto. Alguma vez você se questionou sobre isso, sr. Feinburg?

Salvação Mortal

Era difícil para um sujeito com marcas de travesseiro no rosto parecer arrogante, mas Feinburg bem que tentou.

— O sr. Aldo lidou com todos os aspectos desta questão por meios legais, de forma aberta e com todas as cartas na mesa.

— Tenho evidências de que Ken Aldo é o nome falso de um sujeito chamado Lino Martinez, um criminoso violento que suspeito que tenha tapeado e sumido com o seu antigo cliente. Posso *e vou* conseguir um mandado judicial em menos de uma hora para acessar todas as finanças das propriedades Ortega. A opção é você responder às minhas perguntas e voltar a dormir muito mais cedo.

— Tenente, você não pode esperar que eu acredite...

— E como Lino Martinez, neste momento, está congelado dentro de uma gaveta no necrotério, não acredito que você tenha cliente algum vivo. Você quer que eu acorde um juiz também, Feinburg?

Feinburg piscou como uma coruja assustada por uma luz solar repentina.

— Eu precisaria verificar esse assunto antes de...

— Deixe-me perguntar uma coisa... — propôs Eve, tentando outro caminho. — Por acaso Aldo entrou em contato com você recentemente? Nas últimas semanas, por exemplo, para informar que tinha um novo beneficiário? Uma mulher, dessa vez? Ele provavelmente pediu que ela fosse registrada como sua sócia legal e lhe deu procuração universal para agir em seu nome.

Houve um longo silêncio do outro lado.

— Por que você gostaria de saber isso, tenente?

— Porque acredito que armaram para cima do golpista. Seu cliente está morto, Feinburg, e o assassino dele continua a entrar em contato com você em nome dele e sob qualquer outro nome que tenha optado por usar. Responda apenas sim ou não: os lucros das propriedades Ortega vão atualmente para algum tipo de conta de caução ou fundo fiduciário para, no instante em que Ortega for declarado legalmente morto, daqui a pouco mais de um ano, tudo passar para o nome de Aldo?

— Esse seria o procedimento usual, sim.

— Quando foi que você falou com Aldo pela última vez?

— Há cerca de seis semanas. No entanto, recebi notícias da... nova representante ontem mesmo. Parece que o sr. Aldo planeja passar vários meses em viagem.

— Pois eu lhe garanto que ele está fazendo uma viagem pelo inferno nesse exato momento.

— Tenente! — Feinburg se remexeu e ajeitou o roupão que provavelmente vestira antes de desbloquear o sinal de vídeo. — O que você está insinuando é muito perturbador.

— Você acha?

— O problema é que neste momento eu estou limitado pelo sigilo profissional e não posso lhe dar informações.

— Vamos combinar uma coisa que você possa aceitar, então: não escreva nem entre em contato com seus clientes até segunda ordem. Se a mulher que afirma ser a parceira de Aldo entrar em contato com você, não responda ao contato e ligue para mim. Não creio que ela vá fazer isso por enquanto, mas você pode ter certeza de uma coisa: eu vou encontrar um jeito de enrolar você num processo de obstrução de justiça e cumplicidade após o fato, caso ofereça à mulher de quem suspeito a mínima pista de que ela está no meu radar. Entendido?

Incapaz de continuar com a cara de arrogante, Feinburg simplesmente se mostrou ofendido.

— Sou advogado de propriedades e impostos, pelo amor de Deus! Não fiz nada para merecer ameaças da polícia.

— Ótimo, então! Mantenha-se assim. Entrarei em contato.

Ela encerrou a ligação e franziu a testa para a tigela que Roarke colocava diante dela.

— O que é isso?

— Comida. Nosso jantar foi bolo, lembra? E, já que você não mostra sinais de que vai encerrar as atividades da noite, vamos comer.

Salvação Mortal

Ela cheirou a sopa. Apostaria um mês de salário como havia vegetais escondidos ali, mas o cheiro era bom.

— Ok. Obrigada. Você não precisa ficar acordado.

— Você não poderia me descolar de você nem com um *derma-laser.* — Ele se sentou diante de Eve e provou a própria sopa. — Você acha que Lino abriu o jogo por completo e fez de Penny sua sócia e herdeira legal?

Eve comeu. Tinha razão sobre os legumes ocultos.

— Você acha?

— Bem, você disse que ele a amava, não foi? O amor cega, une mais que cola instantânea e, muitas vezes, nos transforma em tolos completos. Então eu acho, sim. Ela provavelmente o fez contar tudo aos poucos, usando o sexo ou a falta dele como arma, já que o sexo nos transforma em idiotas completos ainda mais depressa que o amor. Ele acabaria por contar a ela todos os detalhes. Um pouco de cada vez, provavelmente, mas ao longo de cinco anos entregou o jogo todo. Você acha que ela é uma mulher inteligente?

— Não muito, eu diria. É mais do tipo cabeça quente. Ele era esperto, com certeza; acho que Lino era muito inteligente. Mas tudo que ela precisava fazer era usar como trampolim o esquema que ele mesmo tinha preparado. Lino teria conseguido seu objetivo; mais alguns meses e as propriedades e o fundo fiduciário teriam sido transferidos para Aldo, tudo aparentemente dentro da lei. Aldo venderia seu legado para Martinez, que recuperaria seu rosto original e voltaria para casa rico e importante. Sim, ele era esperto o suficiente para isso, mas Penny Soto era o seu calcanhar de atleta.

— Calcanhar de Aquiles. — Roarke fez uma pausa e estudou o rosto dela. — Você faz isso de propósito? Errar os nomes das coisas?

— Talvez. Às vezes. De qualquer modo, ela certamente sabe o que aconteceu com Flores.

Roarke sorriu.

— Quanto você vai negociar com ela para obter essa informação?

— Eu não vou negociar. Não tenho como. Mas pretendo descobrir tudo mesmo assim. — Ela tomou mais uma colherada da sopa. Os vegetais até que não estavam ruins, mesmo disfarçados no meio do macarrão e do caldo saboroso e suculento. — Sim, ele contou tudo a ela. Conversa de cama, se gabando. E ela deve ter pensado: "Para que eu preciso desse cara?". Ela poderia ficar com tudo só para si se mexesse os pauzinhos direito. Afinal, tinha esperado por aquilo quase tanto tempo quanto ele, certo? Por que teria que compartilhar toda a grana com aquele perdedor?

— E ele já a tinha largado uma vez — lembrou Roarke. — O que o impediria de jogá-la novamente para escanteio depois de estar nadando em dinheiro? Então ela resolveu descartá-lo antes. E para sempre.

— Sim, soa correto. Só que antes ela o envolveu de um jeito especial. "Se você me amasse de verdade, me respeitaria"; "Se você me amasse, seríamos sócios"; "Se você me amasse, iria se certificar de que eu ficaria em segurança"; "Você não confia em mim, Lino, não me ama de verdade". E iria falar tudo isso enquanto lhe pagava um boquete. — Eve apontou a colher para Roarke. — Os homens acabam fazendo papel de idiotas porque ficam raciocinando com o próprio pau.

— Eu consigo usar o meu sem pensar com ele.

Eve sorriu e tomou mais uma colherada de sopa.

— Se eu caísse de boca em você agora, tenho certeza de que me daria qualquer coisa que eu pedisse.

— Então tente só.

Dessa vez ela riu.

— Você está só tentando conseguir um boquete, e eu estou trabalhando.

Sem dizer nada, ele pegou a agenda eletrônica e digitou algo nela. Depois sorriu quando ela inclinou a cabeça com ar de curiosidade.

— Estou só fazendo uma anotação de que você me deve um boquete para comprovar sua teoria.

Salvação Mortal 381

Achando aquilo tudo muito divertido, ela terminou a sopa.

— Tá, então... E já que você vai ficar acordado por aqui, o próximo passo é verificar as famílias e os laços estreitos que possam existir entre elas, os mortos e os feridos nos dois bombardeios de 2043. Estou partindo do princípio de que Lino estava por trás de ambos. E vou começar pelo segundo, por causa da teoria do "olho por olho".

— Porque a maioria das pessoas, se não todas, não teriam motivos para achar que Martinez planejou bombardear o próprio território.

— Mas, no segundo caso — completou Eve —, as pessoas sabiam ou suspeitavam fortemente que ele tivesse algo a ver com o ataque. Lino fez questão de que o boato rolasse. Além do mais, a única pessoa morta no caso da escola não tinha amigos nem parentes próximos na área. Sua família se mudou para Barcelona três anos depois do ocorrido.

— Então, quando analisamos as mortes do segundo atentado, o peso delas é maior.

— Seu filho, irmão, pai, o seu melhor amigo ou o que for ficou ferido ou morreu há dezessete anos, você descobre que existe uma chance de vingança e arruma um jeito de devolver o ato. Desmascarar a pessoa ou lhe dar uma boa surra é agradável, mas matá-la? Isso é definitivo. A vingança precisa ser definitiva, também.

— Isso mesmo. Porque a lei muitas vezes faz uma justiça temporária.

Eve sabia que ele pensou em Marlena novamente ao dizer isso... no que tinha acontecido e no que ele fizera. Seus olhos se voltaram para ela.

— Se eu tivesse me afastado, se eu nunca tivesse exigido o pagamento daqueles que torturaram, estupraram e mataram uma menina inocente, Jenny talvez ainda estivesse viva — lamentou Roarke, lembrando o seu passado. — Todo ato desse tipo libera ondulações que se propagam, como acontece num lago, e a gente nunca sabe como ou para onde essas ondulações vão se espalhar.

— Às vezes a lei é temporária e às vezes, mesmo com ela, essas ondulações se espalham para longe demais ou na direção errada. Mas, no fim das contas, sem a lei, morreríamos todos afogados.

— Alguns de nós são excelentes nadadores. Mesmo assim, eu estou mais inclinado a acreditar na face da lei, já que olho para ela todos os dias. Acredito mais hoje do que jamais acreditei antes. — Ele colocou a mão no bolso e pegou o botão cinza que tinha caído do paletó que Eve usava no dia em que eles se conheceram. Na época em que ela o via como suspeito de um homicídio. — E eu trago sempre o meu talismã para me lembrar disso.

Aquele talismã sempre a deixara perplexa; além disso, em nível mais profundo, trazia-lhe uma espécie de satisfação saber que ele o carregava o tempo todo no bolso.

— O que aconteceu com aquele paletó?

O humor cintilava em seus olhos.

— Era horrível e teve o fim que merecia. Esta... — ele levantou o botão — era a melhor parte dele.

Roarke provavelmente estava certo.

— Tudo bem. O intervalo terminou — anunciou Eve. — Computador, listar os nomes das vítimas do atentado na Rua 119 Leste, o incidente relatado no arquivo do detetive Stuben!

Entendido. Processando...

— Deve ter havido outros — comentou Roarke. — Outras vítimas, em ambos os lados da guerra, enquanto sua vítima foi capitão da gangue. E, portanto, responsável.

Salvação Mortal

— Sim, eu já pensei nisso. Stuben vai me fornecer os dados completos amanhã. Se eu não achar nada aqui, vou começar a procurar lá.

Tarefa concluída.

— Colocar os dados no telão um. Cinco mortes — murmurou Eve. — Há mais uma vítima cujos ferimentos foram tão graves que eu preciso olhar com calma. Um dos atingidos perdeu um braço. Três outras vítimas eram membros dos Skulls. Dos outros dois, um deles era gerente e o outro trabalhava como contador em regime de meio-expediente. Todas as mortes foram de menores de idade, exceto o gerente.

— Quatro crianças mortas.

— Isso mesmo. Bem, dois membros da gangue, de acordo com o arquivo de Stuben, haviam cumprido pena em institutos prisionais para menores e também sido presos por latrocínio, mas ambos devidamente liberados quando os juízes não conseguiram que fossem identificados pelas vítimas. Além disso, também eram suspeitos na morte de um dos Soldados.

— Meninos agindo como meninos.

— E escória agindo como escória. O gerente... Computador, exibir dados para a vítima adulta. Kobie Smith... enfrentou alguns solavancos entre a adolescência e seus 20 e poucos anos. Não cumpriu pena. Estava empregado na mesma firma havia três anos e se tornara gerente seis meses antes. Deixou uma esposa, com quem esteve casado por apenas um ano e meio, e uma criança. O menino tinha 2 anos quando o pai foi morto; deve ter feito 20 agora. É muito jovem para se encaixar no perfil de Mira ou passar pelo crivo da minha intuição, mas vamos investigá-lo.

Ela ordenou que os dados aparecessem no telão.

— Bem, bem... — Roarke comentou enquanto lia. — Parece que ele frequenta a Academia de Polícia em Orlando, na Flórida. Na terra da especulação, o pai foi morto no que se acredita ser uma guerra de gangues, mas o filho estabeleceu um objetivo diferente para a própria vida: tornar-se policial. Para servir e proteger.

Eve franziu as sobrancelhas com ar pensativo ao analisar os dados no telão.

— Nenhum registro criminal. Dois meios-irmãos. Sua mãe se casou novamente. Veja só... Ela se casou com um policial depois de se mudar para a Flórida, três anos após a morte do marido. Não consigo imaginar Penny seguindo-a até o sul do país e deixando--a revoltada o bastante para voltar a Nova York e envenenar Lino. Mas a vítima também tinha pais e um irmão.

Ela percorreu os dados, estudando-os e considerando-os. Os pais eram divorciados, observou. A mãe morava na Filadélfia, o pai no Bronx, e também um dos irmãos. O segundo irmão vivia em Trenton.

— Nenhum deles ficou no bairro. Tem que ser alguém do bairro.

— Isso é mais provável, concordo, mas é muito possível que Penny tenha se afastado do bairro por algum tempo, para criar mais distância entre ela e o assassinato. Eu teria feito isso.

— Ela não é tão esperta quanto você.

— Bem... bilhões de pessoas não são, mas seria uma boa estra-tégia, e ela teve muito tempo para trabalhar nos planos.

— Pode ser... Droga! Prevejo viagens ao Bronx e a Trenton no meu futuro próximo. Possivelmente Filadélfia também, já que estamos lidando com veneno, e veneno é associado com muita fre-quência à ideia de uma arma feminina. E veja só: a mãe, que nunca se casou de novo, trabalha como assistente médica em uma clínica de reabilitação. Pessoas que trabalham na área médica têm con-dição de acessar venenos com mais facilidade que o restante de nós.

— Ela perdeu não só um filho, mas também um neto, já que a mãe da criança o levou para Orlando e se casou novamente. Claro, pode ser que tenha havido algum esforço para manter um relacio-namento constante de ambos os lados.

— E pode não ser — terminou Eve, com um suspiro. — Ok, para o topo da lista vai Emmelee Smith. Talvez eu consiga um

Salvação Mortal

mandado para verificar seus equipamentos de comunicação e suas viagens nas últimas semanas. — Ela bocejou. — Preciso de café.

— Você precisa é de cama.

Ela balançou a cabeça e se levantou.

— Quero só dar uma olhada nos outros nomes. Posso deixar para fazer amanhã uma busca mais completa nos que me despertarem alguma suspeita.

Foi até a cozinha e programou café para os dois no AutoChef.

— Eu pedi mais dados a respeito do garoto que era contador — disse-lhe Roarke quando ela voltou. — Ele tinha só 16 anos.

— Quinto Turner. Quinto? Isso me parece um nome de origem hispânica. A mãe é Juanita Rodriguez Turner... Hmmm... o pai era Joseph Turner. O menino era mestiço, metade mexicano e metade negro, e vivia na fronteira entre as duas gangues, tanto em termos raciais como geográficos. Nenhum irmão. O pai faleceu. Veja só isso! Ele se matou por enforcamento no aniversário de um ano da morte do filho.

— Então a mulher perdeu dois entes queridos.

— Computador, colocar no telão todos os dados sobre Juanita Rodriguez Turner!

— Ela mora a três quarteirões da igreja — observou Roarke, lendo os dados exibidos.

— Espere, espere... Eu já vi este rosto. Computador, ampliar a foto da carteira de identidade dela em 25%. Eu já a encontrei — repetiu Eve. — Onde foi mesmo? Acho que aconteceu depressa, foram apenas alguns minutos na... Maldição, cacete, foi no centro de jovens. Ela trabalha no centro de jovens perto da igreja. É a gerente da creche e também enfermeira do lugar. Eu me lembro que ela não estava apenas chateada e irritada, ela estava... nervosa. Foi por isso que ficou quase o tempo todo de costas para mim. Magda não a chamou de Juanita, mas é ela, sim. Nita! — lembrou Eve. — Magda a chamou de Nita.

"Ela devia encontrá-lo todos os dias, deve tê-lo visto quase diariamente nesses últimos cinco anos. Provavelmente trabalhou com ele, trocaram piadinhas no dia a dia, ela o ajudava a aconselhar as

386   ❧ J. D. ROBB ❧

crianças. Ela confessou seus pecados a ele sem saber que, durante todo esse tempo, estava diante do homem responsável pela morte de seu filho... uma morte cuja dor tinha levado o marido a cometer suicídio. Todos os dias durante cinco anos ela lhe ofereceu todo o seu respeito, por causa da vocação religiosa dele. Até que de repente ela descobre quem ele é... o que ele é.

— O que é isso que eu estou ouvindo? — perguntou-se Roarke. — Ah, sim, é um zumbido do seu cérebro trabalhando.

— Coloque essas viagens para Trenton e as outras em espera — anunciou Eve. — Essa mulher passava pela mercearia onde Penny trabalha sempre que ia à igreja e deve ter frequentado a mesma igreja, agora eu vou chutar, durante a maior parte da vida. Era uma das frequentadoras fiéis — murmurou. — Para Penny, porém, não passava de um objetivo, um meio para ela alcançar um fim. Agora eu preciso trazer essa mulher para interrogatório, devo pressioná-la e fazer com que confesse tudo. E, quando ela tiver feito isso, vou colocá-la atrás das grades.

— Às vezes a lei é provisória — repetiu Roarke. — Às vezes ela vira as costas para a verdadeira justiça.

Eve sacudiu a cabeça.

— Ela tirou uma vida, Roarke. Talvez tenha sido uma vida ruim, mas não era direito dela fazer isso. — Eve se virou para ele. — A polícia não fez nada sobre o que aconteceu com Marlena. Eram os policiais errados em um momento errado. Mas esta mulher poderia ter denunciado o assassino usando o que lhe disseram ou o que ela descobriu de algum modo. O detetive Stuben teria feito o que precisava ser feito. Ele se importava com o caso. Ele se importa até hoje. Parte dele nunca parou de trabalhar no crime, e ele nunca conseguiu esquecer as vítimas do bombardeio nem suas famílias.

— Quantos existem por aí como ele?

— Nunca o suficiente. Mas ela deve responder pela morte de Lino Martinez, seja lá como for. Ela já não vai responder pela morte de Jimmy Jay Jenkins, embora seu ato de vingança também tenha

Salvação Mortal

levado à morte dele. Ela plantou a semente. Ou... criou reverberações jogando a pedrinha no lago. Ondulações — lembrou. — Não podemos ter certeza de para onde elas vão se espalhar. Só que, em algum momento, alguém precisa tentar detê-las.

— Ele tinha só 16 anos. — Ele trouxe de volta ao telão a foto de identificação do jovem: rosto de menino, olhos claros. — A linha é muito menos definida do meu lado do que jamais poderá ser do seu — comentou com Eve. — E agora?

— Agora eu entro em contato com Peabody e mando ela me encontrar aqui, para eu poder conversar com ela logo cedo, antes de levar Juanita Turner para interrogatório. Pode deixar que eu vou gravar um recado pelo correio de voz para ela — disse Eve, quando reparou no olhar de Roarke.

— E depois?

— Depois, vamos para a cama. — Olhou mais uma vez para a imagem. — Ela não vai a lugar nenhum.

Eve dormiu mal, atormentada por sonhos, imagens de um rapaz que ela nunca conhecera e que morrera simplesmente por estar no lugar errado e na hora errada. O rosto jovem e liso estava destruído e arruinado, os olhos claros estavam opacos e mortos.

Ouviu a mãe chorando sobre o corpo do filho. Parecia fora de si e emitia soluços chorosos que ecoavam sem parar pelas paredes.

Enquanto observava, Marlena chegou toda ensanguentada, maltratada, destruída, como estivera no holograma que Roarke certa vez lhe mostrara. Ela caminhou até o corpo mutilado do menino.

— Nós dois éramos tão jovens — disse Marlena. — Mal tínhamos começado a viver. Éramos tão jovens e fomos usados como ferramentas. Usados, destruídos e descartados.

Ela estendeu a mão para Quinto Turner, que a pegou. Apesar do sangue que se espalhava pelo chão da igreja, ele agarrou a mão de Marlena e lentamente se levantou.

— Vou levá-lo agora — disse ela a Eve. — Existe um lugar especial para os inocentes. Vou levá-lo para lá. O que ela deveria fazer diante de tudo isso? — Apontou para a mãe enlutada, coberta com o sangue do filho. — Você pode interromper esse processo? Consegue parar tudo isso? Você não pôde evitar o que aconteceu consigo mesma.

— Não, eu não posso evitar tudo. Mas assassinato nunca é um fim. Assassinato nunca é solução.

— Ela era mãe dele. Foi a solução dela.

— Assassinatos não resolvem outros assassinatos. Eles simplesmente os perpetuam.

— E nós, então? E quanto a nós? Ninguém estava lá para se colocar ao meu lado. Ninguém além de Roarke.

— E, mesmo assim, não houve um fim. Ele vive com isso até hoje.

— Você também. E agora você vai perpetuar a perda dela e a dor dela na busca pela justiça. Você vai viver com isso também. — Com a mão segurando a de Quinto, Marlena o levou para longe dali.

Eve olhou para as poças de sangue e as ondulações que se alastravam a partir delas.

E as viu se espalhando.

Ela acordou nervosa e sem nenhum vestígio da energia exacerbada que a conclusão iminente de um caso normalmente lhe trazia. Sabia as respostas, ou a maioria delas... Via o padrão com clareza, entendia e aceitava o que era preciso ser feito.

Mas essa aceitação e as poucas horas de sono agitado lhe deixaram de presente uma dor de cabeça sombria e dura.

— Tome um analgésico — ordenou Roarke. — Dá para ouvir essa maldita dor de cabeça martelando o seu crânio.

— Quer dizer que você tem visão de raios X agora, Super-Roarke?

— Não adianta descontar em mim. — Ele se levantou e caminhou em direção ao banheiro. — Eu não vou revidar. Você já está sobrecarregada o suficiente.

Salvação Mortal 389

— Eu não quero a porcaria de um analgésico.

Ele voltou com um e caminhou até Eve enquanto ela pegava o coldre da arma.

— Tome isso, ou vou obrigar você a tomar.

— Olha só, é melhor recuar, senão eu vou...

Ele a segurou pela nuca e a puxou para junto de si. Eve se preparou para o momento em que ele tentaria forçar o comprimido pela sua goela — na verdade, adoraria a tentativa e a luta que se seguiria. Só que, em vez disso, foi a boca dele que investiu contra a dela.

As mãos que Eve levantara para lutar caíram para os lados conforme os lábios dele derrotavam os dela com ternura.

— Droga! — reclamou ela, quando os lábios de Roarke deixaram os seus em paz, roçando ao longo da sua bochecha.

— Você mal conseguiu dormir.

— Estou bem. Eu só quero fechar o caso e resolver tudo.

— Tome o analgésico.

— Blá-blá-blá. — No entanto, ela o pegou e o engoliu. — Não posso deixar o caso em aberto. Não posso fingir que não sei de nada. Não posso simplesmente deixá-la assassinar uma pessoa e fazer vista grossa.

— Não. Você não pode, claro que não.

— E, mesmo se eu pudesse, mesmo que conseguisse encontrar algum jeito de conviver com isso, se eu a deixasse escapar, também deixaria Penny Soto livre. Como poderia?

— Eve. — Ele massageou os nós de tensão que encontrou nos ombros dela. — Você não tem que se explicar, não para mim. Nem para ninguém, mas muito menos para mim. Eu pude me afastar. Consegui fazer isso. Eu pude me manter distante e fui buscar outra maneira fora da lei para me certificar de que os outros pagariam pelo que fizeram. Você nunca aceitaria isso. Existe essa diferença básica entre nós. Não sei se isso torna um de nós certo e o outro errado. Só sei que isso simplesmente nos faz ser quem somos.

— Eu já agi contra a lei. Pedi que você fosse comigo pegar Robert Lowell. E fiz isso para ter certeza de que ele iria pagar pelas mulheres que torturou e matou. Fiz isso porque tinha dado a Ariel a minha palavra de que ele pagaria pelo que fez.

— Não é a mesma coisa, e você sabe disso.

— Eu cruzei o limite da lei.

— Os limites mudam. — Nesse instante, ele deu uma sacudida nos ombros dela, com um jeito impaciente. — Se a lei e se a justiça não tiverem compaixão, não tiverem fluidez nem humanidade, como é que poderá haver justiça?

— Eu não conseguiria viver com essa possibilidade. Não conseguiria viver deixando-o tomar o caminho mais simples, permitindo que a lei lhe oferecesse a saída mais fácil. Então eu mudei o limite.

— Isso foi justiça, Eve?

— A mim, pareceu que sim.

— Então é isso: vá em frente. — Ele levantou as mãos dela e as beijou. — Faça o seu trabalho.

— Vou fazer. — Ela se dirigiu até a porta, parou e se virou. — Sonhei com Marlena. Sonhei com ela e com Quinto Turner. Ambos me apareceram exatamente como estavam depois de terem sido mortos.

— Eve...

— Mas... Marlena me disse que iria levá-lo e fez isso. Ela me contou que existe um lugar especial para os inocentes e ela o levaria para lá. Você acha que existe? Um lugar para os inocentes?

— Sim, acho.

— Tomara que você esteja certo.

Ela o deixou e seguiu direto para o escritório a fim de se preparar para o que precisava ser feito.

Quando Peabody e McNab entraram, ela simplesmente apontou na direção da cozinha. Ouviu gargalhadas de alegria enquanto procuravam tesouros em seu AutoChef. Ela ficou só com o café.

Salvação Mortal

O analgésico tinha feito seu trabalho — e talvez a conversa com Roarke tivesse alisado o resto do terreno acidentado, pelo menos um pouco.

Ela ergueu as sobrancelhas quando Peabody e McNab voltaram para dentro do escritório com pilhas de comida e canecas fumegantes.

— Vocês acham que tem comida suficiente aí para não passarem fome durante a reunião?

— Waffles belgas com frutas vermelhos da estação? — Peabody se sentou, já preparada para colocar tudo para dentro. — Isso poderia aplacar minha fome para sempre.

— Tudo bem, desde que os ouvidos permaneçam tão abertos quanto a boca.

Ela começou com Ortega e os acompanhou através de todas as suas suposições.

— No fim dos sete anos, ele herdaria, por direito conjugal, mais de 685 milhões de dólares, sem incluir os bens pessoais, os lucros dos imóveis e os negócios que podem ter prosperado ao longo desses sete anos.

— Isso dá para comprar um monte de waffles — comentou McNab.

— Waffles para a vida toda — concordou Peabody. — Isto é, se ele tivesse vivido para aproveitar.

— Sua amiguinha de cama não quis dividir os waffles com ele. Preferia ficar com tudo para ela. Vamos provar isso, acusá-la de cumplicidade após o fato na morte de Ortega e de Flores, além de fraude, conspiração para assassinar Lino e por ser basicamente uma vaca. Vamos nos encontrar com o advogado e preparar um pequeno esquema.

— Nós a pegaremos de jeito — acrescentou Peabody — e a obrigaremos a entregar quem foi o conspirador.

— Isso não será preciso. Ligar telão! — ordenou Eve, e os dados de Juanita apareceram na mesma hora. — Juanita Turner. O filho dela foi vítima do segundo bombardeio.

— Como foi que você... — Peabody fez uma pausa e estreitou os olhos para a imagem. — Ela me parece um pouco familiar. Nós a interrogamos? Ela estava no funeral de Ortiz?

— Se ela estava lá, e acho isso muito provável, escapou pela tangente e saiu antes de cercarmos a cena do crime. Nós a encontramos no centro de jovens. A enfermeira.

— É isso aí! Eu não consegui olhar para a cara dela com muita atenção naquele dia. Foi o filho dela que morreu?

— E o marido também, exatamente um ano depois, por suicídio. — Eve repassou aos dois todos os detalhes, sem rodeios. — Penny precisava de uma arma — concluiu Eve —, e Juanita se encaixou.

— Cara! Deve ter sido horrível para ela descobrir que aquele sujeito que ela imaginava ser um santo era, na verdade, o responsável pela morte do filho.

— Sim. Muito difícil. — Só que isso não deveria influenciar o trabalho dela, lembrou Eve. — Entrei em contato com Reo — anunciou Eve, referindo-se à procuradora de justiça com quem ela gostava de trabalhar. — Já conseguimos indícios suficientes, na opinião dela, para obter um mandado de busca nos seus equipamentos de comunicação. É aqui que o nosso garoto dos eletrônicos entra na história. Quero que você escave bem fundo, descubra tudo — disse a McNab, enquanto ele abocanhava mais waffles. — Qualquer coisa que pareça ter conexão com o crime. Vamos pegar Juanita. Enquanto estivermos com ela na detenção, me encontre uma ligação qualquer com Penny. Desencave um recado escrito ou enviado por meio eletrônico, um recibo para o cianeto. Encontre algo sólido, rápido.

Peabody engoliu waffles e mais algumas frutas vermelhas.

— Vamos buscá-la antes de Penny?

— Penny orquestrou o crime, Juanita executou. Já entrei em contato com Baxter. Ele e Trueheart vão ficar na cola de Penny. Agora, se você já terminou de encher essa pança, vamos trabalhar.

Peabody não disse nada enquanto elas desciam as escadas. Entrou, se sentou no banco do carona e finalmente se virou para Eve.

Salvação Mortal 393

— Talvez consigamos enquadrar Penny em crime de conspiração, mas acho difícil. O mais provável é que alcancemos só uma pena por cumplicidade após o fato. E só talvez. Ela pode muito bem afirmar que deixou escapar as informações sobre Lino sem querer ou se sentiu culpada e contou tudo para Juanita Turner.

Peabody pôs a mão no coração e arregalou os olhos.

— "Eu juro, meritíssimo e membros do júri, eu não imaginei que ela fosse cometer um assassinato. Como poderia saber?" — Deixando cair a mão, balançou a cabeça. — Juanita vai ser enquadrada em assassinato em primeiro grau, não temos como contornar isso, a menos que Reo queira conseguir uma diminuição de pena, mas e quanto a Penny? É bem provável que ela escape numa boa.

— Isso não depende de nós.

— Mas está errado. Juanita perdeu o filho, perdeu o marido. E agora, depois de todos esses anos, ela é usada por outra pessoa e acaba levando a pena mais dura?

— Você mata, você paga. Ela matou um cara, Peabody, simples assim — palpitou McNab, no banco de trás. — Se Dallas estiver certa sobre tudo isso, e certamente os fatos se encaixam bem, ela cometeu um assassinato premeditado e a sangue frio.

— Eu *sei*, mas ela foi instigada a cometer o crime. Caramba, McNab, você deveria ver as fotos tiradas na cena desse bombardeio. Não restou muita coisa do filho dela.

— A vítima era um canalha do pior tipo, isso é claro como cristal. E eu aceito a sua versão, querida: ela levou o mais duro dos golpes com a perda do filho. Mas isso dá a ela o direito de envená-lo?

— Eu não disse isso, seu palerma, estou apenas dizendo que...

— Calem a boca e parem de discutir! — ordenou Eve.

— Estou apenas *comentando* — apontou Peabody, com o tom de quem tem razão e avisa aos que pensam diferente que eles são idiotas — que Juanita sofreu umas poucas e boas, e Penny, que provavelmente esteve envolvida com essas poucas e boas, usou isso para se dar bem, e...

— E eu estou apenas *comentando* que "Ei, ela é uma assassina!".
Peabody se virou para trás e olhou com raiva para McNab.

— Você é um babaca.

— Coração mole.

— Fechem a *matraca*! — A ordem furiosa de Eve os fez calar a
boca na mesma hora. — Vocês dois estão certos. Portanto, parem de
brigar um com o outro como dois idiotas. Eu me livrei de uma dor
de cabeça terrível agora de manhã. Se vocês a trouxerem de volta,
eu vou chutar os dois para fora do carro, deixá-los caídos junto ao
meio-fio e vou terminar de investigar o caso sozinha.

Peabody cruzou os braços e empinou o nariz com raiva. McNab
se largou no banco de trás. Aquilo, Eve percebeu, iria se transformar
num festival de mau humor e caras amarradas até o East Side.

Capítulo Vinte e Um

Eve estacionou em fila dupla na porta do centro de jovens e ligou a luz que indicava "viatura em serviço". O mesmo grupo de crianças tentava arremessos com bolas de basquete nas quadras, enquanto os adultos empurravam, puxavam e carregavam os menores no colo para dentro do prédio.

A vida diária das crianças era esquisita, refletiu Eve. Eram arrastadas para vários locais, despejadas lá e transportadas novamente de volta no fim do dia. Durante o tempo de "despejo", formavam pequenas sociedades que poderiam ter pouco ou nada a ver com a ordem hierárquica na vida doméstica. Então, a vida se resumia a um eterno ajuste, reajuste e ao aprendizado de novas regras que vinham de outras autoridades, com mais e menos poder, certo?

Não era de admirar que as crianças fossem tão estranhas.

— Você fica aqui à espera do mandado — disse a McNab. — Quando confirmarmos que Juanita está aqui ou soubermos da localização, Peabody irá retransmitir a informação. Só então você poderá ir até o apartamento dela.

— Não vejo como eu posso retransmitir informações, já que devo ficar com a matraca fechada. Aliás, mesmo que pudesse, eu iria preferir não falar com ele.

— Peabody, você quer mesmo experimentar a emoção de ter minha bota enfiada na sua bunda com tanta força que você vai senti-la nas amígdalas? Nem pense em rir! — disse Eve para McNab quando ele ensaiou uma risadinha. — Detetive Babaca, aguarde aqui. Detetive Coração Mole, venha comigo.

Ela saiu a passos largos. Em segundos, Peabody se colocou ao lado da tenente, emitindo bufadas ofendidas a cada passo.

— Fique revoltada mais tarde — aconselhou Eve. — Não há nada aqui que vá ser agradável ou alegre. Faça o seu trabalho agora e deixe para ficar revoltada mais tarde.

— Eu só achei que poderia expressar uma opinião sem ser...

Eve parou e girou o corpo com força. Um fogo se acendeu, ardendo em seus olhos, que quase chamuscaram Peabody.

— Você acha que estou feliz por ter de levar presa uma mulher que foi obrigada a enterrar os pedaços arrancados e sangrentos raspados do chão de um filho? Acha que eu estou muito a fim de colocá-la em uma cela e arrancar à força uma confissão, depois de ela ter matado o homem que acredito ter sido o responsável por tantas mortes?

— Não. — Os ombros de Peabody despencaram. — Não, acho que não.

O fogo se apagou, e os olhos de Eve ficaram sem vida, profissionais.

— Opiniões pessoais, sentimentos, empatia, nada disso tem lugar aqui. Estamos neste lugar a trabalho, e é isso que vamos fazer.

Eve abriu a porta e entrou no caos matinal do centro. Havia bebês chorando e pais irritados; crianças aos berros por toda parte — incluindo uma que parecia estar tentando escapar dali naquele exato instante, em uma velocidade surpreendente para quem estava apenas engatinhando.

Peabody a agarrou antes de ela conseguir chegar à porta e entregou a criança ao homem que vinha correndo logo atrás.

Salvação Mortal

Eve abriu caminho, chamou Magda e perguntou.

— Onde está Juanita Turner?

— Ah, Nita está cuidando dos mais novinhos na sala de atividades. Fica bem ali. — Magda apontou. — Siga pelas portas e suba um andar. É a segunda porta à esquerda. A sala está aberta.

Quando Peabody pegou o comunicador, Eve negou com um gesto da cabeça.

— Não ligue para McNab até a encontrarmos. Em meio a toda essa bagunça, ela pode ter escapado.

Eve seguiu a direção e o barulho. A sala de atividades tinha mesas, cadeiras e prateleiras cheias do que ela supunha serem "atividades". A luz do sol explodia pelas janelas e iluminava fortemente um espaço pintado em cores primárias agressivamente brilhantes. Seis crianças estavam sentadas a mesas, desenhando, montando quebra-cabeças e berrando a plenos pulmões, tudo ao mesmo tempo.

Juanita circulava entre as crianças, olhando por cima dos ombros delas e dando tapinhas de aprovação em suas cabecinhas. O sorriso fácil que exibia despencou quando viu a tenente. Se a culpa tivesse um rosto, pensou Eve, era esse que Juanita Turner exibia.

Eve fez um gesto para ela e recuou um passo.

— Pode ligar para McNab — murmurou, olhando para Peabody. — Depois, mantenha-se um pouco afastada de mim.

Esperou Juanita vir até a porta.

— Há algo em que eu possa ajudá-la, tenente?

— A senhora vai precisar de alguém para cobrir seu posto, sra. Turner.

— Por quê?

— A senhora sabe o porquê. Deve nos acompanhar agora. Podemos fazer isso sem escândalo. — Eve olhou para um ponto atrás de Juanita, onde se concentrava meia dúzia de crianças. — Será melhor para a senhora e para as crianças se fizermos isso tranquilamente.

— Eu não vou abandonar as crianças. Não pretendo...

— A senhora quer que essas crianças me vejam levando-a daqui algemada? — Eve esperou dois segundos e a viu compreender as implicações do que dizia. — Vá procurar alguém para cobrir a sua função, sra. Turner. Vou levá-la agora para a Central de Polícia. A senhora deverá me esperar lá até que eu vá interrogá-la.

A fina camada de indignação em seu rosto mal conseguiu encobrir o medo. Ele lhe perpassava a pele, nu, sem disfarce.

— Não vejo por que devo acompanhar a senhora quando nem mesmo sei do que se trata.

— Eu vou ter Penny Soto sob custódia até o fim do dia de hoje, sra. Turner. — Eve assentiu ao vê-la sacudir tomando consciência de tudo. — A senhora sabe exatamente o que isso significa. Agora escolha como prefere que isso aconteça.

Juanita atravessou o corredor e falou brevemente com um rapaz que estava na outra sala. Ele pareceu perplexo e ligeiramente irritado, mas atravessou o corredor e entrou na sala de atividades.

— Não sou obrigada a dizer nada. — Os lábios de Juanita tremeram ao balbuciar essas palavras.

— Não, não mesmo. — Eve a pegou pelo braço e a levou escadaria abaixo e depois para fora do prédio. E esperou até as duas chegarem à calçada, longe das crianças que ainda faziam arremessos com a bola. Só então recitou para Juanita a lista dos seus direitos e obrigações.

Ao chegar à Central, ela levou Juanita para uma sala de interrogatório e partiu para sua própria sala de trabalho. Ainda tinha alguns arranjos a fazer. Quando se virou para a sala de ocorrências, viu Joe Inez e sua esposa no banco de espera. Joe se levantou na mesma hora.

— Ah, aquele rapaz me informou que a senhora estava a caminho, tenente, então nós...

— Tudo bem. Você quer falar comigo, Joe?

Salvação Mortal 399

— Sim, eu... — Ele olhou para sua esposa, que assentiu com a cabeça, numa espécie de gesto de apoio. — Precisamos conversar. É sobre algo que aconteceu no passado. Os atentados de 2043.

Eve ergueu a mão.

— Por que vieram até aqui? Por que motivo estão aqui, de livre e espontânea vontade?

— Nós conversamos. — A esposa colocou uma das mãos no braço de Joe. — Depois que a senhora esteve lá em casa, nós conversamos, e Joe me contou coisas sobre o que aconteceu. Viemos aqui para fazer o que é certo. Eu e Joe. Juntos.

— Então me responda a uma única pergunta. — Eve se aproximou até que seu rosto ficou quase colado ao de Joe. Manteve a voz baixa e os olhos duros fixos nos dele. — Eu ainda não recitei os seus direitos. Você sabe o que isso significa?

— Sei. Mas é que...

— Eu quero a resposta para uma pergunta antes de avançarmos, antes que você me conte qualquer coisa que deva ser registrada. Você matou alguma pessoa ou teve participação na morte de alguém?

— Não. Por Deus, não, isso é...

— Não diga mais nada. Não me diga nada agora. Vou levá-los para uma sala de interrogatório. Vocês vão me esperar lá até que eu faça alguns arranjos. — Ela enfiou a cabeça na sala de ocorrências e chamou um guarda. — Leve o sr. e a sra. Inez para a sala de interrogatório B. Sente-se lá com eles. — Eve voltou-se para ambos. — Vocês não devem declarar coisa alguma até que eu lhes diga para fazer isso.

Ela foi direto até a própria sala e ligou para a promotora Cher Reo.

— Você precisa descer aqui, Reo, mas antes preciso que você aprove imunidade completa para uma testemunha.

— Ah, claro. — A loura bonita acenou uma mão graciosa. — Deixe só eu pegar a minha varinha de imunidade mágica especial.

— Estou com uma testemunha aqui que acabou de entrar voluntariamente e poderá nos ajudar a fechar dois casos que estão abertos há dezessete anos e envolveram seis mortes. A testemunha poderá nos dar informações que resultarão na prisão dos responsáveis por esses crimes.

— Mas o que...

Eve a atropelou antes de ela ter a chance de continuar.

— Além disso, estou prestes a encerrar o caso do homicídio da Igreja de São Cristóvão com duas prisões. A testemunha era menor de idade na época do incidente anterior e provavelmente estava protegida por aquela Lei de Clemência idiota, que poderá ser invocada se houver acusações. Você faz acordos com escória para pegar escória ainda pior todos os dias, Reo. Estou falando aqui de um homem de família, um homem que deu uma guinada de 180 graus na própria vida. É melhor autorizar essa imunidade ou eu mando o sujeito para casa agora mesmo.

— Ora, mas eu não posso simplesmente...

— Não me diga o que você *não pode* fazer. Vá lá e faça! Depois me dê um retorno. — Eve desligou e entrou em contato com o consultório de Mira. — Não me interessa o que ela está fazendo — avisou Eve, assim que a assistente atendeu. — Preciso falar com ela agora. Me deixe passar ou eu vou descer até aí.

A tela ficou em modo de espera em um tom de azul.

Momentos depois, Mira apareceu.

— Eve?

— Preciso da senhora na Sala de Observação, doutora — começou Eve. — Talvez eu esteja errada — acrescentou. — A senhora saberá me dizer se estiver.

— Posso chegar lá em vinte minutos.

— Vou esperá-la, então.

Eve ligou mais uma vez para Feinburg e pôs em marcha a última parte do plano. Quando Reo retornou sua ligação, Eve agarrou o *tele-link*.

— Estou a caminho. Imunidade não está fora de questão, mas preciso de mais informações.

Salvação Mortal

— A testemunha tinha 17 anos e era membro dos Soldados quando os bombardeios de 2043 ocorreram.

— Por Deus, Dallas, se ele tiver sido parte daquele atentado...

— Acredito que a participação dele, se houver, tenha sido pequena e posterior ao fato. Ele poderá nos dar informações sobre os principais autores. Mais tarde eu vou pegar o único deles que ainda está vivo, como parte da prisão do crime na Igreja de São Cristóvão. Eles podem escapar disso de qualquer modo, Reo, mas o que ele me der será mais um prego para você martelar.

— A Lei de Clemência é uma área turva porque foi revogada. Se um suspeito não foi preso e acusado enquanto ela estava válida e novas informações forem obtidas depois disso...

— Não venha com esse papo de advogado para cima de mim, Reo. Você vai dar imunidade à minha testemunha. — Não, ela não podia detê-los todos, Eve pensou. Nem salvar todos. Mas poderia salvar alguns. — Eu me recuso a deixá-lo ser preso por isso.

— Qual é o nome da testemunha?

— Vai ser sr. X até que você conceda a maldita imunidade.

— Droga, Dallas, ele é seu irmão ou algo assim? Tudo bem, eu lhe ofereço imunidade condicional. Mas, se ele tiver matado alguém, Dallas, não vou limpar essa barra.

— Para mim, está bom.

— Estarei lá em cinco minutos.

— Sala de Interrogatório B. É melhor cancelar seus planos para o resto da manhã. O dia vai ser longo.

Ela saiu, se encontrou com Peabody e entrou para falar com Joe Inez.

— Ligar gravador! Aqui falam a tenente Eve Dallas e a detetive Delia Peabody, interrogando Joe Inez e Consuelo Inez. Vou ler seus direitos agora. — Depois de fazer isso, ela se sentou à mesa diante deles. — Vocês dois entendem seus direitos e obrigações em relação a este assunto?

402   J. D. ROBB

— Sim, eu entendo, mas Connie não está envolvida — avisou Joe.

— Isso é para a proteção dela. Sr. Inez, você veio para esta conversa por livre e espontânea vontade?

— Sim.

— Por quê?

— Por que eu vim?

— Gostaria que me dissesse, para o registro, por que escolheu vir até aqui e fazer esta declaração hoje.

— Eu... Fiz muitas coisas das quais não tenho orgulho, no passado. Mas tenho uma família. Tenho três filhos, três meninos. Se eu não fizer o que é certo, como vou poder ensinar que eles devem fazer o que é certo?

— Muito bem. Você quer algo para beber?

— Eu... Não, obrigado. — Obviamente nervoso, ele pigarreou para limpar a garganta. — Estou bem.

— E a sra. Inez?

— Não, obrigada. Só queremos acabar logo com isso.

— Conte-me o que houve, Joe. O que aconteceu na primavera de 2043?

— Ahn... Quase todos nós, mesmo os que não frequentavam a escola, iam aos bailes. Às vezes para dançar, provocar brigas, fazer alguma negociação ou procurar novos recrutas.

— Quem são esses "nós"?

— Ah. Os Soldados. Lino e Steve eram capitães, na época. Bem, Lino comandava a gangue, basicamente. Steve cuidava mais da força bruta. Lino queria novos recrutas e achava que conseguia mais deles quando havia brigas no bairro. Quando havia um inimigo em comum. Ele sempre falava isso — acrescentou Joe —, mas eu não sabia, juro por Deus que não sabia, até depois de ter acontecido.

— Não sabia do quê?

— Da bomba. Eu não sabia. Eu era membro da gangue fazia cerca de um ano, um ano e meio. Lino gostava de mim porque

Salvação Mortal

eu era habilidoso, sabia consertar coisas, sabia envenenar os carros para correrem mais. — Soltou um suspiro. — Lino costumava dizer que eu seria alguém. Ele me faria ser alguém. Mas eu tinha que conseguir minha marca.

— Sua marca?

— A marca de matar. Eu não poderia subir na hierarquia até matar alguém, até conseguir minha marca.

— Você ainda usa a tatuagem dos Soldados — apontou Eve. — Só que essa não tem a marca da morte, o X embaixo da cruz.

— Não, eu nunca consegui a marca. Não consegui me levar a fazer isso. Eu não me importava de brigar... Puxa, eu até gostava de uma boa luta. Entrar numa briga e sair sangrando um pouco. Colocar a energia para fora. Mas não queria matar ninguém.

— Mesmo assim, você e Lino eram amigos — sugeriu Eve.

— Éramos, ou era o que eu achava. Lino costumava me zoar, mas... daquele jeito que os amigos zoam uns aos outros por bobagens. Acho que é por isso que eu não sabia o que ele ia fazer, o que tinha planejado.

— Ele não lhe contou sobre a bomba.

— Não, nunca me disse nada. Avisou que se encontraria comigo no baile, aquela noite. Quando a bomba explodiu no baile, eu estava bem ali. Bem perto. Ronni Edwards foi morta. Foi lançada para o ar a três metros de mim. Eu a conhecia.

Ele parou e esfregou as mãos no rosto. Quando as deixou cair novamente, Connie tomou uma delas entre as suas.

— Eu a conhecia — repetiu. — Eu a conhecia desde o jardim de infância e a vi explodir bem ali na minha frente. Eu nunca... — Ele baixou a cabeça e lutou para se recompor. — Desculpe.

— Leve o tempo que precisar — disse Eve.

— Tudo virou um inferno em segundos. A música tocava, os jovens dançavam e conversavam. E então tudo virou um inferno. Barulho, fogo. Mais crianças ficaram feridas quando começaram a sair correndo, perturbadas e assustadas, e várias foram pisoteadas na confusão. Lino, Chávez e Penny, eles começaram a tirar as vítimas dali, parecendo heróis, espalhando como aquilo era obra dos Skulls, dos malditos Skulls.

Ele enxugou a boca com o dorso da mão.

— Só que eles não estavam lá quando tudo desabou.

— Lino, Steve e Penny não estavam lá — esclareceu Eve.

— Isso mesmo. Quer dizer, não estavam lá quando o lugar explodiu. Eu tinha procurado Lino na festa. Dois caras queriam entrar para a nossa gangue, então eu fui procurar Lino. Só que ninguém o tinha visto. Isso aconteceu poucos minutos antes da explosão, e eles não estavam em lugar nenhum... Nem ele, nem Penny, nem Steve. Eles nunca perdiam um baile. Imaginei que estivessem só atrasados. E provavelmente foi sorte deles, eu pensei depois. Muita sorte deles, porque percebemos que Lino era o alvo da bomba. Só mais tarde é que eu percebi que era ele quem espalhava para todo mundo que tinha sido o alvo.

— Você foi ferido no primeiro bombardeio?

— Sofri algumas queimaduras e cortes de coisas voando. Nada de grave. Se eu estivesse onde Ronni estava... Pensei muito nisso. Pensei no assunto e revi a cena de Ronni explodindo. Isso me alertou e me fez pensar "sim, aqueles Skulls precisam ser mortos". Eu me animei e achei que deveria conseguir logo a minha marca por causa do atentado... até que ouvi, por acaso, uma conversa entre Lino e Penny.

— Onde você estava quando os ouviu?

— Havia um lugar que usávamos como sede. O porão de um prédio da Segunda Avenida, esquina com Rua 101. Era um porão grande, o lugar parecia um labirinto. A ratoeira — completou, com um sorriso amargo. — Eles reformaram o prédio uns dez anos atrás. São apartamentos agora. Belos apartamentos.

— Só por curiosidade, você sabe quem é o dono do lugar?

— Claro. — Ele pareceu perplexo com a pergunta. — O velho José Ortega, um grande negociante do bairro. José era um de nós,

Salvação Mortal

um Soldado. Isto é, o neto do velho era um de nós. Lino dizia que aquele era o nosso quartel-general.

Ondulações, pensou Eve.

— Muito bem. Então você ouviu Lino e Penny conversando um dia, quando entrou nesse porão, no tal quartel-general.

— Isso mesmo. Como eu disse, era um lugar grande, com muitos cômodos e corredores. Eu estava indo para a sala de guerra, revoltado, querendo fazer parte da retaliação. Droga, eu queria *liderar* a revolta. Só que passei por um dos quartos que havia ali e os ouvi conversando como tudo dera certo. Como plantar aquela bomba no baile tinha mobilizado a comunidade, era assim que Lino nos chamava, como tinha deixado a comunidade cheia de ódio. Disse que eles iriam se vingar dos Skulls agora, e todos iriam ficar mais animados. Os Soldados seriam heróis porque todo mundo pensava que os culpados tinham sido os Skulls, e os Skulls tinham derramado sangue em território neutro. Penny disse que eles deveriam ter usado uma bomba maior.

Ele olhou para as mãos e ergueu o olhar para Eve. As lágrimas embaçavam seus olhos.

— Ela disse isso; reclamou que Lino deveria ter construído uma bomba maior para haver mais mortos em vez de só aquela vaca da Ronni. Garantiu que um monte de corpos teria deixado as pessoas muito mais revoltadas, em ponto de bala. Ele simplesmente riu. Riu e disse: "Espere só mais alguns dias."

Ele estendeu a mão para a mulher.

— Posso pegar um pouco de água, tenente? Acho que estou precisando, agora.

Peabody se levantou e foi encher um copo descartável.

— Pode levar o tempo que quiser, sr. Inez — disse ela.

— Eu não podia crer naquilo. Não dava para acreditar que eles tinham feito uma coisa como aquela. Contra nossos próprios amigos. Chaz Polaro estava no hospital e ninguém sabia se ele iria sobreviver. E os dois ali, rindo. Tinham planejado e executado o ataque e estavam rindo... Poderia ter sido eu naquela noite, eu poderia ter estado morto ou talvez morrendo. Poderia ter sido qualquer um de nós, e ele era o responsável. *Eles* eram os responsáveis. Entrei no quarto muito fulo. Eles estavam sobre um velho colchão que tínhamos lá embaixo, e ela estava praticamente nua. Eu disse: "Que porra é essa, Lino?". Desculpe, Connie, foi o que eu disse.

Joe começou a falar depressa demais, quase cuspindo as palavras e se livrando das lembranças.

— Eu disse: "Você é um tremendo filho da puta, jogou aquela bomba em cima de nós!". Ele começou a me dizer para esfriar a cabeça e ficar na minha. Explicou que aquilo era uma estratégia para o bem da gangue, além de um monte de outras *baboseiras*. Mandei que ele se fodesse e saí. Ele veio atrás de mim. Trocamos muitos xingamentos... Connie vai ficar bem incomodada se eu repetir todos. De repente, ele me disse que era o capitão e eu tinha que seguir as ordens; era melhor eu manter o bico calado, ou ele mandaria Chávez me dar uma dura. Disse que iríamos atacar os Skulls com força total, que ele já tinha preparado a bomba para a "retaliação". Se eu não quisesse que ele enfiasse a bomba na minha garganta e apertasse o botão, era melhor manter a boca fechada. Acho que ele não teve certeza de que eu tinha entendido a mensagem, porque eles me pegaram algumas horas depois e me deram uma surra inesquecível.

"Eu mantive a boca fechada. Fiquei calado, e no dia seguinte Lino e Chávez sumiram do mapa. Continuei calado quando Penny me perseguiu e me disse para eu lembrar que aquela podia ser a bomba de Lino, mas era o dedo dela que estava no detonador agora; se eu não seguisse suas ordens, eles fariam comigo a mesma coisa que ela e Lino tinham feito com o velho dela."

— Espere um segundo — interrompeu Eve. — Penny Soto confessou para você o que ela e Lino tinham feito com o pai dela?

— Ora, eles se gabavam disso o tempo todo. Contavam como tinham cortado Nick Soto em mil pedaços. Como tinham conseguido a marca da morte juntos.

Salvação Mortal   407

— Ok, vá em frente.

— Acho que não há muito mais para contar. Alguns dias depois de Lino ir embora, a bomba atingiu a lanchonete na entrada do restaurante. E eu fiquei na minha. Não disse nada para ninguém, e cinco pessoas morreram.

— Você soube da segunda bomba com antecedência?

— Sim, soube. — Ele esmagou o copo de papel na mão. — Não sabia onde nem quando ela seria detonada, mas sabia que eles iriam fazer isso. Sabia que várias pessoas iriam morrer, porque Penny queria mais corpos e Lino gostava de dar a Penny tudo que ela quisesse. Eu não fiz nada. Saí e me embebedei. Fiquei bêbado por um longo tempo.

— Quando foi a última vez que você viu Lino Martinez?

— No dia em que ele caiu fora. Fiquei esperando que ele voltasse, mas isso nunca aconteceu. Chávez também não voltou. Penny comandou os Soldados por mais algum tempo, mas logo em seguida tudo ruiu. Fui preso por assaltar uma loja de conveniência e passei algum tempo na cadeia. Ela foi me procurar quando eu fui solto para me lembrar que coisas piores poderiam me acontecer... coisas muito piores do que levar uma surra, se eu algum dia pensasse em abrir a boca.

— Certo, Joe, vamos repassar alguns dos pontos mais importantes.

Eve o acompanhou durante todo o relato e desencavou mais detalhes. Quando achou que tinha arrancado tudo dele, assentiu.

— Quero lhe agradecer por ter vindo hoje, Joe. O que você nos contou foi de grande ajuda.

Ele olhou para ela sem entender quando a viu se levantar.

— Isso é tudo?

— A menos que você tenha algo a acrescentar.

— Não tenho, mas... Estou preso?

— Por que crime?

— Por... Sei lá, ocultar evidências, ser cúmplice ou algo assim.

— Não, Joe, você está livre. Poderá ser chamado a testemunhar no tribunal sobre as declarações que fez hoje. Se isso acontecer, você vai testemunhar sobre esses fatos?

— Temos três filhos. Preciso mostrar a eles como fazer a coisa certa.

— É tudo de que preciso agora. Vá para casa.

Eve saiu, foi direto à Sala de Observação e procurou Reo.

— Ele está liberado — disse a promotora —, mas se você acha que podemos montar e ganhar um caso contra Penny Soto com base nas declarações e nas lembranças de um ex-membro de gangue e ex-condenado...

— Não se preocupe com isso. Vou pegar mais material. Vou lhe dar muito mais com que trabalhar. Nossa próxima atração é Juanita Turner, a mãe de um dos mortos que Penny tanto queria e também a mulher que envenenou Lino Martinez. Ela está na Sala de Interrogatório A. Vou logo avisando que pedi a Mira que acompanhasse todo o interrogatório, e acredito que ela vá concluir que houve capacidade diminuída no caso da assassina.

— Hoje você é policial, advogada e psiquiatra? — O sarcasmo revestia cada palavra. — Como você consegue?

— Você vai mantê-la presa, Reo, mas, se depois do interrogatório você escolher acusá-la de homicídio em primeiro grau, eu lhe consigo férias com tudo pago para Portafino.

— Eu sempre quis ir para lá.

Eve renovou as forças com café e se virou para Peabody.

— Pronta?

— Sim.

— Conduza o interrogatório.

— O quê? *O quê?* — Peabody correu atrás de Eve. — Você mandou eu conduzir o interrogatório?

Em resposta, Eve entrou na sala e se sentou sem dizer nada.

Salvação Mortal

— Ahn... Ligar gravador! — começou Peabody e recitou os nomes das pessoas presentes e as informações relevantes. — Sra. Turner, a senhora ouviu os seus direitos?

— Ouvi.

— E entendeu esses direitos e obrigações?

— Sim, entendi tudo.

— Sra. Turner, a senhora faz parte da paróquia da Igreja de São Cristóvão?

— Faço parte, sim.

— E conheceu o padre Miguel Flores?

— Não. — Juanita ergueu a cabeça; seus olhos escuros ardiam como fogo. — Porque o padre Flores nunca veio a são Cristóvão. Foi um mentiroso e um assassino o homem que apareceu lá com o rosto dele. O padre Flores real provavelmente está morto. Deve ter sido assassinado. O que vocês acham disso? O que vão fazer a respeito?

Peabody manteve sua voz calma e fria. Seus pensamentos, não importava quais fossem, tinham ficado do lado de fora da sala.

— Conhece a identidade do homem que se apresentava como padre Flores?

— Lino Martinez. Um assassino.

— Como a senhora descobriu sua verdadeira identidade?

— Eu percebi. — Ela deu de ombros e desviou o olhar.

Primeira mentira, pensou Eve.

— Como assim? — inquiriu Eve. — Como foi que a senhora descobriu?

— Por coisas que ele dizia, pela forma como agia, por certos olhares. O que isso importa?

— A senhora trabalhou com ele no centro de jovens durante mais de cinco anos — acrescentou Eve. — E frequentava a igreja. Há quanto tempo já sabia quem ele era?

— Eu sabia o que sabia. — Ela cruzou os braços e olhou fixamente para a parede. Mas os gestos de desafio perderam o impacto quando alguns tremores curtos atravessaram seu corpo. — Não importa há quanto tempo.

— Sra. Turner, não é verdade que alguém lhe revelou a identidade dele? — disse Peabody, atraindo a atenção de Juanita. — Não foi a senhora que descobriu. Alguém lhe contou.

A voz de Peabody se suavizou e assumiu aquele tom de confidência que Eve considerava uma das melhores ferramentas de sua parceira.

— Penny Soto a ameaçou, sra. Turner?

— Por que ela faria isso?

— Para garantir o seu silêncio. Para se certificar de que a senhora levaria sozinha a culpa pelo assassinato de Lino Martinez. A senhora matou Martinez, não foi?

— Não sou obrigada a dizer nada.

— Porra nenhuma! — Eve se levantou tão abruptamente que sua cadeira voou para trás. — Quer fazer joguinho, Juanita, vamos jogar. Penny Soto lhe contou que Martinez estava enganando você, que estava enganando todo mundo. Lino Martinez, o homem responsável pela morte de seu filho, estava ali bem debaixo do seu nariz, bancando o padre. Você conseguiu enxergá-lo então, conseguiu ver diretamente através daquele disfarce, depois que ela lhe contou. Depois que ela lhe contou como ele montou e instalou a bomba que despedaçou seu filho.

Eve bateu com as mãos na mesa e se inclinou. O barulho e as palavras duras fizeram Juanita se sacudir toda, e lágrimas brilharam sobre o desafio em seus olhos.

— Penny a ajudou a planejar cada passo da sua vingança. Ela a orientou em todos os momentos, não foi?

— Onde vocês estavam? — perguntou Juanita. — Onde vocês estavam quando ele matou meu bebê? Quando meu marido entrou em depressão e tirou a própria vida? Ele se matou e nunca verá Deus por causa disso; nunca verá Deus nem o nosso menino novamente. Foi isso que aquele canalha fez. Onde vocês estavam?

Salvação Mortal **411**

— A senhora tinha que forçá-lo a pagar pelo que fez. — Eve bateu com o punho na mesa. — A senhora o fez pagar pela morte de Quinto. Como a polícia não agiu, a senhora teve que fazer isso.

— Ele era meu único filho, o nosso único filho. Eu o criei, eu o ensinei a nunca olhar para a pele das pessoas... A cor da pele não significa nada. Somos todos filhos de Deus. Ele era um bom menino. Eu lhe disse que ele precisava trabalhar, que todos nós deveríamos ganhar nosso sustento. Então ele começou a trabalhar naquele lugar, bem ali, onde o mataram. Porque eu o aconselhei a fazer isso.

Lágrimas lhe escorreram pelo rosto; lágrimas provocadas por puro sofrimento.

— Vocês acham que importa o que vocês dizem ou o que fazem? Enviei meu filho para o lugar onde o mataram. Vocês acham que eu me importo se vocês tirarem a minha vida agora, se me colocarem longe do mundo pelo resto da vida? Eu não poderei ver Deus, assim como meu marido. Não existe salvação sem redenção. Eu não posso pedir perdão verdadeiro pelo que fiz. Matei o homem que matou meu filho. E *não me arrependo*. Espero que ele esteja queimando no inferno.

— Sra. Turner... Sra. Turner. — A voz de Peabody era suave e pretendia acalmá-la. — A senhora era mãe de Quinto. Ele tinha só 16 anos. Deve ter sido devastadora a sua perda. A devastação deve ter voltado com força total quando Penny lhe contou que o homem que a senhora acreditava ser o padre Flores era, na verdade, Lino Martinez.

— Eu não acreditei nela. No começo, eu não acreditei. — Quando Juanita abaixou a cabeça e a colocou entre as mãos, Eve fez a Peabody um pequeno aceno de aprovação. — Por que ela iria me contar aquilo? Logo ela, que tinha sido a puta dele no passado. Como eu poderia acreditar nisso, acreditar nela? Eu trabalhava com ele quase sempre, comungava com ele, me confessava com ele. Mas...

— Ela acabou conseguindo convencê-la — sugeriu Peabody.

— Foram coisas pequenas. O jeito como ele andava, o jeito arrogante de caminhar. O basquete, que lhe dava tanto orgulho. Ele tinha um orgulho absurdo da sua habilidade na quadra, com a bola e uma rede. Os olhos dele. Se a pessoa olhasse atentamente, enxergasse bem, ele estava lá. Dentro dos olhos do padre.

— Mesmo assim, ela poderia estar mentindo — insistiu Eve. — A senhora matou esse homem com base unicamente na *palavra* dela? Na palavra da puta de Lino Martinez?

— Não. Não. Ela conseguiu uma gravação. Ela gravou tudo um dia, quando ele conversou com ela. Falou sobre como estava conseguindo enganar todo mundo. Como ele poderia ser o padre e o pecador ao mesmo tempo. Ela pediu que ele dissesse o seu nome verdadeiro e ele riu. "Lino Martinez", foi o que falou. E se gabou de que nem a sua mãe sabia que ele havia voltado. E disse que todos iriam conhecê-lo novamente, respeitá-lo e invejá-lo. Faltava só um pouco mais de tempo.

— Ela fez a gravação para mostrar à senhora.

— Disse que fez isso porque eu precisaria de provas. Que ela estava envergonhada do que ele a obrigara a fazer. Do que ele continuava obrigando-a a fazer até hoje. Ela o havia amado quando era menina e se apaixonado novamente quando ele a procurara depois de voltar. Foi então que ele lhe contou o que tinha feito. Falou da bomba, e ela não conseguiu mais viver com isso.

Ela enxugou os olhos e continuou.

— Quem poderia viver com esse peso? Somente pessoas cruéis conseguem viver com isso. Ela não conseguiu. Tinha encontrado Deus, reuniu forças e foi me procurar.

— E ajudou a senhora — completou Peabody, com suavidade. — Ela entendeu como a senhora estava despedaçada e se ofereceu para ajudar.

— Ele não pagaria pelo que fez a Quinto. Nunca pagaria, a menos que eu o fizesse pagar. A menos que eu o impedisse. Eu poderia pegar o veneno. Podia entrar na igreja, na casa paroquial,

Salvação Mortal

no tabernáculo. Mesmo assim, eu esperei. Fiquei esperando algum tempo porque tirar a vida de uma pessoa, mesmo para fazer justiça, é algo terrível. Foi então que ela me mostrou outra gravação, onde ele falava sobre o bombardeio e se gabava. Lembrou como tinha fingido sair antes, mas, mesmo assim, foi assistir à lanchonete explodir. Explodir com o meu menino lá dentro. Contou como tinha assistido a tudo aquilo e só depois foi embora. Depois do trabalho completado.

As lembranças a fizeram endireitar a espinha. Um ar de desafio a invadiu mais uma vez quando ela encarou Eve.

— Será que Deus iria querer que ele ficasse impune?

— Conte-nos os detalhes, Juanita — pediu Eve. — Como você fez tudo?

— O velho sr. Ortiz morreu. Ele era um homem muito bom, muito querido por todos. Eu tomei isso como um sinal. Sabia que a igreja estaria cheia, com o assassino no altar. Fui à casa paroquial antes de Rosa chegar naquela manhã. Peguei as chaves do tabernáculo. Esperei até que o padre López saísse para celebrar a missa matinal, entrei lá e pus o veneno no vinho.

O corpo inteiro de Juanita tremeu.

— Era apenas vinho, nunca seria o sangue de Cristo. Eu seria a mão de Deus, foi o que ela disse.

— Penny disse isso?

— Sim, ela disse que eu seria a mão de Deus a derrubá-lo. Então, eu me sentei na igreja, observei enquanto ele fazia suas falsas orações e ouvi as palavras que disse sobre aquele homem bom. Depois, vi quando ele bebeu o vinho. Eu o vi morrer. Então, do mesmo modo como ele fez com meu filho, eu fui embora dali.

— A senhora confessou tudo ao padre López — afirmou Eve.

— Antes que pergunte... Não, ele não me contou. Jamais faria isso. Mas a senhora confessou tudo a ele. Por quê?

— Esperava de alguma forma que pudesse ser perdoada. Mas o padre explicou que eu deveria contar tudo à polícia e tinha que me arrepender no fundo do coração. Eu não estou arrependida. Como poderia estar? Se eu me juntar a Lino no inferno, essa será a vontade de Deus. Eu sei que o meu filho está no céu.

— Por que não foi à polícia ou ao padre López para relatar o que Penny lhe disse?

A raiva fez seu rosto ruborizar.

— Penny tinha ido procurar a polícia, mas não acreditaram nela. E ela me disse que ele a mataria. Já tinha ameaçado que a mataria, caso ela o traísse. Ela me mostrou as contusões nos lugares em que ele a espancava. Eu não quis ter a vida dela nas minhas mãos.

— Ela a enganou direitinho, Juanita — disse Eve, sem rodeios, e se levantou para se servir de um copo d'água. — Ela enganou Lino, enganou você, e ambos fizeram exatamente o que ela queria. Ele fez a bomba que matou seu filho? Sim, fez, podemos ter certeza disso. Planejou o bombardeio? Mesma coisa. Mas o que Penny deixou de fora com seu papo-furado de "encontrei Deus" foi que ela mesma sugeriu a Lino que aumentasse a potência dos explosivos, para matar mais gente, e que foi ela quem apertou o botão. Ela matou seu filho, sra. Turner. E usou você para matar Lino.

Todo o vermelho de irritação sumiu do seu rosto, mas ela balançou a cabeça em negação.

— Não acredito.

— Não precisa acreditar. Vou provar isso. A questão, sra. Turner, é que você não fez a vontade de Deus, mas a vontade de Penny Soto. Você não foi a mão de Deus, foi a de Penny Soto. A pessoa que foi tão responsável quanto Lino Martinez pela morte de seu filho. E pelo suicídio do seu marido.

— Mentira!

— Foi tudo por dinheiro. — Eve se recostou na cadeira e deixou a ideia sedimentar. — Já que nunca perguntou a ela, pergunte a si mesma: por que ele teria voltado para cá? Por que teria resolvido ser "padre" por mais de cinco anos?

Salvação Mortal 415

— Eu...

— Você não se perguntou. Não se perguntou porque tudo em que conseguia pensar e tudo que conseguia ver era o seu filho. Pergunte agora. Por que um homem como Lino viveria como ele vivia? Por dinheiro, Juanita, um monte de dinheiro. Dinheiro que ele ainda precisava esperar, dinheiro que planejava compartilhar com a única pessoa que realmente amava: Penny Soto. Graças a você, ela não vai precisar mais dividir a grana.

— Isso não é verdade. Isso não pode ser verdade. Ela morria de medo de que ele pudesse matá-la. Ele a espancou e a obrigou a fazer coisas; disse que a mataria.

— Mentiras, mentiras e mais mentiras. Se alguma dessas coisas era verdade, por que ela não foi embora daqui? Ela não tem laços que a liguem a este lugar. Não tem família nem amigos de verdade, e o tipo de trabalho que ela faz poderia ser feito em qualquer lugar. Por que ela nunca entrou em um ônibus e foi embora daqui? Alguma vez perguntou isso?

— Ele disse que assistiu à bomba explodir e riu. E falou o nome verdadeiro em voz alta.

— E fez tudo isso por livre vontade? Desembuchou tudo para uma mulher que ele ameaçava, em quem batia, que forçava a fazer coisas degradantes? *Raciocine!*

A respiração de Juanita começou a ficar ofegante e mais elevada.

— Ela... Ela...

— Sim, isso mesmo. Foi ela! Só que dessa vez eu é que serei a mão de Deus.

Eve deixou Juanita com Peabody e fechou a porta, ainda ouvindo o choro da mulher. Recostou o corpo na porta por alguns segundos. Ao entrar na sala de Observação, encontrou Reo, Mira e o padre López.

— Posso ver Juanita, tenente? — perguntou López. — Para aconselhá-la?

— Ainda não, mas, se o senhor esperar um pouco ali fora, posso providenciar isso em breve.

— Obrigado. Obrigado por me permitir vir. — Ele se virou para Reo. — Eu espero que a senhora possa temperar a lei com a compaixão.

Eve esperou López sair.

— Qual vai ser a acusação? — perguntou a Reo.

— Vou acusá-la de homicídio em segundo grau. — Ela olhou para Mira. — Com atenuantes especiais. Vou pedir de dez a quinze anos de pena cumpridas aqui no planeta, com segurança mínima. E ela terá direito a uma avaliação psicológica completa.

Eve assentiu.

— Ela nem vai cumprir a pena toda. Não é uma questão de reabilitação. O ponto aqui é salvação.

— Ela precisa pagar, Eve. — Mira estudou a mulher chorando através do vidro. — Não só pela lei, mas por si mesma. Não pode viver com o que fez, a menos que faça uma penitência. Não pode encontrar a salvação que busca, a menos que encontre o perdão.

— Entendi. Vamos fichá-la, agora.

— Estou muito chateada por desistir das férias com tudo pago. — suspirou Reo. — Conheço um advogado de defesa decente que vai aceitar o caso dela *pro bono*. Deixe-me cuidar disso. Nesse ínterim, pegue-me aquela vaca da Penny Soto e amarre-a com vontade.

— Isso já está cozinhando no forno.

— Mantenha contato. Dra. Mira, vamos nos ver na festa de Louise — disse Reo.

— Obrigada por descer até aqui — disse Eve a Mira. — E por dar a Reo a sua opinião.

— Acho que ela teria chegado a essa conclusão por conta própria. Você conduziu o interrogatório muito bem, devastando-a no

Salvação Mortal

final ao contar que Penny tinha orquestrado tudo. Ela vai receber consolo do padre e alcançará a salvação que busca.

— Isso depende dela. Eu fiz aquilo para que ela me entregasse tudo que eu precisava sobre Penny.

— Isso e mais alguma coisa.

Eve levantou um ombro. *Talvez.*

Capítulo Vinte e Dois

McNab passou pela sala de ocorrências da Divisão de Homicídios e ergueu as duas sobrancelhas ao olhar para Peabody. Ela o fuzilou com o olhar. Sem se abalar, ele continuou andando até a mesa dela, onde se sentou bem na quina.

— Tire essa bunda patética da minha mesa porque eu estou trabalhando.

— Você ama essa bunda patética. Ainda tenho as marcas das suas unhas gravadas nela, da noite passada.

Ela bufou e se afastou.

— Isso não tem nada a ver com sexo.

— Vamos fazer um intervalo.

— Já disse que estou trabalhando — repetiu ela, ficando de costas para ele. — Talvez você tenha todo o tempo do mundo para ficar de sacanagem, mas eu não tenho. Você vai gostar de saber que estou redigindo o relatório do nosso interrogatório com Juanita Turner, e agora as ruas de Nova York estão a salvo de uma mãe enlutada que uma vadia voraz e sem coração usou como arma.

Salvação Mortal

Os dedos dele dançaram sobre o joelho de Peabody enquanto estudava o rosto furioso dela.

— Ok. Vamos tirar um tempinho para conversar sobre isso, então.

— Sua cabeça é tão dura quanto a bunda. Acabei de dizer que estou ocupada.

— Certo. — McNab olhou para a mesa ao lado. — Ei, Carmichael! Quer assistir de camarote enquanto Peabody e eu brigamos e então trocamos beijos e fazemos as pazes?

— Claro! — Carmichael fez um gesto com uma mão enquanto olhava os dados na tela do computador. — Mas tirem as roupas antes.

— Pervertida — murmurou Peabody, mas se afastou da mesa e saiu pisando forte.

McNab deu um risinho para Carmichael e a seguiu.

— Ei! Quer dizer que vocês não vão ficar pelados? — berrou Carmichael para eles.

— Você provavelmente achou isso engraçado — reclamou Peabody, então de repente se viu com as costas coladas na máquina de venda automática e a boca muito ocupada. O calor subiu direto da sua barriga até o topo da cabeça. Ela só conseguiu recuperar o fôlego quando dois guardas pararam para aplaudir.

— Caramba! Corta essa! O que foi que deu em você?

— Não consegui evitar. Seus lábios estavam bem ali, e eu senti saudade deles.

— Nossa, você é muito idiota! — Ela agarrou a mão dele e o puxou pelo corredor. Espiou dentro de uma das salas de conferências e o arrastou lá para dentro.

— Escute uma coisa... — começou ela.

Dessa vez as suas costas bateram na porta, sua boca ficou muito ocupada e suas mãos também. Ela se deixou levar por tempo suficiente para agarrar a bunda patética dele e apertá-la com força. Mas logo se lembrou da briga e o empurrou.

— Pare com isso. Você só sabe pensar com o pênis.

— Talvez eu também tenha marcas de dentes ali. — Ele inclinou a cabeça. — Mas você não quis dizer que o assunto não tinha a ver com sexo, só que *não queria* que tivesse a ver com sexo. Certo.

McNab recuou e enfiou as mãos em dois dos seus muitos bolsos. Peabody, secretamente, lamentou por isso.

— Se você continua revoltada com o que aconteceu hoje de manhã, deixe eu perguntar uma coisa: você quer que eu concorde com você sempre, sobre todas as coisas?

— Não, mas... Talvez. Você certamente quer que eu sempre concorde com *você* e sobre todas as coisas.

— Não exatamente. Gosto quando você concorda comigo porque ficamos animados com a sintonia, cheios de orgulho, e isso pode levar ao sexo que por acaso não é o assunto atual. Também gosto porque representa um sentimento legal de solidariedade, entende? Mas eu meio que acho legal quando você não concorda, porque isso te deixa revoltada e com a cabeça quente, e eu, por minha vez, também fico revoltado e com a cabeça quente, o que poderia nos levar novamente ao sexo, que não é o assunto. Mas o grande lance é que, quando você não concorda comigo, isso me faz pensar. E mesmo depois, se eu não troco de opinião para combinar com a sua, continuo achando legal. Porque o jeito como você pensa faz você ser como é. E é assim que eu gosto da minha garota.

— Ah, droga! — reagiu ela, depois de um momento. — Droga! Você tinha que vir com esse papo tão lúcido e inteligente? — Não importa quanto tentasse, aquele parecia simplesmente o dia errado para se manter emburrada. — Tudo bem... É que por eu sentir pena dela, de Juanita, e você vir com a maior linha dura para cima de mim, isso me fez achar que talvez eu não fosse uma policial durona o suficiente.

— Nada a ver! — Ele deu um soco leve e carinhoso no ombro dela. — Porra nenhuma, Peabody!

Salvação Mortal **421**

— Tem dias que eu mal consigo acreditar que consegui chegar aqui. Estou em Nova York, na Central de Polícia, trabalho com Dallas, tenho meu distintivo de detetive. E sempre acho que alguém, qualquer hora dessas, vai dar uma boa olhada em mim e dizer: "Que merda ela está fazendo aqui? Mandem-na de volta para a fazenda".

— Sempre que você sentir isso, pense em todos os bandidos que você já ajudou a tirar das ruas.

— Eu sei. — Ela respirou fundo. — Sei disso muito bem, mas... Juanita não é uma bandida. Não é aquele tipo de pessoa que você pode simplesmente trancafiar e dizer: "Bom trabalho, pessoal, vamos beber alguma coisa". É difícil aceitar o que a gente sente e saber que isso é exatamente o que tem de fazer.

Ele deu outro empurrão de leve nela e a fitou longamente, olho no olho.

— Vocês conseguiram fechar o caso?

— Conseguimos.

— Então pronto, isso é o que importa. Vocês não podem assumir o trabalho do procurador, do juiz e do júri. Vocês simplesmente fecharam o caso.

— Eu sei, eu sei. Só que dessa vez... Até Dallas teve de trabalhar com alguma ajuda externa. Chamou Reo e Mira, até mesmo o padre. Juanita tem que ser presa pelo que fez, claro, mas não com tanta severidade quanto poderia ter sido.

— A pena da outra acusada vai ser maior. É isso que você e Dallas estão planejando, certo? Trouxe uma coisinha aqui que vai ajudar.

— O quê?

— Eu ia contar a Dallas quando encontrei você. Acabei me distraindo com você, gata.

— Vamos nessa, então.

— Ei, talvez possamos nos demorar mais uns cinco minutinhos para...

422   J. D. ROBB

— Não! — Mas ela riu e deu outro beliscão na bunda dele.
— Nem pensar. Mas prometo que logo mais à noite... Até as suas
marcas de unha vão ficar com marcas de unha.

— Caramba!

Em sua sala, Eve estudou o mapa na tela do computador. Tinha
sido tudo calculado. Havia muitas maneiras de aplicar um
golpe em alguém. O problema — e ela ainda poderia dar um jeito
de contorná-lo, caso necessário — é que todas as propriedades de
Ortega estavam ocupadas no momento. Para ela montar a operação que planejava, mesmo que fosse algo simples e básico, teria
de remover os inquilinos.

E se algo desse errado ou algum civil se machucasse, a responsabilidade seria dela.

Mas havia várias maneiras de aplicar um golpe, pensou novamente. Ela se virou para o *tele-link* e ligou para o escritório de
Roarke. Já conhecia a rotina e deu início ao papo-furado obrigatório
com Caro, a assistente.

— Ele está em reunião — disse Caro —, mas eu posso interromper,
se for importante.

— Não. — *Talvez seja.* — Você saberia me dar uma ideia de quando
a reunião acaba?

— Ele tem outro compromisso agendado para daqui a meia
hora. Portanto, não vai durar mais que isso.

— Trinta minutos está ótimo, se ele puder retornar minha
ligação. Se demorar mais, talvez eu peça para você interrompê-lo.
Obrigada.

— Fico feliz em poder ajudar, tenente.

Eve programou café e voltou a estudar o mapa.

— Se vocês não tiverem algo de bom para mim — avisou, assim
que Peabody e McNab entraram —, podem ir embora.

Salvação Mortal 423

— Que tal uma gravação de *tele-link* que Juanita Turner não apagou?

A cabeça de Eve se levantou de súbito, e seu olhar ardente de empolgação quase chamuscou McNab.

— Se você tiver Penny Soto nessa ligação falando sobre assassinato, prometo ignorar a próxima vez que vocês dois estiverem se agarrando durante o turno. E talvez eu mesma te agarre, McNab.

— Parece que tem uma fila de mulheres querendo me agarrar hoje. — Ele pegou um *tele-link* lacrado e um disco que guardara no bolso. — Copiei o papo todo para este disco. A pessoa que ligou bloqueou o sinal de vídeo; temos só o som, mas há muito material para fazer a correspondência de voz. Aliás, para adiantar o serviço, eu me antecipei à sua ordem e comparei com o interrogatório de Penny Soto, Dallas. Combina perfeitamente.

Eve agarrou o disco e o colocou para rodar na mesma hora.

— A última gravação deve servir — avisou McNab.

— Computador, executar a última transmissão do disco!

Entendido. Processando...

"Alô, Pen..."

"Nada de nomes, lembra o que combinamos? Não se esqueça disso. É muito importante que você apague essa gravação do registro do seu tele-link, quando acabarmos de conversar. Não se esqueça de fazer isso."

O sorriso de Eve se espalhou, feroz.

"Não vou esquecer, mas..."

"Liguei só porque achei que você poderia precisar de alguém com quem conversar, e para lembrar que estou do seu lado, que você tem alguém que entende o que vai fazer amanhã. Que entende os motivos de tudo!"

"Tenho rezado todos os dias, o tempo todo, pedindo a Deus que me ampare. Peço que ele me ajude a encontrar forças para fazer a coisa certa. Para enxergar a coisa certa. Ainda não tenho certeza."

"Ele me estuprou novamente hoje."

"Não, ah, não!"

"Tive de aguentar tudo. Consegui graças às orações e porque sabia que nunca mais aquilo iria voltar a acontecer. Porque sei que você vai detê-lo. Acho que, se eu não soubesse disso, não conseguiria enfrentar. Acho que... Tive até medo de não resistir e tirar minha própria vida para escapar do inferno que ele me trouxe."

"Não! Pen... Não, você não deve nem pensar numa coisa dessas. Nunca se deve tirar o dom mais precioso de alguém, que é a vida. A vida. E por isso que estou perguntando a mim mesma e perguntando a Deus... Mesmo depois de tudo, será que eu tenho o direito de tirar a vida dele?"

"Ele matou o seu filho e o seu marido. Matou muitos e ninguém o impediu. Agora ele está rindo de Deus. E... Hoje, depois que me estuprou, ele disse que está ficando entediado. Talvez ele vá embora... e me obrigue a ir com ele. Mas, antes de fazer isso, vai colocar uma bomba na igreja. Quer explodir tudo. Qualquer domingo desses, sem ninguém desconfiar, quando a igreja estiver cheia de gente, ele vai explodir todo mundo."

"Não. Meu Deus, não."

"Você é a nossa única esperança. Deus colocou isso em suas mãos. Você é a única que pode. É a mão de Deus agora... Amanhã. Diga-me que você vai parar com a loucura dele amanhã, ou não sei se conseguirei passar a noite. Por favor, me diga, me prometa que vai acabar com isso e que ele finalmente conhecerá o castigo de Deus."

"Sim, sim. Amanhã."

"Prometa-me. Jure pela memória do seu filho. O seu filho assassinado."

Salvação Mortal

"Eu juro. Juro pelo meu Quinto."
"Destrua esta ligação, apague tudo. Não se esqueça disso. Assim que desligarmos, apague."
"Deus a abençoe."

— Correspondência perfeita de impressão por voz. A pessoa que ligou é Penny Soto e a que recebeu é Juanita Turner. Positivo, certeza total — disse McNab. — Isso me cheira a conspiração para cometer assassinato.

— Sim, vai ser fácil conseguir essa acusação. E mais um monte de outras em seguida.

— Já estou disponível para o agarramento — anunciou McNab, sendo ignorado pelas duas mulheres.

— Acho que Juanita se esqueceu de apagar a gravação do *tele-link* — comentou Peabody.

— Não. Ela não se esqueceu. Precisava disso, precisava reproduzir a conversa antes de cometer o crime e depois também. Precisava ouvir o que Penny lhe dissera, para ajudar a aliviar a consciência. Conseguiremos pegar Soto nessa acusação e temos algum peso contra ela em relação aos bombardeios. Mas ainda não fechamos o caixão.

Será preciso forçar a barra um pouco mais, pensou Eve. Só um pouco mais.

— Também temos a acusação de cumplicidade depois do fato no caso de Flores e Ortega... — continuou Eve. — Sem falar na fraude. A fraude vai complementar a acusação de cumplicidade. Se encaixarmos tudo direito, ela nunca mais vai ver a luz do dia novamente. Portanto, temos de fazer isso do jeito certo.

Seu *tele-link* tocou. Um olhar para a tela que se abriu lhe mostrou que era Roarke ligando de volta.

— Consiga-me uma sala de conferências. Quero Baxter e Trueheart.

— Eles estão seguindo Penny.

— Dispense-os dessa tarefa e traga-os para a reunião em trinta minutos. Agora mesmo! — acrescentou. — E leve o McNab com você. — Disse isso e atendeu à ligação. — Aqui fala Dallas!

— O que posso fazer por você, tenente?

— Você tem algum imóvel comercial ou residencial, de preferência no Upper East Side, que não esteja ocupado?

— Imagino que sim. Por quê?

— Preciso dele por algumas horas.

— Vamos dar uma festa?

— Mais ou menos. Se for em El Barrio ou próximo dali, vai ser a cereja do bolo.

— Que tal um belo quadriplex na Rua 95 leste, atualmente em reforma?

— Você acabou de tirar isso da cartola?

— Não. Pesquisei rapidinho. — Ele lhe enviou um sorriso curto e arrogante. — Era isso que você tinha em mente?

— Acertou em cheio. Preciso do endereço exato, uma descrição do imóvel em termos legais, seu valor de mercado atual e todo esse tipo de porcaria. E se eu puder conseguir tudo isso e mais as senhas para o sistema de segurança e as portas até, digamos, dezesseis horas de hoje, seria ótimo.

— Tudo bem, já ligo de volta.

Eve estudou o mapa novamente. Talvez desse certo. *Teria* que dar. Ligou para Feinburg, o advogado de Ortega.

— Você precisa vir até a Central.

— Tenente, como eu já lhe expliquei, tenho clientes agendados para o dia todo.

— É melhor cancelar todos os clientes para o resto do dia. Preciso de você aqui na Divisão de Homicídios daqui a uma hora. Você não quer que venha a público para todos esses clientes que você está envolvido em um golpe imenso envolvendo fraudes e múltiplos assassinatos nos últimos seis anos, certo?

— Estarei aí assim que puder.

— Aposto que sim — murmurou Eve, ao desligar.

Ela reuniu tudo de que precisava, verificou qual sala de conferências Peabody havia reservado e contatou o comandante para atualizá-lo em seu caminho.

Salvação Mortal 427

— Os registros de voz e a declaração de Juanita Turner são suficientes para envolvê-la no caso da Igreja de São Cristóvão?

— São sim, senhor.

— Queremos que o caso seja logo encerrado, tenente. Vai haver muita simpatia por Turner e muita atenção da mídia. Se conseguirmos trancafiar Soto, isso irá diminuir a pressão.

— Pretendo associá-la a esse crime e a vários outros. A operação que estou montando cuidará disso. Ela vai morder a isca. Foi a ganância que a fez convencer Juanita a matar Lino. Também será a ganância que vai trazê-la até nós. Ela não conseguirá evitar. Vamos pegá-la por fraude, e a fraude a ligará às mortes de Flores, Ortega, e possivelmente à de Chávez também. Três assassinatos adicionais.

— Isso é só suspeita.

— Sim, senhor. Mas posso usar a ameaça das grades e abrir para a confissão de envolvimento dela com as bombas.

— Certo, você tem permissão para a operação e o restante do dia para fazer isso acontecer. Se qualquer coisa começar a dar errado, garanta, antes de tudo, o caso de são Cristóvão. Junte e amarre tudo muito bem.

— Entendido, senhor.

Ela desligou e entrou na sala de conferências.

— As equipes de apoio já estão se dirigindo para o Upper East Side, tenente — começou Peabody. — Baxter e Trueheart vão voltar o mais rápido possível, mas isso vai levar mais de trinta minutos.

— Tudo bem. Entre em contato com o detetive Stuben, na quadragésima sexta DP e pergunte se ele e o ex-parceiro querem tomar parte nisso.

— Posso contar a ele do que se trata?

— Sim, diga que é o encerramento do caso deles. Ué, você ainda continua aqui? — perguntou a McNab.

— Você avisou que ia rolar uma reunião e não me dispensou.

— Tudo bem, vou aproveitar sua perícia, então. O advogado que a pilantra está usando vai chegar aqui. Preciso que você o coloque para falar de um comunicador aqui da Central que transmita como se fosse o dele. Pode ser que Penny saiba como checar a origem do sinal; Lino talvez tenha ensinado a ela como verificar transmissões. E eu quero que tudo aconteça daqui. Quero que todas as mensagens sejam gravadas; quero que vocês, magos eletrônicos, façam com que elas pareçam vir de uma unidade, local e número de *tele-link* específicos.

— Dá para ser feito.

— Então faça. — Eve bateu na foto de Penny Soto pregada no centro do quadro. — Porque é hoje que ela vai presa.

Em menos de uma hora, a sala já estava pronta e McNab refinava os últimos acertos em uma estação de transmissão eletrônica. No quadro do crime, em torno da foto de Penny, tinham sido pregadas as fotos de todas as vítimas que poderiam ser associadas a ela.

Quando Feeney entrou, Eve olhou para ele com surpresa.

— Olá.

— Oi. Quando você rouba um dos meus garotos para uma operação, eu gosto de saber por quê.

— Desculpe. — Ela ajeitou o cabelo. — Eu deveria ter pedido permissão, mas estava atolada.

— Foi o que ouvi dizer. — Ele perambulou pela sala até a estação de transmissão eletrônica e examinou o trabalho de McNab. Suas mãos ficaram dentro dos bolsos imensos de suas calças largas. — Vim aqui porque achei que poderia ajudar.

— Eu agradeceria muito. Olá, Baxter e Trueheart! — cumprimentou quando eles entraram. — Temos dois detetives que vêm da quadragésima sexta DP. Vou esperar a chegada deles antes de dar início à reunião. Precisamos... Ela parou e fez cara de confusão quando Roarke entrou na sala, dando em seguida dois passos para interceptá-lo.

— Eu só precisava dos dados.

Salvação Mortal   **429**

— Meus dados, minha propriedade. — Ele sorriu para ela. — Quero brincar também. — Ele lhe entregou um disco e foi examinar o trabalho eletrônico junto de Feeney.

Com a chegada de Stuben e de Kohn, o antigo parceiro, Eve fez apresentações breves, seguidas de um resumo geral sobre Penny Soto.

— Vamos manter a detenção de Juanita Turner em segredo por enquanto. Quero surpreender Penny com isso, quando a trouxermos para cá. Já colocamos grampos no advogado, e se McNab tiver feito bem o trabalho, seremos capazes de lançar a transmissão daqui até o escritório dele e retransmitir a ligação para o *tele-link* dela. Vai ser mais um passo para a atrairmos.

Ela pegou a informação no disco que Roarke trouxera e exibiu imagens do prédio.

— É uma unidade desabitada, não há fatores de risco para civis. O advogado vai entrar em contato com ela e vai avisar que esta propriedade, conforme o parceiro dela já sabia, foi acrescentada à herança devido à recente morte de um primo do velho sr. Ortega. Basta um blá-blá-blá de advogado; ela não vai questionar essa nova informação. Como José Ortega foi nomeado herdeiro e assim por diante, ela vai começar a calcular os ganhos. O advogado vai falar de termos legais, como depósitos em garantia, fundos fiduciários, valores de mercado, impostos, sei lá mais o quê. E vai relutar em lhe informar as senhas de acesso ao imóvel. É claro que ela vai pedir isso, vai exigi-las. E vai querer ir ao local na mesma hora para dar uma boa olhada. Vai usar as senhas para entrar, e, quando fizer isso, nós a pegaremos. Vamos segui-la até lá.

Ela pegou o mapa, ordenou um zoom e ampliou toda a região em torno da Rua 95.

— Baxter e Trueheart ficarão parados aqui e aqui. Estarão à paisana. Detetives Stuben e Kohn, vocês querem vigiar esse andar do quadriplex?

— Ficaremos felizes em participar.

— Peabody e eu ficaremos aqui. A equipe de eletrônicos e viaturas externas ficará aqui. Precisamos atraí-la e pegá-la. Vamos mantê-la cercada, caso ela queira escapar. Depois de a trazermos, vamos interrogá-la sobre o que houve em 2043. Alguma pergunta?

Eles esperaram mais vinte minutos até o advogado chegar.

— Isto é o que você vai dizer. — Eve lhe entregou uma cópia impressa. — Pode usar suas próprias palavras e use o jargão de advogado, mas a base está toda aí. Entendeu tudo?

— Não tudo. Se houvesse alguma propriedade em inventário, certamente eu teria informado isso ao sr. Aldo, ou pelo menos à pessoa que eu acreditava ser ele.

— Como ela poderia saber que você já não fez isso? Seja tão vago quanto quiser. Os advogados são bons em se mostrar vagos e incompreensíveis. Quero que ela acredite que vai receber esta propriedade. Um quadriplex neste endereço com valor de mercado de oito milhões e trezentos mil dólares. Quero que ela seja instigada a conseguir mais informações sobre o local. Isso é tudo que você precisa fazer.

— Bem, sim, mas...

— Eu poderia fazer isso sem a sua ajuda, Feinburg, mas não quero que ela fareje essa nossa armação. Ela só vai acreditar em você porque a informação virá da sua boca. E vai acreditar na história porque... Puxa, oito milhões e trezentos mil é um valor irresistível! Caia dentro.

— Vocês costumam trocar mensagens pelo teclado ou por voz? — quis saber McNab.

— Ahn, por voz.

— Tudo certo. Diga tudo que tem a dizer, mas não autorize o envio por enquanto. Eu cuidarei disso. Pode começar quando quiser — acrescentou McNab.

— Certo.

Feinburg se sentou e soltou um longo suspiro. Recitou o nome do destinatário, o número da conta e leu o texto.

Salvação Mortal

Eve assentiu enquanto falava. Sim, ele explicou tudo do jeito que os advogados fazem; usou dez palavras quando só uma bastaria. A própria Eve sabia exatamente o que ele estava dizendo e ainda assim só entendeu metade.

Ela fez sinal a McNab para enviar a mensagem.

— E agora? — perguntou Feinburg.

— Passaremos tudo para os equipamentos portáteis. Ela não recebeu o endereço completo nem as senhas, mas vai querer obtê-las. Estaremos lá quando ela conseguir. Vamos agir, armar tudo e derrubá-la.

No quadriplex, Roarke deixou Eve e Peabody na entrada oeste. Em seguida as acompanhou quando elas subiram para o segundo andar.

— Você acha que ela vai subir até aqui antes?

— Acho. Estou dando uma chance para que Stuben e Kohn a peguem primeiro, mas acho que ela virá para cá logo de cara. Você não está ligado à equipe de eletrônica?

— Não, preferi ficar com você e Peabody. — Ele olhou ao redor do saguão, o corredor e o aposento da esquerda. — Isso aqui ainda precisa de alguns acabamentos, mas vai nos servir bem.

— Esse material ainda é todo do projeto original, não é? — perguntou Peabody. — Uau, meu irmão ia se mijar nas calças de emoção ao ver isso!

— Puxa, Peabody — começou Eve —, se o seu plano era admirar o imóvel, por que... Ela parou para atender ao comunicador — Dallas falando.

— Ela mordeu a isca — avisou Feeney. — McNab está pronto para enviar a resposta do advogado.

— Espere vinte minutos, deixe-a ficar se preocupando um pouco e depois entregue o ouro, endereço, senha de entrada, tudo. — Ela contatou os outros membros da equipe. — Agora vamos esperar — avisou. — Ela não vai demorar muito.

Os faróis da rua piscavam. Eve podia ver seu brilho contra o fundo escuro quando Baxter ligou para ela uma hora depois.

— A suspeita se aproxima pela Rua 95, a oeste. Vem a pé. Está de blusa vermelha, calça preta e bolsa preta. Caminhando depressa. Vai chegar aí em cerca de um minuto.

— Entendido. Mantenham a posição. Ninguém se move até ela estar dentro do prédio. Vamos lá — animou-se Eve. — Pode entrar.

— Dallas, ela está na porta. Passo para você.

— Mantenham-se nas posições.

Venha, sua vaca, pensou ela. Viu, da posição em que estava, a luz de segurança piscar de vermelho para verde quando as trancas da porta se abriram. Esperou, quase prendendo a respiração, até Penny entrar no apartamento e fechar a porta por dentro.

Penny olhou para bela escada e um sorriso selvagem se espalhou pelo seu rosto. Foi nesse momento que Eve acendeu todas as luzes.

— Surpresa!

— Que porra é essa? — Penny se encostou à porta fechada.

— É uma festinha com o tema "Você está presa". Por fraude: falsificação de documentos oficiais, uso de falsa identidade e por ter consumado essa fraude pela internet. E também por cumplicidade em assassinato. Várias desse último tipo. E nós estamos só começando.

— Isso é tudo mentira. Papo-furado!

— Se tentar sair por essa porta, você estará resistindo à prisão.

— Você já tentou essa merda antes, não foi? Não adiantou bosta nenhuma! — Penny se virou e abriu a porta. Quando Eve avançou, ela girou para trás e a atacou com uma faca.

A lâmina cortou a manga da roupa de Eve e lhe feriu a pele. Ela tornou a atacar, mas Eve saltou para trás.

— E você já tentou *essa* merda antes — lembrou a Penny.

Atrás dela, Roarke pôs a mão no ombro de Peabody, que já pegava a arma.

Salvação Mortal **433**

— Não interfira — disse. — Ela vai querer resolver isso por conta própria.

— Jesus, você é mesmo muito burra. Uma faca aí na sua mão... aqui na minha, um atordoador. A escolha é sua. Jogue a faca no chão ou quem vai para o chão é você. Eu adoraria apertar esse gatilho.

— Eu não preciso de uma faca para derrubar você, sua piranha! — Penny jogou a faca longe, e a arma deslizou pelo chão. — Uma fresca como você precisa de atordoador para se garantir.

— Isso é um desafio? Adoro um desafio. Eu topo. Roarke! — Ela olhou para cima e lançou sua arma para ele, pelo ar. — Pode vir, Penny!

Ódio e empolgação se fundiram em seu rosto quando Penny atacou. Eve sentiu o sangue correr para o coração e para a cabeça. O ferimento no braço a mantinha focada. Ela aparou um soco de Penny, mas teve de dar crédito à força do golpe. Levou um chute, um pontapé no quadril, e sentiu as unhas dela acertando de raspão seu maxilar.

Eve manobrou com rapidez, saiu de lado e tomou um golpe aqui, outro lá. Reparou na violenta luz de prazer que cintilava nos olhos de Penny.

— Você não sabe lutar no braço, é uma fraca! — gritou Penny.

— Uma policial fresquinha.

— Ah, nós estávamos lutando? Eu não sabia que já tínhamos começado. Está bem, então.

Eve caiu dentro. Um golpe curto atirou a cabeça de Penny para trás como uma bola que pende por uma corda. Um pontapé com a perna em curva a fez dobrar o copo para frente quando lhe atingiu o intestino, e um soco curto de baixo para cima ergueu sua cabeça novamente. Um cruzado de direita, por fim, a nocauteou.

— Esse último soco? — Eve se inclinou sobre Penny, já inconsciente a seus pés. — Foi por Quinto Turner. Chamem a viatura! — ordenou Eve, logo pegando a arma de volta com Roarke.

— Seu nariz está sangrando, tenente.

434

— Pois é. Peabody, você registrou que meu nariz está sangrando?

— Sim, senhora. E o braço...

— Registrou que essas lesões foram causadas quando a suspeita tentou escapar, resistiu à voz de prisão, atacou uma policial e a agrediu com uma arma letal com intenção de matar?

— Todas as opções acima.

— Excelente. Obrigada — acrescentou, quando Roarke lhe entregou um lenço.

Ele estendeu a mão e cobriu a filmadora de lapela com a mão.

— Você *quis* que ela a agredisse. Provocou-a para que ela a atacasse e levou alguns socos de propósito para ter cortes e contusões, poder comprovar o ataque e levá-la presa agora mesmo.

— Talvez. — Ela sorriu enquanto estancava o sangue do nariz. — Mas a minha intenção vai ser muito difícil de provar. Agora eu preciso fichá-la e interrogá-la.

— Eu irei com você. Quero ver esse show até o fim. E também que você cuide desse braço.

Penny convocou o mesmo advogado, gritou que aquilo era brutalidade policial e falsa prisão. Montoya fez as reclamações de costume e ameaçou processos, mesmo quando Eve entrou na sala com a ferida em seu braço ainda feia e fresca, o rosto machucado e marcas de unhas nos maxilares.

— Vamos dar uma olhada nos registros primeiro, para limpar o caminho. Reproduzir gravação! — Enquanto a cena dentro do apartamento passava em um telão, com Penny girando o corpo e golpeando a tenente com uma faca, Eve falou: — Como esperávamos efetuar uma prisão, gravamos tudo, e o registro mostra claramente a suspeita me atacando com uma faca escondida na calça. Algo que, na verdade, ela já fez antes.

Por isso, pensou Eve, foi fácil supor que a suspeita iria repetir o desempenho.

Salvação Mortal

435

Ela interrompeu a gravação.

— As acusações são ataque com arma letal e intenção de matar uma policial. Pena mínima de cinquenta anos.

— Isso é mentira!

— Ah, tenta outra, Penny! Conseguimos gravar tudo, tenho testemunhas, tenho o relatório da equipe, tenho tudo. Além disso, você está enrolada em uma fraude comprovada. Nossos grampos, devidamente autorizados pela justiça, gravaram a transmissão de Feinburg para você e a sua resposta.

— Isso não significa nada!

— Penny — começou o advogado.

— Não significa nada! — Ela deu uma cotovelada em Montoya. — Essas todas eram armações de Lino. Foi ele quem arquitetou tudo. Eu só peguei o bonde andando. Por que não faria isso? Só entrei na bosta daquele apartamento para ver o local. Não existe crime algum em entrar em uma residência depois que a porra de um advogado informou as senhas do sistema de segurança.

— Nesse ponto, você está enganada. Você perpetuou a fraude. Mas estou disposta a lidar com isso e atenuar as acusações do seu ataque contra mim, desde que você me informe o paradeiro de Miguel Flores, José Ortega e Steven Chávez. Queremos encerrar esse caso.

Eve se levantou e exibiu claramente a Penny uma expressão irritada.

— Meus superiores querem encerrar esse caso e resolveram lhe oferecer um acordo pelo seu ataque a mim com uma faca, além da fraude.

— Que tipo de acordo?

— A fraude vai virar só "falsificação de documento". O ataque com intenção de matar uma policial vai virar apenas uma "resistência à prisão". Você pode escolher entre passar uns dois anos na cadeia ou, digamos, setenta.

— Esse acordo vai ser feito por escrito?

— Sim, tudo registrado. Torço para que você não aceite o acordo. Torço de verdade.

436

J. D. ROBB

— Um momento — pediu Montoya, antes de se inclinar para Penny e sussurrar algo em seu ouvido.

Ela sacudiu o ombro magro.

— Talvez Lino tenha me contado algumas merdas — afirmou.

Eve se largou no encosto da cadeira e exibiu uma cara de irritada e decepcionada.

— Você vai ganhar o melhor acordo da sua vida, Penny, graças aos meus superiores. Mas essas "merdas" têm que nos levar a alguns resultados, senão nada feito.

— Tudo bem... Tenho muita coisa para contar e você vai ter que me engolir. Lino e Steve se juntaram a Ortega e resolveram arrancar dele um pouco do que o velho deixou de herança. Brincaram com ele um pouco e lhe arrancaram uns duzentos mil dólares. Chávez continuou com a enrolação mais uma vez e conseguiram um pouco mais. Lino disse que mal haviam começado e pretendia conseguir de Ortega a escritura do imóvel onde funcionava o nosso velho quartel-general. Esse era o grande prêmio... ou seria, se o idiota do Ortega não tivesse morrido de overdose. De repente eles estavam com um cara morto nas mãos, e Lino ficou muito puto.

Ela se recostou na cadeira e riu.

— Até que descobriu um jeito de se dar bem com aquilo — continuou Penny. — Eles o levaram até o deserto e o enterraram lá. Lino era bom para adulterar identidades. Era muito hábil e faturou uma quantia gorda com fraudes, além dos ganhos de Ortega em Las Vegas. Investiu essa grana para obter uma certidão de casamento entre ele e Ortega. Na verdade, Ortega sempre foi meio bicha mesmo, e eles dois já moravam em uma casa grande e chamativa havia quase três meses.

Com ar de tédio, Penny examinou suas unhas vermelhas e pretas.

— Forjou um registro de data antiga da certidão de casamento, pagou a uns caras que conhecia em Taos para fazer isso e para testemunharem que conheciam esse cara, esse tal de Aldo, e Ortega como um casal. Dois caras legalmente casados e muito felizes.

Salvação Mortal 437

Ela se inclinou para trás e soltou uma gargalhada.

— Lino era um cara que sabia muito bem tirar o dele da reta. Geralmente. Foi então que ele, já como Ken Aldo, reportou o desaparecimento de Ortega. E ficou numa boa. Numa ótima, na verdade, porque Ortega tinha milhões aqui em Nova York, em propriedades e um monte de outras merdas.

— Mas Lino ia precisar esperar sete anos antes de colocar as mãos nessa grana.

— Ele sabia desse lance. Pensou em se acomodar com essa identidade, esse tal de Ken Aldo, só que não poderia voltar para Nova York só com isso, uma barba e um novo corte de cabelo. Qualquer um que o conhecesse iria sacar de cara que era ele. Foi então que aquele padre simplesmente foi entregue de bandeja. Lino me disse que não pretendia matar o cara. Só que isso lhe deu uma nova ideia, entende? Ele podia falsificar uma nova identidade e voltar para cá na pele do padre largado no mundo. Só que Chávez falou demais, o padre começou a desconfiar e Chávez o matou. Retalhou o sujeito todo, foi o que Lino me contou. Lino era meio religioso, sabe? Não gostou do lance de matar um padre daquele jeito. Poderia atrair a má sorte, a ira de Deus ou algo assim.

— Sim, aposto que ele se sentiu péssimo.

— O suficiente para matar Chávez. Ele me contou que tentou impedir Steve de cortar e fatiar o padre, mas... ei, essas coisas acontecem. Só que ele já estava de saco cheio daqueles deslizes. Enterrou os dois no mesmo lugar onde tinha enterrado Ortega.

— Onde?

— Você quer saber onde? — O olhar de Penny assumiu um tom astuto. — Posso lhe dar o local, mas as acusações têm que sumir, de cabo a rabo.

— Minha cliente tem informações valiosas — interrompeu Montoya. — E está cooperando com a polícia. Creio que, se a senhora quiser mais informações e a sua cooperação adicional, tenente, deverá retirar essas acusações. Tenho certeza de que as famílias desses homens querem encerrar a questão, merecem virar essa página.

Eve nem precisou fingir o olhar de nojo que exibiu.

— Então me conte onde estão os corpos de Miguel Flores, José Ortega e Steven Chávez. Se eles forem encontrados, as acusações de falsificação de documento e resistência à prisão serão retiradas.

— Ele disse que os enterrou a cinquenta quilômetros ao sul de Las Vegas, em um lugar que os nativos chamam de Igreja do Diabo, porque existe uma formação rochosa com o formato de cruz no topo. Ele os enterrou bem na base. Lino sempre foi religioso, entende? Preferia enterrá-los debaixo da cruz.

Penny debochou e se recostou na cadeira.

— Foi bom negociar com você, policial fresquinha.

Eve analisou o rosto dela. Aquilo era a verdade, pelo menos até onde Penny sabia.

— Ainda temos mais negócios. Vamos voltar a Nova York, Penny, aqui em nossa cidade. Quero saber dos atentados em 2043.

— Isso foi um lance de Lino. E, como não há mais acusações registradas, eu estou livre para ir embora. Vaca!

— Não, sua vaca, nada disso. Você tinha conhecimento prévio dos bombardeios. Sabia que ele pretendia plantar as duas bombas e jogar a culpa da primeira nos Skulls. Isso é crime de cumplicidade.

— Eu tinha 15 anos, que merda eu sabia da vida?

— Sabia o bastante, de acordo com a minha testemunha, para ser parte do planejamento e da execução do primeiro atentado... E de ajudar também no segundo. E de ter apertado o botão pessoalmente.

— Você não pode provar isso.

— Tenho uma pessoa disposta e plenamente capaz de testemunhar. Isso envolverá você em seis acusações de assassinato.

— Porra nenhuma. Que merda é essa? — Ela deu um tapa em Montoya quando ele começou a falar. — Sei como cuidar de mim mesma nessa área, babaca. Eu era menor. E, se eu tivesse apertado o botão, qual é o problema? Mesmo que tivesse ido para o inferno

Salvação Mortal

o dobro de babacas quando eu apertei o botão, isso não significa porra nenhuma! A Lei de Clemência me protege.

— Você deve achar isso mesmo, só que a procuradora vai arrumar um jeito de contornar esse detalhe; como você não foi presa nem acusada por esse crime antes ou no período em que a lei esteve em vigor, dá para enquadrarmos você.

— Que merda é essa? Papo-furado! — Ela olhou para o advogado. — Nada a ver. Eu era menor de idade.

— Não diga mais nada — aconselhou Montoya. — Tenente — continuou, com um tom indignado na voz. — A minha cliente...

— Eu ainda não terminei. Vocês também encontrarão no cardápio de hoje uma acusação de conspiração para assassinar Lino Martinez. Ela não apagou a gravação, Penny. E agora que já sabe que seu dedo estava no botão daquela bomba, vai cooperar plenamente conosco.

— Aquela vaca da Juanita matou Lino. — Penny se levantou, esticando o dedo no ar. — Eu nem toquei nele! Nunca estive naquela maldita igreja. Juanita Turner matou Lino e não pode colocar a culpa em mim.

— Eu não disse quem era *a pessoa* a quem eu me referi — comentou Eve, em tom casual.

— Estou cagando e andando para o que você disse. Juanita envenenou Lino por causa do filho dela. Você não pode me prender por isso. Eu nem estava lá, *cacete*!

— É por isso que o crime se chama "conspiração para cometer assassinato".

— Quero um acordo. Quero mais um acordo e vou lhe contar como ela fez isso. Feche essa *matraca*! — Gritou para Montoya quando ele tentou silenciá-la. — Escute o que eu vou dizer... — Ela tornou a se sentar. — Aquela vaca ficou psicótica quando descobriu que Lino estava de volta e que tinha voltado disfarçado de padre.

— Como ela descobriu isso?

— Escute só, eu deixei escapar sem querer, só isso. Falar sem pensar não é crime. Foi ela quem fez tudo aquilo. Usou o funeral do velho Ortiz para encobrir o plano, pegou as chaves da casa paroquial e envenenou o vinho. Fez isso porque o filho dela explodiu e depois o marido se matou.

— Obrigada por confirmar tudo nesta gravação. Como eu expliquei, é por tudo isso que o crime se chama "conspiração para cometer assassinato". Mas você também vai responder por cumplicidade depois do fato nos assassinatos de Miguel Flores, José Ortega e Steven Chávez.

— Que porra é essa? Que merda! Por que não diz alguma coisa? — perguntou ao advogado.

— Acho que você o deixou atordoado.

— Nós tínhamos um acordo. Está tudo gravado!

— O acordo era para fraude e para ataque a uma policial com intenção de matar. Não fiz acordo algum sobre o resto das acusações. — Agora foi Eve que se recostou na cadeira. — Eu pude me dar ao luxo de negociar aquelas acusações menores porque você vai passar, deixe eu ver, umas duas vidas atrás das grades. Em um presídio fora do planeta, numa gaiola de concreto, sem chance de liberdade condicional. E mesmo que essas palavras pareçam música para os meus ouvidos, ainda acho que você merecia mais. Detetives!

Ao ouvir o chamado de Eve, Stuben e Kohn entraram na sala.

— As acusações são de assassinato em primeiro grau — começou Stuben — nas mortes de...

Ele recitou os nomes de todos os mortos nos atentados de 2043. Quando Penny tentou pular em cima de Eve, ela simplesmente girou os braços dela nas costas e a algemou.

— Acho que vocês gostariam de levá-la para a detenção e fichá-la — disse aos detetives. — Por todas essas acusações.

— Vamos fechar o caso com chave de ouro. Obrigado, tenente. Muito obrigado.

Salvação Mortal

Ela ouviu Penny gritar obscenidades enquanto a levavam embora dali.

— Desligar gravador! Isso provavelmente foi muito mais do que você esperava —, disse ela, com ar casual, para o advogado. — Se eu fosse você, caía logo fora dessa furada.

Ela se virou e foi para o corredor. Roarke saiu da sala de Observação.

— Será que ainda vamos para o estado de Nevada hoje à noite? — perguntou ele.

Era fácil entender o porquê de ela ser louca por aquele homem.

— Sim, isso seria ótimo. Mas eu quero levar uma pessoa conosco, se você não se importar.

Epílogo

A cruz de rocha lançava uma sombra curta sobre a areia em tons de ouro graças ao sol inclemente. O mesmo sol que desbotara o céu todo e espalhava um calor sufocante pelo ar.

Eve estava de pé debaixo da cruz, com uma parte do corpo sob o sol.

Os aparelhos encontraram os corpos com uma surpreendente rapidez e as escavadoras desenterraram restos do que outrora tinham sido homens. E na sepultura quente que se abriu, junto dos ossos, estavam uma cruz de prata e uma medalha também de prata. Santa Ana, em homenagem à mãe do padre morto.

Aquilo era suficiente.

Mesmo assim, eles verificaram a identidade dos corpos pelo exame de DNA e da arcada dentária.

Ela se levantou e se lembrou do que o policial da região, o detetive que investigara o desaparecimento de Ortega, tinha dito.

— Sabe quando você desconfia de que alguma coisa cheira mal em uma história, mas não consegue descobrir de onde o cheiro vem? Pois é, algo cheirava mal nesse caso. Mas o sujeito que me procurou, a identidade, os registros, as testemunhas, tudo batia.

— Não havia razão para você não acreditar que ele não era quem afirmava ser.

— Exceto aquele cheiro, que só existia na minha cabeça. Fomos verificar a casa que eles tinham alugado. Um lugar lindo, pode acreditar. Muito sofisticado. Não vi sinal algum de fraude. Olhamos tudo com muita atenção. Gosto de achar que fizemos nosso trabalho com cuidado. Não encontramos nem um alfinete suspeito. A roupa do desaparecido, ou quase todas as peças, tinham desaparecido com ele; o marido, Aldo, ou Martinez, chorava mais que torneira vazando, transmitindo muita dor. Verifiquei a ficha do desaparecido e vi que ele teve problemas com drogas ilegais, no passado. Minha impressão é de que o cara tinha se mandado depois de alguma bela noitada. Foi então que o outro pediu um padre, um conselheiro. Por Deus, eu assisti àquele padre sair lado a lado com ele. E simplesmente o deixei ir embora com o assassino.

Lugar errado na hora errada, pensou Eve. Exatamente como acontecera com o jovem Quinto Turner.

A morte era canalha e cruel.

Foi pensando nisso que ela voltou até a sombra da cruz, para o local onde as sepulturas haviam sido cavadas sob o sol escaldante. O padre a tinha chamado.

Ela sabia que ele rezava junto aos sepulcros agora vazios. E suspeitava que ele rezava pelos três com igual devoção. Isso a fez sentir estranha, então ela recuou de volta até onde estava Roarke.

López se virou e a fitou com seus olhos sérios e tristes.

— Obrigado por tudo que a senhora fez, tenente.

— Eu só fiz o meu trabalho.

— Todos nós fizemos. Obrigado a ambos. Já mantive vocês tempo demais debaixo desse sol.

Eles caminharam até o pequeno e elegante avião que os esperava em uma parte mais plana da areia.

Salvação Mortal 445

— Aceita algo para beber, padre? — perguntou Roarke quando eles se acomodaram.

— Eu deveria pedir água, mas... será que você tem tequila?

— Tenho, sim. — Roarke pegou a garrafa e os copos.

— Tenente — começou López. — Posso chamá-la pelo nome?

— Geralmente me chamam de Dallas.

— Mas o seu nome é Eve. Como Eva, a primeira mulher que Deus criou.

— É, mas ela não tem uma boa reputação.

A sombra de um sorriso surgiu nos lábios de López, mal alcançando os olhos tristes.

— Sim, ela carrega o peso de uma culpa que, na minha opinião, não foi unicamente dela. Eve, eu fiz uma solicitação para que a missa do funeral do padre Flores seja celebrada na nossa Igreja de São Cristóvão e também para que ele seja enterrado no local onde nossos sacerdotes ficam sepultados. Se eu conseguir tudo isso, você poderia assistir à cerimônia?

— Posso tentar.

— Você o encontrou. Nem todos teriam procurado. Não era seu trabalho encontrá-lo.

— Era, sim.

Ele sorriu e tomou o primeiro gole de tequila.

— Tenho uma pergunta — disse Eve. — Eu não sou católica nem nada do tipo. Ele é, mais ou menos. — Apontou para Roarke.

Roarke se ajeitou na poltrona e tomou um gole.

— Não precisamente.

— A questão é que eu não sou, então não se trata de, como direi, levar o evangelho ao pé da letra, mas eu gostaria muito de uma opinião, entende? A visão de um representante da igreja.

— Qual é a pergunta?

— Foi algo que Juanita Turner disse durante o interrogatório. Algo que me incomodou. O senhor acredita que alguém que tira a própria vida não pode ir para o céu, supondo que ele exista?

López tomou outro gole.

— A Igreja tem uma posição muito firme em relação ao suicídio, apesar de o suicídio assistido e autorizado ter-se tornado legal na maioria dos países, em quase todo o mundo.

— Então o senhor confirma o que ela disse.

— As regras da Igreja são muito claras. E regras muitas vezes ignoram o fator humano e a questão individual. Creio que Deus não ignora nada. Acho que Sua compaixão por Seus filhos é infinita. Eu não consigo acreditar, no meu coração, que Deus feche as portas para aqueles que sofrem, para os que estão em desespero. Isso responde à sua pergunta?

— Sim. O senhor nem sempre segue as regras. — Ela olhou para Roarke. — Como alguém que eu conheço.

Roarke deslizou uma das mãos sobre a dela, entrelaçando os dedos de ambos.

— E eu conheço alguém que pensa nelas demais — disse ele. — Às vezes podem existir exceções, não concorda, padre?

— Por favor, pode me chamar de Chale. E, sim, às vezes podem e devem existir exceções.

Ela sorriu e acompanhou o debate entre dois homens que ela considerava fascinantes e intrigantes, enquanto bebiam tequila.

Olhou para fora da janela enquanto o ouro seco do deserto retrocedia. E então o avião rumou a leste, para levá-los para casa.

Impresso no Brasil pelo
Sistema Cameron da Divisão Gráfica da
DISTRIBUIDORA RECORD DE SERVIÇOS DE IMPRENSA S.A.
Rua Argentina, 171 – Rio de Janeiro, RJ – 20921-380 – Tel.: (21)2585-2000